MARIE ADAMS

Das Café der guten Wünsche

Buch

Julia ist einfach ein Glückskind. Klar, wenn man von der Großmutter nicht nur das kleine Café hat, sondern auch ein Glücksbüchlein voll hilfreicher Lebensweisheiten geerbt hat. Im Sinne ihrer Großmutter führt auch Julia mit ihren beiden Freundinnen Laura und Bernadette das Café der guten Wünsche, das eigentlich Café Juliette heißt. Beim Verlassen des Cafés wird jedem Gast ein ganz persönlicher guter Wunsch hinterhergeschickt, und tatsächlich verändert sich daraufhin bei so manchen das Leben. Julia selbst glaubt schließlich auch an die Macht der guten Gedanken und ist sich sicher, dass diese ihr auch ihre große Liebe Jean, den sie in einem Urlaub kennengelernt hat, zurückbringen wird. Anderen Männern gegenüber ist sie daher zurückhaltend, bis Robert sich in ihr Leben – und in ihr Herz – schleicht …

Autorin

Marie Adams veröffentlichte unter anderem Namen bereits Romane – in denen es darum geht, die Liebe nach Jahren durch den Alltag zu retten und das Familienchaos zu meistern. Umso mehr Freude hat sie nun daran, ein Liebespaar auf fast märchenhafte Weise erst einmal zusammenzubringen – schließlich weiß sie aus eigener Erfahrung, wie irrational das Glück manchmal arbeitet.

Besuchen Sie uns auch auf www.facebook.com/blanvalet und www.twitter.com/BlanvaletVerlag

Marie Adams

Das Café der guten Wünsche

Roman

blanvalet

Der Verlag weist ausdrücklich darauf hin, dass im Text
enthaltene externe Links vom Verlag nur bis zum Zeitpunkt
der Buchveröffentlichung eingesehen werden konnten.
Auf spätere Veränderungen hat der Verlag keinerlei Einfluss.
Eine Haftung des Verlags ist daher ausgeschlossen.

Verlagsgruppe Random House FSC® N001967

1. Auflage
Copyright © 2016 by Verlagsgruppe Random House GmbH,
Neumarkter Str. 28, 81673 München
Dieses Buch wurde vermittelt von der Literaturagentur
erzähl:perspektive, München (www.erzaehlperspektive.de)
Die Zitate von Marcelle Auclair auf den Seiten 73 und 193 stammen aus
»Auch du kannst glücklich sein. Kleine Schule der Lebenskunst«, aus dem
Französischen von Nora Tinnefeld, Ehrenwirth Verlag, München 1954.
Umschlaggestaltung: www.buerosued.de
Umschlagmotiv: plainpicture/Etsa/Pernilla Hed
Redaktion: Sarah Otter
LH · Herstellung: kw
Satz: Buch-Werkstatt GmbH, Bad Aibling
Druck und Bindung: GGP Media GmbH, Pößneck
Printed in Germany
ISBN: 978-3-7341-0278-3

www.blanvalet.de

Für Michael

Köln in den fünfziger Jahren. Wenn man Juliette eines garantiert nicht nachsagen konnte, dann war es Pessimismus. Jeden Mittwoch traf sie sich mit ihren beiden Freundinnen nachmittags im Café um die Ecke, und egal wie groß der Kummer war, es gab nichts, was durch eine heiße Tasse Kaffee, ein leckeres Stück Punschtorte und das gemeinsame Gespräch nicht zumindest ein wenig besser wurde.

Diesmal hatte es das Damenkränzchen schlimm erwischt: Gertrud hatte ihre Anstellung beim Konditor verloren, und Hildas Verlobter war fest entschlossen, nach Kanada auszuwandern, woraufhin Hilda ihn allein ziehen ließ, weil sie dort vor Heimweh umkommen würde. Juliette hatte trotz all ihrer Nachforschungen noch immer nichts von ihrer großen Liebe gehört. Ob sie nicht wisse, wie viele Jean-Pierres es in der Nähe von Bayeux gäbe, hatte die unfreundliche Frau von der Telefonauskunft in den Hörer geraunzt und dann einfach aufgelegt. Aber Juliette glaubte fest an die Gesetze des Glücks und daran, dass sie ihren Jean-Pierre eines Tages wieder in die Arme schließen würde. Hatte er ihr damals dieses kleine Büchlein einer gewissen Marcelle Auclair übers Glücklichsein etwa völlig umsonst geschenkt? Nein, das durfte einfach nicht sein! Jean-Pierre war von der Kraft guter Gedanken überzeugt, seit ihn eine innere Stimme ausgerechnet auf jene Brücke geführt hatte, auf der sie sich zum ersten Mal begegnet waren. Wenn sie nun so sah, wie die Welt bei Kaffee und Kuchen mit ihren besten Freundinnen schon ganz anders aussah, dann musste sie ihm ein ums andere Mal recht geben. Ihre Gedanken waren die Baumeister ihres Glücks, egal wie weit es *noch entfernt schien. Doch warum nur die eigene Welt verbessern, wo sie doch alle drei nach einer neuen Aufgabe suchten? Warum nicht selbst ein Café eröffnen? Eins, in dem jedem Gast noch ein klitzekleiner guter Wunsch hinterhergeschickt wurde – still und heimlich wie das Lächeln eines Engels? So dauerte es nicht allzu lange, bis wie durch ein Wunder das behagliche Café Juliette eröffnete, und niemand konnte sich erklären, wie es den drei wunderlichen Freundinnen gelang, dass jeder Gast das Café mit einem warmen Gefühl im Herzen verließ. Irgendwann berichtete sogar eine französische Zeitung von dem Kleinod, von dem ein unerklärlicher Trost ausging. Jean-Pierre las die Nachricht beim Morgencroissant, wusste sofort, um wen es sich handelte, und nahm den nächsten Zug in die Heimat jener Dame, mit der er damals zwar jede Menge Küsse, aber keine Adresse ausgetauscht hatte. Man braucht eigentlich nicht zu erwähnen, dass Juliette zwar außer sich vor Freude, aber eben kaum überrascht war, als ihr geliebter Jean-Pierre zur Tür hereinkam. Sie hatte nie daran gezweifelt, ihn wiederzusehen.*

Neun Monate nach ihrer Hochzeitsnacht trat wieder ein großes Glück in ihr Leben, sie tauften es auf den Namen Sophie. Juliette führte das Café weiter, Gertrud wurde wegen ihrer Prachttorten von einem großen Konditor abgeworben, und Hilda folgte irgendwann dann doch ihrem Verlobten nach Kanada. Als Juliette und Jean-Pierre viele Jahre später zusammen in die Provence zogen, schloss das Café seine Pforten. Sophie erzählte ihren Kindern Nick und Julia immer wieder die Liebesgeschichte der Großeltern. Besonders die kleine Julia hörte mit großen Augen und mucksmäuschenstill zu und konnte gar nicht genug davon bekommen. Dass die Geschichte sich zwei Generationen später wiederholen würde, das konnte sie damals noch nicht ahnen.

Kaum zu glauben, dass unser Café morgen schon drei Jahre alt wird, dachte Julia, als sie den Alträucher verließ. Bernadette und Laura werden staunen, wenn ich ihnen zeige, was ich gefunden habe! Das Geschirr sieht aus, als hätte es die letzten Jahrzehnte im Dornröschenschlaf verbracht. Julia hielt das Paket fest an ihre Brust gedrückt. Hoffentlich regnet es sich heute aus, damit wir morgen auf der Terrasse sitzen können, dachte sie angesichts des Platzregens, der dafür sorgte, dass sich ein Meer an Regenschirmen um sie herum aufgespannt hatte. Tropfnass beschleunigte sie ihre Schritte, um den Bus zu erreichen, der gerade kam. Allerdings fuhr er wieder an, bevor Julia die Haltestelle erreichte. Jede andere hätte geschimpft. Doch Julia sagte sich, dass sie im Wartehäuschen nun ihre Aufgabenliste für den nächsten Tag durchgehen konnte.

Bevor es dazu kam, riss ein Hupen sie aus den Gedanken. Der Bus hielt neben ihr, und die Tür öffnete sich. »Bei dem Regen und mit dem schweren Paket kann ich Sie doch nicht hier stehen lassen!«, sagte der Busfahrer.

»Danke, das ist lieb von Ihnen!«

Trotz des Feierabendverkehrs gab es noch ein paar freie Plätze, sodass sie sich dankbar setzte. An der nächsten Haltestelle stieg ein Obdachloser ein, den sie oft am Café vorbeigehen sah. Julia und ihre Kolleginnen, die zugleich ihre besten Freundinnen waren, ließen unterm Fenster immer eine Kiste mit Pfandflaschen stehen. Es hatte noch keinen einzigen Tag gegeben, an dem sie nicht mitgenommen wurden.

Der Mann schaute sich um – fünf Tüten fest im Griff, die Haare waren verfilzt, und das Hemd hing halb aus der Hose –, bevor er sich neben Julia auf den Sitz fallen ließ. Als Julia seinen Geruch bemerkte, versuchte sie, nur noch durch den Mund zu atmen. Ein Mann, der ihnen gegenübersaß, stand auf und stellte sich vor den Ausgang, obwohl die nächste Haltestelle noch weit entfernt war. Die Frau neben ihm folgte ihm wortlos. Julia blieb sitzen, obwohl der Oberschenkel des Obdachlosen in seiner dreckigen Jeans ihr Bein berührte. Es störte sie, aber wie sollte der Mann sonst sitzen, wenn sein gesamter Besitz zwischen seinen Beinen stand? Und wer war sie, sich über fünf Minuten Gestank aufzuregen, während er sein Leben im Elend verbrachte? Wenn ich jetzt aufstehe, wird er das als weitere Demütigung empfinden, dachte sie.

In der Kurve fiel eine seiner Tüten um, worauf ein paar Konserven herauskullerten. Sie hob zwei Dosen Linsensuppe auf und hielt sie ihm hin, während sie hoffte, dass er die Suppen überhaupt irgendwo aufwärmen konnte. Die Vorstellung, dass er das Essen kalt aus der Büchse löffelte, brach ihr das Herz. Er nahm sie mit schwarzen, vernarbten Fingern entgegen. »Danke, das ist lieb von Ihnen.«

Genau das hatte sie zuvor dem Busfahrer geantwortet. Alles was wir denken, tun und aussprechen, kommt eben zu uns zurück, fühlte sich Julia in ihrer Sicht auf das Leben bestätigt. »Gern geschehen.«

Ob die Suppe jemals warm werden würde, stand in den Sternen, aber Julia war es auf einmal noch wärmer ums Herz, als es ihr ohnehin schon immer war.

Auch wenn Robert als Redakteur eines Lokalblatts auf das Geld angewiesen war, das ihm die Texte über belanglose Ereignisse einbrachten, würde er selbst als Erster sein Zeitungs-Abo kündigen. Wenn er denn eins hätte. Spätestens wenn alle Vertreter der Präfacebookzeit abgekratzt sind, wird kein Mensch mehr eine Tageszeitung kaufen. Aber ein Teil dieser Generation klammert sich beharrlich ans Leben, dachte Robert, als er durch die Eingangshalle des Seniorenheims »Abendrot« lief. Der Namensgeber hatte selbst ihn noch an Zynismus übertroffen. In dem Heim stank es. Und ihm stank es. Warum muss ich einen Mann interviewen, der nichts Besseres vollbracht hat, als die Hundert zu knacken – während Piet sich auf einer Kulturveranstaltung voller hübscher Germanistikstudentinnen vergnügt? Robert meckerte in Gedanken vor sich hin. Er betrat die Cafeteria und überlegte, welcher der Greise sein Interviewpartner sein könnte. Viel zu sagen hatte keiner von ihnen. Die meisten starrten mit leerem Blick auf ihr Gegenüber. Falls dort ein Gegenüber saß, denn der Großteil der Tische war nur mit einer Person besetzt.

Hinter ihm waren Schritte auf dem Linoleumboden zu hören. Er drehte sich um und grinste. Vielleicht lohnte es sich ja doch, hundert zu werden, wenn Frauen wie diese ihm dann den Hintern abwischen. Der weiße Kittel war eindeutig zu eng für den Busen der Schwester.

»Sind Sie der Herr Dorn von der Zeitung?« In ihrer Stimme schwang eine Ehrfurcht vor seinem Beruf mit, die seine eigene Verachtung noch steigerte.

Als er ihr die Hand reichte, strich sie sich die blonde Mähne aus dem Gesicht und führte ihn zu einem Tisch, an dem ein Mann zusammengesackt im Rollstuhl saß. »Dann gehen wir jetzt zu unserem Geburtstagskind!«, flötete sie Robert ins Ohr.

»Herr Müller«, schrie sie fast, »das ist der Herr Dorn von der Zeitung! Der ist extra gekommen, um über Sie zu schreiben. Wird ja nicht alle Tage jemand hundert!«

»Ja, ja, ist ja gut, Dörte, ich bin weder schwerhörig noch dement«, knurrte der Greis und wies mit seinem Zeigefinger, der aussah wie ein Ast aus einem Gruselwald, auf den freien Platz gegenüber.

Robert setzte sich.

»Darf ich den Herren einen Kaffee anbieten?«

»Ein Schnaps wäre besser!«, brummte der Jubilar.

»Aber Herr Müller, Ihr Blutzucker.«

»Papperlapapp, ich habe nicht vor, hundertzehn zu werden.«

Dörte verzog entsetzt die roten Lippen.

»Herr Müller, das dürfen Sie nicht sagen. Sie müssen immer optimistisch bleiben!«

»Optimistisch? Dann beantrage ich noch heute den Exitus.«

Vielleicht würde die Veranstaltung doch nicht so dröge werden wie befürchtet, dachte Robert, als er sein Diktiergerät und die Kamera auf den Tisch legte. »Darf ich? Nur damit ich nicht mitschreiben muss. Ich glaube, Sie haben einiges zu erzählen.«

Ein Strahlen ging über das Gesicht des Alten, und Robert interpretierte das als Aufforderung, das Aufnahmegerät einzuschalten. »Herr Müller, wie ist es, den hundertsten Geburtstag zu feiern?«

»Beschissen!«

Dörte, die mit zwei Schnapsgläsern zurückkam, zog

eine Augenbraue hoch. Sie raunte Robert zu, er solle das nicht persönlich nehmen. Dann fragte sie lauter, ob die Herren noch Wünsche hätten, schließlich habe sie in einer halben Stunde Dienstschluss. Und wieder leiser zu Robert, dass sie noch nichts vorhabe – an ihrem Feierabend. Für den Fall, dass er noch Fragen habe.

Natürlich würde er noch Fragen haben! »Wenn Sie sich die Zeit dafür nehmen, lade ich Sie zu einem Abendessen ein«, sagte er.

»Gerne.« Bevor es zu verbindlich werden konnte, verschwand Dörte mit einem beschwingteren Gang als zuvor. Kam eben nicht alle Tage ein junger, hübscher Mann wie Robert vorbei.

»Herr Müller ... wo waren wir stehen geblieben? Ach ja, dass es kein tolles Gefühl ist, hundert Jahre alt zu sein.«

»Kein tolles Gefühl? Schreiben Sie, was ich wirklich gesagt habe, mich kann schließlich keiner mehr feuern oder rausschmeißen. Und wissen Sie was?« Mit zusammengekniffenen Augen zeigte der alte Mann in die Richtung, in die Dörte verschwunden war. »Das Leben war schon immer ungerecht zu mir. Solche Frauen konnte ich noch nicht mal haben, als ich so jung war wie Sie.«

Robert nahm sein Schnapsglas und trank es in einem Zug leer.

»Herr Müller, ich kann Sie beruhigen, selbst wenn man sie haben kann, irgendwann nerven sie. Wahrscheinlich ist eine Frau nie so toll wie in der eigenen Fantasie.«

Dass er sich nicht mal in seiner Fantasie eine Frau vorstellen konnte, die ihn auf Dauer glücklich machen würde, behielt er für sich.

Du solltest dir endlich einen echten Mann suchen, anstatt einem Hirngespinst nachzutrauern. Was weißt du schon von Jean, außer dass er gut küsst?«

Bernadette deckte einen der Tische mit Julias Vintagegeschirr ein. Laura holte eine Zitronentarte aus dem Ofen und stellte sie zu dem Mohnkuchen auf das Kuchenbuffet.

»Wenn ich mit den Kuchen fertig bin, kann ich dir ja deinen Traummann backen.«

Beim Gedanken an das »Hirngespinst« musste Julia lächeln. Es war zwar schon dreieinhalb Jahre her, dass sie Jean getroffen hatte, aber merkwürdigerweise wurde die Erinnerung an ihn nicht blasser. Ganz im Gegenteil, je länger die Begegnung zurücklag, desto stärker lud sie sich mit Bedeutung auf. Julia war davon überzeugt, dass sie sich wiedersehen würden. So wie ihre Großeltern Juliette und Jean-Pierre. Sie dachte täglich an die erste Begegnung mit Jean in Bayeux. Sie waren auf Abschlussfahrt ihres Gymnasiums, und am letzten Abend stand Jean hinter der Theke einer Konditorei, in der Julia Baguettes für das Picknick am Abend kaufen wollte. Ihr schlechtes Französisch und seine bildschönen Augen hatten ihre Zunge gelähmt. Ihre Freundin Bernadette bestellte dafür nicht nur zehn Baguettes, sondern lud Jean in perfektem Französisch mit zum Abschlussessen ein. Ihr Lehrer würde begeistert sein, wenn ein Muttersprachler ihnen den Unterschied zwischen Bäckerei und Konditorei erklären würde, glaubten sie. Jean richtete seinen Blick auf Julia, als er »Nichts lieber als das« antwortete.

Der Abend wurde der schönste in Julias Leben: eine laue Sommernacht voller Küsse unter dem Sternenhimmel und mit feuchtem Gras unter den nackten Füßen, mit Rotwein und der Versprechung, sich nie aus den Augen zu verlieren. Julia schwor es auf Deutsch, und Jean nickte immer wieder, bevor seine Lippen sie zum Schweigen brachten. Es war Liebe auf den ersten Blick. Daher war es auch egal, dass sie ihn an jenem Abend nicht nach seiner Nummer fragte, sie wusste schließlich, wo er arbeitete. Am nächsten Morgen schaffte sie es gerade noch, eine Nachricht in der Konditorei zu hinterlassen, bevor sie abreisten. Die Verkäuferin schaute sie missbilligend an, als sie den Zettel entgegennahm, aber irgendwann würde Jean sich schon melden, glaubte sie. Oder sie würde ihn besuchen.

»Backen brauchst du meinen Traummann nicht, wenn der richtige Zeitpunkt gekommen ist, wird er von alleine aus dem Ofen kriechen.«

»Warum schaffst du nicht selbst den richtigen Zeitpunkt?«, hakte Bernadette nach.

»Ich bin dran«, antwortete Julia ausweichend. Eine Hürde auf dem Weg zu Jean, die vor dem richtigen Zeitpunkt noch beseitigt werden musste, war die Sprache. Obwohl Julias Großvater Franzose war, war ihr Französisch so schlecht, dass ein »Je t'aime« ihre einzige Liebeserklärung bleiben würde. Also hatte Julia sich geschworen, Jean erst wieder zu besuchen, wenn sie perfekt französisch sprechen würde. Das nahm sie sich vor, wie andere Frauen sich vornahmen, erst ein neues Kleid zu kaufen, wenn sie fünf Kilo abgenommen hätten.

Als Julia die Tür zum Innenhof öffnete, vermischte sich der Geruch der Zitronentarte mit dem von Lavendel und Sommerregen. Durch die Regenwolken blitzte ein Spaltbreit blauer Himmel.

»Bist du sicher, dass wir auch draußen Plätze anbieten sollten?«, fragte Bernadette ungewohnt gereizt.

»Natürlich, es kommen mehr als dreißig Leute.«

»Und wenn es regnet?«

»Warum sollte es regnen?«

»Weil es jetzt auch schon regnet.«

Irgendetwas schien Bernadette zu belasten, und das musste mehr sein als das schlechte Wetter.

»Bernadette, hat es in den letzten Jahren ein einziges Mal geregnet, wenn wir Sonnenschein brauchten?«

Bernadette schüttelte den Kopf.

»Na, also! Und selbst wenn, dann spannen wir eben unsere Schirme auf!«

»Julia, vielleicht gibt es ja auch jemanden, der sich Regen wünscht! Die Blumen zum Beispiel. Nicht alles ist für jeden gleich richtig!«

Damit war klar, dass es um mehr ging als um das Wetter.

»Was ist wirklich los?«

»Nichts. Lass uns bitte ein andermal darüber reden«, versuchte Bernadette ihre Freundin zu vertrösten, die mit einem kurzen Seufzer zu verstehen gab, dass sie nicht weiter nachfragen würde.

Im Innenhof standen zwei Kübel mit Blumen, die ihnen die Blumenhändlerin für das Jubiläum geschenkt hatte. Die brauchten jedenfalls kein Wasser mehr von oben. Julia holte sie herein und begann, die Hortensien, Dahlien und Rosen auf Vasen zu verteilen.

»Wisst ihr, auf welchen Teil der Feier ich mich am meisten freue?«, fragte Laura, die einen weiteren Kuchen mit Himbeeren verzierte.

»Darauf, die Kuchenreste zu vertilgen?«, riet Julia.

»Bei drei Kuchen wird es bestimmt keine Reste geben«, bemerkte Bernadette.

»Jetzt warte doch mal ab! Wir haben noch zwei Stunden Zeit, bis die Gäste kommen, und ich kann immer noch welchen kaufen, falls wir mit dem Backen nicht fertig werden.«

Laura ärgerte sich ein winziges bisschen, dass ihre Freundinnen sich mehr um die praktischen Belange kümmerten als um ihre geheime Mission, die Welt zu einem besseren Ort zu machen. »Ich freue mich am meisten darauf, nachher auf unser Café anzustoßen und unser Versprechen zu erneuern«, sagte sie, als es plötzlich an der Tür klopfte, obwohl das »Geschlossen«-Schild daran hing.

Julia öffnete die Tür, vor der Frau Schmitz, die achtzigjährige Nachbarin von oben, stand. Als Frau Schmitz jung war, hatte sie Julias Oma Juliette gekannt – sie war nicht nur die netteste Vermieterin gewesen, die man sich vorstellen konnte, mit ihrem damaligen Café im Erdgeschoss hatte sie den gemütlichsten Ort der Stadt geschaffen.

»Ich habe Ihnen etwas mitgebracht«, Frau Schmitz zeigte auf die drei Kartons vor der Tür, hob einen davon hoch und klappte ihn auf. Darin stand ein runder Kuchen, der mit roséfarbenem Marzipan überzogen und mit weißen Zuckerrosen verziert war.

»Seit Sie das Café wiedereröffnet haben, ist es in unserem Viertel viel schöner geworden – und ich dachte, Sie freuen sich über eine Kuchenspende für Ihre Feier.«

Julia umarmte Frau Schmitz und nahm ihr den Kuchen ab. Innerhalb von drei Minuten hatte sich die Kuchenzahl verdoppelt, ohne dass sie dafür einen Finger rühren mussten.

Und, hatte der Hundertjährige was zu erzählen?«

Roberts Chef hielt in der linken Hand eine brennende Zigarette und in der rechten einen Kaffeebecher.

»Mehr als erwartet«, antwortete Robert zögerlich. Er kam sich vor wie Peter Parker alias Spiderman, nur dass sein Gegenspieler keinen Schnäuzer trug und er selbst sich eher mit Peters Freund Harry identifizieren konnte als mit Schwiegermuttis Liebling.

»Was noch? Du wirkst angespannt.«

Das war er auch angesichts seiner aktuellen Stromrechnung. Wütend machte ihn daran vor allem, dass sein Mitbewohner Carsten schuld an der hohen Nachzahlung war – oder, besser gesagt, dessen Freundin Sonja. Die drehte immer die Heizung auf, weil ihr zarter Körper so schnell fror. Miete zahlte sie keine, schließlich war sie nur zu Besuch. Auf Roberts Hinweis, wenigstens den Stromverbrauch durch drei zu teilen, reagierte Carsten mit einem Hinweis auf den Mietvertrag. Robert war Untermieter und hatte unterschrieben, die Hälfte aller Kosten zu übernehmen. Carsten konnte seiner Freundin doch nicht zum Vorwurf machen, dass sie täglich stundenlang heiß duschte. Sein Hirn war durch den Hormonrausch schon so vernebelt wie das Bad, wenn es mal wieder von Sonja blockiert wurde.

»Ulli, ich arbeite hier, seitdem ich mein Studium beendet habe, und ich verdiene kaum mehr als ein Volontär. Ich brauche eine Gehaltserhöhung.«

Sein Chef stellte die Tasse ab, wobei der Kaffee auf seine Unterlagen schwappte. Er wischte mit dem Ärmel drüber und seufzte. »Unterhalte dich mal mit den freien Mitarbeitern, die beneiden dich um deine Festanstellung. Denk dran, ich bekomme immer weniger Anzeigen verkauft, weil kaum noch Leute ein Abo beziehen. So ist das eben, seit man alles kostenlos im Internet lesen kann.«

Warum stellt ihr auch alles kostenlos da rein, ihr Schwachköpfe, hätte Robert am liebsten gefragt, bevor er die Schultern hängen ließ, weil er die Antwort selbst kannte: Wenn die Leute die Texte ihres Lokalblatts nicht kostenlos lesen konnten, dann würden sie eben die Artikel der geistreichen Zeitungen lesen.

»Übrigens hätte ich da noch einen Auftrag für dich.«

Da klopfte es an der Tür. Es war Piet, der junge Volontär, der in jeder Hinsicht noch an eine Zukunft glaubte. Er trat ein, ohne eine Antwort abzuwarten.

Immerhin hob Ulli die Hand, um in Ruhe aussprechen zu können. »Heute gibt es eine Jubiläumsfeier in einem Café. Soll irgendwie ›retro‹ und besonders sein. Drei Frauen haben da was geerbt, und die Leute kaufen ihnen die Kuchen weg wie warme Semmeln. Geh doch hin, mach ein paar Fotos und schreib was darüber, der Lokalteil steckt sonst nur voller schlechter Nachrichten. Tausend Zeichen, Bild und Überschrift, bis morgen früh.«

Piet schlich sich heran, während in Robert der Zorn hochkochte. Ulli ging nicht mal auf seine Forderung ein, und er sollte wegen irgendwelcher Mädchen, die sich mit einem Backshop verwirklichten, Überstunden machen? Die einen strickten, die Nächsten kochten Marmelade – und er, der irgendwann mal mit seinem Journalismus die Welt verändern wollte, sollte darüber berichten? In einem Jahr wäre der Laden wieder pleite. Nein, so nötig hatte er es nicht, sich bei seinem Chef anzubiedern. Daher entschied er, Stolz vor Vernunft walten zu lassen.

»Ulli, ich habe heute Abend noch einen wichtigen Termin, den ich unmöglich für so einen irrelevanten Artikel absagen kann.«

Ulli war einen Moment lang irritiert, grinste dann aber breit, als sein Blick auf Piet fiel. »Kein Problem, Piet wird das sicher gerne übernehmen!«

Mit Mühe hielt Robert sein Lächeln, als er sich verabschiedete und in die Toilette flüchtete. Wie gerne hätte er sich für fünf Minuten zurückgezogen, aber alle Kabinen waren besetzt. Also wusch er sich die Hände. Mit tropfnassen Fingern tastete er nach den Einmaltüchern und griff ins Leere. Also schüttelte er seine Hände trocken. »Aua!« Nur ein Idiot wie er konnte dabei an dem hüfthohen Gitterkorb hängen bleiben. Hier lagen also die hundert Einmaltücher drin. Eins hätte ihm gereicht, um sich die Hände abzutrocknen. »Verdammte Scheiße!«, schrie Robert, während er sich den Fingerknöchel rieb.

»Alles in Ordnung?«, kam es aus einer der Kabinen.

»Wie hört es sich dann an?«, rief Robert zurück und knallte die Tür hinter sich zu. Auch ohne die Hungersnöte, Kriege und Verbrechen, über die sie täglich berichteten, war die Welt einfach ein völlig überbewerteter Ort!

Nick hätte seiner kleinen Schwester niemals zugetraut, dass das Café länger als ein Jahr überleben würde. Jetzt lehnte er sich zurück und beobachtete, wie Julia und ihre Freundinnen Kaffee nachschenkten, hier eine Hand auf die Schulter legten, dort Glückwünsche entgegennahmen, den Finger selbst mal in die Sahne eines verunglückten Tortenstücks steckten und ihn genüsslich ableckten. Dabei bewegten sie sich mit einer Gelassenheit, die zur Einrichtung passte. Die meisten Möbelstücke standen schon seit Jahrzehnten hier. Die Nierentische und Cordsessel gehörten zu den wenigen Neukäufen ihrer Oma. Nun waren sie wieder chic, nachdem sie jahrelang belächelt wurden. Der Buffetschrank aus der Gründerzeit passte genauso wenig zu den Fünfziger-Jahre-Möbeln wie die Kerzenständer aus Silber, dennoch harmonierte alles miteinander. Vor der Tür rankte der Efeu die Stuckfassade hoch, als wollte er das Haus vor der kalten Welt da draußen schützen. Es war, als hätte die Zeit hier vergessen zu rasen, wie sie es vor der Tür des Cafés tat. Nick verspeiste gerade ein Stück der Torte, die ihre Eltern hatten schicken lassen. Marzipan-Vanille. Noch kitschiger als die üppige Verzierung war die Karte gewesen, die mit auf dem Geschenketisch lag: *Wir haben immer an dich geglaubt!*

Julia war stets ihr Lieblingskind gewesen. Süß, brav, gut in der Schule ... Und jetzt machte sie nichts anderes als zu kellnern! Er fragte sich sowieso, wer hier was finanzierte. Julia und ihre Freundinnen bestanden darauf, dass alles fair und biologisch angebaut war, aber nicht mehr kostete als im Billigcafé.

»Hi, Nick.« Laura schaute sich um. Als sie feststellte, dass alle Gäste zufrieden waren, setzte sie sich zu ihm an den Tisch.

»Hallo, Laura. Schön, dich zu sehen!« Nick umarmte die Freundin seiner kleinen Schwester und war sich durchaus bewusst, woher Lauras Herzklopfen kam. Sie hatte ihn schon zu Schulzeiten angehimmelt, aber selbst mit Anfang zwanzig kamen Nick seine Schwester und ihre Freundinnen wie Kinder vor. Was vielleicht auch daran lag, dass sie ihn ständig fragten, ob er was im Haus reparieren könne.

Hundertmal hatte er ihnen gesagt, das sei alles nur Flickwerk, die Hütte müsse kernsaniert werden. Allein der Geruch im Treppenhaus verriet, dass Modernisierungsbedarf bestand. Aber Julia meinte immer nur, der Duft sei eben typisch für alte Häuser, leicht feucht und moosig, als spaziere man nach einem Regentag durch den Wald.

Sie hatten das Haus von ihren Großeltern geerbt. Nick finanzierte mit der Miete der oberen zwei Wohnungen sein BWL-Studium, während Julia mit Bernadettes Miete ihren Lebensunterhalt aufstockte. Was sie im Café einnahmen, teilten sie durch drei. Wie er seine Schwester kannte, gab es keine vernünftige Buchhaltung, sondern nur die große Keksdose auf dem Tresen, die abendlich geleert wurde. Nick hatte schon ein paar Mal kurz davor gestanden, sie zu öffnen, aber die drei ließen ihn nie unbeobachtet im Café.

»Semesterferien?«

Nick nickte. »Eure Feier konnte ich mir doch nicht entgehen lassen. Außerdem kann ich ein paar alte Freunde treffen. Robert zum Beispiel. Apropos, ich hatte der Redaktion seiner Zeitung den Tipp gegeben, dass ihr heute Jubiläum feiert. Vielleicht kommt er ja noch.«

Nick war davon ausgegangen, dass die Freundinnen etwas Presse händeringend gebrauchen konnten, aber die zehn Tische waren besetzt, und im Innenhof drängten sich die Gäste unter einer Abendsonne, die sich schon seit Tagen nicht mehr hatte blicken lassen.

»Oh, ich glaube, da kommt dein Freund.«

Laura zeigte auf Piet, der mit einer Kamera um den Hals und suchendem Blick aussah wie ein kleiner Junge, der im Kaufhaus verlorengegangen war.

»Nee, den kenne ich nicht.«

Nick nahm sich vor, Robert später anzurufen und nun erst einmal den Abend zu genießen. Er konnte sich nicht erklären, warum, aber seit er im Café saß, hatte er kein einziges Mal an Dinge wie seine Abschlussprüfung oder die Nebenkostenabrechnung des Hauses gedacht – beides lag ihm gerade schwer im Magen.

Robert drehte den Schlüssel im Schloss um und freute sich auf einen Abend auf dem Sofa. Carsten und er teilten sich das Wohnzimmer, und Robert dachte wehmütig an die Zeiten, in denen sie abends gemeinsam *Breaking Bad* geschaut hatten. Sonja lehnte solche brutalen Serien jedoch ab, daher hatte Carsten sich anscheinend ein neues Hobby gesucht. Nichts war deprimierender, als allein auf dem Sofa zu sitzen und sich zu fragen, warum es hinter der Zimmertür des WG-Partners so still ist, obwohl er Besuch hat. Oder warum etwas so Unsägliches wie *Kuschelrock* läuft. Aber heute konnte der Tag nur besser werden, denn es war Mittwoch, und da ging Sonja zum Aerobic.

Tatsächlich saß Carsten auf dem Sofa. Vor ihm auf dem Tisch standen ein paar Flaschen Bier, Chips und Erdnüsse. »Hi, Robert, schön, dass du schon da bist. Lust auf ein Bier?«

Robert musste nicht einmal seinen journalistischen Spürsinn einschalten, um zu sehen, dass Carsten was auf dem Herzen hatte. Wenn er jetzt auch noch mit ihrer gemeinsamen Lieblingsserie ankam, dann muss es schon etwas Schlimmes sein. Hoffentlich hatte sein Freund nicht Lungenkrebs oder eine Leiche in der Rohrleitung. Im besten Fall wäre Schluss mit Sonja.

»Klar!« Er ließ Jacke und Tasche auf das Sofa fallen und setzte sich neben Carsten. Der öffnete zwei Flaschen Bier und stieß mit Robert an. Nachdem beide einen Schluck getrunken hatten, steckte sich Carsten eine Zigarette an.

»Hattest du nicht aufgehört?«

»Doch, aber heute brauche ich das noch mal. Diese Schachtel rauchen wir leer, und dann hat das ungesunde Leben ein Ende.«

Robert rauchte äußerst selten, aber jetzt half er seinem Freund gern, die Schachtel zu leeren. Obwohl er nicht dran glaubte, dass danach Schluss sein würde – es sei denn, es steckte was Ernstes dahinter.

»Ich habe heute zufällig die Originalversion der finalen *Breaking-Bad*-Staffel in der Videothek gefunden. Ich glaube, das alternative Ende haben wir damals nicht gesehen.«

»Carsten, Mensch, das ist ja eine Überraschung. Die wollten wir doch schon lange gucken, aber seit ...«

Sollte Carsten ein schweres Geständnis vor sich haben, wollte er ihn nicht mit blöden Kommentaren zu seiner Freundin belasten.

»Du meinst, seit Sonja da ist? Tja, das Leben ist im Fluss, ein ständiges Kommen und Gehen, Leben und Sterben. Du, Robert, vielleicht ist das doch keine gute Idee, *Breaking Bad* zu gucken.«

»Warum?«

»Ich kann mich auf einmal viel stärker mit Walter identifizieren ...« Carsten fixierte die Öffnung seiner Bierflasche.

Mist, dachte Robert. Menschen wie Carsten oder Walter taten nichts Schlimmes, rauchten nicht mehr als die

Hälfte der Bewohner eines Altersheims, und dann kam trotz des angeblichen medizinischen Fortschritts eine entartete Zelle angeschlichen und ließ das ganze Leben zusammenbrechen.

Robert legte den Arm um seinen Freund. »Egal was ist, du kannst dich auf mich verlassen.«

»Danke, Robert, das wusste ich.«

Sie starrten auf das Knabberzeug. Nachdem beide ein paar Erdnüsse gegessen und mit Bier hinuntergespült hatten, brach Robert das Schweigen.

»Weißt du, Carsten, ich habe heute einen Mann im Altersheim interviewt. Der Arme ist hundert geworden und hält das Leben immer noch für völlig überbewertet. Er meinte zu mir, alt zu werden, das sei schrecklich. Er beneidet jeden, der schon in der Mitte des Lebens herausgerissen wurde, anstatt über Jahre zu wissen, dass ›Gevatter Tod‹ – genau so hat er sich ausgedrückt – vor der Tür steht und sich nicht traut, endlich die verdammte Tür aufzumachen.«

Jetzt schaute Carsten Robert besorgt an. »Was ist denn mit dir los? *Ich* möchte hundert werden, jetzt sogar mehr denn je!«

Robert merkte, dass er die falsche Troststrategie gewählt hatte, und schwenkte um. »Du hast ja recht, Carsten, ich wollte dir keine Angst machen. Außerdem kursieren viel zu viele Horrorgeschichten über die Chemo in den Medien. Ich kenne da ein paar, die wieder vollkommen gesund geworden sind.« Oder lag Carstens Problem im Drogenmilieu? Einem Joint war er nie abgeneigt gewesen. »Carsten, mit welchem Teil von Walter kannst du dich besser identifizieren?«

Carsten drückte die Zigarette auf dem Deckel der Erdnussdose aus. »Also gut.« Er krempelte seine Ärmel hoch. »Ich spüre auf einmal eine Verantwortung, die mich in Gewissenskonflikte bringt. Also, um es kurz zu machen: Sonja ist schwanger. War nicht geplant. Es tut mir leid.«

»Kein Problem, ich hatte nicht vor, Sonja selbst zu schwängern.«

Robert atmete erleichtert auf. Es ging zwar um Leben und Tod, aber nicht dem Leben seines Freundes an den Kragen.

»Tja, die neue Situation zwingt mich, Dinge zu tun, die ich nicht gerne tue.«

»Wer wirklich an deiner Seite steht, wird dich verstehen.«

Carsten nickte, als ob er daran zweifelte.

»Jetzt sag schon, was ist es genau?«

»Ach, Scheiße! Ich muss dich bitten auszuziehen.«

Das Damoklesschwert hat also die ganze Zeit über meinem Haupt gehangen, während ich mir Sorgen um Carsten gemacht habe, dachte Robert. »Wieso das denn?«

»Weil wir natürlich so richtig einen auf Familie machen wollen!«

So leid es ihm für Robert tat, insgeheim wollte er schon lange das WG-Leben beenden, Sonja heiraten, Kinder kriegen und gemeinsam hundert werden. Er hatte jedoch keine Lust auf zynische Sprüche von Robert, sodass er sich mit seiner Lebensplanung bedeckt gehalten hatte.

So konnte Robert natürlich nicht damit rechnen, dass Sonja ihn ersetzen würde. Schon bald würde nichts mehr in dieser Wohnung an die einstige Männer-WG erinnern. Wahrscheinlich hatte Sonja schon Wandfarbe bestellt, um das zweckmäßige Weiß in Lavendel oder Ocker zu verwandeln. Roberts Leben würde dagegen noch grauer werden, als es ohnehin schon war. Das war also die Liebe: Sie brachte einen dazu, sich egoistisch zu verhalten und das auch noch mit Verantwortung zu verwechseln.

»Und warum sucht ihr euch nicht was anderes? Zum Beispiel ein Häuschen im Grünen?«

Alle Gäste waren fort, die Spülmaschine lief, die Samtvorhänge waren zugezogen. Julia, Laura und Bernadette saßen um den runden Tisch in der Mitte des Raumes, sie hatten Kerzen angezündet und hoben ihre Weingläser, um auf ihr wunderbares Café anzustoßen.

So unterschiedlich die drei rein äußerlich waren – Bernadette sah aus wie Schneewittchen mit kurzen Haaren, Laura war rot gelockt und kurvig und Julia aschblond mit grünen Augen –, so eingeschworen wirkte ihre kleine Gemeinschaft nach außen, und das war sie. Dass ihre Freundschaft auch zu dritt funktionierte, lag vor allem an einer unausgesprochenen Regel: Wenn sie zu zweit waren, sprach keine der beiden über die dritte. Und damit war nicht nur Lästern oder Sichaufregen gemeint – die andere wurde hinter dem eigenen Rücken nicht erwähnt. Ausnahmen bildeten organisatorische Hinweise. Daneben gab es etwas, über das nie außerhalb ihres kleinen Kreises gesprochen werden durfte: das Geheimnis ihres Cafés. Ihr Geschäftsgeheimnis musste in den Ohren der meisten Außenstehenden banal oder sogar lächerlich klingen. Oder es würde Erwartungen wecken, die sie nicht erfüllen konnten.

Sie kamen sich selbst ein wenig albern vor, als sie ihre

goldenen Regeln in die Mitte des Tisches legten und diskutierten, wer sie vorlesen sollte.

»Aber fangt nicht an zu lachen«, erklärte Julia sich schließlich bereit.

»Selbst wenn, wir nehmen es trotzdem ernst«, kicherte Laura, obwohl sie die Sache wirklich ernst nahm.

Bernadette kicherte nicht, sondern sah aus, als würde gleich ein Trauerbrief verlesen. Dabei war es nur die Quintessenz aus dem kleinen Büchlein *Auch du kannst glücklich sein. Kleine Schule der Lebenskunst* von Marcelle Auclair, die sie für ihr Café zusammengefasst hatten. Das Buch hatte Julia genau wie das Café von ihrer Oma geerbt.

»Egal, ob ihr lacht oder nicht – ich lese jetzt vor.«

Bevor Julia begann, trank sie noch einen Schluck Wein, der sie angenehm benebelte.

Unsere Regeln des Glücks für das Café Juliette

Wir glauben daran, dass sich jeder Gedanke in irgendeiner Form verwirklicht. Deshalb bemüht sich jede von uns, nur Dinge zu denken, die Wirklichkeit werden sollen.
Wir möchten, dass die Welt ein noch besserer Ort wird, und fangen mit unserem Café an.

(Sie hatten damals lange diskutiert, ob sie aufschreiben, dass bei ihnen weder Tier noch Mensch ausgebeutet werden sollten, hielten das aber für so selbstverständlich, dass sie es wegließen.)

Jeder Gast soll unser Café glücklicher, getröstet und gestärkt verlassen. Dafür schicken wir jedem Besucher einen guten

Wunsch mit auf den Weg. Allerdings nur in Gedanken. Wir verlassen uns auf unsere Intuition, um zu wissen, was wir ihm wünschen sollen (im Zweifelsfalle alles Gute).

Niemand außer uns dreien erfährt davon. Nur wir kennen den wahren Namen unseres Cafés: Das Café der guten Wünsche.

Es war natürlich nicht verboten, über ihre Ansicht zu Auclairs Theorie zu sprechen. Immerhin fand sie sich in unzähligen Theorien, Philosophien und Weltanschauungen wieder. Sie leugneten auch nicht, dass die Menschen bei ihnen mehr bekamen als Kaffee und Kuchen, aber was genau, durfte nicht ausgesprochen werden – am allerwenigsten der Name des Cafés. Nicht nur im Märchen besaß das Wort eine Macht, die auch guten Zauber brechen konnte. Ach, wie gut, dass niemand weiß …

Ein heiliges Schweigen senkte sich über die sonst so gesprächigen Damen, bevor sie einander versprachen, diese Regeln zu halten.

»Und was ist, wenn ein Wunsch dem anderen im Weg steht?«

Bernadette sah aus, als sei sie ein wenig vom Weg des unerschütterlichen Glaubens an das Wünsch-dir-was-und-du-bekommst-es-Land abgekommen, aber die Freundinnen waren schließlich dazu da, sie wieder auf die richtige Bahn zu bringen.

Laura vertrat die Theorie am rigorosesten, vielleicht weil sie tief im Inneren die größten Zweifel hegte. »Dann wird eine dritte Kraft entscheiden. Eine, die weiß, was für dich richtig ist.«

Ein Lächeln huschte über Bernadettes Gesicht. »Vielleicht könnt ihr das ja für mich erledigen.«

Julia drehte das Kristallglas in ihrer Hand, sodass Lichter auf dem Tisch funkelten. »Dann sag schon! Was ist los?«

»Ihr könnt euch doch daran erinnern, dass ich mir so sehr gewünscht habe, ein Jahr in Frankreich zu studieren ...« Bernadette studierte Romanistik mit dem Ziel, Romane vom Französischen ins Deutsche zu übersetzen.

»Ja, natürlich.«

»Ich habe die Nachricht bekommen, dass ich einen der wenigen Stipendienplätze ergattert habe.«

Laura ahnte, dass sie heute Abend noch länger zusammensitzen würden. Sie stand auf, füllte am Kaffeevollautomaten, für den sie einen kleinen Kredit aufgenommen hatten, drei Becher mit Milchkaffee und stellte diese wortlos auf den Tisch. Kommentare wie »Und wer übernimmt dann deine Aufgaben im Café?« wären jetzt mehr als kleinlich.

»Ich würde so gerne fahren, möchte euch aber auch nicht im Stich lassen. Was wird dann aus unserem Café?«

Jemanden einzustellen barg Risiken – und wenn nur jemand all ihre guten Wünsche mit seiner negativen Haltung beeinträchtigte.

Laura schwieg noch immer. Sie verteilte ein paar übrig gebliebene Kuchenstücke auf drei Tellern und legte kleine Gabeln dazu.

Julia ergriff Bernadettes Hand. »Das ist doch wunderbar. Natürlich wirst du uns fehlen, aber wenn es so sein soll, dann schaffen wir es auch ohne dich. Ein Jahr ist doch schnell vorbei. Hauptsache, du bist in Gedanken bei uns.

Und wer weiß, mit welchen genialen Rezepten du zurückkommst.«

Julia drehte sich zu Laura, die mit sich zu kämpfen hatte.

»Laura, wir schaffen das doch zu zweit, oder? Notfalls reduzieren wir eben die Öffnungszeiten und kaufen den Kuchen, anstatt ihn selbst zu backen.«

Seufzend gab Laura schließlich ihren Segen. »Aber bitte lasst uns dafür sorgen, dass nicht alles zusammenbricht.«

So etwas durfte nach den goldenen Regeln des Cafés nicht einmal gedacht werden. Als ob es gelte, einen Fluch abzuwehren, beschworen daher alle drei, dass Bernadettes Jahr in Frankreich ihre Freundschaft und Zusammenarbeit nur stärken würde.

»Und dir macht es auch nichts aus, wenn ich für ein Jahr keine Miete zahle?«

»Miete?« Verwirrt sah Julia zu Bernadette.

»Für mein Zimmer hier. Ich werde nicht doppelt Miete zahlen können.«

Julia schluckte. Die Heizkosten der ungedämmten Altbauwohnung und des Cafés verschlangen allein schon die Hälfte des Gewinns. Ob man doch eine Zeit mal auf Biomilch und Fair-Trade-Kaffee verzichten sollte? Nein, die Prinzipien durften nicht angetastet werden, sonst wäre das Ganze auf Sand gebaut. Wozu hatten sie denn ihre Notfall-Wunschdose?

Die Dose stand auf dem Tresen und stammte aus der Zeit, in der jeder gute Wunsch noch notiert wurde, sobald der Gast verschwunden war. Schließlich waren geschriebene Worte verbindlicher. Diese Vorgehensweise war aber nicht mehr praktikabel, als das Café voller wurde.

Julia holte die Dose, stellte sie in die Mitte und öffnete

sie feierlich. »Wir sollten mal nachforschen, welcher der Wünsche in Erfüllung gegangen ist.«

»Herr Gruber hat kurz nach seinem Besuch einen neuen Job gefunden«, sagte Laura.

»Und Emily ist doch nicht sitzengeblieben.«

»Na also, dann lasst uns endlich wieder eigene Wünsche aufschreiben.«

In der Dose befanden sich auch leere Karten und ein Stift. Julia machte den Anfang:

Bernadette wird einen wunderschönen Aufenthalt in Frankreich haben.

Bernadette nahm den nächsten Zettel.

Unser Café wird trotz meiner Abwesenheit wunderbar weiterlaufen.

Laura beschrieb mit dem goldenen Stift die nächste Karte:

Danach arbeiten wir wieder gemeinsam in unserem Café.

»Das wäre schön, aber wir können uns doch nicht für die nächsten fünfzig Jahre festlegen. Wer weiß, ob eine von uns mal woanders leben wird«, wandte Julia ein, worauf Laura den Zettel zerriss.

»Dann möchte ich es umformulieren.«

Das Café wird so weiterlaufen, wie es für uns alle am besten ist.

»Darf ich auch noch mal?«, fragte Julia.

Ihre Freundinnen nickten.

Ich werde für das Jahr genau die richtige Untermieterin finden.

»Muss es eine Frau sein?«, fragte Bernadette, die es trotz Vorfreude bedauerte, ihre Freundinnen zurückzulassen.
»Lieber wäre es mir. Aber ich kann dem Schicksal ja noch ein Hintertürchen offen lassen.«

Ich werde für das Jahr genau den/die richtige(n) Untermieter/in finden.

»Wie wäre es denn mit einem Wohnungstausch? Vielleicht hat Jean Lust, für ein Jahr nach Deutschland zu kommen?«, bemerkte Laura, die ihre Einzimmerwohnung im Süden der Stadt nicht gegen ein WG-Zimmer bei Julia eintauschen wollte. So sehr sie ihre Freundin mochte, sie war froh, sich auch mal ganz zurückziehen zu können.
Julia schüttelte den Kopf. »Ich weiß doch nicht mal, wie er mit Nachnamen heißt.«
Bernadette schnappte sich den Stift.

Julia wird Jean dieses Jahr endlich wieder in ihre Arme schließen.

Auch wenn Julia so tat, als fände sie das albern, freute sie sich über die Anteilnahme ihrer Freundinnen. Und wer weiß? Vielleicht würde Bernadettes Wunsch ihre unzähligen geschriebenen, gedachten oder ausgesprochenen Wünsche schneller in Erfüllung gehen lassen.

Als Robert Piets Foto von den drei hübschen Cafébesitzerinnen sah, bereute er es, nicht bei der Jubiläumsfeier gewesen zu sein. Aber er hatte größere Sorgen. Über seinen Vorschlag, für die erste Zeit zu dritt in der Wohnung zu leben, hatte Carsten noch nicht einmal gelacht. Natürlich würde er ihn nicht sofort auf die Straße setzen, aber wenn Sonja, die schon ihre Wohnung gekündigt hatte, in einem Monat einziehen würde, müsste er was anderes haben.

»Ach komm, die Stadt ist riesig, da wird sich was finden!«, hatte Carsten gesagt und war direkt mit ihm die Immobilienanzeigen durchgegangen. Doch alles war zu teuer, zu weit weg oder viel zu klein. Und drei Monatsmieten Kaution hatte er weder auf dem Konto noch unter der Matratze versteckt. Die einzige Notreserve, die er besaß, waren Schuhe mit Autogrammen der größten Stars der Musikbranche – das Ergebnis eines Semesterferienjobs bei einem renommierten Musikmagazin. Damals hatte er die Serie »In den Schuhen von ...« ins Leben gerufen. Sein Charme und sein gutes Aussehen sorgten dafür, dass er an jedem Bodyguard vorbeikam, um die Stars zu ihren Schuhen zu interviewen – wohlgemerkt an seinen Füßen. Er hatte behauptet, dadurch würde er sich besser in sie hineinfühlen können. Was für ein Schwachsinn! Das Magazin wurde zwar eingestellt, und er hatte nie wieder einen vergleichbaren Job bekommen, aber die Schuhe hatte er behalten, und sie waren ihm hin und wieder nützlich gewesen. Kylie Minogues Glitzerpumps im Regal lösten bei *weiblichen* Besuchern eine solche Begeisterung aus, dass er selbst zur Nebensache wurde. Er war für sie die Brücke zur Glitzerwelt. Wie konnte er nach dem Studium nur so blöd sein, bei einer Zeitung anzufangen, die so provinziell war?

»Nimm es nicht persönlich. An unserer Freundschaft ändert das nichts!«, sagte Carsten.

Auf den Hinweis, dass die meisten Wohnungen über Kontakte vermittelt wurden, ging Robert sein Adressbuch durch.

Ein paar seiner Freunde und Kollegen versprachen, sich umzuhören. Simona hatte sich anscheinend mehr von seinem Anruf versprochen.

»Hi, Robert. Wie schön, von dir zu hören.«

»Äh, ja, war ein wenig stressig hier in letzter Zeit. Wie geht's denn so?«

»Ich habe dich vermisst.«

Robert überlegte kurz, ob er lügen sollte. Er entschied sich dafür, neutral zu bleiben. »Wir könnten doch mal wieder zusammen einen Kaffee trinken. Aber bevor ich überhaupt an so was wie Ausgehen denken kann, muss ich erst ein anderes Problem lösen.«

»Kann ich dir dabei helfen?«

Simona klang, als creme sie sich gerade ihre langen Beine ein. Vielleicht wäre ein Kaffee wirklich eine gute Idee – danach wäre sie bestimmt noch hilfsbereiter? Aber Robert wollte fair sein – oder das, was er darunter verstand.

»Vielleicht.«

»Aha? Worum geht's?« Jetzt klang sie, als bürste sie ihr langes Haar.

»Kennst du jemanden, der ein Zimmer oder eine kleine Wohnung vermietet?«

»Arschloch.« Sie knallte den Hörer auf.

Bei seinem alten Freund Nick hatte er mehr Glück. Der sprach sogar von Gedankenübertragung, und eine halbe Stunde später saßen sie zusammen bei Starbucks.

»So einen Laden müsste man haben«, bemerkte Nick anerkennend und biss in seinen Blaubeermuffin.

Robert klammerte sich an seinen heißen Kaffee, schwarz und ohne Zucker, den er sich von Nick hatte mitbringen lassen. Die Auswahl, die hier den Hang zum Individualismus ins Absurde trieb, hätte ihn sonst in die Verzweiflung getrieben.

»Tja, wie gesagt, mir würde im Moment ein WG-Zimmer reichen.«

»Wird sich finden!«

Robert war genervt von Nicks Auftreten. Er hätte als Leiter des Seminars *Die Welt ist wunderbar – wie kann man das zu Geld machen?* eine gute Figur abgegeben. Neben Nick, den er bei einem Praktikum in einer Werbeagentur kennengelernt hatte, sah er schlaksig aus, seine Klamotten wirkten schäbig und seine Brille streberhaft.

»Aber sag mal, Robert, wie geht es dir sonst? Immer noch auf den Chefposten des *Rolling Stone* aus?«

War er das je gewesen?

»Hör schon auf. Der Journalismus liegt im Sterben. Passend zu seinem Stoff.«

»Du warst schon immer ein Zyniker. Ich meine, wie geht es dir?«

Diese Frage gehörte zu den schlimmsten, die ein Mensch dem anderen stellen konnte. »Was läuft?« hätte vollkommen gereicht.

»Willst du wirklich wissen, wie es mir geht?«

»Na klar.« Nicks Muffin war verspeist. Jetzt ging es dem dreifachen Toffee-Dingsbums-fettarm an den Kragen.

»Beschissen. Ich berichte über Greise, Baumarkteinweihungen und Gartenausstellungen, während meine Kollegen über Krieg, Pleiten und Umweltzerstörung schreiben. Ich frage mich nicht nur, wer in so einer Welt noch eine Zeitung kaufen will, ich frage mich auch, wer in so einer Welt überhaupt noch leben will!«

»Keiner. Darum sollten wir sie ändern!«

»Ach, ja? Sitzstreik vor dem Panzer oder was?«

»Warum nicht? Abgesehen davon leben wir in einem friedlichen Land.«

»Meinst du? Fragt sich nur, wie lange noch.«

Nick wurde wieder einmal klar, dass Robert beim Thema Weltverbesserung der falsche Ansprechpartner war.

»Und privat?«

»Prekäre Verhältnisse trotz Job. Demnächst wahrscheinlich obdachlos. In dieser Stadt gibt es ja keine Wohnungen mehr, weil die ganzen verwöhnten Gören die Einzimmerwohnungen belegen und von ihren reichen Eltern noch den Hintern gepudert bekommen, damit sie auf Staatskosten Vorlesungen verpennen, die durch die Steuergelder armer Mittelschichtler finanziert werden!«

Nick suchte krampfhaft nach einem unverfänglichen Thema. Frauen. Vielleicht wäre das Thema erbaulicher.

War es nicht, wie sich beim ersten Stichwort herausstellte.

»Hör mir auf mit der Liebe! Die hat mich gerade erst die Wohnung gekostet. Seit mein Mitbewohner wieder liiert ist, ist vor allem eins in festen Händen: sein Gehirn.«

Vor dem Fenster schlich der Obdachlose vorbei, der immer die Pfandflaschen einsammelte.

»Wenn ich nicht bald etwas finde, dann ende ich wie der Penner da!«

Bei allem Mitleid für Robert war Nick die Situation langsam peinlich. Er wusste, dass Robert im Grunde seines Herzens niemandem etwas zuleide tat. Die Frauen, die sich von ihm abschleppen ließen, waren im Grunde selbst schuld. Sie sollten dankbar sein, dass er ihnen die Lektion erteilte, dass manche Männer eben nur Sex wollten. Auf einmal kam Nick eine Idee, wie er mehreren Menschen gleichzeitig einen Gefallen tun würde – sich selbst inklusive.

»Robert, das wirst du nicht. Ich glaube, ich habe ein WG-Zimmer für dich: 400 Euro warm, Altbau, Balkon, Wohnküche und Wannenbad.«

»Und wo ist der Haken?«

Nick strich sich die Haare aus dem Gesicht. »Häkchen. Allerhöchstens.«

»Sag mir doch gleich, dass ich die Wohnung nicht bekomme!«

Roberts Galle musste schon schwarz sein. Wenn die Theorie meiner Schwester stimmt, dass Gedanken Wirklichkeit werden, dachte Nick, dann ist er selbst schuld an seiner Misere.

»Die Vermieterin und Mitbewohnerin wäre meine Schwester Julia.«

»Also wenn ich in irgendeine dunkle Familienangelegenheit verstrickt werde, dann wäre mir ein Leben als Penner doch lieber!«

»Pssst. Jetzt hör mir erst mal zu!« Nick beugte sich zu

Robert vor. »Julia wartet darauf, dass das Schicksal ihr einen Untermieter schickt, weil ihre Mitbewohnerin ein Auslandsjahr einlegt. Sie stellt nur gewisse Ansprüche, die unter Umständen für jemanden wie dich nicht so einfach zu erfüllen sind.«

Roberts Interesse war erwacht. »Was will sie denn? Dass ich für eine saubere Wohnung sorge? Solange ich nicht nackt putzen muss ... Oder erwartet sie gemeinsame Mahlzeiten? Eine neue Mutter suche ich nicht! Zumal meine eigene Mutter mir oft genug klargemacht hat, dass ich der Grund für ihr Ehe- und Karriere-Aus war.«

Der arme Robert, dachte Nick. Er selbst und seine Schwester waren in einem Meer aus Liebe gebadet worden – das sagte er, obwohl seine Eltern immer versucht hatten zu verheimlichen, dass er nur ihr Zweitlieblingskind war, und ihn auch noch für zu beschränkt gehalten hatten, das zu merken. Aber sie hatten es gut gemeint. »Da kann ich dich beruhigen. Also, wie soll ich es dir erklären: Sie erfreut sich am Gustav-Gans–Syndrom. Das Glück ist immer auf ihrer Seite, und sie glaubt, dass das an ihrem Denken liegt.«

»Oh nein, so eine Esoterik-Tussi? Räucherstäbchen und Yogi-Tee zum Frühstück? Vegane Leberwurst im Kühlschrank?«

Nick musste lachen. Seine Schwester war zwar ein wenig unrealistisch, aber nicht komplett verstrahlt. »Du kannst sie ja unverbindlich kennenlernen. Sie arbeitet im Café Juliette.«

Robert kam dieser Name bekannt vor. Ach ja, die Feier, über die Piet berichtet hatte. Wenn er an so etwas wie Schicksal glauben würde, würde er sich jetzt Gedanken darüber machen, warum er in kurzer Zeit zweimal dort hingeschickt wurde. Seine Interpretationen gingen aber in eine andere Richtung. »Verachtest du deine Schwester so sehr, dass du ihr einen Arsch wie mich in die Wohnung setzen willst? Was ist, wenn ich die ganze positive Energie zerstöre?«

Robert fragte sich, welche der drei hübschen Frauen Nicks Schwester war.

»Robert, du wirst es ja wohl schaffen, in ihrer Gegenwart so zu tun, als wäre das Leben ein Ponyhof!«

»Im Zweifelsfall halte ich einfach den Mund.«

Andere Leute brachten noch größere Opfer, um eine Wohnung zu ergattern, da würde er ja wohl einen auf Sonnenschein machen können, redete Robert sich ein – zumindest bis der Mietvertrag unterschrieben war.

»Jetzt brauchen wir nur noch eine Strategie, wie wir dich ihr als Geschenk des Himmels verkaufen können!«

Es tut gut, selbst mal bedient zu werden.«

Julia lächelte, als sie der Frau mit dem Filzhut einen Milchkaffee und ein Stück Käsekuchen mit Himbeersoße servierte. Allerdings gelang ihr nicht ganz das Lächeln, das sie sich gewünscht hätte, weil sie in Gedanken immer noch bei Bernadettes bevorstehender Abreise war.

»Ich wollte Ihnen nicht zu nahe treten.«

Jetzt machte sich die Dame, die zu Hause ihrem Mann und ihren Kindern wahrscheinlich jede Tasse hinterhertrug, auch noch Sorgen, ob ihre Bemerkung unpassend gewesen sein könnte. Was Julia wiederum einen Stich versetzte. Ihre privaten Sorgen durften sich nicht noch auf die Gäste übertragen!

»Das sind Sie nicht. Ich freue mich, wenn sich unsere Gäste wohl fühlen.«

Beim ersten Schluck Milchkaffee entspannten sich die Gesichtszüge der Dame wieder, und Julia wünschte ihr in Gedanken jemanden, der sie umsorgte. Um die Suche nach einer Untermieterin voranzutreiben, hatte sie im Internet eine Anzeige aufgegeben und keine drei Stunden später fünfzig Antworten erhalten. Auch wenn es ihr lieber wäre, die Richtige käme einfach hereinspaziert, war sie realistisch genug, dem Schicksal ein paar Türen offen zu halten.

Sie sammelte das Geschirr von den Nachbartischen ein, nahm eine Bestellung auf und verschwand in der kleinen Küche.

»Und – wann lädst du die ersten Bewerberinnen ein?« Bernadette schaute von der Torte hoch, die sie gerade mit Kuvertüre überzog.

»Ach, Bernadette, sie klingen alle nett, aber keine ist wie du!«

»Warte ab, vielleicht ergibt sich eine wunderbare neue Freundschaft.«

Julia stellte die Teller in die Spülmaschine. »Ich weiß gar nicht, ob ich das will. Es ist irgendwie so, als wären die Freundinnenplätze schon besetzt.«

Bernadette verstrich die Schokolade und stemmte die Hände in die Hüften. »Hör mal, Julia, wenn hier jemand ein schlechtes Gewissen haben sollte, dann höchstens ich. Ich wünsche mir, dass ihr euch gut versteht! Solange sie das Zimmer nach einem Jahr wieder frei gibt und die Wände nicht überstreicht, ist doch alles in Ordnung!«

Bevor Julia sich um den heißen Kakao kümmern konnte, der bestellt worden war, platzte ein Unbefugter in die Küche.

»Hallo, Schwesterherz! Seit zehn Minuten schaue ich zu, wie deine Gäste verschwinden, und frage mich, ob sie überhaupt bezahlt haben!«

Nick hatte das Treiben im Café eine Weile beobachtet, bevor er sich auf die Suche nach seiner Schwester gemacht hatte. Während er sich aufregte, wie sie die Gäste allein in dem Raum mit der Kasse sitzen lassen konnte, war er für den Bruchteil einer Sekunde versucht gewesen, einen Blick in die große Dose auf dem Tresen zu werfen.

»Hallo, Bruderherz, schön, dich zu sehen! Und falls du dir Sorgen machst: Ich kenne meine Gäste!«

»Meinst du?« Nick schluckte ein paar zynische Bemerkungen runter, weil er seine Mission nicht vereiteln wollte. »Dann setze ich mich wieder und warte darauf, meine Bestellung aufzugeben.«

Bernadette verdrehte belustigt die Augen. »Sag doch einfach, was du willst, und wir bringen es dir gleich.«

Nick bestellte einen Kaffee, während er durch die offene Tür beobachtete, wie Laura das Café betrat.

Robert verspürte zum ersten Mal seit langem so etwas wie Aufregung. Er versuchte den Gedanken, dass er Abenteuerlust zuletzt verspürt hatte, als er in die Stadt gezogen war, um sein Studium zu beginnen und ein großer Journalist zu werden, zu verdrängen. Es ging hier schließlich nur um ein Dach über dem Kopf. Vorübergehend.

Im Wohnzimmer seiner WG standen schon so viele Kisten von Sonja, dass der Blick auf den Fernseher versperrt war. An den Abenden zu dritt spürte er, wie überflüssig er war.

Da hinten musste es sein! *Café Juliette* stand auf einem Schild über der Tür. Robert beschleunigte seine Schritte und ging in Gedanken noch mal das Drehbuch durch, das er mit Nick entworfen hatte. Durch die Scheibe sah er seinen Freund an einem der Tische sitzen. Eine Frau mit schwarzen kurzen Haaren beugte sich darüber und stellte eine Tasse ab. Hinter der Theke erkannte er Julia wieder, die Nick ihm auf einem Foto gezeigt hatte. Er drückte die Klinke hinunter, öffnete die Tür und ließ seinen Blick durch den Raum schweifen. Alle Möbelstücke schienen nur gemeinsam zu haben, dass sie vor 1960 geschreinert wurden, und wirkten im Zusammenspiel doch genauso harmonisch wie die drei Freundinnen. Die Schwarzhaarige schüttelte ein Streichholz aus, und die Blonde schaute ihn einen Moment lang an. Robert senkte den Blick.

»Robert, Mensch, Robert! Was für ein Zufall, wie schön, dich zu sehen! Komm, setz dich zu mir.« Nick erhob sich und deutete auf den Platz neben sich.

»Hi, Nick, ich glaube nicht an Zufall!«

Nick nickte Robert unmerklich zu, als er registriert hatte, dass Julia die Ohren spitzte, während sie Tassen einräumte. Sie tat es auffällig langsam, um das Klappern zu vermeiden. Sie konnten sich also ihrer Aufmerksamkeit sicher sein.

»Seit Tagen suche ich deine neue Telefonnummer, und jetzt finde ich dich! Live und in Farbe«, sagte Robert, wobei er sich albern vorkam.

»Robert, jetzt werd mal nicht gleich metaphysisch! Bestell dir lieber bei meiner Schwester einen Kuchen!«

Julia zuckte zusammen, weil sie sich dabei ertappt fühlte, Robert zu beobachten. Er sah aus wie eine Mischung aus Jean und Alain Delon – mit Brille.

»Julia, was kannst du Robert empfehlen?«

»Der Käsekuchen mit Himbeeren ist fantastisch.«

»Käsekuchen hört sich wunderbar an.« Robert wich ihrem Blick aus und erwischte dafür Nicks Augen. Der sah aus, als hätte er Spaß.

»Hey, Robert, wie viele Anzeigen hast du eigentlich schon geschaltet? Also wenn ich in einem Monat eine neue Wohnung bräuchte, würde ich langsam nervös werden.«

Julia wurde so neugierig, dass sie mit der Frage nach dem Getränk zum Kuchen wartete.

»Ach, Nick, weißt du was ...« Robert setzte seine Brille ab und rieb sich die Augen, was Julia auf ganz merkwürdige Art durcheinanderbrachte. Es war, als hätte sie ihn für eine Sekunde nackt gesehen. »Ich sehe das ganz entspannt. Ich habe mich entschieden, diese krampfhafte Suche sein zu lassen und einfach darauf zu vertrauen, dass die zukünftige Wohnung mich findet. Was heißt hier Wohnung, mir reicht ein WG-Zimmer. Besitz bedeutet mir nicht viel.«

Während Julias Augen immer größer wurden, zogen sich Lauras Augenbrauen zusammen. Sie roch Typen, die Frauen verarschten, zehn Meter gegen den Wind.

Nick witterte immer den perfekten Augenblick. »Hey, Julia, du suchst doch einen Mitbewohner, oder?«

Bevor Julia antworten konnte, mischte sich Laura ein. »Julia sucht eine Mitbewohnerin!«

Bernadette kam hinzu. »Ich kann mich erinnern, dass auch ein Mitbewohner unter Umständen in Frage käme.«

Die Sekunde, die sie Robert ohne Brille gesehen hatte, hielt Julia davon ab, sofort Nein zu sagen. »Vielleicht können wir uns mal zusammensetzen, um zu überlegen, ob es passt. Ich glaube nämlich auch nicht an Zufall.« Dann senkte sie den Blick, und Nick und Laura dachten dasselbe: Wie kann man nur so naiv sein?

Ich glaub es nicht!«

Laura knallte die Teller in die Spülmaschine, als wäre sie Angestellte bei einer Fast-Food-Kette und nicht Teilhaberin eines Herzensprojekts.

Julia zuckte zusammen, als sich ein Splitter von einem Goldrandteller löste, sagte aber nichts. Ihre Freundin meinte es schließlich nur gut. »Beruhige dich. Ich habe nur gesagt, dass ich mich mal mit ihm zusammensetzen würde, um zu schauen, ob in Frage kommt, dass er bei mir einzieht.«

Bernadette zog die Küchentür zu, obwohl das Café bereits geschlossen hatte und keine Zeugen zu befürchten waren.

»Vielleicht ist mein Zimmer gar nichts für ihn. Dann hat sich die Sache erledigt.«

»Jemand, der in dem Alter noch ein WG-Zimmer sucht, ist doch ein Spinner!«

Als sie ein Kind war, hatte Laura den einen oder anderen Mann in die Wohnung ihrer Mutter einziehen sehen. Jeder dieser Männer wurde ihr als WG-Partner verkauft. Die Wohnung war schließlich zu groß und zu teuer für sie beide. Und ganz speziell bei einem war sie froh, als er wieder ausgezogen war.

»Julia, du weißt nicht, auf was du dich da einlässt. Im besten Fall pinkelt er im Stehen.«

Julia musste bei dem Gedanken schmunzeln. Wozu gab es WG-Regeln und Aufkleber, auf denen ein pinkelndes Männchen durchgestrichen war? Die Männer von heute beseitigten ihre Spuren, sodass es ihr im Prinzip ganz egal sein konnte, ob er im Stehen oder Sitzen pinkeln würde. Sie konnte Laura jetzt einen Vortrag halten, dass ihr schlechtes Männerbild eben schlechte Männer anziehe. Aber da sie ihre Freundin nicht verletzen wollte, antwortete sie nur: »Für mich sah er nicht aus wie ein Serienkiller.«

»Nein, weil Serienkiller nie wie Serienkiller aussehen.« Der Henkel brach ab, als Laura die Tasse in ihrer Hand abtrocknete.

Bernadette ergriff das Wort: »Seht ihr, was eure Gedanken für einen Schaden anrichten? Hört beide auf! Ich bin mir sicher, dass Julia den richtigen Untermieter wählen wird. Und Laura, du bekommst meinen Zweitschlüssel, falls es dich beruhigt. Sollte Julia nicht öffnen, kannst du immer noch nachsehen, ob sie ans Bett gefesselt wurde oder auf Pinkelspuren ausgerutscht ist und sich das Genick gebrochen hat. So sind wir doch gar nicht – so ängstlich und kleinkariert. Meine Güte, hätte ich gewusst, dass es so einen Stress gibt, wenn ich mal weg möchte, hätte ich euch gar nicht um Erlaubnis gefragt!«

»Aber sagt nicht, ich hätte euch nicht gewarnt!«

Anstatt Laura zu antworten, nahm Julia einen unbeschriebenen Zettel aus der Wunschdose:

Egal was passiert, wir werden immer Freundinnen bleiben.

Für einen Moment war Laura versucht, dahinter zu schreiben: *Falls dich der Typ bis dahin nicht erledigt hat.* Manchmal war es gar nicht so leicht, nur an das Gute zu denken.

Robert, was ist bitte schön in dich gefahren?«

Wenn Ulli an Roberts Schreibtisch kam, brachte er selten gute Neuigkeiten mit. Er hatte mit Kritik gerechnet, aber insgeheim gehofft, dass sein Chef seinen Artikel schlucken würde.

»Unsere Abonnenten bestehen zum Großteil aus Best Agern, Silver Agern oder was es an Euphemismen fürs Alter sonst noch gibt. Meinst du wirklich, die wollen lesen, dass sie irgendwann ein trostloses Leben im Heim erwartet? Nimm dir ein Bespiel an Piets Bericht über den neunzigjährigen Karatelehrer!«

Robert versuchte, sich von den roten Flecken auf Ullis Wangen nicht beeindrucken zu lassen. »Du hast mich aber nicht zu einem topfitten Best Ager, sondern zu einem deprimierten Greis geschickt, der zwar körperlich im Eimer, aber immerhin mit einem gesunden Sarkasmus gesegnet war. Was erwartest du von mir?«

»Was ich von dir erwarte? Umschreiben natürlich!«

Er knallte das Blatt auf den Tisch, das Robert an einen korrigierten Schulaufsatz erinnerte. Dabei wollte Robert noch nicht einmal provozieren, sondern dem alten Mann eine Stimme geben. Denn genau so würde er selbst mit hundert denken – nur, dass er es gar nicht erst so weit kommen lassen würde. Dieses Gefühl der Ohnmacht musste grausam sein.

»Ach, weißt du was?«, Ulli riss ihm den Text aus der

Hand, »Piet wird das für dich überarbeiten. Soll er doch, dachte Robert nur.

Der alte Sekretär ihrer Oma erschien Julia als die einzig mögliche Schatztruhe für das Foto von Jean, denn die Schublade hatte ein Schloss. Bislang hätte Julia nicht gewusst, vor wem sie das Bild verheimlichen sollte. Bernadette würde niemals in ihren Sachen schnüffeln, und Einbrecher interessierten sich wohl kaum für schöne Jungs. Aber wie würde das mit einer neuen Mitbewohnerin sein? Oder gar mit Robert?

Julia strich über Jeans Gesicht und flüsterte »Je t'aime«. Sehr viel weiter war sie mit ihrem Französisch nicht gekommen, was dazu führte, dass sie die Kontaktaufnahme immer weiter vor sich herschob. Gut, sie kannte seinen Nachnamen nicht, wusste aber, wo er arbeitete. »Ach, Jean«, wechselte sie ins Deutsche, weil sie glaubte, dass es für seelische Verbindungen keine Sprachbarriere gab, »wenn wir füreinander bestimmt sind, dann werden wir auch so lange warten können, bis ich mich mit dir unterhalten kann.«

Um ihrem Wunsch ein Stück näher zu kommen, nahm sie sich einen Stapel selbst beschrifteter Karteikarten und fragte sich Vokabeln ab: Sehnsucht, Warten, Glück, Erfüllung, Hoffnung, Zweifel ...

Zweifel? Warum hatte sie Zweifel notiert? Sie hatte keine Zweifel. Aber was wäre, wenn er welche hätte? Wenn sie sich wiedersähen und er wäre längst mit einer anderen zusammen? Julia, die um die Macht des geschriebenen Wortes wusste, zerriss die Karte mit dem schön geschwungenen Wort Zweifel und ersetzte es durch Zuversicht. Auch wenn der Zweifel in kleinen Fetzen auf dem Boden lag – zum ersten Mal fragte Julia sich, ob es außer Jean nicht auch noch andere Männer gäbe. Und als sie dabei ausgerechnet an Robert denken musste, fasste sie einen Entschluss und griff zum Telefon.

»Hallo, ihr seid bei Robert und Carsten gelandet. Hinterlasst euren Spruch, und wir rufen zurück.«

Julia hatte die Chance verpasst, vor dem Piep aufzulegen, also musste sie ihrem eigenen Atem noch etwas hinzufügen. »Hallo, Robert, hier ist Julia. Es tut mir wirklich leid, aber ich möchte unsere Verabredung absagen. Es hat nichts mit dir zu tun, wirklich nicht, aber irgendwie hätte ich doch lieber eine Mitbewohnerin. Also, nicht dass du das jetzt falsch verstehst, aber ...«

Der nächste Piep sorgte dafür, dass sie sich nicht noch weiter in Rechtfertigungen verstricken konnte. Warum hatte sie überhaupt das Gefühl, sich entschuldigen zu müssen? Schließlich würde sie noch zwanzig weitere Namen auf der Bewerberliste durchstreichen müssen.

Wird hier schon Sonjas Einzug gefeiert, bevor ich ausgezogen bin?«

Robert schmiss seine Jacke in die Ecke, woraufhin Carsten sie aufhob und an die Garderobe hängte. Das hätte er früher nicht getan.

»Es gibt lediglich etwas zu trinken, nachdem ihre Freundinnen uns geholfen haben, das Wohnzimmer neu zu streichen.«

»Ach du Scheiße!«

Sonja und zwei Freundinnen saßen auf dem Sofa, das mit einer Plastikplane überzogen war, und hielten eine

Tasse Tee in der Hand. Robert verstummte aber nicht wegen der drei Grazien, sondern wegen der Wandfarbe. Lavendel.

Sonja erhob sich und reichte Robert mit einer Miene die Hand, die zwischen Schüchternheit und Schuldbewusstsein lag.

»Hallo, Robert, ich hoffe, das kommt nicht zu plötzlich.«

»Nein, natürlich nicht! Solange ihr mich nicht mit dem Besen rauskehrt. Würde mich nicht wundern, bei den hauswirtschaftlichen Ambitionen, die Carsten auf einmal hegt.«

Carstens schwangere Freundin hielt sich eine Hand vor den Bauch, als müsse sie ihr Baby vor feindlichen Übergriffen schützen. Vielleicht wollte sie auch nur ihre Schutzbedürftigkeit unterstreichen. Schließlich hieß es nicht umsonst: »Frauen und Kinder zuerst.« Und Robert würde nicht im Ozean ertrinken, wenn Sonja seinen Platz einnahm.

»Ich dachte, Carsten hätte dich informiert, dass wir mit dem Renovieren beginnen. Wie ich gehört habe, hast du schon ein neues Zimmer in Aussicht. Über dem Café Juliette. So wie Carsten das beschrieben hat, werde ich ganz neidisch.«

Verlegen suchte Sonja die Rettung in den starken Armen ihres Freundes. Der war allerdings zu schwach, um seinem Freund von der Nachricht auf dem Anrufbeantworter zu erzählen, und redete sich ein, nur taktisch klug zu handeln. Wenn diese Julia erst mit Robert zusammensaß, würde er sie schon überreden, ihm das Zimmer zu geben. Carsten hatte das Eigentlich-will-ich-dich-ja-doch aus jedem Wort herausgehört. Damit Robert die Nachricht nicht anders interpretieren konnte, hatte er sie vorsorglich gelöscht.

»Robert, lass uns zusammen einen Männerabend machen. Ein Bier um die Ecke – was hältst du davon?«

»Männerabend? Ich sehe hier keinen Mann weit und breit, der mit mir ein Bier trinken gehen könnte«, das Wort »Mann« spuckte er geradezu aus und umrahmte es mit einer Pause, die die Anführungszeichen durch die Luft schwirren ließ.

Eine von Sonjas Freundinnen erhob sich von der knisternden Folie und packte Robert am Arm. »Du bist ein Weichei, das sich hinter chauvinistischen Sprüchen versteckt! Weißt du, dass Sonja deinetwegen ein schlechtes Gewissen plagt? Meine Güte, du bist ein erwachsener Mann, der sich wie tausend andere in dieser Stadt eine eigene Wohnung suchen muss! Jetzt verhalte dich auch so und zieh einfach um!«

Als niemand etwas sagte, ergriff Carsten das Wort. »Wir wissen alle, dass ein Umzug zu den belastendsten Ereignissen im Leben gehört. Wir sollten also alle Nachsehen miteinander haben. Ich kenne Robert seit Jahren, er meint es nicht so.«

Nach seiner beschwichtigenden Rede hielt Carsten Robert die Jacke hin, um deutlich zu machen, dass sein Angebot, einen Männerabend zu machen, immer noch stand.

»Doch, so meine ich es«, sagte Robert. »Und nur um dich vorzuwarnen: In der Liste mit den traumatischen Erfahrungen steht neben Umzug, Tod eines Nahestehenden oder Scheidung auch«, er holte tief Luft, um seinen

Worten mehr Nachdruck zu verleihen, »Hochzeit und Geburt eines Kindes!«

Dann nahm er die Jacke entgegen, zog sie an, ging zurück zur Tür und knallte sie hinter sich zu. Er hätte sich jetzt gerne mit Carsten über die Ungerechtigkeit der Welt aufgeregt, aber dazu war er zu stolz und wütend. Er musste erst mal ein paar Runden um den Block laufen. Es war kalt und der Himmel grau. Es nieselte und roch nach Linsensuppe. Ach, der Penner wieder, dachte Robert, als er in einem Hauseingang den Obdachlosen wiedererkannte, der vor der Starbucks-Filiale herumgelungert hatte. Aus dem Kellerfenster kam ein Verlängerungskabel, an dem eine Kochplatte angeschlossen war. In dem Topf darauf blubberte es, und Dampf stieg auf. Mit einem Mal überkam Robert Sehnsucht, sich ins Café Juliette zu setzen und sich einen heißen Kaffee und ein Stück Kuchen an den Platz bringen zu lassen. Es wäre nur ein paar Minuten zu Fuß entfernt, aber Robert bog in die andere Richtung ab.

Im Café Juliette dachte jemand ebenfalls an ihn. Julia saß an einem Tisch, erschöpft von dem Gespräch mit der fünften Studentin, die ein WG-Zimmer suchte. Sie alle waren nett, aber keine hatte dieses Kribbeln in ihr ausgelöst, das sie bei Robert empfunden hatte. Nur für einen winzigen Moment, aber immerhin.

Nachdem sie noch ein paar Tassen Tee serviert hatte, setzte Bernadette sich zu ihr. »Von mir aus dürfte jede von ihnen in mein Zimmer.«

»Von mir aus auch. Das ist ja das Schlimme. Weißt du, jede wünscht sich das Zimmer. Und ich wünsche jeder, dass sie ein Zimmer findet, aber bis auf eine werde ich alle enttäuschen müssen.«

»Und was machst du?«

»Ich warte auf ein Zeichen. Es wird sich fügen. Meinst du, es war dumm von mir, Robert abzusagen, ohne mich mit ihm zu treffen?« Julia sah in Bernadettes Schneewittchen-Gesicht und vermisste sie jetzt schon schmerzlich.

»Sagen wir mal so: Eine Mitbewohnerin ist in der Regel unkomplizierter. Und wer weiß, nachher hättest du dich in ihn verliebt, und er würde dauerhaft meinen Platz einnehmen. In meinem Zimmer, meine ich.«

»Ach was, ganz davon abgesehen, dass er gar nicht mein Typ ist, falls ich offen für eine Beziehung wäre, ist Robert viel zu alt für mich.«

»Anfang dreißig geht doch noch – und schlecht sieht er nicht aus.«

»Stimmt, rein objektiv sieht er fabelhaft aus. Allerdings interessiert mich das nicht.«

Julia fragte sich, ob er eine Freundin hatte. Falls ja, wäre ihr die Entscheidung leichter gefallen. Zum Grübeln blieb jedoch keine Zeit, da sich ein paar Gäste schon nach jemandem umsahen, der ihre Bestellung aufnehmen würde. Julia stand auf und ging auf das Pärchen zu, dem auf einmal andere Dinge wichtiger waren als Kaffee und Kuchen und das sich küsste. Mit geschlossenen Augen. Sehr lang. Sollte sie sich räuspern? Warum ging sie nicht einfach? Was war so spannend daran, wenn sich zwei Lippen berührten? Bevor sie reagieren konnte, öffnete die Frau die Augen und errötete.

»Oh, einen, hm, ja, einen Milchkaffee wie immer, bitte.«

»Und für mich einen schwarzen Tee, bitte!«, bestellte ihr Freund, während er seinen Schal abnahm und über den Stuhl hängte.

»Gerne. Noch einen Kuchen dazu?«

Die Frau nahm seine Hand und schaute Julia an, als handle es sich um eine folgenschwere Entscheidung. »Wir schauen noch, was es so gibt.«

Julia nickte nur und lief zur Küche. Was wäre, wenn sie vergeblich auf Jean wartete? Sie verbot sich den Gedanken. Er würde ihn nur weiter von ihr fortbringen. Noch ein Jahr gab sie sich. Es war doch geradezu schicksalhaft, dass Bernadette für ein Jahr in der Normandie sein würde, ganz in der Nähe von Bayeux. Der Himmel hatte ihr eine Möglichkeit geschickt, Jean ausfindig zu machen. Schließlich war es auch damals Bernadette gewesen, die die Brücke zu Jean geschlagen hatte.

Es klopfte an der Tür. Während Piet gleich aufsprang, blieb Robert sitzen, als er seinen Chef sah.

»Überraschung! Sie haben Besuch, Robert.«

Hinter Ulli stand eine Frau, die Robert erst auf den zweiten Blick erkannte: Dörte. Sie sah ohne den weißen Kittel noch viel besser aus.

»Wie es aussieht, haben Sie Herrn Müller bei einem einschneidenden Erlebnis zur Seite gestanden. Darüber könnte man fast einen Artikel schreiben, aber ich möchte dieser reizenden Dame nichts vorwegnehmen. Gehen Sie gemeinsam einen Kaffee trinken, Robert, und lassen Sie sich alles erzählen.«

Dörte sah unsicher zu Boden, als Robert ihren Blick suchte.

»Der Kaffee geht natürlich auf mich! Aber die Quittung nicht vergessen.«

Piet hatte sich wieder gesetzt, als Robert auf Dörte zuging und sie umarmte.

»Ach, nein, ich hatte ohnehin vor, dich anzurufen und um ein Treffen zu bitten. Der Kaffee geht natürlich auf mich!«

Dörte lächelte, und Ulli verkniff es sich gerade noch, die Schlagzeile »Hundertjähriger spielt Amor« hinauszuposaunen. Robert plagte einen Moment das schlechte Gewissen. Nach dem Termin bei dem greisen Herrn Müller war er noch mit Dörte ausgegangen. Es war nett gewesen, mit ihr Cocktails zu trinken und sich einen Abend lang mal wieder wie ein toller Typ zu fühlen. Robert wollte sich danach wirklich melden. Wirklich. Aber bei dem ganzen Stress mit der Wohnungssuche konnte es ihm keiner übel nehmen, dass er es vergessen hatte.

»Robert, ich wollte dich einladen. Zu …« Sie zögerte. »Vielleicht sollte ich weiter vorn anfangen.«

Sie hatten sich in das Café neben der Redaktion gesetzt. Dörte klammerte sich an ihrem heißen Kakao fest. Robert fand die Sahne in ihren Mundwinkeln äußerst sexy und fragte sich, wie es wäre, sie wegzuküssen. Ob sie nur hier war, weil sie etwas von ihm wollte? Oder gab es einen anderen Grund?

»Wir haben Zeit«, sagte er.

Diesmal trug sie einen hochgeschlossenen Pullover, der ihn nicht von ihrem hübschen Gesicht ablenkte.

»Also, Robert«, sie nahm über den Tisch hinweg seine Hand, »ich hoffe, das, was ich dir jetzt sage, wird dich nicht schockieren.«

»Bestimmt nicht.« Er drückte ihre Hand und fühlte sich schon vor ihrem Geständnis wie ein Frauenversteher. Und das fühlte sich gut an.

»Herr Müller ist tot.«

Zum Glück schluckte er die bösen Bemerkungen, die ihm spontan einfielen, runter und sah sie einfach nur groß an. Warum um alles in der Welt hatte sie Tränen in den Augen? Gehörte es nicht zu ihrer Arbeit, dass dauernd einer der Patienten das Altenheim Richtung Friedhof verließ? Und was hatte er damit zu tun?

»Herr Müller saß in seinem Zimmer, und wie jeden Morgen, seit du ihn besucht hattest, fragte er, ob der Artikel von diesem feschen Robert endlich erschienen sei. Tja, und letzte Woche war es dann so weit. Ich werde nie vergessen, wie er strahlte, als ich die Zeitung auf seinem Tisch ausgebreitet habe. Herr Müller, einen Kaffee dazu?, habe ich ihn gefragt, auch um ihn in diesem Moment allein zu lassen. Ich war mir einfach sicher, dein Text würde ihn rühren. Endlich wurde er gewürdigt. Du hast so feinfühlig und optimistisch über ihn geschrieben, dass jeder endlich verstehen kann, dass auch ein Leben wie das von Herrn Müller lebenswert ist.«

Robert senkte den Blick. Er verschwieg, dass Piet den Text überarbeiten musste. Das Schlimme war, dass Piet sein wohlfeiles Gesülze tatsächlich geglaubt hatte. Robert war sich sicher, dass Herr Müller von seinem ursprünglich scharfzüngigen Text begeistert gewesen wäre.

»Ach, Robert, ich muss gestehen, dass ich dich zuerst für einen oberflächlichen Aufreißer gehalten habe«, ein Lächeln huschte über ihr Gesicht, »wohlgemerkt für einen attraktiven Aufreißer, aber nach deinem Artikel wusste ich, dass du viel mehr bist als das.«

Vielleicht sollte Robert sie lieber mit Piet verkuppeln? Sollte er ihr die Wahrheit sagen? Dass von ihm nur noch die Sachinformationen stammten? Aber dann wäre es mit dem Balsam für seine Seele vorbei.

»Dir ist es zu verdanken, dass Herrn Müllers letzte Minuten erfüllt waren.« Sie wischte sich eine Träne weg. »Danke, Robert. Ich wünschte, alle Männer wären so wie du.«

»Dörte, ich weiß gar nicht, was ich sagen soll«, erwiderte Robert. »Was heißt hier letzte Minuten? Wer sagt, dass er da glücklich war?«

»Ganz einfach. Als ich ihn verließ, leuchtete er von innen, ganz gespannt darauf, deinen Text zu lesen. Als ich mit dem Kaffee wiederkam, lag er mit dem Kopf auf der Zeitung. Ich glaubte zunächst, er sei eingeschlafen, aber als ich ihn wecken wollte ... Die Ärzte sagen, es war plötzlicher Herztod. Ein schnelles Ende ohne große Schmerzen.«

Sie sprang auf und ging um den Tisch herum zu ihm, als sie sah, wie verwirrt er war. Er stand auf, ohne zu wissen, wohin mit seinen Armen. Er hatte Herrn Müller nicht getröstet, sondern umgebracht. Enttäuscht. Plötzlicher Herztod durch Schock über die verlogenen Zeilen, die nur die Abo-Kunden umschmeicheln sollten. Herr Müller hatte von Robert erwartet, dass er für ihn sprach, seine Weltsicht mit Schalk im Nacken vertrat, doch er war zu schwach gewesen. Dörte missdeutete die Tränen in seinen Augenwinkeln, schlang ihre Arme um ihn und presste ihn an ihre Brust. Er wollte sie in diesem Moment nicht auch noch enttäuschen – und er brauchte ihren Trost, also schluchzte er hemmungslos in ihr Haar.

Männer, die ihre Gefühle dermaßen offen zeigten, brachten Frauen wie Dörte um ihren Verstand. Warum hatte sie diesen sensiblen, attraktiven, weltgewandten Mann mit dem spannenden Beruf nicht schon viel früher kennengelernt? Doch eigentlich war sie aus einem einzigen Grund gekommen: »Robert, komm zu Herrn Müllers Beerdigung. Er hätte es so gewollt.«

Julia wollte allein sein, um eine Lösung für die Wohnsituation zu finden. Dafür war der Friedhof ihr liebster Ort. Dort hielt sie oft Zwiesprache mit ihrer Oma Juliette.

»Alles wird sich so fügen, wie es für dich am besten ist. Vertraue auf eine Kraft, die größer ist, als du es bist, und doch in dir wohnt«, hatte sie immer gesagt. Julia hatte keine Zweifel an dieser Kraft, war sich aber bewusst, dass sie deren Stimme nicht immer verstand. Sie wusste einfach nicht, welche der Bewerberinnen die richtige Mitbewohnerin war. Bei einer spürte sie förmlich ein Leck im eigenen Energietank, weil sie schon beim Vorstellungsgespräch viel mehr als das Zimmer und die Küchenmitbenutzung einforderte. Eine andere wollte die Welt verbessern, aber das auf so militante Weise, dass Julia sie gleich von ihrer Liste strich. Alle anderen waren nett und warteten auf Julias Anruf.

Sie saß auf einer Bank gegenüber dem Grab ihrer Oma und sprach mit ihr, als wäre der steinerne Engel auf der Grabstätte ihre Großmutter persönlich. Es fühlte sich fast an wie früher, wenn Julia als kleines Mädchen alleine mit ihrer Oma im Café saß, nachdem alle Gäste weg waren und das »Geschlossen«-Schild an der Tür hing. Wie oft hatte sie an einem der Tische gesessen, an denen sie heute die Gäste bediente, und von ihrer Oma eine heiße Schokolade serviert bekommen? An einem Abend hatte sich ihre Oma zu ihr gesetzt und gesagt, dass es nun Zeit sei, ein Geheimnis an die nächste Generation weiterzugeben. Das Geheimnis des Cafés der guten Wünsche.

»Es kommt mir vor, als ginge es um viel mehr als nur um eine neue Mitbewohnerin. Ich will keine der Kandidatinnen vor den Kopf stoßen und mich vor allem nicht falsch entscheiden.«

Ein Rotkehlchen hüpfte auf dem Engelshaar herum.

»Ich weiß, selbst wenn ich die Falsche wähle, wird davon die Welt nicht untergehen. Und falls doch, dann gib mir einfach ein Zeichen. Heute noch. Bitte!«

Für Julia war der Kontakt zu ihrer verstorbenen Oma Realität. Dennoch würde sie mit niemandem darüber reden. Nicht einmal mit ihren Freundinnen. Höchstens mit einer Portion Ironie als Sicherheitspuffer.

Schritte erregten ihre Aufmerksamkeit. Als sie sich umschaute, sah sie eine kleine Gruppe schwarz gekleideter Menschen auf sich zukommen, angeführt von einem Wagen, der von zwei Männern gezogen wurde. Darauf lag ein Sarg, der nur von einem einzigen Kranz geschmückt wurde.

Wie war der Mensch gestorben? Wie hatte er gelebt? Wer würde ihn vermissen? Anscheinend waren es nicht allzu viele – es sei denn, sie waren ihm schon vorausgegangen und erwarteten ihn in einer anderen Welt.

Es war zu spät, um von der Bank aufzustehen und zu verschwinden. Julia musste die Gruppe nun an sich vorbeilaufen lassen. Sie nahm sich vor, den Blick auf den Boden zu richten, doch der Weg war zu eng, sie musste aufstehen, um den Wagen vorbeizulassen.

In Gedenken an Herrn Hubertus Müller stand auf der Schleife. Julias Blick wanderte von dem Kranz zu dem Paar dahinter. Erschrocken nickte sie, als sie Robert erkannte. Hatte er womöglich nicht nur seine Wohnung, sondern auch noch seinen Vater verloren? Es musste jemand sein, der ihm sehr nahestand, sonst würde er kaum zu den wenigen Trauergästen gehören. Oder war Hubertus Müller ein Angehöriger der Frau an seiner Seite? Robert nickte ihr ebenfalls zu, und es war, als husche ein Leuchten über sein Gesicht, als er sie sah.

»Bis morgen«, flüsterte er beinahe lautlos und richtete seinen Blick wieder geradeaus.

Bis morgen? Sie konnte ihn jetzt schlecht fragen, wie er das meinte. Den Termin wegen der Wohnung hatte sie doch abgesagt. Ob er seinen Anrufbeantworter nicht abgehört hatte? Sie sah dem Trupp hinterher, der schließlich an einem offenen Grab stehen blieb.

»Bis morgen«, wiederholte Julia, als müsse sie sich erst die Bedeutung dieses Wortes erschließen, bis ihr schlagartig klar wurde, dass die Zeichen manchmal nicht lange auf sich warten ließen.

»Danke, Oma! Wenn er morgen im Café auftaucht, dann gebe ich ihm das Zimmer.« Das Rotkehlchen hüpfte auf Julia zu, die gern ein paar Brotkrümel in der Tasche gehabt hätte, um es zu füttern. »Aber wehe, der Typ bringt mich auf dumme Gedanken, dann beschwere ich mich bei dir!«

Da auf einen offiziellen Leichenschmaus verzichtet wurde, schlug Dörte vor, gemeinsam einen Imbiss zu nehmen, bevor sie sich wieder zu den Beerdigungsanwärtern ins Altersheim aufmachen musste.

»Was hältst du vom Café Juliette? Das ist hier um die Ecke«, schlug sie vor.

»Nein, nein, nein, nach Kuchen ist mir überhaupt nicht.«

Robert befürchtete, sein Auftritt mit Dörte würde die letzte Chance auf das Zimmer vereiteln. Wenn er von anderen etwas bekam, dann meistens von Frauen, die scharf auf ihn waren. Er schämte sich für diese lächerliche Tatsache, aber so war es nun mal. Julia hatte ihn auf dem Friedhof schon so bestürzt angeschaut, da musste er nicht noch Öl ins Feuer gießen und sich im Beisein seiner hübschen Begleitung von Julia den Kaffee bringen lassen.

»Sie haben auch Quiche und Salat.«

»Bei dem kalten Wetter und dem emotionalen Erlebnis brauche ich irgendwas Deftiges, Gutbürgerliches.«

Sie sah ihn mitleidig an. »Ich weiß, wie du dich fühlst.«

Das wusste sie nicht im Geringsten, aber ihre Vorstellung von seinen Gefühlen ließ ihr warm ums Herz werden.

»Gerade in Situationen des Verlusts trösten banale Sicherheiten. Also auf zur nächsten Currywurstbude!«

Sie nahm wieder seinen Arm, und er lächelte sie aufrichtig dankbar an. »Ein anderes Mal führe ich dich ins Café Juliette aus, einverstanden?«

Sie nickte und würde ihn mit Sicherheit daran erinnern. Dann blieb sie stehen und nahm sein Gesicht in ihre Hände. Robert überlegte, wie er reagieren sollte, wenn sie ihn küsste. Sie himmelte ihn so offensichtlich an, dass er in ihrer Gegenwart tatsächlich anfing zu glauben, ein wunderbarer Mensch zu sein. Er würde sie küssen! Da zog sie sein Gesicht zu sich heran und küsste ihn – auf die Nasenspitze.

Er lachte unsicher.

»Du hast etwas anderes erwartet, stimmt's?«

Sie begann interessant für ihn zu werden. Er nickte. »Ganz ehrlich, ich hätte dich am liebsten richtig geküsst, aber ich weiß, dass es falsch wäre.«

Was sollte daran falsch sein? Zwei Erwachsene auf dem Weg, Spaß zu haben wie Erwachsene. Musste er erst um ihre Hand anhalten?

»Weißt du, Robert, es ist kompliziert. Aber ich wünsche mir, dass wir Freunde werden, und vielleicht ändert sich die Situation auch einmal.«

Er schob sie ein Stück von sich weg.

»Was heißt ›kompliziert‹? Und was heißt, sie ändert sich irgendwann vielleicht?«

Was er nicht haben konnte, wurde für ihn umso begehrenswerter.

»Robert, muss ich es wirklich aussprechen? Ich habe mich in dich verliebt, obwohl ich einen Freund habe.«

Robert sagte nichts.

»Ach, Mensch, lass uns das Ganze vergessen und eine Currywurst essen!«

Sie zog ihn mit sich, und Robert hielt das Kribbeln in seinem Bauch kaum aus.

Laura nahm zwei Tüten Pflaumen entgegen und legte sie in den Korb, den Bernadette unter dem Arm trug. Julia suchte in ihrer Tasche nach Geld.

»Darf es sonst noch etwas sein?« Die Verkäuferin hinter den Kisten voller Äpfel, Birnen, den ersten Kürbissen, Rüben und ganzen Hügeln voller Pflaumen ließ den Blick zwischen ihren Waren und den drei Frauen zufrieden hin und her wandern.

»Was können Sie uns empfehlen, um einen Kuchen zu backen?«

Ein Schatten huschte über das Gesicht der Frau. Was war das denn für eine Frage? Schrien die Äpfel nicht ganz von allein, dass sie sich am liebsten mit Zimtzucker und Streuselhaube verspeisen lassen würden? Die Jugend von heute! Kaufte Obst und Gemüse bestimmt nur, um Smoothies zu produzieren!

»Ich meine, irgendetwas Besonderes, mit dem wir unsere Gäste verwöhnen können«, ergänzte Bernadette.

Die Verkäuferin strahlte wieder. »Gibt es was zu feiern?«

»Unsere Gäste sollen jeden Tag das Gefühl haben, dass es etwas zu feiern gibt.«

Julia versetzte es einen Stich, dass Bernadette bald nicht mehr auf ihren Marktspaziergängen dabei wäre.

Das Interesse der Marktfrau war geweckt. »In welchem Café arbeiten Sie denn?«

»Im Café Juliette«, antworteten alle drei wie aus einem Munde.

»Das Café Juliette! Ich habe schon so viel davon gehört! Ich meine, ich komme ja nicht dazu, mich mal hinzusetzen, aber jedes Mal, wenn ich daran vorbeikomme, überlege ich mir, dass es doch ganz schön wäre, sich dort ein Stück Kuchen zu bestellen. Einfach mal nichts tun. Nur dasitzen. Und essen.«

Laura, Julia und Bernadette mussten sich noch nicht

einmal ansehen, um dieser Frau Zeit für sich zu wünschen. Zu essen hatte sie augenscheinlich genug, nur keine Zeit, es zu genießen, wie das angebissene Brot neben der Waage bezeugte.

»Brombeerbaiser! Oder Windbeutel mit Brombeersahne.« Sie drehte sich um, bückte sich und tauchte mit zwei Körbchen voller Brombeeren wieder auf. »Geht aufs Haus!«

Sie reichte ihnen die dunkelschwarz glänzenden Früchte.

»Danke! Und wenn Sie Zeit haben, dann kommen Sie doch vorbei und probieren, was aus Ihren Früchten geworden ist! Kaffee und Kuchen gehen natürlich auch bei uns aufs Haus!«

Julia verstaute die Beeren vorsichtig im Korb, bevor sie nach den allerbesten gegenseitigen Wünschen weiter loszogen.

»Ich habe mich übrigens entschieden, Robert doch eine Chance zu geben«, sagte sie beiläufig, als sie an einem Hähnchenstand vorbeikamen. Knusprige kopflose Hühnchen drehten sich über dem Grill.

»Die armen Tierchen!«, empörte sich Laura.

Das beruhigte Julia, weil sie von ihr am ehesten einen Einwand erwartete.

»Ich finde es gut, dass du Robert das Zimmer gibst«, preschte Bernadette in die andere Richtung vor. Ein Mann wäre schließlich keine Gefahr für ihre Freundschaft.

»Davon war nicht die Rede. Sie gibt ihm nur eine Chance. Angesichts der langen Liste von geeigneten Kandidatinnen heißt das nicht viel.« Laura hatte also sehr wohl zugehört.

»Ich möchte jedenfalls euren Segen, falls ich mich für ihn entscheide. Immerhin wäre er dann nah am Café dran, was nicht nur mich betrifft.«

»Ich finde, dass das vor allem deine Entscheidung ist, Julia. Du musst mit ihm zusammenwohnen.«

»Und dir ist es egal, wer dein Zimmer übernimmt?«, wand Laura ein.

»Nein, egal ist es mir nicht, aber ich vertraue darauf, dass Julia die richtige Entscheidung trifft.«

»Leute! Das werde ich!«

»Das heißt, du wirst dich gegen Robert entscheiden. Ich habe es einfach im Gefühl, dass dieser Kerl alles durcheinanderbringt!«

Laura behielt das, was sie eigentlich dachte, für sich.

»Ich möchte ihm ungern absagen, bevor wir uns nicht getroffen haben.«

»Du musst es nicht immer allen recht machen« war alles, was Laura dazu sagte.

Julia blieb vor dem Käsestand stehen. »Außerdem habe ich ein Zeichen bekommen.«

»Ein Zeichen? Was denn?«

»Vertraut mir einfach. Ich kann es nicht erklären.« Ohne dass es albern klingt, fügte Julia in Gedanken hinzu.

»Aber sage mir nicht, ich hätte dich nicht gewarnt!«, schloss Laura das Thema vorerst ab.

»Wenn man vom Teufel spricht ...«

Hinter dem Blumenstand kam Robert mit zwei Plastiktüten hervor und blieb vor ihnen stehen. »Hallo, was für ein Zufall. In letzter Zeit begegnen wir uns ständig.«

»Auch unterwegs, um was Leckeres zu kochen?«, stellte

Julia eine Verlegenheitsfrage, um nicht direkt auf das Wohnungsthema zu kommen.

»Ja, heute Abend ist Carstens Freundin unterwegs. Da freut er sich über ein Männergericht! Wird ja schließlich nicht mehr oft vorkommen.« Er hob wie zum Beweis die linke Plastiktüte. Unter dem dünnen Plastik zeichnete sich rohes Fleisch ab. Aus einem winzigen Loch tropfte Blut auf Roberts Schuh.

»Na, wenn das mal kein Zeichen ist«, murmelte Laura, woraufhin Bernadette sie weiterzog. Julia hatte den Kommentar ohnehin nicht mitbekommen, weil sie mit Robert über die Wohnungsbesichtigung sprach.

»Bis morgen dann«, winkte sie ihm hinterher.

Bernadette konnte nicht umhin, Julia darauf anzusprechen.

»Könnte es sein, dass du all den Frauen einen Korb gibst, weil du auf Robert stehst?«

»Jetzt hört aber mal auf! Ich will nichts von Robert – absolut nicht! Er ist nicht mein Typ, und ich habe Jean!«

»Na, den hast du eben nicht!«, feixte Bernadette.

»Aber ich werde ihn irgendwann haben!«

»Eben!«, war Laura endlich wieder Julias Meinung.

Hey, färbt die Gute-Laune-WG schon auf dich ab, obwohl du noch gar nicht eingezogen bist?«

Nick freute sich, dass sein Freund zur Abwechslung mal nicht einen auf Jack Nicholson in *Besser geht's nicht* machte, bevor die Liebe ihn verblendet hatte. Zum Glück war der Kerl in dem Film schon so alt, dass er zu Lebzeiten wohl nicht mehr aus seinem Traum vom Glück erwachen würde. Nick glaubte durchaus an das Glück der Liebe – aber vor allem der Liebe zu sich selbst.

»Ich weiß auch nicht, was mit mir los ist, aber ich freue mich auf das Treffen mit deiner Schwester!«

»Aber du lässt die Finger von ihr, klar?«

»Warum?«

»Weil sie meine Schwester ist! Wobei ich dir durchaus zutraue, dass du sie von ihrem verklärten Bild der Liebe heilen könntest.«

Die beiden Männer saßen wieder bei Starbucks. Nick zählte in Gedanken zusammen, wie viel Geld schon in die Kasse geflossen war, seit sie hier saßen. Es wurde Zeit, dass er die Theorie abschloss und endlich selbst zum Geschäftsmann wurde.

»Das wäre doch ein starkes Argument dafür, oder?«

»Ich möchte, dass sie glücklich ist, auch wenn sie sich dafür selbst belügen muss.«

»Und wenn sie gar nicht so falsch liegt?«

»Spielst du hier den Advokat des Teufels, oder was? Was willst du überhaupt von mir?«

»Aufklärung. Darüber, wie ich das Zimmer bekomme.«

Nick zog einen Zettel aus der Tasche. »Vielleicht habe ich noch eine andere Möglichkeit für dich. Der Onkel eines Kommilitonen vermietet Wohnungen. Er hat noch was frei. Kannst dich auf mich berufen.«

Robert nahm den Zettel entgegen und steckte ihn ungelesen in die Tasche. »Damit beschäftige ich mich, wenn Julia absagt. Und was deine Sorge angeht: Ich werde die Finger von ihr lassen. Versprochen. Außerdem habe ich gerade was am Laufen.«

»Hey, das freut mich!«

Das beruhigte Nick. Vielleicht war Robert deshalb nicht ganz so miesepetrig gelaunt wie sonst. »Erzähl mal, ist es was Ernstes? Dann könnt ihr doch zusammenziehen.«

»Geht nicht, sie wohnt mit ihrem Freund zusammen. Gar nicht so schlecht, angehimmelt zu werden, ohne direkt eine Beziehung führen zu müssen.«

»Ist das nicht schrecklich für dich?«

»Bisher nicht. Ich weiß doch, wie es läuft. Wenn man einmal zusammen ist, hört es auf mit der Bewunderung. Dann beginnt die Phase der Umerziehung, auf die ich schon seit zwanzig Jahren keine Lust mehr habe. Sie ist übrigens Altenpflegerin. Ich habe sie kennengelernt, als ich den Hundertjährigen interviewt habe.«

»Du bist schlauer, als ich dachte. Man kann nie früh genug vorsorgen!«

Nick und Robert waren die Einzigen, die sich unterhielten. Kein Wunder, dass mancher von seinem Laptop oder Smartphone hochsah und den beiden einen genervten Blick zuwarf.

Robert senkte die Stimme. »Um noch mal darauf zurückzukommen: Wie kann ich deine Schwester davon überzeugen, mir das Zimmer zu geben?«

Nick sah auf die Uhr. In einer halben Stunde würde seine Vorlesung beginnen. »Nicht zynisch sein, nicht lästern, also am besten den Mund halten. Sie glaubt, jeder Gedanke werde Wirklichkeit.«

»Dann sähe es in der Welt noch viel schlechter aus.«

»Es denkt ja nicht jeder so wie du! Ach, weißt du was, recherchiere einfach selbst! Ich glaube, sie steht auf so eine französische Journalistin, längst tot, die über Glück geschrieben hat. Michelle? Chantal? Keine Ahnung, ich muss jetzt los!«

Er schüttete den restlichen Kaffee hinunter und zog die Jacke über, während Robert im Sessel verharrte.

Frankreich, Autorin, Glück ... Die Puzzleteile schwirrten in Roberts Kopf herum, und er war sich sicher, dass er den Namen herausfinden würde.

Musste das sein?«

»Nick, jetzt sei kein Spielverderber. Wir haben uns früher ständig getroffen!«

»Da waren wir Kinder, Mama!«

Nicks und Julias Eltern, Sophie und August, hatten ihre Kinder zum Essen eingeladen – allerdings nicht allein, sondern zusammen mit einer befreundeten Familie. So selten, wie sie zu Besuch in der Stadt waren, musste man doch wieder an die alten Zeiten anknüpfen.

»Nicht nur ihr seid nun erwachsen, sondern auch Claire und Christian. Melly hat mir ein Foto von Claire geschickt – du wirst es selbst sehen!«

Sophie gehörte zu den Frauen, die auch mit fünfzig aussahen wie ein junges Mädchen, obwohl sie rauchte und gern ein Glas Wein trank. Gute Gene, die sie mit Sicherheit an Julia weitervererbt hatte. Ihr Vater war ebenfalls ein attraktiver Mann gewesen, allerdings hatte er schon mit fünfundvierzig schlohweißes Haar gehabt. Als Nick sein erstes graues Haar entdeckt hatte, hatte er es wütend ausgerupft und in die Toilettenschüssel geschnippt.

Nick nestelte an den feinen Servietten herum und schwor sich, dass er seine Eltern stolz machen würde, bevor die genetische Veranlagung in Sachen Haarfarbe die Überhand gewann.

»Falls du es auf Enkelkinder abgesehen hast, dann wende dich an Julia. Ich wette, Christian ist ebenfalls ein hübscher Mann geworden.«

»Lassen wir das Thema«, mischte sich August ein und legte den Arm um seine Frau. »Bevor wir unter Beobachtung stehen: Wie war deine Prüfung?«

»Wunderbar. Bestens. Kein Grund zur Sorge.«

»Freut mich, mein Junge, du weißt, dass wir an dich glauben! Du kannst alles machen, wenn du fertig bist.«

»Ich glaube auch daran, dass du mal sehr erfolgreich wirst«, ergänzte Julia die Floskeln. Bisher hatte sie nur auf die Speisekarte gestarrt, weil sie an nichts anderes denken konnte als an den Wohnungsbesichtigungstermin mit Robert.

»Was anderes darfst du doch auch gar nicht sagen, nicht mal denken!«, schoss Nick zurück.

»Ich kann denken, was ich will«, lächelte Julia und blätterte die Speisekarte um, ohne registriert zu haben, was zur Auswahl stand.

Woher nahm seine Schwester nur das Selbstbewusstsein, hauptberuflich als Kellnerin zu arbeiten, während er vor seinen Eltern nicht zugeben konnte, wenn er eine Klausur mal mit einer drei abschloss?

In diesem Moment kam Claire mit ihren Eltern rein. Sie sah tatsächlich extrem gut aus. Hatte seine Mutter etwa auch ein Foto von ihm an Melly geschickt?, fragte Nick sich, während er aufstand, um Küsschen zu verteilen.

»Es ist so schön, euch zu sehen«, flötete Melly, nachdem sie Claire fast in Nicks Arme geschoben hatte.

Mellys Mann Klaus schüttelte allen die Hände und verkniff sich die Sprüche zu hübsch und groß gewordenen Kindern.

»Wo habt ihr Christian gelassen?«, fragte Julia, die ihren Sandkastenfreund gern wiedergetroffen hätte.

»New York. Ein Glück, dass Claire nur in Paris studiert. Dahin ist es mit dem Flieger auch nicht weiter als bis in die Eifel.«

»Wow, und da kommst du extra wegen uns?«

»Wie gesagt, ist ja nicht so weit«, antwortete Claire fast errötend. Nick sah viel besser aus, als sie ihn in Erinnerung hatte. Doch als er sich umdrehte, musste sie kurz schlucken. Da waren doch tatsächlich ein paar graue Haare an seinem Hinterkopf.

Bei der Vorspeise ging es um die Frage, wer mit welcher Karriere die Welt erobern würde. Nick erzählte geheimnisvoll von dem ganz großen Ding, das er drehen wolle.

»Hast du dich schon für ein Studium entschieden?«, fragte Melly Julia.

»Ehrlich gesagt bin ich mit dem Café gerade gut beschäftigt.«

»Ich finde es super, wenn die jungen Leute auch mal die Basis kennenlernen, bevor sie sich ans Management machen. Hast du mal an BWL gedacht?«

»Um ein kleines Café zu führen?«

»Du willst doch nicht ewig hinter der Theke stehen, oder?«

»Mal schauen, wohin mich das Leben so führt. Geld verdienen ist nicht alles.«

»Aber ohne Geld ist alles nichts«, sagte Nick und fing als Erster an zu lachen. Die anderen stimmten mit ein –

bis auf Julia, die nicht verärgert, aber gelangweilt war. Mit Sicherheit würde sie nicht immer nur im Café stehen wollen, aber Leute wie Nick waren ihr ein warnendes Beispiel: Etwas zu lernen, um der eigenen Berufung zu folgen, musste einem Spaß machen. Stress war kein Statussymbol. Ein paar Stunden unter Leuten zu sein, deren Haltung so anders war als die eigene, saugte schon genug Energie aus ihr heraus. Wie schlimm musste es erst sein, mit solchen Leuten zusammenzuleben?

Es war schon Jahre her, dass Robert ein Geschenk eingepackt hatte. Der Verkäuferin im Buchladen dabei zuzusehen oder eine Schleife um die Sektflasche zu binden zählte nicht. Noch länger war es her, dass er jemandem überraschend ein Geschenk gemacht hatte. Einer Exfreundin hatte er mal eine Box mit allen Staffeln ihrer Lieblingsserie geschenkt – hübsch verpackt an der Ladentheke. Sie war enttäuscht gewesen, weil sie die Serie längst komplett gesehen hatte. Robert entgegnete, dass man die Details erst wahrnehme, wenn der Druck zu wissen, wie es weitergeht, weg ist.

Robert legte das Buch mit dem gelben Leineneinband auf das Geschenkpapier. Das Buch roch nach muffigem Keller. In Deutschland wurde Marcelle Auclairs *Le bonheur est en vous – Auch du kannst glücklich sein* schon lange nicht mehr verlegt. Wer es lesen wollte, konnte nur auf das Glück hoffen, dass die Nachlässe alter Damen nicht in der Schrottpresse, sondern im Antiquariat landeten. Robert war es sogar gelungen, die französische Originalausgabe von 1951 zu ergattern. In der Mitte des Einbandes blieb ein Streifen frei. Mist, zu kurz! Robert knüllte das Papier zusammen und warf es in den Papierkorb, der neben den Umzugskartons in seinem Zimmer stand. Bevor er ein neues Stück von der Rolle abschnitt, schlug er das Buch noch einmal auf.

Merk dir doch einmal den Satz: Der Gedanke hat schöpferische Kraft – das Wort hat schöpferische Kraft. Der Gedanke, das Wort, das Licht, ja selbst der Schall rufen mächtige Schwingungen hervor. Allein schon dein Denken an Freude, Liebe, Gesundheit, Reichtum und Frieden wird eine wohltuende Ausstrahlung bewirken und eine Anziehungskraft auf alles besitzen, was in dieses gleichsam von dir wie von einer Funkstation gesendete Programm gehört.

Madame Auclair hatte einen Tunnelblick, ganz klar. Nach dem, was im letzten Jahrhundert passiert war, verbot sich nicht nur das Dichten, sondern auch solch ein positives Denken. Robert lächelte bei der Erinnerung daran, wie viel Gedanken er sich bei der Wahl des Geschenkpapiers gemacht hatte. Er hatte das Buch in der letzten Nacht durchgelesen, um für das Gespräch mit Julia gewappnet zu sein. Aber im Prinzip wiederholte sich die Aussage der Autorin in jedem Kapitel: Es gibt eine Kraft, die nur das Beste für uns will – wenn wir das Beste denken, bekommen wir es auch. Ich habe mir auch eine bezahlbare Wohnung in der Stadt gewünscht und darf mir jetzt ein WG-Zimmer angucken, auf das noch zwanzig andere scharf sind, motzte er in Gedanken vor sich hin, während er das Buch erneut in Papier einschlug.

Ob er ihr das Buch erst nach ihrer Entscheidung schenken sollte? Sonst warf sie ihm noch Bestechung vor. Aber war nicht genau das seine Absicht? Selbst wenn er das Zimmer bekam, wäre es doch nur für ein Jahr. Oder wollte er gar nicht das Zimmer, sondern Julia? Während er sich einredete, dass Julia die letzte Frau wäre, die er wollte, band er auch noch eine Schleife um das Geschenk. Nein, selbst wenn Julia ganz hübsch und nett war, sie würde ihn mit ihrer Naivität in den Wahnsinn treiben. Obwohl er sonst kein Problem damit hatte, seinen Zynismus öffentlich zu feiern, hemmte ihn in Julias Fall mehr als die Gefahr, das Zimmer nicht zu bekommen.

Er musste an die erste Weihnachtsgans in seinem Leben denken. Seine Mutter hatte sie serviert, als sie ihren Chef am zweiten Weihnachtsfeiertag zum Essen einlud. Robert wäre die ganzen Ferien über lieber mit seiner Mutter allein gewesen, aber das zarte Fleisch schmeckte fantastisch, genau wie die Maronen, das Kartoffelpüree und der Rotkohl. Dem Chef seiner Mutter schmeckte es anscheinend auch so gut, dass er gar nicht mehr ans Arbeiten dachte. Robert durfte dann sogar vor dem Fernseher sitzen und *Drei Haselnüsse für Aschenbrödel* schauen. Noch vor Ostern verriet ihm ein Nachbarsjunge, dass die Weihnachtsgans aus einem lebendigen Tier hergestellt wurde. Ein paar Jahre später steckte eine Tante ihm im Streit mit seiner Mutter, dass der Chef nicht nur der Chef, sondern auch Roberts Vater war. Der Gedanke an die Weihnachtsgans hatte nicht nur einen schalen Beigeschmack bekommen, fortan war sie für ihn ein Symbol der Enttäuschung. Nun wollte er nicht derjenige sein, der Julia den Appetit auf Weihnachtsgänse – welcher Art auch immer – verdarb.

Und du hast wirklich kein Problem damit, wenn jemand anderes in deinem Bett schläft?«

Bernadette und Julia räumten den Kleiderschrank aus

und verstauten einen Teil der Klamotten in Kisten, um sie auf dem Dachboden zu lagern.

»Nein, wirklich nicht. Solange sie ihr eigenes Bettzeug benutzt.«

»Und wenn es doch ein Mann wird?«

»Dann kannst du ihn ja mit in dein Bett nehmen.«

Als Bernadette sich mit einem Sommerkleid über dem Arm zu Julia umdrehte, bemerkte sie, dass ihre Freundin rot angelaufen war.

»Das sollte ein Scherz sein, oder habe ich ins Schwarze getroffen?«

»Spinnst du?«

»Na, dann bin ich ja beruhigt.«

»Wieso beruhigt?«

Stimmt, fragte sich Bernadette. Wieso eigentlich beruhigt? Hatte sie Angst, danach nicht mehr willkommen zu sein? Nein, das hatte sie nicht. Sie war sich sicher, dass dieses Jahr für sie alle nur Gutes bringen würde.

»Es war nur so dahergesagt. Es ist ganz alleine deine Entscheidung.« Bernadette nahm Julia in den Arm. »Ich werde dich vermissen.«

»Ich dich auch.«

»Wir schreiben uns, oder?«

»Na, klar. Und außerdem ...«

»Ja?«

»Du bist doch in der Nähe von Bayeux ...«

»Ja.«

»Also, falls du Jean beim Croissantkaufen über den Weg läufst, dann frage ihn bitte nach seiner Telefonnummer.«

»Na klar, versprochen!«

Julia setzte sich auf das Bett. »Weißt du, dass ich heute Nacht von Jean geträumt habe?«

Bernadette setzte sich neben sie.

»Ich habe geträumt, dass wir uns wiedergesehen haben. Er war hier, in unserem Cafe, in unserer Wohnung, in meinem Bett ...«

»Bitte nicht zu viele Details.«

»Zu irgendwelchen Details kam es gar nicht, weil mein Wecker klingelte.«

»Schade.«

»Viel schlimmer finde ich, dass er mich kurz vor dem Aufwachen gefragt hat, ob ich für immer mit ihm zusammen sein möchte.«

»Und was hast du geantwortet?«

Julia sprang auf und lief im Kreis. »Nichts! Weil ich aufgewacht bin! Dabei hätte ich meine eigene Antwort gerne gehört!«

»Ich dachte, du kennst sie?«

»Eigentlich schon, aber im Traum habe ich gezögert.«

»Weil keine Frau einem Typen mit ›Ja, ich will dich für immer‹ antwortet, den sie jahrelang nicht gesehen hat. Das sind ganz normale Bedenken.«

Julia blieb stehen, ließ die Schultern hängen und seufzte. »Wahrscheinlich hast du recht. Außerdem stellt sich die Frage im Moment gar nicht.«

»Weißt du, was ich glaube? Der Traum sollte dich darauf vorbereiten, dass du ihn bald wiedersiehst. Oder willst du ihn vielleicht gar nicht wiedersehen?«

»Doch! Und wie!«

Bernadette beobachtete Julia aufmerksam. Vielleicht lag es gar nicht an Jean, dass sie Zweifel spürte. »Julia, ich habe nichts dagegen, wenn ein Mann in meinem Bett schläft.«

Robert klingelte am Seiteneingang des Cafés. Auf das Summen hin drückte er die Tür auf und betrat den Hausflur. Als er Julia sah, ging er die Holztreppe hoch, blieb vor ihr stehen und reichte ihr die Hand. Er hielt nichts von dem ständigen Umarmen und wollte keinen Standard aufstellen, an den sie sich jeden Morgen auf dem Weg ins Bad oder in die Küche halten müssten.

Julia drückte seine Hand kurz und zog sie dann zurück. »Hallo, Robert. Schön, dass du gekommen bist.«

»Danke, dein Bruder meinte, du suchst kurzfristig jemanden, da dachte ich mir, es könnte nicht schaden, mal zu schauen.«

»Ich zeige dir die Wohnung.« Julia drehte sich um und marschierte los, als käme in fünf Minuten der nächste Interessent. Nach drei Schritten war sie in der Küche angelangt. »Das ist unsere Küche.«

Etwas verspannt wirkt sie, dachte Robert, während er sich die Küche ansah. Ein buntes Flickwerk an Herd und Schränken auf Parkettboden. Die Wand war sonnengelb gestrichen, und die Fensterbänke quollen vor üppigen Kräutern über. Auf dem großen Tisch lagen Bücher, Block und Stifte. Kekse, Obst und eine Kanne Tee standen daneben.

»Wir essen oft zusammen, aber du könntest es natürlich machen, wie du willst.«

Er sah sie überrascht an.

»Also falls du das Zimmer nimmst.« Sie biss sich auf die Lippen. »Ich meine, falls wir uns beide darauf einigen sollten.«

»Ja, natürlich.«

Mensch, was war denn nur los mit ihr?, fragte Julia sich und eilte aus der Küche. Robert marschierte hinterher. »Das ist mein Zimmer«, sie schritt an der verschlossenen Tür vorbei und öffnete die nächste Tür, »und das ist Bernadettes Zimmer, das bald frei wird. Du müsstest, also man müsste sich halt mit dem Platz begnügen, der da ist, weil sie nicht alle Sachen für ein Jahr auslagern kann.«

Das Zimmer war doppelt so groß wie Roberts bisheriges und fast doppelt so hoch. Und mindestens dreimal so hell. So hell, dass er erst auf den zweiten Blick die Schrift auf der lavendelfarbenen Wand sah: *Glück ist jetzt.*

Ob das in Gehirnwäsche ausarten würde? Mal ganz davon abgesehen, dass das ein Mädchenzimmer war. Er fragte sich, ob Dörte genug Humor haben würde, das Zimmer zu ertragen. Gut, die Sprüche könnte er mit Postern überkleben. Ein Grinsen ging über sein Gesicht, als er überlegte, womit er dieses New-Age-Geschwätz überkleben würde.

»Es gefällt dir?«

»Ganz ausgezeichnet. Die Farbe ist gewöhnungsbedürftig, aber ansonsten sehr nett.«

Julia steckte die Hände in ihre Jeanstaschen. »Wir hatten sowieso mal über einen neuen Anstrich nachgedacht. Wenn du das übernehmen würdest, wäre das glatt ein Argument, dich den anderen vorzuziehen.«

Robert fragte sich, wie man nur so treuherzig sein konnte. Er könnte ein Serienkiller sein, aber sie erwog tatsächlich, einen wildfremden Mann hier reinzulassen. Er sollte um das Zimmer kämpfen, um sie zu beschützen. Selbst wenn er kein Weltverbesserer war, er würde ihr wenigstens nicht die Kehle durchschneiden oder das Konto leer räumen.

»Ich kann mir vorstellen, dass die weiblichen Bewerber an der Farbe nichts auszusetzen hatten.«

»Das stimmt. Andererseits gab es keine, bei der ich mir absolut sicher war, dass sie es ist!«

Robert nickte, obwohl er nicht verstand, was sie meinte. Es ging schließlich nicht um Liebe, sondern um ein Geschäft. Zimmer gegen Geld. Wenn Julia genug Geld hätte, würde sie das Zimmer leer stehen lassen oder selber nutzen.

»Da wir Tisch und Bad teilen müssten, werde ich hier nicht lange drum herumreden. Nick hat mir gesagt, dass du ganz ähnlich tickst wie ich.«

Robert nickte wieder, obwohl er ihr in dem Moment am liebsten die Wahrheit gesagt hätte.

»Weißt du, es gibt so viele Menschen, von denen eine negative Energie ausgeht. Das ist bei dir nicht so. Ich spüre einfach, dass ich dir vertrauen kann.«

Sie strahlte ihn so freundlich an, dass er fast Angst bekam, ihr das Buch zu überreichen. Sie würde ihn für einen Engel halten, und das war er ganz und gar nicht.

»Nick hat mit mir um fünfzig Euro gewettet, dass ich dich nehmen würde. Am liebsten würde ich dich rausschmeißen, damit mein großer Bruder sich nicht für schlauer hält, als er ist.«

»Vielleicht bin ich ja doch nicht so, wie Nick behauptet.«

»Ach komm, er hat mich schon vorgewarnt, dass du das sagen könntest. Er meinte, du seist ein Tiefstapler.«

Robert konnte nicht anders, als sich von ihrer guten Laune anstecken zu lassen.

»Nun würde ich mich gerne mit dir über unsere WG-Regeln unterhalten.«

Er folgte ihr in die Küche, wo sie ihm einen Platz anbot und einen Kaffee aufsetzte.

»Na, dann bin ich aber gespannt.«

Er hoffte, dass sie den Anflug von Sarkasmus überhört hatte, für den er sich fast schämte, obwohl es sonst seine zweite Natur war.

Hatte sie anscheinend nicht, denn sie schaute ihn selbst mit einem Hauch von Spott im Blick an. »Ist mir egal, wenn du mich für verrückt hältst. Schließlich ist es mir wichtiger, wie ich mich in der Wohnung fühle.«

Sie zog einen Zettel aus einer Schublade und legte ihn vor ihm auf den Tisch.

»Kaffee mit Milch oder Zucker?«

»Schwarz«, antwortete er und zog den Zettel näher heran, während Julia Kaffee einschenkte. Diesmal unterdrückte er jeden Anflug eines Grinsens. Je weiter er las, desto weniger musste er sich dazu zwingen.

Unsere WG

Wir glauben, dass jeder Gedanke die Wirklichkeit prägt, also lassen wir nur Menschen in unsere WG, die für alle nur das Beste wollen und das Beste von jedem Menschen denken.

Wenn wir wollen, dass die Menschen das Gute in sich entfalten, dann müssen wir gut über sie denken. Deshalb lästern wir nicht, urteilen nicht, sondern wünschen jedem, dass er seinen Irrtum erkennt.

Jetzt wäre der richtige Moment, um zu gehen. Andererseits hatte Robert in den letzten Jahren nichts überraschen können. Der Rauswurf aus der Wohnung, der alltägliche Terrorismus, die Weltwirtschaftskrise, die Bahn, die vor seinen Augen die Tür schloss und dann noch drei Minuten an der roten Ampel wartete, ohne ihn reinzulassen, die Tatsache, dass er für keine Frau mehr empfand als für eine heiße Tasse Kaffee, das waren alles keine Überraschungen. Damit rechnete er. Was wäre, wenn er ein Abenteuer einginge? Ein Experiment? Einfach unterschreiben und so tun, als stünde er dahinter? Mit einer Frau zusammenwohnen, die ihn interessierte, ohne dass er mit ihr ins Bett wollte?

»Hast du einen Stift?«

Das Geschenk ließ er in seiner Tasche. Das wäre jetzt zu dick aufgetragen.

Mit Julia in einer WG zu wohnen kam Robert vor wie die Tür zu Narnia. Diese Märchenwelt zu besuchen wäre das eine, dort zu wohnen etwas ganz anderes. Robert überlegte, wie er seinen Gemütszustand bezeichnen sollte, und es kam ihm nichts Besseres in den Sinn als die Bezeichnung »freudig erregt«. Über die Formulierung musste er selbst lachen, während er nach Hause lief.

Er wusste nicht, dass auch Laura gerade grübelnd die Straßen entlangging. Obwohl sie alleine wohnen wollte, war sie enttäuscht, dass Julia sie nicht gefragt hatte, ob sie Bernadettes Platz einnehmen wollte. Immer wieder sagte sie sich, dass Eifersucht in einer Freundschaft keinen Platz hätte und dass sich aus dieser Geschichte vielleicht richtig gute Dinge ergeben würden, von denen sie nur noch keine Ahnung hätte.

Als Laura auf Robert traf, wollte der sich gerade bei seinem Wohltäter bedanken. Er griff zum Handy und wählte Nicks Nummer. Laura erkannte Robert sofort, winkte aber nicht, da sie sah, dass er telefonierte.

»Hey Nick, alter Schlawiner, ich glaube, deine Schwester schuldet dir jetzt einen Fünfziger! Mann, die Kleine ist so leicht zu verarschen, dass es weh tut.«

Aus welchem Zusammenhang diese Worte auch gerissen waren, sie klangen nicht gut. Laura stieß mit Robert zusammen, worauf ihm sein Handy aus der Hand fiel. »Verdammte Scheiße!«

Auf dem Asphalt lagen drei Teile hübsch nebeneinander: der Akku, die Verkleidung und der Rest.

»Mensch, kannst du nicht aufpassen!«, schrie Robert, bevor er Laura erkannte, deren Blick eher der bösen Hexe als einer guten Fee entsprach. »Oh, tut mir leid, ich habe dich nicht gesehen«, murmelte er.

»Mir tut es auch leid«, zischte sie zurück, bückte sich aber, um die Einzelteile aufzuheben. Dann ging sie hoch erhobenen Hauptes weiter, um ihre Schicht im Café zu beginnen. Heute war Bernadettes letzter Tag. Nach der Arbeit würden sie zusammen feiern, um ihr morgen für ein Jahr Lebewohl zu sagen.

»Danke«, rief Robert ihr hinterher, bevor er »Scheiße« flüsterte.

Zu Hause erwartete Robert ein großer Haufen Strampler, Söckchen, Mützchen, Jäckchen in allen erdenklichen Mädchenfarben auf dem Küchentisch. Rechts und links daneben saßen Carsten und Sonja und sortierten die Flohmarktausbeute.

Sonja schaute Robert immer noch nicht in die Augen, wobei ihm nicht ganz klar war, ob sie ein schlechtes Gewissen oder eine Abneigung gegen den Freund ihres Partners hatte.

Carsten dagegen grinste Robert euphorisch an. »Und – hast du das Zimmer?«

Bevor Robert antwortete, nahm er ein Bier aus dem Kühlschrank, öffnete es und setzte sich auf den Hochstuhl, der ebenfalls eine Errungenschaft vom Flohmarkt war. »Ich denke schon.«

»Hey, ist ja super!«

»Könnt ihr es gar nicht erwarten, mich loszuwerden?«

»Jetzt sei doch nicht so empfindlich. Du hättest sicher keine Lust, die Wohnung mit einem schreienden und pupsenden Baby zu teilen.«

Sonja warf Carsten einen bösen Blick zu.

»Da hast du recht, darauf kann ich wirklich verzichten.«

Nun traf der böse Blick Robert. Immerhin ein Anfang.

»Es tut mir leid. Ich freue mich für euch. Ehrlich! Das wird bestimmt super!«

Jetzt kann ich schon mal für mein Gelübde üben, dachte sich Robert, den ein friedliches Gefühl durchströmte. Vielleicht würde alles ein gutes Ende finden. Wenn Laura ihn nicht verpetzte.

»Wir können am Wochenende die Kisten rüberfahren, dann könnt ihr mein Zimmer für das Bla…, äh, Baby endlich einrichten.«

»Super!« Carsten hielt einen Body mit einer kleinen Prinzessin hoch und legte ihn zusammen.

»Diesen Samstag?«, wandte sich nun auch Sonja an Robert.

»Ja, passt doch, oder?«

»Diesen Samstag ist ganz schlecht. Da gehen wir doch zum Tag der offenen Tür in unserem Wunschkrankenhaus.«

»Ach, Sonja, ich habe Robert versprochen, beim Umzug zu helfen, kannst du da nicht alleine hingehen?«

»Und zur Geburt etwa auch?«

»Bis dahin wird der Umzug geschafft sein«, antwortete Robert.

»Macht euch keinen Stress, Piet hat auch versprochen, mit anzupacken.«

»Es tut mir leid, Robert, aber es ist wirklich wichtig für uns, uns zusammen das Krankenhaus anzuschauen.«

Robert konnte sich nicht daran erinnern, dass Sonja schon einmal so viele Worte auf einmal an ihn gerichtet hatte. Schon gar nicht in so einem versöhnlichen Ton. Als sie aufstand, sah man eine deutliche Wölbung unter ihrem Shirt. Sie nahm die Teebeutel aus der dampfenden Kanne und warf sie in den Mülleimer. Der Duft von frischem Tee schwirrte durch die Küche.

»Möchtest du auch einen Rotbuschtee, Robert?«, fragte sie, während sie Tassen aus dem Schrank holte.

»Nein, danke, das Zeug riecht ja nach getrockneter Kaninchenkacke. Ich trinke lieber ein Bier.«

Das Lächeln in Sonjas Gesicht verschwand. Meine Güte, ist die empfindlich, dachte Robert. Bestimmt die Hormone. Armer Carsten, er wird sich noch nach den gemeinsamen WG-Zeiten mit mir zurücksehnen. »Trotzdem danke«, schob er hinterher, als Carsten ihm einen genervten Blick zuwarf. Wer weiß, vielleicht hätte er in einem Jahr genug vom Familienleben und wieder ein Zimmer frei?

Ihr könnt es euch nicht vorstellen, aber ich war wie ferngesteuert. Als ich mit ihm durch die Wohnung ging, hab ich mich gar nicht mehr gefragt, ob er der richtige Mitbewohner ist. Es war einfach klar!«

Erschöpft, aber glücklich nach einem langen Tag im Café saßen Julia, Bernadette und Laura das letzte Mal für lange Zeit zusammen. Das Café erschien noch zauberhafter, wenn es für Gäste geschlossen war und nur die drei Freundinnen darin saßen.

»Ich wusste doch, dass sich alles fügen wird«, antwortete Bernadette strahlend. »Wir müssen einfach nur auf unsere Intuition hören. Und meine sagt mir, dass das kommende Jahr wunderbare Veränderungen mit sich bringen wird.«

Laura hatte bis dahin schweigend an ihrem Sekt genippt. »Wie leicht die Kleine zu verarschen war ...« Diese Worte gingen ihr einfach nicht aus dem Kopf. Genauso wenig wie der Schreck in Roberts Blick, als er sie erkannte. Ihre Intuition sagte ihr ganz klar, dass eine Gefahr von diesem Mann ausging.

»Hoffen wir, dass ihr beide recht behaltet. Ich hätte mich eher für eine der Frauen entschieden.«

Julia war von Lauras Sorge gerührt. Sie ließ ihren Finger durch die Kerzenflamme gleiten, wie sie es schon als Kind getan hatte. Fasziniert, dass das Feuer nicht zu spüren war. »Ach, Laura, ich weiß, dass du in Bezug auf Männer schlechte Erfahrungen gemacht hast, aber bitte übertrage das nicht auf alle Männer. Glaub mir, Robert ist in Ordnung. Ich werde ihn ja nicht heiraten, sondern nur die Wohnung mit ihm teilen.«

Laura kämpfte mit sich. Es ging hier nicht um ihre eigenen Erfahrungen, sondern darum, dass Robert ganz klar gesagt hatte, dass er eine Frau verarscht, und im schlimmsten Fall war Julia gemeint. Vielleicht ging es aber auch um etwas ganz Banales. Vielleicht hatte die Frau vom Finanzamt seine Entschuldigungen wegen der versäumten Frist akzeptiert, weil er sie treuherzig angeschaut hatte. Sie wusste es nicht.

»Sei einfach vorsichtig«, entgegnete Laura schließlich und nahm sich vor, diesen Robert genau zu beobachten und im Notfall einzuschreiten.

Lauras Vorbehalte hatten sich wie ein trüber Schleier auf Bernadettes Abschiedsfeier gelegt, den Bernadette beherzt herunterriss. »Mädels, hört auf, schlechte Energie zu verbreiten! Robert ist in Ordnung. Eine Frau hätte vielleicht viel mehr durcheinandergebracht, weil …«

»… weil du als Freundin nicht zu ersetzen bist. Robert läuft quasi außer Konkurrenz«, beendete Julia den Satz.

»Lasst uns zum Abschluss noch einmal unseren Schwur leisten. Außerdem haben wir noch ein Geschenk für dich!«

Bernadette sah erwartungsvoll zu, wie Julia Laura einen großen Umschlag reichte, den Laura an Bernadette weiterreichte.

»Mach ihn erst in Frankreich auf«, wollte Julia sagen, als Bernadette den Umschlag schon geöffnet hatte. Hundert gute Wünsche flogen im wahrsten Sinne des Wortes heraus. Gemalt, geschrieben, ausgeschnitten, ein heißer Kaffee mit Milchschaum, ein Herz, Fotos der Freundinnen … Das Glück und die guten Wünsche, die Julia und Laura Bernadette mit auf ihre Reise geben wollten, hatten sich über den Boden verstreut.

»Oh, ihr seid wunderbar!«

Auf allen vieren krochen sie über den Boden, um ja keinen Wunsch zurückzulassen.

»Autsch«, vor lauter Kichern und Lachen hatte Bernadette sich den Kopf am Tisch gestoßen, kurz nachdem sie einen Zettel aufgesammelt hatte, auf dem stand: *Dass du nie vergisst, uns anzurufen, wenn du uns vermisst – selbst wenn es mitten in der Nacht ist!*

»Oh, den hätte ich beinahe übersehen!« Ausgerechnet Laura hatte unter dem Sofa ein rotes Herz aufgesammelt, auf dem mit Goldschrift *Liebe & Überraschungen* stand. Vielleicht sollte sie Bernadette fragen, ob sie das Herz behalten dürfe. Denn wenn Bernadette in Frankreich die Liebe fand, käme sie danach nicht mehr zurück. Und wenn Laura ehrlich war, hätte sie auch nichts dagegen, sich endlich mal wieder zu verlieben.

Ich wünsche Julia von Herzen, dass sie recht hat. Aber sollte sie sich irren, stehe ich als ihr Auffangnetz bereit, sagte sich Laura in Gedanken. Sie durfte nicht so misstrauisch sein.

»Seid ihr sicher, dass wir alle haben?«

»Ich sehe jedenfalls keins mehr.«

Sie standen alle gleichzeitig auf. Bernadette hielt beseelt das Geschenk ihrer Freundinnen in den Händen.

»Oder wollt ihr lieber noch einmal durchzählen?«

Julia schüttelte den Kopf.

»Nach drei Gläsern Sekt kann ich nicht mehr zählen.«

»Wenn ein Wunsch fehlt, schicken wir ihn mit der Post hinterher!«, ergänzte Laura.

»Ach, ich glaube, da reichen eure Gedanken.«

Bernadette umarmte erst Julia und dann Laura. »Ich bin so glücklich, dass wir uns gefunden haben. Das alles hier ist einmalig. Und wird es bleiben, auch wenn ich ein Jahr weg bin! Das verspreche ich euch!«

Nach einem bewegenden Abschied am Bahnhof waren Laura und Julia froh, dass die Arbeit im Café sie ablenkte. Es war, als hätte ihnen das Schicksal besonders viele Gäste geschickt, die nicht nur Hunger hatten, sondern auch mit Sorgen und Sehnsüchten kamen. Julia konnte geradezu spüren, wie ihre guten Wünsche auf fruchtbaren Boden fielen.

Robert war vor einer halben Stunde kurz mit Piet im Café gewesen, um den Wohnungsschlüssel abzuholen und seine Kisten auszuladen.

»Den Freund von Robert habe ich irgendwo schon einmal gesehen. Ich habe nur keine Ahnung, wo«, meinte Julia zu Laura, während sie Milch aufschäumte.

Laura schnitt den Kuchen in Stücke, den Bernadette gestern noch gebacken hatte. Der letzte für lange Zeit, dachte Laura seufzend, bevor sie antwortete. »Aber ich weiß es. Das war der Mann von der Zeitung. Der bei unserer Feier war.«

»Na klar, jetzt, wo du es sagst! Hast du auch dieses Pärchen in der Ecke gesehen? Sie schweigen sich an, seit sie dort sitzen. Ich wünsche ihnen, dass sie wieder ins Gespräch kommen.«

»Oder ihr Schweigen genießen. Manchmal weiß man nicht, was besser ist.«

Julia ging nicht weiter auf Laura ein. Irgendetwas schien an ihr zu nagen. Hoffentlich wurde sie nicht wieder von ihren alten Gespenstern eingeholt, dachte Julia und wünschte ihr, dass sie mit ganzem Herzen an das

Gute glaubte, während sie mit zwei Kuchentellern durch das Café ging. Als sie einen Blick aus dem Fenster warf, fiel ihr beinahe der Kuchen aus der Hand. Ein Auto stand im Parkverbot. Der Kofferraum war geöffnet, und es waren nur noch eine Kiste und eine Tasche darin. Piet holte die Tasche heraus, knallte den Kofferraum zu und warf einen Blick durchs Fenster. Er bemerkte ihren Blick nicht, strahlte aber auf einmal.

Julia musste an Jean denken und nahm sich vor, am Abend endlich mal wieder eine Stunde Französisch zu üben. Bei aller Romantik, die Sprache des Herzens wäre auf Dauer zu wenig.

Jetzt könntest du mich zu einem Kaffee einladen.« Piet wischte sich mit dem Handrücken über die Stirn, als wäre er nach den drei Kisten ins Schwitzen gekommen.

»Klar, Starbucks?«

Robert sah sich in seinem neuen Zimmer um. Heute Abend würde er beginnen, die Kisten auszuräumen.

»Starbucks! Nein, ich meine hier!«

»Ich weiß nicht, ob ich einfach an Julias Kaffee gehen darf. Die WG-Regeln zur Kühlschrank- und Lebensmittelbenutzung sind wir noch nicht durchgegangen.«

»Doch nicht hier in der Wohnung, im Café!«

Robert fragte sich, ob es nicht komisch wäre, sich von seiner neuen Mitbewohnerin bedienen zu lassen.

»Komm schon, tu mir den Gefallen!«

»Na gut.« Robert steckte etwas Geld ein, bevor sie die Treppe hinunterliefen.

»An deiner Stelle würde ich die Küche oben komplett kalt lassen und immer dort essen.«

Als sie im Café saßen, zwinkerte Julia Robert von der Theke aus zu, während sie eine Kuchenplatte abtrocknete. »Laura, geh du mal bitte die Bestellung aufnehmen. Es kommt mir komisch vor, meinen Mitbewohner zu bedienen.«

Laura hob eine Augenbraue. Als Piet, der mit dem Rücken zur Theke saß, sich umdrehte, ging sie auf die beiden zu.

»Was kann ich euch bringen?«

»Einen Latte macchiato, bitte.«

Piet strahlte Laura an.

»Und einen ganz normalen Kaffee.«

Laura hörte gar nicht, was Robert wollte.

»Also einen Kaffee, bitte.«

»Ja, natürlich.« Sie riss sich zusammen. Jeder Gast sollte mit Wohlwollen bedient werden. Sie könnte Robert ja zum Abschied den Wunsch nach Weisheit und Freundlichkeit hinterherschicken.

»Noch etwas?«

»Was habt ihr denn für Kuchen?«

Robert verschränkte die Arme, lehnte sich zurück und hörte zu, wie Laura Piet etwas von Pfirsich-Sahne-Torte, Mohnstreuselkuchen und Rosinenschnecken vorsäuselte. Es war offensichtlich, dass die beiden miteinander flirteten. Warum mussten die jungen Leute immer gleich so tun, als stünde die große Liebe vor ihnen? Was wussten die beiden schon voneinander? Mit einem Räuspern brachte er sich in Erinnerung.

»Also für mich die Rosinenschnecke, bitte!«

Laura bemühte sich, ihm einen neutralen Blick zu schenken. Piet wollte wohl die Romantik nicht zerstören und fragte artig, wo er sich die Hände waschen könne, die Umzugskisten ... Als müsste er es beweisen, zeigte er Laura seine – sauberen – Handinnenflächen. Laura wies auf ein Schild, das wiederum auf die Toilette wies.

Als Piet aufgestanden war, sah Robert sich um. Julia war nicht in Sichtweite. Er winkte Laura noch einmal zu sich heran.

»Doch keine Rosinenschnecke?«

»Doch. Aber eine Bitte. Als wir uns letztens gesehen haben ...«

»Ja, ich habe gehört, was du gesagt hast ...«

Er wusste ja nicht, was sie alles gehört hatte, aber ihrem Blick nach war ihr nur Schlechtes in Erinnerung.

»Könntest du das bitte für dich behalten?«

Laura drehte sich zur Theke um. Julia kam gerade um die Ecke und lächelte sie an.

»Und wieso?«

»Weil es Julia verwirren könnte. Es war im Affekt gesagt, und ja, es klang chauvinistisch und dämlich, aber es hat nichts mit Julia zu tun.«

Laura trat näher, um leiser sprechen zu können. »Sollte es mich beruhigen, wenn du eine andere Frau verarschst?«

Piet kehrte von der Toilette zurück.

»Okay, es tut mir leid!«

»Das hoffe ich.« Laura konnte förmlich spüren, wie ihre Galle schwarz vor Zorn war, sodass sie Piets Blick nicht mehr registrierte.

Piet setzte sich hin und rieb sich die sauberen Hände. »Ach, jetzt freue ich mich aber auf einen heißen Kaffee! Alles klar?«

»Klar, bis auf die Stasi im Haus.«

»Habe ich was verpasst?«

Robert schüttelte den Kopf.

»Kennst du Julias Freundin eigentlich persönlich?«

»Du meinst die Dralle hinter der Theke?«

»Kein Wunder, dass es keine bei dir aushält! Kannst du nicht einfach aufhören, wie ein Macho zu reden?«

»Wer sagt denn, dass es keine bei mir aushält?«

Piet biss sich auf die Zunge. In der Redaktion sagte das jeder. »Na ja, es wundert mich, dass ein recht attraktiver Mann wie du keine feste Freundin hat. Was ist eigentlich mit der Frau, die neulich in der Redaktion stand? War doch offensichtlich, dass sie dich anhimmelt.«

»Tja, vielleicht wird das ja meine feste Freundin, falls du so konservative Begriffe brauchst.«

Das interessierte Piet anscheinend gar nicht. »Sag mal, Robert, meinst du, ich könnte Laura fragen, ob sie mal mit mir ausgeht?« Er zog einen roten Zettel von seiner Schuhsohle ab. *Liebe & Überraschungen?* Zuerst wollte er ihn zerknüllen, aber dann steckte er ihn ein.

Robert dachte, etwas Ablenkung könnte Laura nicht schaden. Wenn sie Piet mochte, würde das vielleicht auch auf ihn abfärben. »Na klar, so wie sie dich gerade angesehen hat, wird sie auf jeden Fall ja sagen!«

Robert lag auf dem Bett und hörte ein Klappern aus der Küche. Ihm war langweilig. Das Zimmer hatte keinen Fernseher, sein Laptop lag zusammengeklappt unter dem Bett, und interessante Bücher hatte er nicht zur Hand. Julia hatte zwar betont, dass sie nicht unbedingt zusammen essen müssten, aber sie hätte ja mal fragen können, ob er am ersten Abend in der neuen Wohnung Lust auf ein gemeinsames Essen hätte.

»Hast du Hunger?«, rief Julia schließlich.

Er stand auf und ging in die Küche. Auf dem Tisch standen Baguette, Käse und Weintrauben. Und eine Flasche Wein. Sie rechnete also fest mit ihm. Vielleicht wäre das der richtige Augenblick für sein Willkommensgeschenk.

»Ja, ich hole nur noch etwas.«

Er legte das Päckchen auf den Tisch und setzte sich. Als er sah, wie Julia Geschirr und Besteck zusammensuchte, sprang er auf, um ihr zu helfen. Sie drehte sich um und prallte mit ihm zusammen. Erschrocken wichen beide zurück.

»Äh, wo sind denn die Gläser?«

»Da oben.«

Robert nahm zwei Weingläser aus dem Regal und stellte sie auf den Tisch. »In ein paar Tagen werde ich mich hier besser auskennen.«

Julia schenkte Wein ein.

»Laura hat sich übrigens mit deinem Freund Piet verabredet.«

»Oh, tatsächlich? Hat er sich also getraut, sie zu fragen.«

»Hat er. Ich glaube, Laura fand ihn schon bei der Jubiläumsfeier ganz nett.« Sie zupfte eine Traube ab und steckte sie sich in den Mund.

»Ich habe Laura letztens zufällig getroffen ...«

Gespannt beobachtete er Julias Mimik. »Echt? Hat sie gar nicht erzählt.«

»Na, gibt ja auch nicht viel zu erzählen«, antwortete er erleichtert.

»Du kannst natürlich jederzeit Besuch mitbringen.«

»Danke.«

»Lerne ich deine Freundin bald kennen?«

»Wie bitte?«

»Deine Freundin. Gesehen habe ich sie ja schon. Auf dem Friedhof.«

Am besten ließ er jetzt Einzelheiten offen. »Ja, bestimmt mal. Hier ist mein Begrüßungsgeschenk.« Er schob das Päckchen zu ihr hinüber und sah gespannt zu, wie sie es auspackte.

Le bonheur est en vous. Julia schaute irritiert. Als sie den Namen der Autorin erkannte, strahlte sie über das ganze Gesicht, stand auf, ging um den Tisch herum und umarmte Robert. »Danke!!!«

Robert, der spontane Berührungen nur aus dem Bett kannte, war irritiert.

Sie blätterte in dem Buch und begann ein paar Sätze in einem Ton vorzulesen, der offenbarte, dass sie den Inhalt nicht verstand. Robert konnte sein Lachen nicht unterdrücken.

»Hey, ich weiß, dass mein Französisch miserabel ist! Deshalb freue ich mich doppelt über das Buch. Ich habe mir vorgenommen, dieses Jahr endlich mein Französisch zu perfektionieren, und da erscheint mir das Buch als Zeichen des Himmels!«

Verlegen brach Robert sich ein Stück Baguette ab und belegte es mit Camembert. So wie Julia aussah, würde sie ihn gleich küssen – eindeutig zu viel des Guten.

»Und warum gerade französisch?«, lenkte er deshalb ab.

»Okay, ich sage es dir, aber bitte lach nicht …«

»Niemals.«

»Ich habe mich während meines Frankreichurlaubs in

einen Franzosen verliebt. Ich will mich richtig mit ihm unterhalten können, wenn ich ihn wiedersehe.«

Auf welcher Ebene diese Liebe sich abgespielt haben musste, wenn sie nicht eine Sprache sprachen, konnte Robert sich schon denken. »Wann habt ihr euch denn zuletzt gesehen?«

»Vor drei Jahren.«

»Vor drei Jahren? Und es ist immer noch die große Liebe?«

»Wenn es die große Liebe ist, dann spielt es keine Rolle, wann man sich zuletzt gesehen hat.«

»Aber wenn es die große Liebe ist, dann müsste man sich doch öfter sehen wollen, oder?«

»Stimmt. Aber dazu müsste man wissen, wie man den anderen erreicht.«

»Telefon? E-Mail?«

»Und wenn man den Nachnamen nicht kennt?«

»Dann findet man ihn heraus.«

»Bevor ich das tue, möchte ich erst perfekt, na ja halbwegs perfekt Französisch sprechen.«

»Ich spreche übrigens ziemlich perfekt Französisch. Wenn du möchtest, helfe ich dir.«

Über den Tisch hinweg griff sie nach seiner Hand und drückte sie. »Ich wusste, dass du der Richtige bist! Manchmal ist es unglaublich. Da hört man auf seine innere Stimme, und auf einmal wird alles ganz einfach.«

Es ist, als säße man auf einer Goldmine und dürfte sie nicht ausheben, dachte Nick. Und es sah lange nicht so aus, als wollten die beiden alten Damen, die über Julia und dem Café wohnten, bald Platz für neue Mieter machen. Warum auch, wenn man einen Mietvertrag unterschrieben hatte, der bis zum Lebensende eine Erhöhung der Miete ausschloss? Dafür hatte seine Oma gesorgt, als sie ihm die zwei Wohnungen vermachte. Alles andere dagegen wurde seitdem immer teurer. Allein die Heizkosten in dem schlecht gedämmten Gebäude! Julia sah zwar prinzipiell ein, dass sie sanieren müssten, hatte aber kein Geld dafür. So herrschte Stillstand statt Wachstum. Ein Gräuel für einen ambitionierten Betriebswirtschaftler. Nun war die alte Frau Schmitz gestorben, und Nick schritt mit Julia durch die leere Wohnung.

»Wir sollten für die Trauerfeier einen Kranz spenden. Oder nein, sie war doch so eine Katzenliebhaberin, vielleicht spenden wir an das Tierheim, in das Mizie kommt?«

Nick schüttelte den Kopf. Warum erkannte Julia den Ernst der Lage nicht? Ganz davon abgesehen, dass Mizies Kratzspuren an den Türen teuer genug waren. »Davon bekommt sie doch eh nichts mehr mit.«

»Und warum willst du mich sprechen?«

»Weil ich die Wohnung verkaufen möchte.«

»Kannst du, sie gehört ja dir. Ich würde natürlich gern schauen, ob die neuen Besitzer zu uns passen.«

Zu dir, meinst du wohl, dachte Nick, sprach es aber nicht aus. »Du hast also grundsätzlich nichts dagegen?«

»Nein, warum sollte ich? Wie gesagt, solange es jemand ist, der die Atmosphäre des Hauses nicht beeinträchtigt, ist das doch kein Problem.«

Das war Interpretationssache. In jedem Fall würde ein neuer Besitzer eine neue Stimme bedeuten. Zwei gegen einen sozusagen. Oder zählte das Café als eigene Instanz?

Nick glaubte nicht. Zumal das Café deutlich kleiner war als die Wohnungen.

»Wie läuft das Café? Du bist mit der Buchhaltung im Rückstand.«

»Ich weiß, aber seit wir zu zweit sind, komme ich nur noch dazu, die Quittungen zu sammeln. Dafür ist gerade sehr viel los. Wir müssen fast überlegen, ob wir nicht doch jemanden einstellen.« Julia schaute aus dem Fenster und sah Gäste ins Café und wieder heraus laufen.

»Was ist denn mit Robert? Vielleicht könnte er ein paar Stunden an Bernadettes Stelle arbeiten.«

»Kann er backen?«

Nick seufzte. Julia war wirklich blind. »Nicht dass ich wüsste.«

»Außerdem hat er einen Job.«

»Julia, wenn du möchtest, kann ich mal über eure Finanzen schauen. Vielleicht gibt es noch Potential, das an anderer Stelle eingesetzt werden könnte.«

»Gerne, obwohl ich nicht wüsste, wie man da noch sparen kann.«

»Habt ihr überhaupt so etwas wie einen Businessplan?«

»Nick, wir haben nicht vor, an die Börse zu gehen. Miete zahlen wir keine, und von dem, was reinkommt, bezahlen wir Lebensmittel und Verbrauchsmaterial. Der Rest ist unser Gehalt.«

»Und wenn die Kaffeemaschine kaputtgeht?«

»Warum sollte sie kaputtgehen?«

Julia verschwieg, dass sie sehr wohl jeden Monat hundert Euro für solche Fälle beiseitelegten, wobei sie bisher noch nie daran mussten. Sie hoffte, dass die Summe irgendwann hoch genug wäre, dass sie sich an der Sanierung beteiligen könnten, aber die Kleingeistigkeit ihres Bruders nervte sie. Ausgerechnet er, der immer das große Ding drehen wollte, hielt sich mit unwahrscheinlichen Hindernissen auf.

»Wenn etwas jahrelang nicht passiert ist, erhöht sich täglich die Wahrscheinlichkeit, dass es bald eintreten wird!«

»Vielleicht ist das bisherige Nichtpassieren aber auch der Beweis, dass etwas nie passieren wird?«

»Wie auch immer, nächsten Samstag habe ich um die Mittagszeit einen Besichtigungstermin für die Wohnung. Ich fände es super, wenn du an dem Tag eine heiße Suppe anbieten würdest. Ich wette, die Hälfte der Interessenten setzt sich nach dem Termin ins Café, um über den Wohnungskauf nachzudenken.«

Die Idee war nicht schlecht, dachte Julia. So hätte sie die Gelegenheit, die potentiellen Nachbarn kennenzulernen.

Julia setzte sich im Schlafanzug mit ihrem Laptop an den Küchentisch. Bernadette und sie hatten sich zum Chat verabredet, weshalb Julia am Morgen gleich eine ganze Kanne Kaffee gekocht hatte. Die war schon halb leer, weil Robert davon ausgegangen war, dass Julia dabei an ihn gedacht hatte. Tja, er sah wohl auch das Beste in jedem, und Julia nahm sich vor, von nun an tatsächlich jeden Morgen für sie beide Kaffee zu kochen. Robert hatte bedrückt ausgesehen. Vielleicht könnte sie dazu beitragen, dass es ihm besser ging.

Sobald sie sich eingeloggt hatte, blinkte das Nachrichtensymbol.

Guten Morgen, Julia, wie geht es dir?

Julia tippte los.

Morgen, Bernadette, wirklich gut, auch wenn ich dich vermisse!

Ach, ein Jahr ist schnell um. Viel zu schnell. Auch wenn ihr mir fehlt, es ist wunderbar hier. Wie läuft es mit deinem neuen Mitbewohner?

Hm, er hat deine Sprüche an der Wand mit Postern abgehängt.

Oh, nein! Womit denn?

Konnte ich mir nicht merken, war nur kurz drin.

Dann lies nach.

Ich war noch nie alleine in seinem Zimmer. Ich möchte auch, dass er meine Privatsphäre achtet.

Guck nur auf die Wand und sonst nirgendwohin. Ist schließlich auch mein Zimmer.

Julia stand auf und öffnete Roberts Tür. Sie fühlte sich, als würde sie eine Grenzüberschreitung begehen. Andererseits hatte Bernadette ein Recht zu erfahren, was in ihrem Zimmer geschah. Sie bemühte sich, die Wäsche auf dem Boden zu ignorieren, und merkte sich den ersten Titel des französischen Filmplakates.

Les jeux sont faits, gab sie den Satz weiter.

Soll das ein Statement sein?

Wieso, was heißt das denn?

Die Würfel sind gefallen – keine Aussicht auf wunderbare Veränderungen.

Ach, komm, er steht halt auf die Franzosen, was mir übrigens mehr als gelegen kommt.

Aha … Gibt es noch mehr Plakate?

Augenblick.

Beim zweiten Mal fiel es ihr leichter, in Roberts Zimmer einzudringen.

L'enfer, c'est les autres.

Die Hölle, das sind die anderen. Kann es sein, dass du einen Wolf im Schafspelz beherbergst?

Nö, im schlimmsten Falle ist er ein Schaf und denkt, er wäre ein Wolf.

Nicht, dass du ihm ans Fell gehst …

Bernadette!!! Nein! Er hilft mir sogar, mit Jean wieder zusammenzukommen.

Ach, echt? Wie denn?

Indem er mir Französischnachhilfe gibt.

Na gut.

Hör auf, ich weiß genau, was du gerade denkst.

Nur das Beste.

Warst du schon Croissants kaufen?

Ja, aber Jean arbeitet nicht mehr dort.

Schade, aber sie werden bestimmt wissen, wo er jetzt lebt.

Ich frage beim nächsten Mal nach. Ich muss jetzt aufhören, mein Französischunterricht beginnt. Au revoir, Julia!

Au revoir et amuse-toi bien!

Und schon war Bernadette ausgeloggt. Für Julia war das Internet der Beweis für die Theorie der manifestierten Gedanken. Wer hätte vor zwanzig Jahren geglaubt, dass sich ein Netz über die Welt spannt, das sämtliche Grenzen überwindet? Aber genau wie die Gedanken an sich musste es eben auf richtige Weise benutzt werden. Julia stellte sich ein Netz aus Goldstaub vor, das den gesamten Planeten überzog. Nur wer das Schlechte erwartete, fiel durch die Maschen, alle anderen fing es auf. Und das Schöne war, dass sie durch ihre Gedanken den einen oder anderen auch vor dem Absturz bewahren konnte.

Wenn er von seinem Chef höchstpersönlich einen Kaffee angeboten bekam, drohte ihm eine besonders niederschmetternde Aufgabe.

»Solange es kein Gefängnis auf dem Mond gibt, müssen die Psychopathen zwar irgendwo untergebracht werden, aber bitte nicht bei uns um die Ecke«, wetterte Ulli und drehte seinen Kuli zwischen den Fingern.

Robert saß ihm gegenüber. »Die Leute sollen doch froh sein, wenn die Psychopathen von neuen Taten abgehalten werden.«

Ulli erhob sich von seinem Stuhl und stützte die Arme auf dem Schreibtisch ab. »Werden sie das?«

Robert wich zurück.

»Ich sage dir, es gibt keinen ausbruchsicheren Knast.«

Woran ich nicht schuld bin, dachte Robert, behielt es aber für sich.

»Herr Hagedorn möchte eine Titelgeschichte darüber. Such alle Informationen der letzten dreißig Jahre aus dem Archiv zusammen, die beweisen, dass es in der Nähe von forensischen Anstalten häufiger zu schweren Verbrechen kommt. Ach, und genau, zu psychosomatischen Beschwerden der Anwohner. Wer hat schon gerne Mörder in seiner Nähe?«

»Die meisten Mordopfer hatten ihren Mörder jahrelang ganz in der Nähe. Vor dem eigenen Umfeld muss man die meiste Angst haben.«

Ulli lachte laut auf. »Robert, vielleicht sollte ich dir doch mal die Kolumne geben! Aber Spaß beiseite, Herr Hagedorn ist nun mal der Chef des ganzen Ladens hier und kandidiert für das Bürgermeisteramt. Die Anwohner rund um den geplanten Knast haben sich schon mit großer Sorge an ihn gewandt. Er hat ihnen versprochen, das Thema in den Medien anzupacken, damit den Verantwortlichen klar wird, was auf dem Spiel steht.«

»Und wenn sich nichts finden lässt?«

Ulli sah ihn mitleidig an. »Du wirst etwas finden.«

Robert trank den letzten Schluck Kaffee, bevor er sich auf den Weg ins Archiv machte. Dort stand er zwischen den Regalen, die die Nachrichten der Sparten Politik, Katastrophen, Schicksalsschläge und Klatsch seit dem Start der Zeitung beherbergten. Sie reichten bis an die Decke. Auf einmal war es Robert, als befänden sich die Nachrichten nicht nur in Klarsichthüllen. Nein, auf einmal schien all der Schmerz, von dem die Leute beiläufig am Frühstückstisch oder in der U-Bahn erfuhren, auf seinen Schultern zu lasten. Er stellte sich vor, wie er am Boden lag und alle Ordner auf ihn herabflogen, bis der Unglücksberg ihn erdrückte.

Ihn überkamen Erinnerungen an seine ersten Aufträge bei dieser Zeitung. Im Jahr 2009 fiel ein unbescholtener Mann dem Messerangriff eines verurteilten Mörders zum Opfer, weil er ihn dabei überraschte, wie er in seinem Haus etwas zu essen klaute. Der Täter war auf der Flucht gewesen, und in jedem Supermarkt hingen Fahndungsplakate. Es geschah ganz in der Nähe des Gefängnisses, aus dem der Mann ausgebrochen war. Wann war das genau? Kurz vor Ostern? Robert schob die Klappleiter zum Regal der späten Nullerjahre und kletterte so weit nach oben, wie er konnte. Er griff den Ordner »April 2009« heraus und blätterte ihn durch. Da, da war es. Wozu konnte man sich eigentlich an all das erinnern? Er wusste heute noch, wie es damals in der Kantine roch, er hatte den Artikel kurz vor der Mittagspause abgeheftet. Wie hatte er sich an dem Tag gefreut, dass er nicht nur im Archiv arbeiten musste, sondern auch einen richtigen Artikel schreiben durfte – über ein Straßenfest der Partei, der Herr Hagedorn angehörte. Für den er nun wieder ins Archiv geschickt wurde, um zu beweisen, dass die Welt genau so war, wie er sie sich vorstellte. Nein, dachte Robert, diesen Gefallen tue ich weder Ulli noch Herrn Hagedorn. Ich werde das Gegenteil beweisen!

Es war sicher ein Einzelfall. Julia würde ihm recht geben. Angst zu schüren trug nur zur Verunsicherung bei. Warum sich verrückt machen? Nur damit so ein Herr Hagedorn seinen Schäfchen eine Gefahr vorgaukeln konnte, die ihn als Retter dastehen ließ? Und Ulli ihn schon wieder vor den Karren spannte? Nein, Roberts Hörigkeit Ulli gegenüber hatte schon Herrn Müller in den Tod getrieben. Die Welt war korrupt und schlecht. Selbst ohne moralische Bedenken machte es keinen Sinn, Herrn Hagedorn in den Hintern zu kriechen.

Robert schob den Ordner wieder zurück. Die Leiter wackelte, woraufhin er sich am Regal festhielt, doch das hielt seinem Handgriff nicht stand. Das Metallregal neigte sich in seine Richtung, was die Leiter zum Umkippen brachte. Robert stürzte zu Boden, und die Ordner purzelten einer nach dem anderen heraus. Vielleicht war es ganz gut, dass er das Bewusstsein verlor, sonst hätte er noch Angst bekommen, wie schnell Tagträume zur Realität werden können. Da hatte er ein Mal versucht, nicht die Marionette seines Vorgesetzten zu sein – und schon zog jemand anders die Fäden.

Piet wunderte sich, warum Robert noch nicht wieder aufgetaucht war. Er legte ihm eine Notiz auf den Schreibtisch, dass er vielleicht später von der Mittagspause zurückkäme.

Laura hatte vor der Tür schon auf ihn gewartet und wusste nicht, ob sie ihn umarmen sollte. Da er es auch nicht wusste, beließ er es ebenfalls bei einem strahlenden Lächeln.

»Hallo Laura, schön, dass du da bist. Ich hoffe, Julia kommt ohne dich zurecht.«

»Zu dritt war es schon einfacher. Aber Bernadette ist ja nicht für immer in Frankreich.«

Sie schlugen den Weg zum Park ein und ließen sich dort auf einer Bank unter einer Birke nieder. Piet holte zwei Flaschen Limonade hervor und öffnete sie. Laura nahm eine Flasche entgegen und prostete ihm zu. »Auf … auf …«

»… uns.«

»Okay, auf uns.«

Die freie Hand legte Laura auf die Rückenlehne, sodass sie fast seine Schulter berührte. Er traute sich kaum, sich zu bewegen. Beide schwiegen, obwohl ihnen jede Menge auf der Zunge und dem Herzen lag.

»Ich …«

»Ich …«

»Du zuerst!«

»Nein, du«, ließ Piet als Gentleman Laura zuerst reden.

Lauras Gesicht wurde ernst. »Ich frage mich, ob wir Robert wirklich vertrauen können.«

Piet rückte von Laura ab. War das der einzige Grund, weshalb sie sich mit ihm treffen wollte? War er nur der Spion?

»Robert ist ein Freund von mir.«

»Ich weiß. Und Julia ist meine Freundin.«

»Sie sollte sich selbst ein Urteil bilden.«

»Sie glaubt von jedem nur das Beste.«

Laura glaubte genauso an die Macht der Gedanken wie Julia und Bernadette, im Gegensatz zu ihren Freundinnen war ihr jedoch bewusst, dass es genug Menschen gab, die Schlechtes dachten und taten. Vor diesen Menschen mussten sie sich schützen.

»Und du nicht?«

»Doch, ich glaube, dass in jedem Menschen das Beste steckt, aber dass viele es eben nicht leben.«

Piet nahm einen Schluck Limonade, um Zeit zu gewinnen. Ihm war klar, dass er ehrlich sein musste, wenn er Laura nicht verlieren wollte. Allerdings durfte er nicht riskieren, dass Robert vor Ablauf des einen Jahres ausziehen musste.

»Wenn Robert sich gegenüber Julia schlecht verhielte, würdet ihr doch darüber reden, oder?«

»Wahrscheinlich. Bisher schwärmt sie nur von ihm. Sie war völlig fasziniert, dass er ihr das Buch *Auch du kannst glücklich sein* auf Französisch geschenkt hat.«

Mit Mühe konnte Piet ein Lachen unterdrücken. »*Murphys Gesetz* hätte besser zu ihm gepasst. Wenn einer glaubt, dass der nächste Hundehaufen für ihn reserviert ist, dann Robert. Dass Menschen ein Gehirn besitzen, hat für ihn zur Folge, dass der Mensch an sich leidet, weil er ständig vorgeführt bekommt, was für ein Wurm er ist. Evolutionstechnisch völlig ungeeignet, denn wer kämpft schon gern aussichtslos?«

»Tja, er ist aber nicht nur ein Pessimist, sondern auch ein Schwindler. Julia hat er vorgegaukelt, dass er wie sie an das Gesetz der Anziehung und an eine bessere Welt glaubt.«

Laura dachte darüber nach, ob es nicht Julia war, die ihr etwas vorgemacht hatte, weil sie Robert unbedingt bei sich einziehen lassen wollte.

»Moment. Robert ist vielleicht ein Zyniker, aber er ist kein Unmensch. Vielleicht hat er sich auch besser dargestellt, als er ist, aber wer tut das nicht bei einem Vorstellungsgespräch?«

»Es ging nicht um einen Job, sondern darum, mit jemandem zusammenzuwohnen. Da muss man sich vertrauen können. Was kannst du mir über seine Freundin sagen?«

»Freundin?«

»Stimmt das etwa auch nicht?«

Piet überlegte einen Moment.

»Du meinst Dörte?«

»Ja, so einen Namen könnte ich nicht vergessen. Julia meinte, sie sei sehr neugierig auf diese Dörte und wundere sich, warum die gar nicht neugierig auf die neue Wohnung ihres Freundes sei.«

»Ach, Dörte! Anders als sonst hat Robert bisher die Finger von ihr gelassen, weil sie nämlich einen Freund hat.«

»Ist das nicht selbstverständlich?«

»Wenn man wie Robert nicht an die Liebe glaubt, braucht man auch keine Rücksicht zu nehmen. Deswegen dachte ich ja, diesmal sei es was Ernstes, weil Robert mehr im Sinn hat, als sie einfach nur … Oh!« Erschrocken hielt Piet inne.

»Was? Ich werde jetzt nicht alle Synonyme auspacken, die mir für ›oh‹ einfallen!« Laura sah nicht so aus, als glaube sie noch an den guten Kern in Robert, und redete weiter auf Piet ein. »Du gestehst mir, dass Robert ein übler Macho ist, und ich soll mir keine Sorgen um meine Freundin machen?«

»Er würde nie etwas tun, was die Frau nicht will.«

Piet griff nach ihrer Hand. »Sie scheint dir wirklich wichtig zu sein.«

»Das ist sie auch, und ich möchte nicht, dass Robert sie verletzt.«

In ihrem Blick lag so viel Liebe, dass Piet sie direkt auf sich bezog. Er beugte sich zu ihr, um sie zu küssen. In Erwartung des Kusses schloss Laura die Augen, um sie dann gleichzeitig mit ihrem Mund wieder zu öffnen. »Ich meine es ernst.«

»Ich auch.«

Piet stellte sich vor, wie er Laura küssen würde. Und Laura stellte sich vor, wie Roberts schwarze Gedanken die rosarote Welt rund um das Café der guten Wünsche in ein hässliches Grau verwandeln würden. Was für eine Ironie, dass ausgerechnet Robert Julia Marcelle Auclairs Buch geschenkt hatte, in dem die Autorin vor der Macht der Gedanken warnte. Gedanken waren wie Samen, die hässliches Unkraut oder blühende Wiesen hervorbrachten, sie waren Balsam oder Stachel in der Seele, gut oder böse, hässlich oder schön. Es gab keine neutralen Gedanken. Für Laura musste sich jeder entscheiden, so wie sie sich entschieden hatte, dem Schlechten in ihrem Leben keine

Macht mehr zu geben. Wie oft hatte sie gehört: Stell dich nicht so an! Er meint es nicht so! Sei nicht so empfindlich. Sie war empfindlich, und das war gut so. Sie hatte eine feine Antenne für alle, die ihre Welt wieder dunkel werden ließen. Und dem Café näherte sich ein dunkler Schatten, den es zu vertreiben galt.

»An was denkst du gerade?«

»Wie du wohl denkst!«

»Ich glaube an die Liebe. Und ich würde lieber über dich als über Robert reden.«

Dagegen hatte auch Laura nichts einzuwenden.

So ein Pechvogel!« Der Sanitäter hob Robert auf eine Trage und trug sie mit seinem Kollegen namens Toni in den Krankenwagen. Toni war erst seit einer Woche dabei und hätte die tuschelnden Frauen, die dabei zuschauten, wie sie Robert in den Krankenwagen verfrachteten, am liebsten beruhigt. Eine hatte Tränen in den Augen gehabt.

»Meinst du, er kommt durch?«, fragte er.

»Wir sind keine Ärzte. Wir leisten nur die Erstversorgung und bringen ihn weg.«

Toni hob das Handy auf, das aus Roberts Hosentasche gerutscht war. »Ob wir jemanden informieren sollten?«

»Miss lieber den Blutdruck! Und schau, dass er nicht absackt. Das Handy steckst du am besten gleich in die Tüte, danach fragen die Patienten als Erstes – falls sie wieder aufwachen.«

Sie bogen zum Krankenhaus ab und übergaben Robert den Ärzten. Toni setzte sich mit Roberts Handy in den Wartebereich, während sein Kollege eine Zigarettenpause vor der Tür einlegte. Wenn ihm selbst etwas passieren sollte, würde er wollen, dass jemand Bescheid weiß. Jemand, der ihm nahesteht. Toni hatte seine Eltern unter »Mama« und »Papa« abgespeichert. In Roberts Handy fand er nur Namen und die Nummer vom Pizzataxi. Der letzte Anruf war an eine Julia gerichtet gewesen. Er drückte auf Wahlwiederholung.

Laura bereitete zwei Milchkaffee zu, während Julia sie löcherte, wie es mit Piet gewesen sei. Irgendetwas konnte nicht stimmen, denn dafür, dass sie gerade ein Rendezvous hatte, war Laura viel zu nachdenklich.

»Ist er doch nicht so toll?«

Laura senkte den Blick. »Piet schon.«

»Aber?«

»Ich bringe den Kaffee raus, bevor er kalt wird.«

Julia lief hinterher. »Aber?«

»In der Küche!«

In der Küche stützte Laura die Hände in die Hüften. »Aber Robert nicht!«

»Wie kommst du darauf?«

»Piet hat mir Dinge über ihn erzählt, die ihn nicht gerade zum idealen Mitbewohner machen. Und zwar nicht nur für Leute wie uns, sondern für alle Frauen!«

»Wie meinst du das?«

»Mann, Julia, der Typ verarscht die Frauen. Macht höchstens einen auf romantisch, um sie flachzulegen.«

»Zu mir war er bisher immer sehr nett. Ohne aufdringlich zu sein.«

»Klar, weil er was von dir will! Wenn du Glück hast, ist es nur das WG-Zimmer.«

Julia versuchte, ruhig zu bleiben. Robert konnte nichts

dafür, dass Laura schlechte Erfahrungen mit Männern gemacht hatte. Kein Wunder, dass sie die kleinste Befürchtung aufbauschte. »Laura, ich verspreche dir, falls Robert irgendwas tun sollte, was nicht in Ordnung ist, schmeiße ich ihn sofort raus.«

»Wenn er sich rausschmeißen lässt.«

»Jetzt machst du genau das, was du anderen vorwirfst: schlecht von deinen Mitmenschen denken. Ist es nicht so, dass andere unsere Erwartungen erfüllen, selbst wenn wir sie nicht aussprechen? Also gehe ich weiterhin davon aus, dass Robert ein toller Mann mit guten Absichten ist, dann wird er sich mir gegenüber auch so verhalten.«

»Mensch, Julia, wie kann man nur so naiv sein!«

Laura sah Julias Reaktion als Beweis dafür an, dass Robert nichts als Ärger brachte. Aber wer weiß? Vielleicht war er eine Art Prüfung für sie beide. Ein Klingeln unterbrach die Freundinnen.

Julia fischte ihr Handy aus der Hosentasche. »Ja? Am Telefon.« Ihr Gesicht wurde ernst. »In was für einem Verhältnis wir zueinander stehen?«

Laura schaute sie neugierig an.

»Er ist mein Mitbewohner.« Julia wurde blass. »Ich weiß nicht. Vielleicht seine Freundin. Finden Sie eine Dörte im Telefonbuch?« Julia ignorierte Lauras Kopfschütteln und Gestikulieren und drehte sich um. »In welchem Krankenhaus, sagten Sie noch? Und vielen Dank, dass Sie sich um ihn gekümmert haben.« Sie ließ das Handy sinken. »Robert hatte einen Unfall.«

»Ach, du Scheiße, das habe ich nicht gewollt.« Laura schämte sich dafür, dass sie sich mehr als einmal gewünscht hatte, Robert würde nicht bei Julia einziehen. Sie hatte aber nicht um mafiöse Methoden zur Beseitigung gebeten. Wenn es eine höhere Macht gab, würde sie hoffentlich zu einer sanften Lösung greifen: Robert hätte einfach eine andere WG finden können, die besser zu ihm passte. Hatte da jemand etwa einen ganz merkwürdigen Sinn für Humor?

Ach was, beruhigte Laura sich, bestimmt hatte Robert sich einfach blöd angestellt, vielleicht war er bei Rot über die Ampel gelaufen oder hatte beim Autofahren telefoniert. Selbst schuld halt ...

Dörte saß mit ihrem Freund auf dem Sofa, als ihr Handy klingelte. Sie ärgerte sich, es nicht stumm gestellt zu haben. Sie sehnte sich nach einem Anruf von Robert, wollte jedoch nicht, dass Lars es mitbekam. Das Handy lag auf dem Couchtisch, sodass es auch nicht möglich war, es zu ignorieren.

Lars reichte es ihr. Unbekannter Teilnehmer.

»Soll ich uns noch was zu trinken holen?«

Dörte nickte und hob ab. Sie sah Lars hinterher, wie er in der Küche verschwand. Er war nett und hilfsbereit, aber irgendwie langweilig. Wie anders war Robert da. Ihn umgab so eine melancholische Aura.

»Wie meinen Sie das?«, fragte Dörte den Anrufer irritiert.

»Schatz, auch ein Bier?«, kam es so laut aus der Küche, dass der Anrufer kapieren musste, dass Robert zumindest nicht Dörtes einziger Freund war.

Toni, dem noch jeder Fall ans Herz ging, schnauzte Dörte an. »In welchem Verhältnis Sie auch immer zueinander stehen, Ihr Freund oder Bekannter hat sich heute schwer verletzt, und seine Mitbewohnerin hat Sie als Freundin angegeben. Können Sie mir wenigstens den Namen eines Angehörigen nennen?«

Lars kam mit zwei Bier zurück.

»Ich glaube, seine Mutter heißt Lydia. Sonst kann ich Ihnen auch nicht weiterhelfen. Viel Erfolg.«

Dörte legte auf und konnte Lars' Lächeln nicht erwidern.

»Wessen Mutter heißt Lydia?«

»Die eines Mannes, mit dem ich auf der Arbeit mal ins Gespräch kam. Er hatte wohl einen Unfall, und jemand vom Krankenhaus sucht Familienangehörige.«

Lars drückte ihre Hand. »Der Arme. Das muss schlimm sein, wenn man im Krankenhaus liegt und niemand, der einem nahesteht, ist da. Hat er denn nicht mal eine Freundin?«

Dörte schüttelte den Kopf und musste ihre Tränen zurückhalten.

Entschuldigung.«

»Das macht doch nichts!« Die ältere Dame rückte zur Seite, damit Julia die Scherben aufsammeln konnte. Immerhin war der Teller schon leer gewesen, sonst hätte Julia auch noch die Blaubeersahnetorte vom Boden aufwischen müssen.

»Alles in Ordnung?«

Julia nickte, auch wenn es nicht stimmte. Sie musste zu Robert. Sie musste wissen, wie es ihm ging, ganz davon abgesehen, dass sie ihm seine Zahnbürste und Wechselklamotten mitbringen könnte. An sein Handy ging er nicht, also müsste sie ihn erst treffen, um zu wissen, was er brauchte. Lieber Gott, lass ihn wieder gesund werden und ... Sie schaute sich in dem vollen Café um und nahm ihren Block zur Hand. *Ich kann jetzt sofort zu Robert,* notierte sie, nahm den Deckel von der Wunscherfüllungsdose ab und warf den Zettel in die Dose.

»Julia, kannst du mir bitte helfen, ich schaffe es nicht allein«, rief Laura aus der Küche.

Es musste schon ein Wunder geschehen, damit sie hier wegkonnte, aber da Julia an Wunder glaubte, war sie zuversichtlich.

Gemeinsam bereiteten sie Kaffee zu, verteilten Kuchen, kassierten und versuchten, jedem Gast noch einen guten Wunsch hinterherzuschicken, auch wenn beide nicht richtig bei der Sache waren.

»Bernadette fehlt. An manchen Tagen sind zwei Leute einfach zu wenig.«

Laura holte einen Kuchen aus dem Backofen. Vielleicht wäre es besser, den Kuchen künftig in der Konditorei zu kaufen.

Ob es an dem Wort »sofort« lag, dass Julias Bitte prompt erhört wurde? Gerade als sie an dem Tisch neben der Tür das Kleingeld für den Milchkaffee einer Frau mit Kinderwagen und schwarzen Ringen unter den Augen entgegennahm, öffnete sich die Tür, und ihr Bruder kam herein.

»Hi, Nick, schön, dich zu sehen!«

»Ebenso, Schwesterherz. Hast du einen Kaffee und eine Minute Zeit für mich? Ich würde gerne die Details für die Wohnungsbesichtigung besprechen.«

Julia zögerte einen Moment. Wozu sie jetzt wirklich keine Zeit hatte, das waren organisatorische Besprechungen, die nichts an der Tatsache änderten, dass in ein paar

Tagen fünfzig Leute vor der Tür stehen würden. So eine Wohnung wollte schließlich jeder: Altbau, tolles Viertel … Aber Nick könnte für sie im Café einspringen! Gut, nicht was die Wünsche angeht, aber man musste nicht dogmatisch sein. Er war charmant und ein Feinschmecker. Mit Lauras Hilfe würde er das schon hinkriegen.

»In zwei Sekunden in der Küche, Nick!«, rief sie ihm zu. »Ich wünsche Ihnen noch einen schönen Tag«, sagte sie zu der jungen Mutter und ergänzte in Gedanken »und eine erholsame Nacht«.

»Julia, seit wann bin ich Kellner?«

»Tu es deinem Freund Robert zuliebe.«

Nick und Julia standen mit Laura in der Küche.

»Ich könnte zu Robert gehen.«

Das war tatsächlich eine Option, aber irgendetwas in Julia wollte, dass sie selbst dort hinging.

»Ja, Nick könnte zu Robert.«

»Lasst mich das übernehmen. Bitte. Ich muss schließlich seinen Kram zusammensuchen, und er kann mir besser erklären, wo was liegt.«

Nick und Laura sahen sich vielsagend an: Julias Antwort klang wie eine Ausrede.

»Also gut, aber nur, wenn ich das Trinkgeld behalten darf. Und den Mindestlohn erhalte.«

»Du änderst dich auch nie!« Julia nahm ihre Kellnerschürze ab und reichte sie ihrem Bruder.

»Vielleicht macht der Job dir hier auch so viel Spaß, dass du uns hinterher anflehst, dich einzustellen.«

»Ganz bestimmt nicht, ich möchte lieber mein eigener Boss sein!«, antwortete er, während er sich die Schürze umband und damit herumtänzelte.

»Ich merke schon, du gehst mit dem nötigen Enthusiasmus an die Sache! Es ist ja nur für ein, zwei Stunden.«

Bevor einer der beiden widersprechen konnte, war Julia zur Tür hinausspaziert.

Roberts Kopf schmerzte, und der Geschmack in seinem Mund ließ ihn sich nach einem Glas Wasser und einer Zahnbürste sehnen. Er hatte jedoch noch nicht einmal Geld für den Krankenhauskiosk dabei.

Das Letzte, woran er sich erinnern konnte, war, dass er auf der Leiter vor dem Archivregal stand. Danach hatte er das Bewusstsein verloren. Der Arzt hatte neben den Prellungen eine schwere Gehirnerschütterung diagnostiziert und wollte ihn sicherheitshalber drei Tage dabehalten.

Er drehte sich so gut er mit schmerzenden Rippen konnte zum Nachttisch. Vorhin hatte eine Krankenschwester sein Handy daraufgelegt. Er musste unbedingt Julia anrufen und sie bitten, ein paar Sachen vorbeizubringen.

Sein Zimmernachbar, ein alter Mann, der sich von einem Herzinfarkt erholte, zappte sich durch das Fernsehprogramm. Nachmittagstalkshows, bei denen nach fünf Minuten klar wurde, dass die Menschheit nicht mehr zu retten war.

Robert schloss die Augen und sehnte sich nach zu Hause. Hatte er gerade zu Hause gedacht? Der Schlag auf den Kopf musste ihn wirklich durcheinandergebracht haben. Oder war es gar nicht das lavendelfarbene Mädchenzimmer, das er vermisste, sondern seine Mitbewohnerin?

Ein Klopfen unterbrach seine Gedanken.

»Herein«, rief der alte Mann.

Robert öffnete die Augen und sah missmutig zur Tür. Als er sah, wer hereinkam, musste er lächeln. Julia!

Und Julia lächelte, als sie sah, dass es ihn anscheinend nicht ganz so schlimm getroffen hatte, wie der Ton des Anrufers vermuten ließ.

Ihr Anblick ließ den Zimmernachbarn das Fernsehprogramm vergessen und beobachten, wie sie auf Robert zulief. Robert erhob sich, um nicht ganz so schwächlich zu wirken, und zog die Decke bis zur Brust, weil so ein Krankenhaushemd wenig vorteilhaft wirkte.

»Robert, ich bin so froh, dass es dir gut geht!«

»Na, ja, unter ›gut‹ verstehe ich etwas anderes.«

Julia umarmte ihn, und für ein paar Sekunden klammerten sie sich aneinander fest. Ein paar Sekunden, die für Robert alles veränderten. Er konnte sich nicht erinnern, jemals so etwas gefühlt zu haben. Es war, als wäre auf einmal alles klar. Er fühlte sich ganz und sehnsüchtig zugleich. Als wäre das fehlende Puzzlestück angedockt worden, wobei er Puzzles schon im Kindergarten gehasst hatte. Als stünde der Himmel offen, an den er noch nie geglaubt hatte. Als hätte er die zweite Hälfte seiner Seele gefunden, obwohl er mit der ersten Hälfte bisher schon bedient war.

»Danke, dass du gekommen bist.«

»Ist doch selbstverständlich.«

Oder war es das: Jemand hatte sich um ihn gekümmert, ohne dafür etwas zu verlangen? So war Julia. Bei jedem. Er durfte das nicht auf sich beziehen.

Sie setzte sich auf den Stuhl neben seinem Bett, woraufhin sie schwiegen.

Der alte Mann zog sich an der Bettstange hoch, hievte

sich aus seinem Bett und schlüpfte in seine Hausschuhe.
»Ich gehe mal eine Runde frische Luft schnappen.«

Jetzt waren sie allein in dem Raum, der nach Desinfektionsmitteln und Krankheit roch.

»Ich wollte dich fragen, ob ich dir irgendwas aus der Wohnung mitbringen soll.«

»Das wäre toll. Zahnbürste und so. Und vielleicht ein paar frische Klamotten. Aber schau dich bitte nicht zu genau in meinem Chaos um, sondern greif nur in die unterste Schublade, da liegen Unterhosen und T-Shirts. Keine Sorge, ich habe keinen Playboy im Schrank versteckt, ich hasse es nur, wenn jemand in meinen Sachen wühlt.« Robert wunderte sich über seine eigene Offenheit, während Julia rot wurde. Er überlegte, ob der Gedanke an seine Unterhosen sie in Verlegenheit brachte.

»Robert, ich muss dir was gestehen.«

»Echt?«

»Ich bin normalerweise überhaupt nicht so, echt nicht, aber ich habe mich in deinem Zimmer umgeschaut.«

Er sagte erst mal nichts.

»Ich habe keine Schublade geöffnet, sondern mich nur umgeschaut. Weißt du, ich hatte mit Bernadette gechattet, und sie wollte unbedingt wissen, was du aus ihrem Zimmer gemacht hast.«

»Und? Was Spannendes gefunden?«

»Deine Poster waren schon ein Statement gegen ihre Wandsprüche. Aber es wird nie wieder vorkommen.«

»Einmal musst du wohl noch rein.«

»Bist du sauer?«

Toll fand er es nicht, aber verständlich. Ach, Mist, was sollte das Ganze überhaupt. Wenn er auch nur die geringste Chance haben wollte, musste auch er mit offenen Karten spielen. »Nein, denn ich muss dir auch was gestehen.«

Sie sah ihn neugierig an.

»Etwas, wonach du jedes Recht hättest, mich rauszuschmeißen.«

Sie versuchte weiterhin zu glauben, dass er ein guter Mitbewohner sei. »Dann bring es hinter dich.«

»Ich habe nur so getan, als läge ich mit dir auf einer Wellenlänge, um die Wohnung zu bekommen. Ich halte das menschliche Leben, mein Dasein insbesondere, für einen der blödesten Zufälle. Ich glaube, Optimismus ist nur eine der vielen Möglichkeiten, das Leben zu ertragen. Und nein, ich bin nicht depressiv, nur realistisch. Es ist nicht so, als hätte ich keinen Spaß im Leben, aber ganz ehrlich, selbst wenn eine Wunschfee zu mir käme – ich wüsste gar nicht, was ich mir wünschen sollte. Eine eigene Wohnung vielleicht, ohne Sprüche an der Wand, die nicht zu mir passen!«

Julia starrte ihn an. Er bereute, sein Geständnis so sarkastisch formuliert zu haben. Aber die Straßen des Zynismus waren in seinem Hirn schon so ausgebaut, dass jeder Gedanke dort raste wie auf der Autobahn. Verachtete sie ihn nun? Was hatte er vorhin nur für einen albernen Gedanken zugelassen? Gut, dass ihm zumindest nicht das Wort Liebe in den Sinn gekommen war. Da er ein schnelles Ende des Schreckens bevorzugte, hielt er ihrem Blick stand. Sie öffnete den Mund, doch anstatt zu sprechen, breitete sich ein Lächeln in ihrem Gesicht aus, und sie nahm seine Hand.

Julia dankte ihm innerlich für die Erkenntnis, dass dieser Moment nur ein Beweis dafür war, dass der Plan einer höheren Macht bestand, die sich ihrer bediente, um Robert zu dem Menschen werden zu lassen, der er wirklich war.

»Robert, ich danke dir für deine Ehrlichkeit. Und ich weiß, dass deine Existenz alles andere als ein dämlicher Zufall ist, genauso wenig, wie es Zufall war, dass wir zueinandergefunden haben. Du bist ein ganz besonderer Mensch, und wer weiß, vielleicht hat sich deine Seele genau nach dem gesehnt, was du meintest, nur für mich behauptet zu haben.«

Ihre Hand auf seiner löste in Robert Gefühle aus, zu denen sonst ein ganzer Körper nötig war. »Das heißt, du schmeißt mich nicht raus?« Er zog die Beine an und richtete sich auf.

»Nein, aber ich habe eine Bitte.«

Er drückte ihre Hand und nahm sich vor, jede Bitte zu erfüllen.

»Ich möchte, dass du dich auf meine Art, die Welt zu sehen, einlässt.«

Er glaubte zwar immer noch nicht an diesen Quatsch, aber ein Experiment wäre es wert. Schlimmer als vorher konnte es kaum werden. »Okay, ich mache das, aber mit der Option, dich auch vom Gegenteil zu überzeugen.«

Sie zog ihre Hand weg. »Das wirst du nicht. Ich bin standhaft wie ein Felsen.«

Robert hatte schon ganz andere Frauen von ihren guten Vorsätzen abgebracht, aber ein Teil von ihm wollte sich von ihr eines Besseren belehren lassen. Er musste den Arzt bei der Visite unbedingt fragen, ob der Schlag auf den Kopf zu Wahrnehmungsstörungen führen konnte. Oder hatte er sich in sie verliebt?

Julia interpretierte seinen Blick als Erleichterung. Ob er wirklich Angst gehabt hatte, sie würde ihn rausschmeißen?

Sie sah auf die Uhr. Es war Zeit, Nick abzulösen.

»Robert, ich glaube, das ist der Beginn ...« Ihre Augen trafen sich, und er wünschte sich nichts sehnlicher, als dass sie den Satz mit »Liebe« beenden würde. »... einer wunderbaren Freundschaft.«

Er ließ die Schultern hängen und legte sich wieder zurück. Sie stand auf und zog seine Bettdecke zurecht wie eine Mutter bei ihrem Kind. Julia kümmerte sich um jeden. Wie hatte er sich nur etwas darauf einbilden können? Er schlug die Decke wieder zurück und stand auf, ohne darauf zu achten, wie lächerlich er in dem Krankenhaushemd aussah.

»Du solltest dich schonen, ich finde schon allein raus.«

»Ich begleite dich ein Stück.«

Julia schaute auf seine nackten Füße. »Vielleicht sollte ich dir auch Hausschuhe mitbringen.«

»Julia?«

Ihr Blick wanderte immerhin wieder zu seinem Gesicht. »Ja?«

»Danke! Das ist viel mehr, als eine Mitbewohnerin für ihren WG-Partner tun müsste.«

»Ach was, das ist selbstverständlich. Und jetzt muss ich wirklich los.«

Sie umarmte ihn. Für diese Sekunden hatte der Unfall sich schon gelohnt, dachte Robert, als sie sich von ihm löste.

»Hat Dörte sich schon gemeldet?«

»Ich habe sie noch gar nicht informiert. Woher wusstest du eigentlich, dass ich hier bin?«

»Der Sanitäter, der dich ins Krankenhaus gebracht hat, hat die letzte Nummer in der Anrufliste gewählt. Ich habe ihn gleich an Dörte verwiesen.«

»Na, dann brauche ich sie ja nicht mehr anrufen.«

»Sie macht sich bestimmt große Sorgen! Vielleicht ist sie auch schon unterwegs, ich würde sie schnell anrufen.«

Julia drehte sich um und ging den Krankenhausflur hinab, ohne sich noch einmal umzudrehen.

Die Frau, der Nick das Wechselgeld in die Hand drückte, brauchte angesichts von Nicks Strahlen gar keinen guten Wunsch hinterhergeschickt bekommen. Aufrecht verließ sie das Café. Vielleicht hatte Laura ihren Bruder unterschätzt, und ihm machte die Arbeit mit Menschen genauso viel Spaß wie das Jonglieren mit Geld? Dennoch legte er seine Schürze direkt ab, als er Julia sah.

»Und – lebt er noch?«

»Er ist mehr als lebendig.« Sozusagen von den Toten erwacht, im geistigen Sinne, fügte sie in Gedanken hinzu.

»Hast du ihn etwa wachgeküsst?« Nick folgte ihr in die Küche.

»Spinnst du? Er ist nur mein Mitbewohner.«

Laura, die gerade Teller in die Spülmaschine räumte, wechselte einen vielsagenden Blick mit Nick.

»Ich habe ihm gedroht, ihn einen Kopf kürzer zu machen, wenn er dich auch nur anrührt.«

Julia wurde rot, worauf Nick nach dem Tortenmesser auf der Anrichte griff und es durch die Luft schwang. »Hat er das etwa schon? Sag schon, auf welcher Station liegt er?«

»Unser Verhältnis ist rein freundschaftlich, und er hat mir alles gestanden. Ich weiß, dass er seine Haltung beschönigt hat.«

»Beschönigt« ist wohl auch eine Beschönigung«, bemerkte Laura.

»Kein Rauswurf aus den heiligen Hallen des positiven Denkens? Keine Angst vor Verpestung der Aura?«, zog Nick das Ganze ins Lächerliche.

»Nein, ganz im Gegenteil, im Unterschied zu dir lässt er sich nämlich auf unsere Theorie ein.«

Nick legte das Messer beiseite, nachdem er mit dem Finger die Sahne abgestrichen und ihn dann abgeleckt hatte.

Laura verschränkte die Arme vor der Brust. »Er probiert es also mit allen Mitteln.«

»Ich bin stolz darauf, dass er über seinen Schatten gesprungen ist!«

»Amen«, sagte Nick mit einem Grinsen.

Die beiden Frauen ignorierten ihn, und Nick ging ins Café zurück, um Bestellungen aufzunehmen. Auch wenn seine Schicht vorbei war, konnte er nicht mit ansehen, wie nebenan der Umsatz verloren ging.

Vielleicht musste Julia einmal auf die Nase fallen, um zu kapieren, dass manche Menschen wie Gift wirkten. Laura wusch sich die Hände über dem Spülbecken und ließ mehr Wasser laufen als nötig.

Sie haben es gut, Sie sind noch jung«, kommentierte Roberts Zimmernachbar, während Robert seine Tasche packte. Vielleicht hatte er ja recht, und das Leben lag tatsächlich noch vor ihm – nicht nur rein rechnerisch. Vielleicht würde es ihn doch noch überraschen, begeistern, mitreißen.

Deshalb verkniff sich Robert eine zynische Antwort

und wurde mit der ersten Überraschung belohnt, als er den Reißverschluss seiner Tasche zuzog. Die Tür öffnete sich, und Dörte kam herein.

»Wenn Sie gehen, wird es nur halb so lustig sein. So viele hübsche Frauen sind schon lange nicht mehr in mein Zimmer gekommen«, schmunzelte der Alte.

Dörte fasste das nicht als Kompliment auf, worauf der alte Herr sich vom Bett erhob und in seine Hausschuhe schlüpfte.

»Ich schaue mal, ob ich am Kiosk was zu lesen bekomme.«

Robert war froh, dass er wieder Jeans und Pulli und vor allem Schuhe trug, als Dörte ihn anschaute.

»Wie viele hübsche Frauen waren heute schon da?«

Dörte hatte sich hundertmal ausgemalt, wie sie ihn begrüßen würde. Diese Variante war nicht dabei gewesen.

»Du bist die erste!« Er erwiderte ihre Umarmung, die länger ausfiel als üblich. Er spürte ihren festen Busen an seiner Brust, was die Bemerkung, die ihm auf der Zunge lag, verblassen ließ. Eigentlich wollte er sie fragen, warum sie erst jetzt komme.

»Robert, es tut mir so leid, ich hätte früher kommen sollen!«

»Die ersten Tage brauchte ich eh Ruhe. Und Zeit zum Nachdenken, soweit mein brummender Schädel das zuließ.«

Sie setzte sich auf das Bett und zog ihn zu sich. »Ich habe auch viel nachgedacht.«

Sie traute sich nicht zu fragen, vom wem der Blumenstrauß war, der auf dem Nachttischchen stand, und tippte eine vertrocknete Rosenblüte mit den Fingern an, worauf Blütenblätter hinabfielen.

»Oh, den habe ich ganz vergessen«, sagte Robert, nahm den welkenden Blumenstrauß und warf ihn in den Mülleimer. Dann setzte er sich wieder neben Dörte, die ein Stück näher rückte, seine Hand nahm und sie auf ihren Oberschenkel legte.

»Ich habe dich vermisst, Robert. In deiner Gegenwart fühle ich mich so lebendig, so ... Ach, Robert, ich bin so froh, dass dir nichts Schlimmes passiert ist!«

Sie konnte ihr Begehren nicht verheimlichen. In ihren Augen sah er, was sie alles mit ihm tun würde, wenn er es zuließe. Nicht so wie Julia, die ihn angesehen hatte wie einen kleinen Jungen. Er strich ihr die Haare aus dem Gesicht, was sie falsch interpretierte.

»Ich würde dich am liebsten sofort küssen. Aber ich möchte erst, dass du sicher bist, dass du eine Beziehung mit mir willst.«

»Ich dachte, du seist dir unsicher.«

»Sagen wir so, für mich steht mehr auf dem Spiel als für dich. Ich bin mit meinem Freund immerhin schon seit fünf Jahren zusammen. Was ist, wenn ich mit Lars Schluss mache und nach einer Woche merke, dass ich dir nichts bedeute?«

»Liebe ist ein Risiko.«

Was bildete sie sich überhaupt ein – einen Single sitzenzulassen wäre halb so schlimm?

»Du kannst mir also keine Garantie geben?«

Diese Frau machte ihn wahnsinnig. Normalerweise hätte er längst mit ihr geschlafen oder sie in die Wüste geschickt.

»Niemand kann einem eine Garantie geben. Schon gar nicht für ein Gefühl, das flüchtig ist.«

Laura wuchtete den Kürbis auf die Theke, und Julia stellte den Korb mit Möhren, Pastinaken und Ingwer daneben ab.

»Bei dem kalten Wetter wird eine heiße Suppe guttun. Es haben sich für morgen schon fünfzig Wohnungsinteressenten bei Nick angemeldet.«

»Warum zieht er nicht einfach selbst ein? Diese Miniwohnung im Unicenter ist doch fürchterlich.«

»Stimmt, aber über kurz oder lang wird seine andere Wohnung ja auch frei. Außerdem müssen wir das Haus sanieren. Über die Mieteinnahmen können wir das nicht finanzieren, und ich glaube, Nick braucht einfach Geld. Er träumt schon lange davon, sich selbstständig zu machen.«

Laura blätterte in einem Rezeptbuch und notierte sich, was noch fehlte. »Weißt du, womit?«

»Keine Ahnung, aber ich wünsche ihm, dass er richtig Erfolg haben wird. Ich werde ihm auf keinen Fall im Weg stehen.«

Es war nicht nur selbstlos von Julia, ihm Erfolg zu wünschen, sondern würde auch ihr Seelenfrieden schenken, weil es ihr immer einen Stich gab, dass ihre Eltern sie bevorzugt hatten. Dabei war Nick ein Sonnenschein gewesen, aber einer, dessen Lehrerin ihre Eltern alle zwei Wochen aufsuchen mussten, um sich anzuhören, dass er ein fauler Hund sei. Warum sollte er sich auch anstrengen, wenn seine Schwester alles besser konnte, ohne sich zu verausgaben?

In einer Sache war er jedoch immer besser gewesen als sie: im Rechnen. Deshalb war sie auch froh, dass er für sie die Buchhaltung übernahm. Sie hatte einfach keine Lust, sich mit Zahlen abzugeben. Geld musste fließen. Zu mehr war es nicht da. Dennoch sah sie ein, dass sie mehr Geschäftssinn entwickeln musste, um nicht von ihrem Bruder abhängig zu werden. Jetzt lagen neben den Rücklagen für den Kaffeeautomaten schon zwei »Monatsgehälter« von Bernadette auf dem Konto. Die Suppenaktion könnte locker noch dreihundert Euro in die Kasse spülen. Sie bekam eine Ahnung davon, was Nick reizte.

»Meinst du, es ist unmoralisch, den Leuten die Suppe anzudrehen? Eigentlich ist es ein billiger Trick, sie dazu aufzufordern, ihre Unterlagen hier im Café auszufüllen.«

Lauras Gedanken kreisten also ebenfalls ums Thema Geld. Gedanken waren Schwingungen, die selbst unausgesprochen von einem zum anderen wanderten, dachte Julia.

»Das habe ich mich auch gefragt. Andererseits spendiert Nick ihnen schon die Getränke. Und wer sich eine teure Wohnung anschaut, wird wohl kaum verhungern, wenn er fünf Euro für eine Suppe ausgibt. Wir zwingen ja niemanden dazu, sie zu kaufen.«

»Da hast du auch wieder recht. Und weißt du was? Wenn der Obdachlose morgen Abend die Flaschen abholt, dann passen wir ihn einfach ab und bieten ihm was von der Suppe an.«

»Gute Idee!«

Als alle Einkäufe ausgepackt waren, schloss Julia das Café auf und drehte das Schild um. Die dreißig Liter Suppe vorzukochen und gleichzeitig die Gäste im Café zu bedienen würde eine Menge guter Wünsche erfordern. Aber darin waren sie mittlerweile geübt.

Zwei Etagen über ihnen bereitete Nick die Wohnungsbesichtigung vor. Er hatte alle alten Sachen von Frau Schmitz, die Julia nicht vorher herausgesucht hatte, von einem Sperrmüllservice abholen lassen, da es keine Angehörigen gab, die sich darum kümmern konnten. Nun befand er sich in der leeren Wohnung, in der er vor fast zwanzig Jahren mit seiner Oma und deren Mieterin heißen Kakao getrunken hatte. Schon damals dachte er, dass er einmal mehr erreichen wollte, als solch ein langweiliges Dasein zu führen wie das der alten Pensionärin, die behauptete, glücklich zu sein, während sie Kreuzworträtsel löste, die Katze auf ihrem Schoß schnurrte und sie dabei vielleicht noch ein Likörchen genoss.

Die Katze hatte mehr Spuren in der Wohnung hinterlassen als ihr Frauchen. Die Tapeten waren zerkratzt, und Nick hatte das Gefühl, jeden Moment würde ihm das Vieh in den Nacken springen. Morgen früh würde er noch mal zum Raumspray greifen, um den Katzenklodunst, der auch noch Wochen nach dem Tod der alten Dame und dem Auszug der Katze in der Luft hing, zu übertünchen. Die Wohnung kam nur für Leute infrage, die kernsanieren wollten. Den Rest des Hauses könnte man dann direkt mit in Angriff nehmen, dachte er, während er Putzwasser in den Ausguss schüttete. Er bräuchte sich bei der Lage eigentlich keine Mühe geben. Aber er wollte einen guten Eindruck hinterlassen und den besten Preis aushandeln, da er nicht nur als Verkäufer, sondern auch als Makler fungierte.

»Frau Schmitz, seien Sie froh, dass Sie hier so lange billig wohnen durften. Ich kann nichts dafür, dass Sie gestorben sind. Ich sage Ihnen, wenn Sie so jung wären wie ich, hätten Sie niemals eine Wohnung zu diesen Konditionen gefunden. Meine Oma war ein Fuchs, dem Sie wichtiger waren als ihr Enkel! Aber jetzt hole ich mir das Geld wieder!«

Natürlich glaubte Nick nicht daran, dass sie ihn hörte, er wollte sich nur noch einmal versichern, dass er mit seinen Plänen richtiglag.

Die Kopfschmerzen, die Robert vorgeschoben hatte, um die Begegnung mit Dörte zu verkürzen, waren noch nicht einmal erfunden. Zum Glück konnte sie verstehen, dass er Ruhe brauchte, von Beziehungsdiskussionen über eine Beziehung, die keine war. Seine Hoffnung, die Schmerzen würden durch den Spaziergang an der frischen Luft verschwinden, hatte sich auf dem Weg vom Krankenhaus zur Wohnung zerschlagen. Er fühlte sich wie bei Tetris kurz vor Spielende. Anfangs ließen sich all die Eindrücke noch einordnen, aber sobald der erste keinen Platz mehr fand, kollabierte das System. Wäre da nicht der Gedanke an Julia, wäre er am liebsten unter den Ordnern begraben geblieben.

Julia könnte ein neues Level sein, ach was, ein ganz neues Spiel. Eins, dessen Regeln er nicht kannte, aber lernen wollte. Sein altes Leben erschien ihm schal. Robert nahm einen Umweg, um nicht am Fenster des Cafés vorbeigehen zu müssen. Vor der ersten Begegnung mit Julia wollte er sich erst frisch machen. In der Jackentasche fand er den losen Wohnungsschlüssel und schloss die Haustür auf. Er müsste endlich seinen Namen an den Briefkasten kleben. Auch auf dem Türschild stand sein Name noch nicht. War das seine Aufgabe? Wahrscheinlich. Es würde ihm guttun, sich für eine Woche einfach ins Bett zu legen und über sein Leben nachzudenken.

Als er die Wohnung betrat, blendete ihn das Licht, das durch das Küchenfenster in den Raum fiel, sodass ihm die Blumen und der Zettel auf dem Tisch erst nicht auffielen. Als er näher kam, sah er, dass sich die Nachricht an ihn richtete. Es lag noch ein kleines Päckchen daneben.

Herzlich willkommen zu Hause, Robert!
Wenn du Hunger hast, komm doch ins Café. Bei mir wird es heute spät – Gemüse schneiden für morgen ...
   Liebe Grüße, Julia
   P.S.: Ich glaube, das, was im Päckchen ist, fehlte dir noch.

Obwohl Julia den Brief sicher zwischen Morgenkaffee und Zähneputzen dahingekritzelt hatte, überschwemmten die Zeilen Robert mit einer Mischung aus Gefühlen, für die andere zehn Seiten brauchten. Ein Lächeln breitete sich in seinem Gesicht aus, das kurz davor war, in ein Weinen überzugehen, als er das Geschenk öffnete. Es war ein Schlüsselanhänger aus schwarzem Filz, auf dem in gelber Schrift »Home« stand.

Ihm hatte nicht nur ein Schlüsselanhänger, sondern auch ein Zuhause gefehlt. Nicht bloß ein Dach über dem Kopf, sondern das Gefühl, wirklich ein Zuhause zu haben. Bei seiner Mutter hatte er sich als Kind oft lediglich geduldet gefühlt, auch wenn ihm ihre Erleichterung über sein Verschwinden erst bei seinem Auszug mit achtzehn bewusst wurde. Erst in der WG mit Carsten hatte er das Gefühl, dass es mehr als eine Zweckgemeinschaft war, aber letztendlich kam Freundschaft nie gegen das an, was manche Leute Liebe nannten. Oder hätte Carsten ihn sonst gegen die langweilige Sonja eingetauscht?

Er setzte sich an den Küchentisch und fuhr den Schriftzug auf dem Schlüsselanhänger mit den Fingern nach. Es gelang ihm kaum, weil Tränen seinen Blick verschleierten. Was wäre aus ihm geworden, wenn er sich schon immer willkommen gefühlt hätte? Wenn er sich Liebe nicht hätte erkämpfen müssen? Wie hätte er sich in einer Welt voller Julias entwickelt, die arglos und voller Vertrauen waren, bereit, Menschen wie ihm ein Zuhause zu bieten? Am liebsten hätte er die Tür von innen abgeschlossen, um nicht von Julia überrascht zu werden. Sie durfte ihn auf keinen Fall so sehen. Er nahm die Blumen, den Brief und den Schlüsselanhänger und legte alles auf das Tischchen in seinem Zimmer.

Hat Bernadette schon etwas über Jean herausgefunden?«, fragte Laura Julia.

»Nein, aber ich glaube fest daran, dass sie ihn bald ausfindig macht.«

Zum Glück gehörten ihre Gäste zu der geduldigen Sorte. Die ganzen Jahre über war es noch nicht vorgekommen, dass einer drängelte oder nachfragte, ob die Eier für den Kuchen erst noch gelegt werden müssten. Entweder zog das Café nur nette Gäste an, oder jeder Gast verhielt sich hier freundlich, weil die Atmosphäre nichts anderes zuließ. Zum Glück, denn Julia und Laura wurden mit dem Cafébetrieb und der Vorbereitung der Wohnungsbesichtigung kaum fertig.

»Ich freue mich darauf, wenn Bernadette endlich wieder da ist«, seufzte Laura, während sie Milch aufschäumte.

Julia schnitt den riesigen Kürbis in einzelne Stücke, um diese dann schälen zu können. Das Messer drohte abzubrechen, so hart war das Fruchtfleisch. Es war das erste Mal seit langem, dass Julia etwas bereute: Hätten sie doch Hokkaidokürbisse genommen, die konnte man mit Schale kochen.

So führte die Kürbisauswahl dazu, dass Robert Julia das erste Mal mit Stirnfalten sah.

»Autsch!« Julia war das Messer abgerutscht. Sie merkte gar nicht, wie das Blut auf die Kürbisstücke auf ihrem Teller tropfte. »Mist!«

Laura schwappte der Milchkaffee über, als sie Robert in der Küche stehen sah. »Könntest du das nächste Mal anklopfen, wenn du uns schon bei der Arbeit störst?«

»Die Tür war offen, ich dachte, ihr seht mich.«

Warum mussten Männer immer denken, dass man alles unterbrechen würde, wenn irgendwo ihr Schatten um die Ecke kam, dachte Laura und stellte die Tassen beiseite, um neuen Milchkaffee zuzubereiten.

Bevor Laura an die Kaffeemaschine ging, zog sie den Teller vor Julias Nase weg und schmiss die Kürbisstücke in den Müll. »Die können wir jetzt nicht mehr verarbeiten«, sagte sie mit einem finsteren Seitenblick auf Robert. »Wir haben sowieso schon viel zu viel Arbeit, da können wir so was echt nicht gebrauchen.«

Laura glaubte förmlich, seine negative Energie zu spüren. Es würde mich nicht wundern, dachte sie, wenn es gleich einen Kurzschluss gäbe oder die Steuerbehörde vor der Tür stünde. Der Kerl hatte in der Küche nichts zu suchen!

Julia überlegte, wie sie Frieden in die Situation bringen könnte. »Schön, dass du wieder da bist, Robert!« Sie hob entschuldigend die Hände, von denen Blut tropfte.

»Ist wohl gerade etwas ungünstig.«

Während Laura mit zwei neu gefüllten Tassen die Küche verließ, ging Robert auf Julia zu, um ihr ein Handtuch zu reichen. »Danke, Julia. Ich habe mich wirklich gefreut.« Er holte den Schlüsselanhänger aus der Hosentasche und ließ den Schlüssel daran baumeln. »Den brauchte ich wirklich. Fast schade, dass der Schlüssel nicht mal ein Jahr dranhängen wird.«

»Dann hängt halt ein anderer dran, und du kommst mal zum Kaffee?«

»Ja. Braucht ihr Hilfe? Ich bin ganz toll im Gemüseschneiden.«

»Das wäre genial!«

Robert schaute sich um und ging dann zum Waschbecken. Julia brauchte ihm also nicht erst die Hygienevorschriften der Gastronomie erklären. Sie wartete, bis er seine Hände abgetrocknet hatte, und drückte ihm ein Messer in die Hand. Während sie sich selbst die Hände wusch, die Wunde desinfizierte und ein Pflaster draufklebte, kam Laura herein und starrte auf Robert, der den Kürbis routiniert von der Schale befreite. Er grinste sie breit an, woraufhin sie ihren Blick auf Julia richtete. »Julia, könntest du kurz mitkommen?«

Julia war jede Art von Konflikt zuwider, sie dachte sich aber, ihn mit Laura alleine auszutragen wäre das kleinere Übel, sodass sie ihrer Freundin bereitwillig in den Innenhof folgte. Laura schloss die Terrassentür, damit niemand sie belauschen konnte.

»Julia, das ist absolut gegen unsere Abmachung. Niemand darf hier arbeiten, der nicht die Regeln kennt und akzeptiert. Du weißt genau, dass Robert alles kaputt machen könnte.«

»Ich verstehe deine Bedenken, aber wir brauchen Hilfe, und wenn die Hilfe dann vor uns steht, müssen wir nicht kleinlich sein, oder? Er schneidet nur Gemüse. Mit den Gästen hat er nichts zu tun.«

Laura erhaschte durch das Fenster den freundlichen Blick der Frau, der sie gerade den Milchkaffee gebracht hatte. Dass sie nicht voller Freundlichkeit zurückschauen konnte, schob sie Robert in die Schuhe.

»Vertraue mir, ich habe mich noch nie in meiner Intuition getäuscht.« Wie zum Beweis legte Julia ihre Hand auf den Solarplexus.

»Es ist gegen unsere Regeln, also dürfen wir es nicht.«

»Wir könnten Bernadette fragen und abstimmen.«

Julia wusste Bernadette auf ihrer Seite, weil diese alles befürworten würde, was den Daheimgebliebenen die Arbeit erleichterte. Laura ihrerseits war sich sicher, Bernadette auf ihrer Seite zu haben, fand es aber lächerlich, darüber zu diskutieren.

»Die Regeln sind nicht zum Abstimmen gedacht.«

»Wir sind die Chefinnen. Wir haben durchaus Interpretationsspielraum.«

Es war nicht als Angriff gemeint, wurde von Laura aber so empfunden. »Die Prinzipien sind unantastbar, andernfalls können wir es auch lassen.«

Wie konnte Laura nur so starrköpfig sein? Sie brauchten Robert jetzt! »Ich möchte, dass Robert uns hilft.«

»Und wenn es dem Café schadet?«

»Dann übernehme ich dafür die Verantwortung! Schließlich ist niemand von uns so ans Café gebunden wie ich.«

Das war der beste Euphemismus, der Julia spontan für »Ich bin die Chefin« einfiel. Aber war sie das? Darüber hatten sie nie gesprochen. Der einzige Vertrag waren die Regeln, die sie feierlich unterschrieben hatten. Sie war zwar überall als Verantwortliche eingetragen, aber nur, weil sie die Eigentümerin des Cafés war.

»Na gut, aber es ist nicht meine Schuld, wenn Robert ein Schlachtfeld hinterlässt.«

Bisher hatte Laura Julia nicht für eine Person gehalten, die sich wegen eines Mannes von ihren Prinzipien abbringen ließ.

Wenn Nick die Wohnungsinteressenten nicht in Kleingruppen alle zwanzig Minuten hätte kommen lassen, dann hätte die Schlange bis zur nächsten Straßenecke gereicht. Es fühlte sich gut an, dass so viele Menschen genau das haben wollten, was er anbot.

Die Zitronenfrische hatte Mizies Duftmarken mit Hilfe der offenen Fenster vertrieben. Eine junge Frau strich andächtig über die alten Fensterrahmen, ein verliebtes Paar malte sich aus, wo ihr Bett stehen würde, eine kleine Familie schaute sich mit großen Augen um, als wappnete sie sich schon für die Enttäuschung, hier nicht einziehen zu dürfen.

»Wann werden Sie sich entscheiden?«, fragte ein Mann, der in Gedanken rechnete, wie viel die Sanierung kosten würde. Da er selbst Handwerker war, würde er vieles selbst machen können.

»Ich werde alle Angebote prüfen und Ihnen spätestens nächste Woche Bescheid geben.«

Nick würde sich innerhalb von drei Tagen entscheiden, weil er sich selbst für eine andere Immobilie beworben hatte. Den Kredit für den Restbetrag würde er nur mit einem Kaufvertrag für die Wohnung bekommen.

»Die Wohnung ist wunderschön!«, sagte eine schwangere Frau und strich über ihren Bauch, »und wir wären wirklich glücklich, sie zu bekommen.«

»Ich weiß, sie ist wirklich wunderschön, und die Wahl wird mir nicht leichtfallen.«

Vielleicht wäre ein richtiger Makler doch einfacher gewesen. Ob er Julia bei der Entscheidung mitsprechen lassen sollte? Jeden, den er verabschiedete, schickte er ins Café. »Dort bekommen Sie ein Getränk aufs Haus und können in Ruhe die Formulare ausfüllen.« Er schüttelte eine Hand nach der anderen. »Außerdem gibt es heiße Suppe und wie immer köstliche Kuchen. Sollten Sie hier einziehen, sitzen Sie an der Quelle.«

Ein Seufzen entfuhr allen, die diese Traumwohnung vielleicht nie wieder betreten würden.

»Sollte sich kein passender Käufer finden, werde ich einen weiteren Termin bekannt geben«, informierte Nick den zwanzigsten Anrufer. Er verabschiedete die letzte Gruppe für heute, als ein Mann die Wohnung betrat. Fast wie ein Geist schlich er zur Tür herein, sah weder nach rechts noch nach links, sondern ging direkt auf Nick zu.

»Guten Tag, Herr Heller, ich habe den Ansturm abgewartet, bevor ich mit Ihnen ins Gespräch kommen möchte. Konrad Hansen ist mein Name.«

Nick überflog seine Liste. Ein Herr Hansen stand nicht

darauf. »Für heute bin ich fertig, Sie können gerne Ihre Telefonnummer hinterlassen, dann melde ich mich, sollte ich keinen Käufer gefunden haben.

Herr Hansen lachte kurz auf, als wäre das ein Witz. »Zeigen Sie mir die Wohnung bitte jetzt.«

Nachdem sie durch die leeren Zimmer gegangen waren, reichte Nick dem Mann im Anzug mit dem fein gestutzten Bart ein Formular. »Füllen Sie das in aller Ruhe unten im Café aus. Der Kaffee geht heute auf mich.«

»Nicht nötig, ich erledige das gleich hier.«

Der Mann imponierte Nick, weil er nicht die gleiche Bedürftigkeit ausstrahlte wie die anderen Bewerber. Dass er die Wohnung dennoch unbedingt wollte, machte er deutlich, als er ihm das Formular zurückgab. »Ich möchte die Wohnung kaufen. Liquidität, um mich an der nötigen Sanierung des gesamten Hauses zu beteiligen, ist vorhanden.«

Hätte Herr Hansen nicht als Erster kommen können? Dann hätte Nick sich ein paar anstrengende Unterhaltungen gespart.

Als er wenig später das Café betrat, konnte er einen Blick auf das erhaschen, was Laura in die geheimnisvolle Dose auf dem Tresen warf. Zu seiner Überraschung war es kein Geld, sondern ein Zettel. Etwa eine Quittung? War das vielleicht das Gefäß, das zur Steuererklärung in einen Schuhkarton ausgeleert und ihm übergeben wurde?

»Hallo, Nick, und – wie ist es gelaufen? Wie sehen unsere neuen Nachbarn aus?«, fragte Julia.

Wohlsituiert, alleinstehend, ohne Haustiere oder andere dreckige Hobbys, hätte er am liebsten geantwortet.

»Lass mich erst mal runterkommen. Ich habe Hunger!«

Er setzte sich an einen freien Tisch und bestellte eine

Suppe. Zu seiner Überraschung brachte Robert ihm wenig später einen dampfenden Teller. Er hatte noch ein Glas Wasser in den Rest geben und nachwürzen müssen, um den Teller voll zu kriegen.

»Wann bist du in der Gastronomie gelandet?«

»Ehrlich gesagt, konnte ich etwas Ablenkung und das Caféteam Hilfe gebrauchen.«

»Na, hoffentlich haben sie dich wenigstens ordentlich bezahlt.«

Nick schob sich den ersten Löffel in den Mund. »Mensch, ist die versalzen!« Er schaute Julia und Laura an, ohne zu bemerken, dass es Robert war, der einen roten Kopf bekam.

»Allen anderen hat sie geschmeckt.«

»Wie sagt man? Ist die Suppe versalzen, ist die Köchin verliebt. Wer war es denn von euch beiden?«

»Ich glaube, du musst mal an deiner Wahrnehmung arbeiten, Bruderherz! Die Suppe ist perfekt!«

Julia und Laura hatten zwar soeben den Wunsch notiert, dass Nick unter all den Bewerbern genau den richtigen auswählen würde und auch alle anderen früher oder später ihr perfektes Zuhause finden würden, aber nachdem sie die Interessenten mit Getränken und Essen versorgt hatten, waren sie sich einig gewesen, dass jeder von ihnen als Nachbar in Frage kam.

Danke, Robert, du warst heute echt unsere Rettung!« Julia ließ sich auf den Küchenstuhl fallen und zog ihre Schuhe aus.

»Gern geschehen.« Robert mochte nicht zugeben, dass ihm die Arbeit im Café sogar Spaß gemacht hatte.

»Wird Zeit, dass Bernadette wiederkommt, damit alles wieder läuft wie vorher!«

Roberts Miene verfinsterte sich für einen Moment.

»Entschuldige, das war nicht gegen dich gerichtet, ich wohne gern mit dir zusammen.«

Doch würde sie ihn vermissen? Ihn schmerzte die Vorstellung schon jetzt, dass er den Frühstückstisch nicht mehr mit ihr teilen würde. Dass er vielleicht nie mehr als die Wohnung mit ihr teilen würde. Er musste ihr Herz erobern, solange er noch mit ihr zusammenwohnte.

Robert wusste mittlerweile, was Julia mochte, sodass er ungefragt aufstand, um einen Tee für sie beide zu kochen. So hatte er auch die Gelegenheit, aus dem Fenster zu schauen, während er sie etwas fragte, das ihn große Überwindung kostete. »Was macht dich eigentlich so sicher, dass du Jean liebst und nicht nur das Bild, das du von ihm hast?«

Julia fiel es auch leichter zu antworten, weil sie Robert hinter sich wusste. Sie strich über das Armband, das Jean ihr damals geschenkt hatte – ein Freundschaftsband aus einem Kaugummiautomaten. Die Farben waren im Gegensatz zu ihren Gefühlen längst verblasst. Ob er ihres auch noch tragen würde? »Ich glaube, dass wir die Seele eines Menschen in Sekunden erfassen können, wenn dieser Mensch eine Bedeutung für unser Leben hat. Allerdings nicht mit dem Verstand, mit dem würde ein Leben nicht reichen, um einen anderen Menschen kennenzulernen.«

Als Robert das kochende Wasser über die Teebeutel goss, verfärbte sich das Wasser in der Kanne rot. »Du kennst ihn also?«

»Auf gewisse Weise. Ich hatte das Gefühl, meinen zukünftigen Partner erkannt zu haben.«

Nun nahm er ihr gegenüber Platz und ordnete Tassen und Kanne neu an. »Und wenn er anders empfindet?«

»Dann müsste ich mich getäuscht haben.«

Sie lächelte ihn an, ohne sich darüber bewusst zu sein, wie schön er sie fand.

»Hast du dich noch nie in einem Menschen getäuscht?«

»Nicht mal bei der Suche nach einem Mitbewohner!«

Robert gefiel es, wenn Ironie bei Julia durchschimmerte. Sie besaß also noch einen gewissen Sinn für die Realität.

»Und was ist, wenn du dir nur einredest, ich sei ein guter Mensch – genau wie du dir einredest, dass Jean und du füreinander geschaffen seid? Weil du es dir wünschst?«

»Aber warum sollte dieser Wunsch in mir so stark sein, wenn er keine Berechtigung hätte? Es ist ja nicht so, dass es keine anderen Anwärter auf den Platz in meinem Herzen oder in meiner Wohnung gegeben hätte!«

»Du meinst also, ich sei genauso dein Schicksal wie Jean?«

Er goss beiden Tee ein und schob ihre Tasse zu ihr, worauf sich ihre Hände berührten. Er zog seine schnell wieder zurück.

»Genau. Deine Sehnsucht nach einem anderen Menschenbild hat dich zu mir geführt.«

»Und was hast du von mir?«

»Hilfe in der Küche, einen Mitbewohner, der pünktlich seine Miete zahlt und mir Französischnachhilfe gibt.«

»Dann solltest du deinem Französischlehrer mal ins Gewissen reden, dass er am Ball bleibt. Es ist schon länger her, dass wir geübt haben«, sprach er den letzten Satz langsam und deutlich auf Französisch.

»Oui, tu ... hast recht.«

War es nicht völlig verrückt, dass er ihr half, ihrem Märchenprinzen näherzukommen? So schwer konnte es ja nicht sein, ihn ausfindig zu machen, und wenn sie weiter so Fortschritte machte, würde sie bald so weit sein, nicht nur mit dem Blick in die Seele, sondern mit richtigen Worten zu kommunizieren.

Ich werde in den nächsten Wochen weniger arbeiten können«, sagte Laura, während sie einen Apfelkuchen in den Ofen schob, »Klausuren stehen an, und ich muss lernen.«

Da das Café in der Woche erst nachmittags aufmachte, ließ sich die Arbeit meistens gut mit Lauras Studium vereinbaren.

»Kein Problem«, antwortete Julia und ergänzte in Gedanken, dass Robert abends bestimmt noch mal einspringen könnte. Sie wollte das nur nicht mit Laura diskutieren, um keine negative Stimmung aufkommen zu lassen.

Heute saß niemand im Café, sodass Laura auch direkt hätte lernen gehen können. Das würde sie auch tun, sobald sie den nächsten Kuchen fertig hatte.

»Laura, mach dir keine Sorgen, bisher haben wir alles hinbekommen. Es wird sich schon fügen.«

Zu backen, während das Café geöffnet hatte, brachte das Team an seine Grenzen. Die Freundinnen machten ihren Job zwar gut und vor allem mit Liebe, ein professioneller Betrieb waren sie aber nicht. Sonst wäre dem Apfelkuchen, den Laura in den Backofen schob, eine weniger dunkle Zukunft beschieden gewesen. Der Kuchen wurde so schwarz, dass man fast von Glück reden konnte, dass an diesem Tag kaum Gäste kamen.

Sie waren so jung, dass ihnen »in ein paar Jahren« vorkam wie in drei Jahrzehnten, sodass Laura und Bernadette es gar nicht für nötig hielten zu überlegen, was sie nach ihrem Studium machen würden. Nur Julia ließ hin und wieder den Gedanken zu, dass sie das Café irgendwann alleine führen würde. Oder mit Jean. Vielleicht würden sie zusammen über dem Café wohnen. Das Café der guten Wünsche würde dann auch zum Café der Liebe werden. Liebe, die in jeden Kaffee, jedes Croissant, jedes Stück Kuchen floss.

»So oft wie in letzter Zeit habe ich lange nicht mehr an Jean gedacht. Meinst du, wir kommen wirklich zusammen?« Julia sah ihre Freundin bittend an, als läge die Antwort in ihrer Hand. War sie selbst sich nicht sicher genug?

»Das wirst du! Wenn ihr füreinander bestimmt seid, dann werdet ihr zusammenkommen.«

»Ich hoffe es. Auch wenn du mich für unromantisch hältst, aber wenn ich ihn nicht wiedertreffe, bevor Bernadette zurück ist, überlege ich mir allen Ernstes, ob ich ihn nicht aufgeben soll.« Julias Miene war die einer Frau, die gerade gestand, dass sie ihren Mann und Vater der gemeinsamen Kinder nach zwanzig Jahren großer Liebe plötzlich verlassen wollte.

Vielleicht sollte ich Bernadette mal Dampf machen, dachte Laura sich. Niemand war zumindest räumlich so nah an Jean wie sie.

»Hat Bernadette immer noch nichts rausgefunden?«

»Nur, dass er schon lange nicht mehr in der Konditorei arbeitet. Die Verkäuferin konnte sich nicht einmal mehr an ihn erinnern. Muss vor ihrer Zeit gewesen sein. Sie hat aber versprochen, sich umzuhören.«

In dem Tempo würde es nicht so schnell zur Wiedervereinigung kommen.

»Was riecht denn da so komisch?«

Wären sie bei Frau Holle gewesen, hätte der Backofen schon vor zwanzig Minuten darum gebeten, den Kuchen herauszuholen. In der harten Realität konnte erst der verbrannte Geruch mitteilen, dass der richtige Zeitpunkt verpasst war.

Vielleicht hätte er Jura studieren sollen. Warum man für die strenge Überwachung von Unterschriften eine Marmortheke und Kunst an der Wand brauchte und hunderte Euro für ein Paar Fingerbewegungen bekam, war Nick ein Rätsel.

»Dann beglückwünsche ich Sie beide zu dem erfolgreichen Geschäft!« Nachdem jeder seinen Namen unter den Kaufvertrag gesetzt hatte, schüttelte der Notar Nick und Herrn Hansen die Hand.

Seine Oma hatte schließlich gewollt, dass ihre Enkel glücklich werden, und Nick konnte nur glücklich werden, wenn er sich endlich selbstständig machen könnte. Er hatte Julia den Stapel Bewerbungen in die Hand gedrückt und sie gefragt, ob sie sich die mal anschauen wollte.

Sie hatte genau so reagiert, wie er gehofft hatte. »Da werden doch nur die Namen und der Job abgefragt. Reine Äußerlichkeiten. Ich hatte bei allen ein gutes Gefühl, du wirst es schon richtig entscheiden!«

Julia hatte bei allen ein gutes Gefühl gehabt, die nach der Besichtigung im Café waren. Herr Hansen war zwar nicht dort gewesen, aber sein Angebot hatte Nick das beste Gefühl vermittelt. Es war einfach so gut, dass es ihm nicht schwerfiel, den fünfzig anderen Bewerbern abzusagen.

Die Sekretärin brachte drei Gläser Sekt herein, was wohl auch nur bei guten Kunden wie Herrn Hansen der Fall war.

»Und, Herr Hansen, wissen Sie schon, wie Sie diese Immobilie nutzen werden?«

»Vielleicht werde ich sogar selbst einziehen. Ein Rohdiamant. Wie das ganze Haus.«

Da Julia sich der Wirkung des geschriebenen Wortes bewusst war, konnte sie sich nicht dazu durchringen, »hausgemachte Kuchen« auf der Tafel stehen zu lassen. Sie wischte die Tafel sauber, als endlich zwei Gäste hereinkamen.

»Was? Ist der Kuchen schon aus?«, fragte die junge Frau, während die ältere Dame neben ihr pikiert schaute.

»Nein, natürlich nicht. Er ist nur ... also, es gibt noch Marmorkuchen und Pflaumenkuchen.

»Sollen wir dann nicht doch lieber zu Konstantins gehen? Da gibt es mehr Auswahl.«

»Lisa, ich bitte dich!«, raunte die Dame ihrer Enkelin zu, setzte sich aber erst, nachdem Lisa sich gesetzt hatte.

Julia wünschte Lisa, dass sie nicht durch eine zu harte Schule gehen musste, um den Prinzessinnenmodus zu überwinden. Verwöhnte Göre, dachte Laura und war froh, dass sie gleich zur Uni gehen durfte.

Auch der nächste Gast löste kein uneingeschränktes Wohlgefallen aus: Es war Nick.

»Hi, Schwesterherz! Hi, Laura, was gibt es denn heute an selbstgebackenen Köstlichkeiten?«

»Heute haben wir andere für uns arbeiten lassen.«

»Wenn ich ein Café hätte, würde ich das viel öfter machen.«

»Du hast aber kein Café. Also Marmor oder Pflaume?«

»Hättest du denn ein Problem damit, wenn ich eins hätte?«

»Warum sollte ich?«

»Na ja, zwei Cafés in einer Familie? Nachher geht es uns so wie den Gebrüdern Albrecht.«

»Dafür sind wir nicht gierig genug.«

Du vielleicht nicht, dachte Nick, wobei er das, was Julia unter Gier verstand, gesunden Ehrgeiz nannte.

Derweil nahm Laura Geld aus der Kellnerbörse, öffnete eine Schublade hinter der Theke und legte das Geld dort hinein. Als sie aufsah, traf sie Nicks Blick, der nun endlich wusste, dass die Dose auf der Theke kein Geld beinhaltete.

»Also deinen Segen hätte ich?«

»Nick, was möchtest du denn mit einem Café?«

»Ich habe die Wohnung zu einem guten Preis verkauft. Irgendwie muss ich das Geld doch gewinnbringend anlegen, oder nicht?«

»Ich muss los!« Laura umarmte ihre Freundin etwas fester als sonst. Es durfte nicht sein, dass ihre Freundschaft darunter litt, wenn ein Kerl ins Spiel kam. Laura würde zu Julia stehen, selbst wenn sie auf Robert reinfiel. Manche Menschen brauchten eben erst ein Erweckungserlebnis. Nick und Julia winkten ihr noch hinterher, bevor Julia den Faden wieder aufnahm.

»Solange du es nicht Café Juliette nennst, kannst du so viele Cafés aufmachen, wie du möchtest.«

Wenn das so weiterging, könnten sie auch im McCafé arbeiten. Laura fröstelte und zog ihre Strickjacke fester um den Körper. Die Arme vor der Brust verschränkt, stieß sie mit Robert zusammen, als sie das Café verließ. Er war es, der das Pech anlockte. Die Gäste blieben fern, der Kuchen verbrannte, sie stritten sich, der Zauber ließ nach ... Mit seinen negativen Gedanken verpestete Robert die Aura. Egal wie geschickt er sich beim Gemüseschneiden anstellte – ansonsten war er ein Trampel.

»Entschuldigung, ich habe dich nicht gesehen.« Robert blieb verunsichert stehen.

»Nein, weil du blind bist«, zischte Laura.

Sie ging weiter, weil sie befürchtete, Julia könnte sie durch das Fenster beobachten.

Robert lief ihr hinterher. »Laura, ich habe dir nichts getan. Was soll das?«

»Fass mich nicht an!«

Er nahm die Hand von ihrem Arm und lief neben ihr weiter.

»Mir vielleicht nicht.«

»Wem denn?« Er wusste natürlich, was sie meinte, aber sollte sie es doch aussprechen, anstatt nur Gift zu versprühen, sobald er in ihre Nähe kam. Man könnte denken, sie wäre eifersüchtig auf ihn. Vielleicht war es das?

»Julia hätte dich nie genommen, wenn sie gewusst hätte, wie du wirklich bist.«

»Laura, vielleicht sollte es dir zu denken geben, dass sie

mich nicht rausgeschmissen hat, obwohl sie herausgefunden hat, wie ich wirklich bin.«

»Sie gibt eben niemanden auf.«

»Ist das nicht auch deine Philosophie? Die Philosophie eures Cafés? Ihr glaubt an das Gute und wünscht es jedem Gast? Solltet ihr euch über einen, der versucht, offen für euch zu sein, nicht hundertmal mehr freuen als über fünfzig Typen, die schon immer im Wolkenkuckucksheim lebten?«

»Wer sagt denn, dass deine Offenheit nicht nur Berechnung ist?«

Einen Moment lang war er versucht, sie wieder festzuhalten, aber diesmal blieb sie von allein stehen und starrte ihm in die Augen, die erstaunlich weich wurden.

»Ich mag Julia. Sehr sogar. Und ich verspreche dir, dass ich nur noch ihr Bestes will. Auch wenn das vielleicht nicht immer so war.«

»Dann beweis es.«

»Habe ich euch nicht letztens geholfen?«

»Dann hilf ihr bei etwas, das ihr viel mehr bedeutet als eine heiße Suppe.« Da Bernadette das detektivische Talent eines Maulwurfs an den Tag legte, konnte ein Redakteur nur mehr rausfinden.

Robert hätte alles für Julia getan. »Was immer ihr weiterhilft.«

»Hilf ihr, Jean wiederzufinden.«

Robert lachte. »Hat Julia dir nichts von unserem Französischunterricht erzählt?«

»Davon wird sie ihn auch nicht wiedersehen. Finde heraus, wer er ist und wo er wohnt. Dann sorge dafür, dass er hierherkommt. Ich gebe dir Bernadettes Nummer, zusammen werdet ihr es wohl schaffen.«

Sollte er Laura davon überzeugen, dass das sowieso nur romantische Verblendung war? Doch was wäre, wenn Julia recht hätte und die beiden für immer glücklich und er der ewige Zuschauer bleiben würde? Oder würde Julia durch die Begegnung mit Jean endlich frei werden? Wollte Laura seinen Spürsinn nur für das Glück ihrer Freundin nutzen, oder machte es ihr Spaß, ihn zu quälen? Ahnte sie etwa, dass er in Julia verliebt war?

»Gut, ich werde es versuchen.«

Ja, er würde es versuchen und hoffte, dass Julia am Ende glücklich wäre – und wenn es mit Jean war.

Bei der Frau würde es mit einem Wunsch nicht getan sein, dachte Julia. In einer halben Stunde hatte sie vor zu schließen, doch die Dame zog immer wieder ein neues Blatt aus einer Mappe, über das sie ihren Stift fliegen ließ. Aber die Tische abzuwischen und die Stühle hochzustellen, während der Frau Tränen auf das Papier tropften, kam ihr herzlos vor. Sie sehnte sich nach Laura – und Bernadette. Immer wieder versuchte die Frau, die Nase leise hochzuziehen. Julia holte ein Taschentuch aus einer Schublade und ging auf den letzten besetzten Tisch zu.

»Kann ich Ihnen helfen?«

Sie schüttelte den Kopf. »Niemand kann mir helfen.«

Julia setzte sich neben sie an den Tisch und überlegte, ob sie eine Hand auf ihre legen sollte. »Es gibt meistens einen Weg.« *Bitte schicke ihr Hoffnung, was auch immer sie belastet.*

»Nicht für mich.«

Sollte sie nachhaken? In diesem Zustand konnte sie die Frau kaum bitten, schnell zu bezahlen und dann zu verschwinden. Ohne Trost sollte niemand das Café der guten Wünsche verlassen.

Immerhin hob die Frau ihren Blick und sah Julia an. »Ich habe meine Freundin auf dem Gewissen ...«

Ihr Schluchzen riss alle anderen Worte mit sich fort. Unwillkürlich wanderte Julias Blick auf ihre Hände. Sie war außer Stande zu glauben, dass diese Hände jemandem etwas angetan haben könnten, und war sich sicher, dass der Satz nur im übertragenen Sinne gemeint sein konnte.

»Erzählen Sie es mir.«

»Ich hasse mich! Ich hätte sterben sollen! Ich hätte zuerst einsteigen sollen. Dabei habe ich Katinka immer so um ihre langen Beine beneidet.«

Den wirren Sätzen folgte nach und nach eine Geschichte, die sich die Frau von der Seele redete. Die beiden Frauen waren schon befreundet gewesen, als die Jungs auf dem Schulhof ehrfürchtig auf Katinkas Beine starrten. Auch zwanzig Jahre später umschwirrten die Männer Katinka, die mit Absätzen größer als sie alle war, während Susi neben ihr unsichtbar war. Aber Susi war es gewohnt, die zweite Reihe hatte eben auch Vorteile. Auch im Taxi bestand Susi darauf, dass Katinka auf dem Rückweg von der Party vorne saß. Zwar zierte sie sich zunächst, war dann jedoch froh, ihre langen Beine nicht auf der Rückbank anziehen zu müssen. Die ersten Wochen hatte sie sich noch eingeredet, der Taxifahrer sei schuld, weil er auf Katinkas Beine statt auf die Straße geschaut hatte, aber im Prozess wurde klar, dass von Ablenkung nicht die Rede sein konnte. Ein zugekiffter Grundschullehrer hatte ihnen die Vorfahrt genommen und war ungebremst in die Beifahrerseite geprallt.

Während Susis Schuldgefühle tatsächlich nachließen, während sie einer Fremden ihre Scham gestand, die trotz aller Gegenargumente hartnäckig an ihr klebte, wurde es Julia merkbar unbehaglich.

»Entschuldigung. Jetzt habe ich Sie auch noch unglücklich gemacht.«

»Nein, das haben Sie nicht. Sie können wirklich nichts dafür. Sie wollten doch nicht, dass irgendjemandem etwas Schlimmes passiert.«

Julia versuchte, die Beklommenheit zu unterdrücken, die sie überfiel. Schließlich hatte sie einst Ähnliches erlebt. Damals hatte sie sich zwar nie als Mörderin gefühlt, aber noch weniger als der Engel der Familie oder als das Glückskind, die Hellseherin …

Sie war erst sieben Jahre alt gewesen, sodass niemand auf die Idee kam, sie würde die Zeitung lesen, die am Tag nach dem Unglück erschien. Jeder um sie herum verschwieg in ihrer Gegenwart die Tatsache, dass nicht alle gerettet worden waren, doch sie wusste es. An jenem Tag schwor sie sich, sich für den Rest des Lebens auch um den Rest der Menschheit zu kümmern.

»Sie glauben wirklich nicht, dass ich schuld bin? Ich meine, nicht nur vor dem Gesetz, sondern moralisch?« In Susis Blick lag die Sehnsucht, freigesprochen zu werden.

»Nein.«

»Wer dann?«

»Der Bekiffte. Er hätte nicht fahren dürfen.«

»Aber er hätte auch gegen einen Baum fahren können. Wir hätten einfach nur zehn Sekunden früher oder später losfahren müssen. Warum sind wir das nicht?«

»Ich weiß es nicht.«

Julia schmerzte es, dass es immer wieder auch Dinge gab, die keinen Sinn machten. Oder deren Sinn sie nicht verstand.

Susi putzte sich verlegen die Nase. »Entschuldigen Sie, ich belästige Sie nicht nur mit meinen Geschichten, sondern halte Sie auch noch von Ihrem Feierabend ab.«

»Kein Problem, der Tee geht aufs Haus.«

Als sie das Café verließ, sah Julia ihr hinterher. *Ich wünsche ihr, dass sie darüber hinwegkommt. Genau wie ich darüber hinweggekommen bin.*

Bin ich das wirklich?, fragte Julia sich, als sie den Schlüssel hinter ihrem letzten Gast umdrehte und begann, die Stühle hochzustellen.

Schaust du dich schon nach einer neuen Wohnung um?«

Carsten hatte immer noch ein schlechtes Gewissen, Robert aus der Wohnung geworfen zu haben – doch was sein musste, musste sein. Robert war kein kleiner Junge mehr, auch wenn er sich oft so verhielt.

»Ehrlich gesagt habe ich die Hoffnung, dass das nicht nötig sein wird.« Sie stießen mit einem Bier an. »Ich glaube, ich habe mich verliebt.«

Carsten schob das Glas von sich und lachte so laut, dass die Männer vom Nebentisch zu ihm herübersahen.

»Was gibt es denn da zu lachen?«

»Nichts, aber das löst mit Sicherheit nicht dein Wohnungsproblem.«

»Warten wir es ab. Zuerst muss ich ein anderes Problem lösen.«

»Und zwar?«

Carsten freute sich, endlich mal wieder einen Abend

vor die Tür zu gehen. So sehr er die traute Zweisamkeit mit Sonja und die Vorfreude auf das Baby genoss, er musste auch mal unter Männern sein.

»Ich muss einen verschollenen Liebhaber finden.«

»Für die Zeitung? Endlich mal was anderes als Berichte über Unfälle und Einbrüche!«

»Nein, es ist sozusagen ein privater Auftrag. Die Frau, in die ich verliebt bin, sucht ihre alte Liebe.«

»Wenn du einen Rest Selbstachtung behalten möchtest, lass sie das doch selbst machen.«

Robert seufzte. »Bevor ich dir eine wirklich komplizierte Geschichte erzähle, möchte ich dir erst mal was schenken.«

»Mir? Ich habe weder Geburtstag, noch ist Weihnachten.«

»Na ja, eigentlich meine ich euch. Schließlich hat da bald jemand anders Geburtstag.«

Robert zog ein Päckchen aus seiner Tasche. Das Papier war mit blauen Stramplern und Schnullern bedruckt. Carsten nahm es entgegen und verkniff sich zu sagen, dass ein Geschenk vor der Geburt nicht üblich und im schlimmsten Fall nicht gerade ein Glücksbringer war, und ihn daran zu erinnern, dass sie ein Mädchen erwarteten.

»Ich war das erste Mal in meinem Leben in einem Babyladen und habe die Verkäuferin gefragt, ob sie irgendwas hat, womit man garantiert nichts falsch machen kann.«

Das stimmte nur halb. Als Robert vor den Kuscheltieren stand, hatte er nach einem Bären gegriffen, der genauso aussah wie sein erster Teddy: Knopfaugen und die Mundwinkel nach unten gezogen. Wie ein mürrischer Bewacher hatte er damals in seinem Bett gelegen und war trotz seiner treuen Dienste irgendwann in einer Tüte für Kinder gelandet, die es schwerer hatten als er selbst. Ihm war das egal gewesen, schließlich konnten ihn zu dem Zeitpunkt nicht mal Knopfaugen über die Tatsache hinwegtäuschen, dass es sich nur um ein Stück gefüllten Stoff handelte, der so verziert war, dass er menschliche Züge bekam. Eine echte Bärenschnauze wirkte abschreckend. Die Umdeutung zum Seelentröster konnte er nicht nachvollziehen. Das gelang nur Leuten wie Julia, die noch eine Regenpfütze als Zeichen des Himmels interpretierten.

Carsten bedankte sich und nahm sich vor, das Geschenk erst auszupacken, wenn die Kleine da war. »Ganz egal was es ist, es bedeutet mir wirklich viel, dass du, na ja, so über deinen Schatten springst.«

Am selben Abend bot Julia Robert eine weitere Gelegenheit, über sich selbst hinauszuwachsen.

Nach dem Gespräch mit Susi fühlte Julia sich nicht wie sonst, wenn sie jemandem geholfen hatte. Nein, sie fühlte sich leer und empfand Mühe, die Stühle hochzuhieven und den vollen Wassereimer zu schleppen. Was brachte das? In zwei Tagen würde der Boden wieder kleben. Und was brachte es, gute Wünsche zu verteilen, wenn es doch immer jemanden gab, der unglücklich war? Da sie weder Nachrichten sah noch Zeitung las, war sie noch nicht einmal ansatzweise über das tatsächliche Elend der Welt informiert. Während sie das heiße Putzwasser über den Boden goss, wünschte sie sich jemanden zum Reden. Aber wen? Bernadette hatte auf ihre SMS nur geantwortet: *Wenn es nicht um Leben und Tod geht, wäre ich dir dankbar, wenn wir uns erst morgen sprechen können. Habe gerade ein*

Date! Und Laura? Da sie Julia noch nie traurig erlebt hatte, war klar, wo sie die Schuld suchen würde: bei Robert.

Es war fast ein Wunder, dass Robert Julia durch die Glasscheibe erkannte. Natürlich war er ohne Schirm durch den Platzregen gelaufen, und die Haare fielen ihm nun wie Seetang ins Gesicht. Er zögerte, ob er direkt in die Wohnung gehen und vielleicht einen heißen Tee für beide kochen sollte. Doch wer weiß, wann Julia fertig sein würde. Also drückte er die Klinke hinunter, doch die Tür gab nicht nach. Als Julia ein Klopfen hörte, sah sie zur Tür und erschrak. Nicht, weil es Robert war, sondern weil ihre Augen so verquollen waren. Es war ihr egal, ob Robert sie attraktiv fand, sagte sie sich, ganz egal, aber wie eine Vogelscheuche, die das Glück vertreibt, wollte sie auch nicht aussehen. Dass sie sich über die Augen wischte, machte es nur schlimmer. Dennoch schloss sie die Tür auf.

»Was ist passiert?«

War jemand gestorben? Oder hatte sie Jean gefunden und eine Abfuhr erhalten? Das war doch nicht Julia, die sonst immer strahlte! Jetzt stand sie vor ihm, den Putzfeudel wie eine Stütze vor sich, die Wimperntusche verschmiert und der Blick schwermütig.

»Nichts. Ich muss nur noch fertig putzen, dann komme ich hoch.«

Erst wollte Robert sich mit einem »Dann bis gleich« auf den Lippen umdrehen, doch dann sprang er ein zweites Mal an diesem Tag über seinen Schatten.

Er nahm ihr das Putzwerkzeug aus der Hand und redete auf Französisch auf sie ein.

»Siehst du, nicht mal das verstehe ich!«

»Dann eben auf Deutsch. Lektion 23: Wenn er dich zum

Weinen bringt, dann hat er es nicht verdient, dass du seinetwegen Französisch lernst! Allerhöchstens um ihm zu sagen, dass er dich mal sonst wo kann!«

Immerhin mischte sich das Schluchzen, das folgte, mit einem Lächeln. Robert traute sich nicht, sie in den Arm zu nehmen, also klammerte er sich am Feudel fest.

»Julia, diese negative Haltung ist doch mein Part! Also noch mal von vorne: Comment vas-tu?«

»Je vais très mal.«

»Geht doch.«

Lächeln und Schluchzen hoben wieder an.

»Damit es dir so geht, muss schon viel passiert sein. Ist der Dritte Weltkrieg ausgebrochen, ohne dass ich davon erfahren habe?«

Sie schüttelte den Kopf. Robert konnte schwer mit Gefühlsausbrüchen umgehen und flüchtete sich in die Komik. Er zeigte auf sich, als wäre er die Figur in einem Lehrfilm für Sprachen. »Ich putze ...«, dann zeigte er auf Julia, »und du erzählst. Einverstanden?«

So erzählte sie, während er das Café durchwischte und den Boden statt ihre Augen fixierte. Dass sich zum ersten Mal Zweifel in ihre Liebe zu Jean mischten. Dass ihr das Café manchmal zu viel wurde, seit Bernadette weg und Laura durch ihr Studium eingespannt war. Damit er verstand, warum sie nicht irgendjemanden einstellen konnte, verriet sie ihm auch in aller Ausführlichkeit das Geheimnis des Cafés und bat ihn, niemandem davon zu erzählen. Laura und Bernadette würden ihr den Verrat niemals verzeihen, aber wenn die beiden sie allein ließen, fand sie, könnten sie ihr keine Vorwürfe machen, dass sie mit Robert darüber sprach.

Der Boden war längst sauber, als Julia immer noch redete.

»Manchmal habe ich das Gefühl, ich bin für das Glück der ganzen Welt verantwortlich. Meistens ist das ein schönes Gefühl, aber heute habe ich mal wieder gemerkt, dass nicht jedem geholfen werden kann – so wie der Frau heute.«

»Aber so wie du es beschreibst, hat sie am Ende selbst eingesehen, dass es nur eine Verkettung tragischer Zufälle war. Es ging ihr doch besser, nachdem sie bei dir war.«

Weil alles sauber war, stellte Robert sich neben Julia, die auf einem Tisch saß.

»Aber mir ging es danach schlechter.«

Und dann erzählte Julia Robert etwas, worüber sie noch nie gesprochen hatte: warum sie Shrimps hasste.

Natürlich hatten ihre Eltern immer wieder über diesen Vorfall gesprochen, aber sie hatten keine andere Interpretation zugelassen, als dass Julia der rettende Engel der Familie war.

Sie waren an jenem Morgen früh aufgestanden, um den Krabbenkutter pünktlich zu erreichen. Es waren Julias erste Sommerferien, die sie mit ihren Eltern und Nick an der Nordsee verbrachte. Sie erinnerte sich noch genau an das Schild an der Anlegestelle, weil sie so stolz war, es lesen zu können.

»Moin, moin«, begrüßte der Kapitän die kleine Gruppe, die mit ihnen vor dem Kutter stand und nach Münzen kramte.

»Meinen Sie, bei dem Nebel sieht man überhaupt was?«

Der alte Mann mit dem Matrosenhemd, das wohl ein

Zugeständnis an die Touristen war, lachte. »Na klar, der Nebel verzieht sich gleich.«

Der Nebel ließ den Sand genauso grau wirken wie den Himmel, sodass alles zu einer unscheinbaren Masse verschwamm. Der Kutter schaukelte auf dem Wasser. Julias Mutter spürte die Angst ihrer Tochter, die sich an ihre Hand klammerte.

»Sie würden doch nicht aufs Meer fahren, wenn es zu gefährlich wäre, oder?«, fragte Sophie, um Julia und sich selbst zu beruhigen.

»Sophie!«, raunte August ihr zu, »der Mann macht das seit Jahrzehnten.«

Er war schnell genervt davon, wie besorgt seine Frau war, seit sie Kinder hatten. Deshalb nahm er Julia auf den Arm, betrat beherzt den Kutter und stellte sie neben einem Eimer ab, in dem sich Krabben vom letzten Fang befanden.

»Damit Ihnen nicht langweilig wird, werden wir die gleich pulen. Dann sind Sie wenigstens beschäftigt«, feixte der Kapitän.

Julia beobachtete die kleinen Meerestiere. Eine Krabbe versuchte, den Eimer hochzuklettern, doch die Krabben um sie herum holten sie sofort zurück. Am Eingang des Kutters spielte sich ein ähnliches Szenario ab. Ein Pärchen, ganz außer Atem, weil sie gerannt waren, um den Kutter noch zu erreichen, versuchte, den Kapitän zu überreden, sie mitzunehmen.

»Tut mir leid, wir sind voll. Ich muss mich an die Vorschriften halten.«

»Ach, bitte, was soll schon passieren?«, versuchte es die junge Frau mit einem gekonnten Augenaufschlag.

»Eben, wir können doch alle schwimmen«, ergänzte ihr Freund und drückte ihre Hand.

»Vorschrift ist Vorschrift. Mehr als fünf Erwachsene kann ich nicht drauflassen. Kommen Sie morgen früh wieder.«

Als Julia sah, wie die Krabbe erneut versuchte, eine Wand hinaufzuklettern, die sie auch dann nicht bezwingen würde, wenn die anderen Krabben sie ziehen lassen würden, kamen ihr merkwürdige Gedanken in den Kopf. *Es wird kein Morgen früh geben. Überhaupt kein Morgen. Hau ab, solange du kannst.* Julia war noch zu jung, um ihre Ängste einfach als Projektion ihrer Mutter abzutun. Sie nahm sie ernst. Verdammt ernst.

Ein Schwarm Möwen flog über sie hinweg, der Nebel wurde immer dichter. Julia fing an zu weinen. »Ich will nicht mit dem Boot fahren. Ich habe Angst, dass es untergeht.«

»Liebes, du brauchst keine Angst haben.«

Hatte sie aber. Angst, die sich wie eine Ahnung zwischen sie und ihre Familie drängte.

»Angsthase!«, lachte Nick und sprang so kräftig auf und ab, dass der Kutter schwankte. Ein strenger Blick des Kapitäns genügte, und er blieb still.

»Ich kann auch mit ihr zum Strand gehen. Wir warten dann auf euch«, bot Sophie an.

»Das kommt gar nicht in Frage«, sagte August.

»Wenn Sie doch nicht mitfahren möchten, dann sagen Sie es bitte jetzt. Dann können Sie mit dem jungen Paar hier tauschen.«

»Wir fahren mit!«, sagte August, der es hasste, Pläne umzuschmeißen. Auch Julias Tränen stimmten ihn nicht um.

Schließlich sollte seine Tochter nicht so zögerlich werden wie seine Frau, die nach dem Motto »Wer nichts macht, macht nichts verkehrt« lebte. Julia war es auf einmal, als kletterte ein Riesenkrake über die Reling und schlinge seine Arme um ihren Hals. Sie würden sterben. Alle zusammen.

Sophie empfand Ähnliches, tat das aber als lächerlich ab. Was sollte schon passieren? Täglich fuhren Touristen und Fischer aufs Meer. Irgendjemand musste ja die Tiefkühltruhen bestücken. Sie waren nicht mehr in der Steinzeit, in der Nahrungsbeschaffung lebensgefährlich war.

August umarmte Nick, der ein ganzer Kerl zu werden versprach, und ermunterte auch den weiblichen Teil der Familie. »Wenn wir die Fahrt überlebt haben, dann gibt es eine Runde Spaghetti mit Shrimps. Sophie, du weißt doch, dass niemand bessere Frutti di Mare kocht als ich. Halte durch, dann kaufe ich gleich eine Portion Krabben für heute Mittag.«

Sophie musste lächeln bei der Vorstellung, von ihrem Mann bekocht zu werden, und schämte sich für ihre Angst. Julia dagegen schnürten die imaginären Fangarme den Hals zu. Sollte sie wegrennen, in der Hoffnung, dass ihre Mutter hinterherrannte? Aber was wäre dann mit ihrem Bruder und ihrem Vater?

»Also, was ist? Tauschen Sie?« Die junge Frau sah August herausfordernd an.

Julia zog an seiner Hand und sagte: »Bitte, Papi, wir werden sonst alle untergehen!«

»Na, wenn das so ist, können die beiden ja dankbar sein, wenn sie nicht mit an Bord dürfen.«

Die Krabben in dem Eimer verschwammen vor Julias

Augen zu einer zappelnden Masse. Das Pärchen drehte sich Hand in Hand um. Die anderen Leute nahmen auf der Bank im Kutter Platz. Es gab nicht mehr viele Möglichkeiten, sich zu retten. Ihr Körper kam Julia zu Hilfe: Sie übergab sich auf die weiße Leinenhose ihres Vaters. Auch wenn der stolz darauf war, keine Memme zu sein, war er eitel oder höflich genug, mit seinem Anblick und Geruch den Kutter zu verlassen. Julia folgte ihren Eltern erleichtert, während Nick maulte: »Kleine Schwestern sind echt bescheuert.«

Sein Vater musste einen bestätigenden Kommentar hinunterschlucken, während Sophie versuchte, ihre Erleichterung zu verstecken.

Das junge Pärchen nahm kichernd seinen Platz ein und schwor sich, nie eine Familie zu gründen.

Robert schätzte Julia zwar nicht als die Frau ein, die den Kraken eigenhändig erwürgen würde, um nicht von Bord geworfen zu werden. Aber noch sechzehn Jahre später zu heulen, weil der Vater die eigenen Ängste nicht ernst genommen hat, fand er übertrieben. Er beneidete sie selbst um einen Vater, der nicht perfekt reagiert hatte. Aber was war schon perfekt? Reagierte Robert gerade perfekt auf ihren Gefühlsausbruch? Er hatte genug mit seinen eigenen Gefühlen zu tun. Am liebsten hätte er sie einfach geküsst, ihr seine Liebe gestanden, doch ihm war klar, dass das die Problemlage verschärfen würde. Dann käme zu dem verschollenen Liebhaber, der vielen Arbeit im Café und heulenden Gästen auch noch ein Verehrer, von dem sie nichts wollte. Solange der Mietvertrag sie aneinanderband, sollte er die Nähe einfach genießen.

»Hat dein Vater am Abend trotzdem Pasta mit Shrimps gekocht?«

»Ja«, schluchzte sie. Dabei sah sie geradeaus, während er seine Augen nicht von ihrem Gesicht lassen konnte. »Er hat noch gemotzt, dass die vom Kutter mit Sicherheit frischer gewesen wären als die aus dem Fischladen.«

Wie gerne hätte er ihr die Strähne aus den verheulten Augen gestrichen, traute sich aber nicht. Mit jeder anderen Frau, mit der er dermaßen viele persönliche Dinge besprochen hätte, wäre er schon längst im Bett gewesen. Aber bei Julia wagte er es nicht einmal, seine Hand auf ihre zu legen.

»Weißt du, damals hatte noch keiner von uns ein Handy. Nachrichten bekam man eben zur Nachrichtenzeit mit. Wir saßen am Tisch, vor uns die dampfenden Spaghetti, als das Telefon klingelte.«

In Roberts Kopf fügte sich ein Puzzle zusammen, das ihre Reaktion in einem völlig anderen Licht erscheinen ließ. Ihm dämmerte allmählich, warum Julia so aufgewühlt war.

»Es war meine Oma, die wissen wollte, ob es uns gut ging. Sie hatte sich Sorgen gemacht, ob wir mit auf dem fraglichen Kutter gewesen sein könnten.«

Da der Kutter vor dem Abkochen gekentert war, konnte es sein, dass die eine oder andere Krabbe ihr Leben in der Nordsee fortsetzen durfte. Ein Glück, das weder dem Kapitän, dem jungen Pärchen noch den anderen Touristen beschieden war.

Ausgerechnet an dem Abend sorgte Laura sich nicht um Julia. Hätte sie geahnt, dass Robert ihrer Freundin Trost spendete, hätte sie sich nach der Vorlesung nicht noch mit Piet zum Essen getroffen.

»Schön, dass du endlich mal Zeit hast!« Piet küsste sie auf die Wange und setzte sich. »Ich habe nur eine Bitte, Laura.« Er nahm ihre Hände in seine.

»Und zwar?«

»Dass es heute nur um uns beide geht. Ich hatte das letzte Mal das Gefühl, Robert säße die ganze Zeit zwischen uns.«

Sie zog ihre Hände zurück. »Ich werde mir Mühe geben.«

Und das musste sie. Zu gern hätte sie ihn gefragt, wie Robert sich auf der Arbeit verhielt. Was diese Dörte machte. Ob er sich in letzter Zeit verändert hatte. Manchmal wünschte sie es sich sogar, dass er bis zu Bernadettes Wiederkehr im Café aushalf. Vielleicht hatte Julia ihn tatsächlich zu einem anderen Menschen gemacht.

»Darf ich fragen, woran du gerade denkst? Zwei Minuten Schweigen bei einem Rendezvous sind kein gutes Zeichen. Ich hoffe, du bist in Gedanken nicht bei Robert.«

Sie ließ die Finger vom Salzstreuer und griff wieder nach seinen Händen. »Damit nichts zwischen uns steht: Ja, ich war in Gedanken bei ihm, mit dem Herzen bin ich aber ganz bei dir.«

Dann beugte sie sich zu ihm hinüber und küsste ihn auf den Mund, was das Schweigen um ganze fünf Minuten verlängerte. Warum sollte sie sich nicht auch selbst verändern können?

Wie fühlt man sich als eine der wenigen Überlebenden der *Titanic*?«

Julia drehte sich zu Robert und schaute ihm das erste Mal an diesem Abend in die Augen. Das konnte sie nur ertragen, weil sie das Deckenlicht ausgemacht hatte. Die Straßenlaterne vor dem Fenster ließ genug erkennen. Robert kam sich in dem leeren Café vor wie eine Maus, die sich nachts ein paar Kuchenkrümel stahl.

»Der Rest der Familie hat so getan, als müsste ich glücklich sein – schließlich hatte ich nicht nur mich selbst, sondern die ganze Familie gerettet. Nur meine Oma hat verstanden, dass ich mit der Situation gehadert habe. Mein schlechtes Gewissen vor allem dem Pärchen gegenüber, das mit uns den Platz getauscht hatte, hat sie mit dem Argument beiseitegeschoben, dass eben eine höhere Macht entschieden hätte. Aber warum? Gerade sie hat mir immer erzählt, dass wir über unser Schicksal bestimmen. Dieses Pärchen sah glücklich aus und nicht so, als denke es an den Untergang.« Sie sah ihn fast bittend an.

»So wie die Welt aussieht, glaube ich nicht, dass vieles einen Sinn ergibt. Es war Zufall. Mehr nicht.«

»Und wenn meine Gedanken das Unglück angezogen haben?«

»Das Wetter und ein erfahrener Kapitän werden wohl kaum von den Fantasien einer Siebenjährigen umgeworfen worden sein! Sonst hättest du mit deinem Einfluss mal lieber die Welt retten sollen.«

»Genau das versuche ich seitdem. Auch wenn keiner der guten Wünsche das Unglück ungeschehen macht, so habe ich doch gespürt, dass meine Wünsche eine Wirkung haben.«

Sie musste so einiges herbeigewünscht haben, was mit seinem bisherigen Bild von sich selbst nichts zu tun hatte.

Er hoffte, dass sie dabei auch an sich gedacht hatte. Dass sie doch etwas von ihm wollte, das sie sich nur noch nicht selbst eingestand. »Ich bin jedenfalls froh, dass du nicht mit auf dem Kutter warst.«

Julia wischte sich die letzten Tränen aus den Augen und lächelte ihn an. »Ach, du wärst schon irgendwo anders untergekommen.«

»Aber das wäre nicht dasselbe gewesen.«

Ihr Lächeln wurde zu einem verschmitzten Grinsen. »Oh, gibt es doch so etwas wie einen Sinn für dich?«

Sag es ihr, dachte er, sag ihr, dass du sie liebst, dass sie diesen Jean vergessen soll! Warum hatte er Bernadette nur zu seiner Adresse verholfen? Was auch noch lächerlich einfach gewesen war: Drei Anrufe, und die Nummer des Märchenprinzen war entzaubert. Er nahm ihre Hand. »Mit dir ist es anders als mit allen anderen Frauen, die ich bisher ... kannte.«

Sie kapierte überhaupt nicht, wie schön sie war. Ihr Pulli war verrutscht und gab ihr linkes Schlüsselbein frei. Wie gerne hätte er sie darauf geküsst.

»Ich glaube, ich weiß, warum es mit mir anders ist.«

Sag du mir, dass du mich auch liebst, flehte Robert in Gedanken.

»Weil wir auf dem besten Wege sind, wirkliche Freunde zu werden. Als ich dich das erste Mal gesehen habe, sagte mir irgendetwas, dass du der Richtige für mich bist. Also, ich meine, der richtige Untermieter. Und das, obwohl selbst ich kapiert habe, dass du komplett an meinen ursprünglichen Wünschen vorbeigingst.«

Sein Herz, das einen Freudensprung vollführt hatte, als sie ihn als den Richtigen bezeichnete, zog sich zusammen. Immerhin hielt sie ihren Untermieter noch an der Hand.

»Weißt du, in dem Moment, als du deine Brille abgesetzt hast, hatte ich das Gefühl, dich nackt zu sehen. Da sah ich deine innere Schönheit. Die habe ich auch nicht vergessen, als du dich als Zyniker geoutet hast.«

»Ich bin also mehr als ein Untermieter für dich?«

»Ich würde sagen, du bist gerade meine beste Freundin.«

»Oh, danke, so viele Komplimente für meine Männlichkeit bekomme ich selten!«

Sie lachte. »Entschuldige, also rein objektiv mit den Augen einer Frau betrachtet, würde mir durchaus auffallen, dass du ganz gut aussiehst! Kein Wunder, dass die Frauen dir hinterherlaufen.«

»Und rein subjektiv?«

»Lenk nicht vom Thema ab. Meine subjektive Meinung dazu ist egal.«

»Und wenn sie mir nicht egal wäre?«

»Dann könnte es kompliziert werden.«

Sie hielt zwar immer noch seine Hand, ging aber einen winzigen Schritt zurück.

Robert sah ein, dass er das Thema wechseln musste. »Julia, die Arbeit im Café hat mir wirklich Spaß gemacht, viel mehr als mein richtiger Job zurzeit. Und jetzt, wo ich euer Geheimnis sowieso kenne: Was hältst du davon, wenn ich euch unterstütze, so gut ich kann, bis Bernadette wiederkommt?«

Das war die beste Lösung überhaupt, auch wenn Julia noch nicht wusste, wie sie Laura und Bernadette in den Plan einweihen sollte. Doch die beiden richteten ihr Leben schließlich auch gerade neu aus. »Das würdest du tun?

Also natürlich nicht umsonst, du bekämst einen guten Stundenlohn.«

Er nickte. Sie zögerte, dann fiel sie ihm um den Hals. »Danke!«

Dabei stieß Julia mit ihrem Kopf an seine Brille, die er verlegen abnahm. Der Anblick seiner Augen verwirrte sie. Ließ sie ein Gefühl erleben, das sie kaum kannte. Und schaltete ihren Kopf aus. Anders war nicht zu erklären, dass sie ihn küsste. Erst sanft, dann so fordernd, dass Robert ihren Kuss fast verunsichert erwiderte. Das passierte doch nicht etwa, weil er es sich so gewünscht hatte? Gehörte er auf einmal auch zum Club der Auserwählten, deren Gedanken sogleich Wirklichkeit wurden? Meinte sie überhaupt ihn, als sie ihre Hände um seinen Hals schlang und ihn so küsste, dass er gar nicht die Gelegenheit hatte, sie irgendetwas zu fragen? Wozu auch? Ihr Mund, ihre Zunge, ihre Lippen waren Antwort genug. Es ging ihm fast zu schnell, er wollte erst hören, dass sie mehr für ihn empfand, was ihm sonst immer egal gewesen war. Er hatte die Augen geöffnet, um diesen Moment ganz in sich aufzusaugen, ihn immer wieder abrufen zu können.

Eine Melodie störte die nächtliche Stille. Julia ließ von Robert ab. »Das ist Bernadette. Wenn sie mitten in der Nacht anruft, muss es wichtig sein. Kann ich kurz rangehen?«

»Kein Problem.«

Natürlich war es für ihn ein Problem, aber er wollte nicht zu Beginn ihrer Beziehung gleich mit Diskussionen anfangen. Julia nahm das Handy von der Theke, worauf Licht auf ihr Gesicht fiel. Sie lächelte Robert noch einmal an, als sie abnahm. Robert konnte den Blick nicht von ihr abwenden.

»Hallo, Bernadette, macht nichts, ich bin noch wach.«

Was Bernadette sagte, machte aus dem Lächeln ein Strahlen, das selbst in der Dunkelheit den Raum, aber vor allem Roberts Herz erhellte.

»Du kommst? Mit wem? Das ist nicht dein Ernst! Das ist ja der Wahnsinn …« Der Wahnsinn wurde etwas zögerlicher. »Doch, natürlich freue ich mich! Es ist nur … Können wir morgen in Ruhe reden?«

Sie hätten ruhig weiterreden können. Robert ahnte, welche Nachricht Julia durcheinanderbrachte.

»Bernadette hat Jean gefunden. Sie kommen nächsten Monat zusammen zu Besuch.«

»Hat er denn auch schon seit Jahren auf dich gewartet?«

Er bemühte sich, seine Stimme nicht bitter klingen zu lassen.

»Ich weiß nicht, ob die beiden darüber geredet haben. Auf jeden Fall ist er Single und freut sich sehr, mich wieder zu treffen.«

»Und du?«

»Vor einer Stunde wäre das die beste Nachricht der Welt gewesen.«

Wenn es bei diesem einen Kuss bleiben sollte, war es vielleicht nur ihr schlechtes Gewissen, das sie davon abhielt, sich grenzenlos zu freuen.

»Und jetzt?«

»Habe ich Angst, das Falsche getan zu haben. Oder noch zu tun.«

»Julia, ich …« Ihr Gesichtsausdruck verriet nicht, wie sie sein Geständnis aufnehmen würde. Er bekam Angst. »Julia, ich habe einen Vorschlag: Wir vergessen, was gerade passiert ist. Du warst emotional total aufgewühlt. Du hättest es nicht gemacht, wenn du gewusst hättest, dass Jean kommt. Du bedeutest mir so viel, dass ich auf keinen Fall möchte, dass so ein Vorfall unsere Freundschaft belastet. Sollen wir beide einfach so tun, als wäre nichts geschehen?«

Bitte, Julia, sag nein, dachte Robert. Sag, dass Jean bleiben soll, wo der Lavendel wächst. Solange dein Französisch so schlecht ist, wirst du mit ihm nie so lachen können wie mit mir. Wenn er dich wirklich gewollt hätte, hätte er dich nie ohne seine Telefonnummer gehen lassen. Hör auf, dich an ein Gespenst zu klammern, das dich veranlasst, vor einer echten Beziehung zu fliehen.

Je länger sie die Antwort hinauszögerte, desto größer wurde seine Hoffnung, dass sie ihm widersprach. Julia nahm den Schlüssel in die Hand, um den Aufbruch zu signalisieren. Vielleicht musste sie sich aber auch dazu zwingen, die Situation zu beenden.

»Ach, Robert. Ich weiß auch nicht, was mit mir los ist. Vielleicht hast du recht. Tun wir so, als wäre es nicht geschehen.«

Robert fühlte sich, als hätte sie ihm das Herz herausgerissen und zusammen mit den Kuchenresten in den Müll geworfen – und das mit einem Lächeln, als wäre es nur der volle Kaffeefilter von heute Morgen gewesen. Es gelang ihm, seine Tränen zu unterdrücken, als er ihr sagte, dass sein freundschaftliches Angebot, im Café auszuhelfen, natürlich immer noch gelte. Ihrer Antwort, dass er selbstlos wie ein Engel sei, widersprach er zwar nicht, war sich aber ganz genau bewusst, dass er einfach jede Gelegenheit nutzen wollte, um in ihrer Nähe zu sein.

Ob der Himmel oder jemand anders Nick Herrn Hansen geschickt hatte, war eigentlich egal. Dass er vom Bankberater nicht nur einen Kaffee, sondern auch Kekse angeboten bekam, die nicht vom Discounter kamen, wertete Nick als gutes Zeichen.

»Milch? Zucker?«

»Gerne beides!«

Seine Eltern würden stolz auf ihn sein! Er würde ihnen bis zur Eröffnung nichts verraten.

»Herr Heller, wann werden Sie starten?«

»Schnellstmöglich! Die Renovierungsarbeiten habe ich in Auftrag gegeben, die Stellenausschreibung läuft. Ich möchte schließlich nicht selbst hinter der Theke stehen!«

Die beiden Männer lachten, als wäre das gemeinsame Kreditgeschäft von einer halben Million der Beginn einer wunderbaren Freundschaft.

»Sie bekommen natürlich eine Einladung zur Eröffnung!«

»Das will ich hoffen!«

Was sollte bei dem jungen Mann schon schiefgehen? Er hatte eine gute Geschäftsidee, genug Eigenkapital und eine Wohnung in Toplage als Sicherheit. Nick wiederum war froh, dass ihm das Geld aus dem Wohnungsverkauf ermöglicht hatte, ein großes Ladenlokal in einer der beliebtesten Straßen der Innenstadt zu ergattern. Nur ein paar Minuten vom Hauptbahnhof entfernt, würde es Touristen aus aller Welt anlocken. Mit seinem Konzept könnte er ohne Probleme Filialen in allen großen Metropolen Europas eröffnen. London oder Amsterdam wären sein größter Traum. Vielleicht sollte er Julia fragen, ob sie Interesse an einer Zusammenarbeit hätte? Ihr fehlte völlig der Geschäftssinn, sie würde von Glück reden können, wenn sie ihr Café noch ein Jahr halten konnte. Für Leute wie sie sollte der Tauschhandel wieder eingeführt werden. Oder dem kompetenten großen Bruder die Vollmacht übergeben werden. Jemand wie er, der anderen Leuten sichere Arbeit und vielen Gästen Spaß verschaffte, war kein schlechterer Mensch als jemand wie Julia, die sich darauf ausruhte, dass sich im Notfall irgendein Sicherheitsnetz auftun würde. Nein, sie sollten sich alle zusammentun. Julias charmante Naivität, Lauras und Bernadettes fantastische Kuchen und sein Sinn für das Geschäft wären zusammen unschlagbar. Er teilte Julias Optimismus, allerdings sah er bei sich einen entschiedenen Vorteil: Er agierte, anstatt nur zu reagieren. Er hatte nichts gegen Unterstützung durch das Glück oder den Zufall, aber diesem das Zepter in die Hand geben? Niemals!

Wie läuft es eigentlich mit Piet?«

Dass sie heute Morgen mit dem Gefühl aufgewacht war, auf rosaroten Wolken zu liegen, interpretierte Julia als gutes Zeichen. Das konnte nur die Vorfreude auf Jean sein. Allerdings drängte sich immer wieder die Erinnerung an Roberts Mund auf. Jedes Mal redete Julia sich ein, dass jede Frau berührt wäre, wenn sie nach Jahren wieder jemanden geküsst hatte. Wie Robert ganz vernünftig gesagt hatte: Sie hatte sich in seelischer Aufruhr befunden. Der Kuss war eine reine Übersprungshandlung gewesen. Oder eine letzte Prüfung vor der großen Vereinigung mit Jean. Ein kurzer Moment der Verwirrung konnte nicht alles fortwischen, was sie die ganzen Jahre über im Herzen getragen hatte.

»Gut. Ich mag ihn. Sehr sogar. Aber hey – ich habe gestern eine Nachricht von Bernadette bekommen, dass sie mit Jean zu Besuch kommt. Du müsstest doch völlig von den Socken sein.«

»Bin ich auch«, antwortete sie etwas lahm.

Laura und Julia bereiteten die Kuchen vor, bevor sie gleich das Café öffnen würden.

»Ich freue mich für dich.«

»Danke. Ich freue mich auch für dich.«

Laura verteilte Himbeeren auf einem Mürbeteigboden, der mal wieder gekauft war.

»Bekommst du Angst? Jetzt, wo es endlich so weit ist?«

»Wenn wir füreinander bestimmt sind, wird sich alles ergeben.«

»Du zweifelst?«

»Nein, natürlich nicht! Ich bin nur aufgeregt.«

Roberts Angebot, wieder bei null anzufangen, führte dazu, dass Julia weder mit Bernadette noch mit Laura über den Kuss sprach. Das durfte sie Robert nicht antun, wenn sie weiter zusammenarbeiten wollten.

Robert schwirrte auch durch Lauras Gedanken. »Julia, ich möchte mich bei dir entschuldigen.«

»Wofür?«

»Dass ich mich so eingemischt habe, was Robert angeht. Im Grunde ist es dein Café, wir lassen dich gerade ganz schön im Stich, und da stelle ich mich auch noch so quer. Ich glaube, ich bin oft zu hart.«

Julia gab Lauras schlechtes Gewissen einen Stich. Eigentlich müsste sie ihr ein viel schlimmeres Geständnis machen: Geheimnisverrat. Aber das jetzt zu beichten – kurz bevor die ersten Gäste kamen? Sie musste auf den passenden Moment warten. Oder auf ein Zeichen. Oder sich langsam vortasten.

»Kein Grund, sich zu entschuldigen. Du hast es ja nur gut gemeint. Robert hat übrigens angeboten, noch öfter einzuspringen, falls nötig.«

»Wie gesagt, es ist deine Entscheidung. Es ist ja auch nicht für immer. Sobald Bernadette wieder da ist, finden wir hoffentlich zur alten Form zurück.«

Auf einmal regte sich Unmut in Julias Bauch. »Laura, ich glaube nach wie vor, dass alles so werden wird, wie es für uns und das Café am besten ist, aber wie soll ich mich darauf verlassen, dass wir die Arbeit noch lange zu dritt machen? Wozu studiert ihr beide denn? Spätestens wenn ihr fertig seid, werdet ihr arbeiten und bestimmt nicht in jeder freien Minute hier kellnern!«

»Die Arbeit hier ist doch viel mehr als ein Kellnerjob!«

»Natürlich ist es das, aber die Einzige, die sich langfristig an unser Café gebunden hat, bin ich! Ich habe keinen anderen Plan, weil ich den nicht möchte! Aber um euch nicht im Wege zu stehen, brauche ich mehr Freiheit!«

»Aber ich habe doch gesagt, dass Robert meinen Segen hat.«

»Das ist zu wenig. Wenn ich auf Dauer mit jemandem hier arbeiten möchte, dann muss er unser Geheimnis kennen.«

Laura goss rote Geliermasse über die tiefgekühlten Himbeeren. »Robert? Ich bitte dich! Er würde uns auslachen!«

Nicht einmal Julia wusste, was er von dem Geheimnis hielt. Er hatte weder gelacht noch besonders überrascht geklungen, sondern ihr einfach nur zugehört.

»Ich sehe das mit Robert jetzt entspannter, weil ich

weiß, dass Jean bald kommt. Zwischendrin habe ich schon befürchtet, du hättest dich in Robert verliebt.«

Wie konnte es passieren, dass ihre besten Freundinnen auf einmal nicht mehr wussten, was in ihr vorging? Weil sie es selbst nicht genau wusste? Früher hätte Julia den beiden alles so ausführlich geschildert, bis sie selbst Klarheit gewonnen hätte. Lag es daran, dass sie den Alltag nicht mehr miteinander teilten?

Laura registrierte, dass Julia nur vor sich hin starrte, während sie die Zuckerbehälter auffüllte. Der Zucker lief über den Rand. »Alles in Ordnung?«

»Ja, ich bin nur etwas durcheinander. Weißt du, seit Jahren warte ich auf diesen Moment, und jetzt habe ich Angst, dass er nicht meinen Erwartungen entspricht.«

Laura wischte den übergelaufenen Zucker vom Tisch und legte einen Arm um Julia. »Du weißt doch, was hilft.« Sie holte einen Zettel und den goldenen Stift und reichte ihn Julia, die zaghaft lächelte.

»Kannst du es für mich tun?«

»Ich mache es gerne zusätzlich.«

»Na gut.« Julia griff zu dem Stift.

Ich werde dieses Jahr die Liebe meines Lebens ... Sie zögerte, ob sie »wieder« schreiben sollte, und entschied sich dafür ... *wiederfinden.*

Alles wird so werden, wie es werden soll, notierte Laura ihren Wunsch so neutral wie möglich, obwohl sie selbst nicht so gelassen war.

Wozu um alles in der Welt brauchen wir eine Eigentümerversammlung?«

»Weil wir eine Eigentümergemeinschaft sind. Außerdem möchtest du Herrn Hansen doch auch kennenlernen, oder?«

Seit Julia gehört hatte, dass der Käufer nicht selbst einziehen, sondern die Wohnung vermieten wollte, hatte sie wenig Lust, ihn kennenzulernen. Hoffentlich würde er wenigstens die richtigen Mieter finden.

Bis auf einen Holztisch mit drei Stühlen war die Wohnung von Frau Schmitz leer. Die Geschwister saßen am Tisch und warteten auf den neuen Besitzer. Auf einem Tablett standen Wasserflaschen und Gläser, arrangiert wie beim Notar. Wenn schon der Rest so dürftig war, wollte Nick wohl wenigstens bei den Details einen professionellen Eindruck hinterlassen.

»Hoffentlich war das die richtige Entscheidung.«

Nick schaute seine Schwester an. Was sollte denn der Kommentar? Hatte sie nicht genug Vertrauen in ihre Zauberdose? Er wusste schließlich auch von einem Zettel, auf dem der beste Käufer gewünscht wurde. Wer das war, musste sie nach ihrer Theorie doch dem Schicksal überlassen.

»Was grinst du mich so an?«

»Ach, nur so, ich freue mich halt, dass mir das Geld endlich erlaubt, auch eine Location zu eröffnen.«

»Also war das ernst gemeint?«

»Klar.«

»Aber kein Starbucks, oder?«

»So ähnlich.«

Es konnte nicht schaden, Julia Stück für Stück auf die Wahrheit vorzubereiten. Ein gewisses Unbehagen über ihre mögliche Reaktion hielt ihn davon ab, sie gleich einzuweihen.

Das Klingeln an der Haustür hallte an den leeren Wänden wider. Julia nahm sich vor, Herrn Hansen nett zu finden. Es war ja nicht grundsätzlich ein Zeichen von Gier, eine Wohnung zu besitzen, um mit der Miete Geld zu verdienen. Deshalb folgte sie Nick zu Tür, um den neuen Besitzer persönlich zu begrüßen. Mit Aktentasche und Anzug vermittelte er den Eindruck, einen rein geschäftlichen Termin vor sich zu haben. Einzig der Strauß gelber Blumen brachte Farbe in seinen Auftritt.

»Schön, die Dame des Hauses endlich kennenzulernen. Ihr Bruder hat mir schon viel von Ihnen erzählt, Frau Heller.«

Julia rügte sich in Gedanken, dass sie ihm nur finanzielle Absichten unterstellt hatte. Vielleicht war er genauso um eine gute Gemeinschaft unter ihnen bemüht wie sie.

»Leider hatte ich zu dem Besichtigungstermin keine Zeit mehr, Ihr wunderbares Café zu besuchen, aber das hole ich auf jeden Fall nach.«

Nick öffnete die Wasserflaschen und stellte jedem eine neben sein Glas.

»Warum haben wir uns nicht gleich in Ihrem Café getroffen? Hier sieht es doch nicht so …«, Herr Hansen taxierte den leeren Raum, »einladend aus.«

Im Café arbeitete Laura diesmal ganz allein. Nick hatte kein gutes Gefühl dabei gehabt, belauscht zu werden. Und Julia wäre bei jedem Gast, der zur Tür hereinkam, aufgesprungen.

»Manchmal ist es ganz gut, Geschäftliches und Privates zu trennen«, antwortete Nick diplomatisch.

»Diese Einstellung lobe ich mir. Mit etwas professioneller Distanz entstehen viele Probleme erst gar nicht.«

Es machte Julia nervös, wie er während des Gesprächs die Wohnung musterte. Als ob er mit seinen Blicken eine Frau auszöge und überlegte, welche Schönheitsoperationen er sich für sie leisten könnte. Aber warum musste immer alles perfekt sein? Alte Häuser hatten einen Charme, der nach mancher Sanierung weggewischt war wie nach einer Botox-Behandlung.

»Die Substanz unseres Hauses ist hervorragend. Ich bin mir sicher, dass wir gemeinsam ein Schmuckstück daraus machen werden.«

Da hatte er gerade erst den Kaufvertrag unterschrieben und sprach schon von »unserem Haus«, regte sich Julia auf. »Dieses Haus ist ein Schmuckstück.«

Nachdem sie einen bösen Blick von Nick geerntet hatte, behielt sie weitere Bemerkungen für sich.

»Da haben Sie recht, Frau Heller. Aber selbst der wertvollste Schmuck muss poliert werden. Aus diesem Grund habe ich für nächste Woche einen Bausachverständigen bestellt. Er kann uns sagen, was eine Sanierung kostet.«

»Gehört das nicht zu den Dingen, über die wir abstimmen müssten?«

Auf einmal konnte Julia Lauras Skepsis gegenüber Robert verstehen. An das Gute zu glauben hieß nicht, alles naiv hinzunehmen. Natürlich musste ihr Haus saniert werden, aber bitte so, dass das ihnen diente und nicht schadete.

»Natürlich, Frau Heller, es läuft hier nichts ohne die gesetzlichen Bestimmungen. Keine Sorge. Da ich meine Wohnung in jedem Fall sanieren lasse, liegt es nahe, den Mann mal einen Blick auf das ganze Haus werfen zu lassen. Das spart schließlich Kosten.«

»Wir werden diese Fragen mit Sicherheit wunderbar gemeinsam klären! Da mache ich mir überhaupt keine Gedanken. Über Details können wir erst sprechen, wenn wir Fakten haben«, vermittelte Nick.

»Da bin ich ganz bei Ihnen. Was gibt es noch für Tagesordnungspunkte?«

Julia kam sich ausgeschlossen vor. Sie würde sich zu nichts überreden lassen, was sie nicht wollte. Das war schließlich auch sonst nicht ihre Art.

Immer wieder rief Robert sich den Kuss in Erinnerung, während der Arzt ihn untersuchte. Bei seiner Entlassung aus dem Krankenhaus hatten sie ihm ans Herz gelegt, bei starken Kopfschmerzen sofort einen Arzt aufzusuchen, denn es könnten Nachwirkungen des Unfalls sein. Oder zerbrach er sich nur zu sehr den Kopf?

Warum hatte Julia ihn geküsst? Empfand sie doch mehr für ihn und gestand es sich nur nicht ein? Hielt sie an dem geheimnisvollen Geliebten fest, weil ihre Ideale ihr so wichtig waren? Im besten Fall schmolz die Illusion in dem Moment, in dem sie Jean sah.

»Ihr Kopf scheint in Ordnung, aber Puls und Blutdruck sind inakzeptabel«, der Arzt nahm die Manschette ab und notierte sich die Werte.

Wenn er Julias Liebe nicht gewinnen würde, konnte sein Herz ruhig aufhören zu schlagen, dachte Robert. Für den Gedanken hätte er sich noch vor einem halben Jahr ausgelacht. Was war, wenn der Mann ihres Lebens tatsächlich bald vor ihr stand? Ob es so etwas gab? Robert wünschte sich zum ersten Mal im Leben, für eine Frau der Mann fürs Leben zu sein. Nicht für irgendeine, sondern für Julia. Da selbst ihre Wohngemeinschaft bald Vergangenheit sein könnte, musste er jede Minute mit ihr erkämpfen. Er war so lange als Pessimist durch die Welt gelaufen und hatte fast immer das bekommen, was er nicht gewünscht, aber erwartet hatte – was nach Julias Theorie dasselbe war. Was kostete es ihn, jetzt mal ein Experiment zu wagen?

Er hatte einen Zettel in die Wunschdose geworfen. *Ich wünsche mir Zeit, um Julia im Café helfen zu können.* Ein Wunsch, den ihm nicht einmal Laura zum Vorwurf machen konnte, wenn sie sich wunderte, warum da auf einmal ein Zettel mit einer neuen Schrift lag. Vorsichtshalber hatte er ihn tief unter all den anderen vergraben. Als ihm gerade einfiel, was er Julia versprochen hatte, war sie auch schon aus der Küche gekommen. Mit Laura, die seine Hand an der Dose registrierte, aber nichts sagte. Vielleicht müsste er den Wunsch doch wieder herausfischen.

»Haben Sie gerade sehr viel Stress auf der Arbeit?«, unterbrach der Arzt seine Gedanken.

Die Arbeit arbeitete Robert derzeit bloß ab. Wenn er in der Redaktion war, beschäftigte er sich meist nur mit deprimierenden oder langweiligen Themen. Er war schon lange nicht mehr glücklich dort.

»Eine Frage, Herr Dr. Fritz. Könnte es sein, dass so ein Schlag auf den Kopf die Persönlichkeit verändert? Dass man Dinge tut und denkt, die man sonst nie tun würde?«

Dr. Fritz sah ihn an, als erwäge er, ihn gleich in die Psychiatrie zu überweisen. »Darf ich Sie auch etwas fragen, um einzugrenzen, was ihnen fehlt?«

»Natürlich.«

»Ihre Werte, Ihre Schmerzen und Ihr dennoch gesunder Körper weisen auf eine psychosomatische Erkrankung hin. Besteht die Gefahr eines Burnouts? Gab es, abgesehen von dem Unfall, ein traumatisches Erlebnis?«

Robert zögerte.

»Ich sehe nur eine Möglichkeit, bei der ich Sie vorerst nicht an einen Therapeuten überweisen würde.« Herr Dr. Fritz lachte, als käme diese Möglichkeit nicht in Betracht. »Sie sind verliebt. Verliebte sind streng genommen in einer Phase akuter psychischer Erkrankung. Eine Erkrankung, die leider zu den häufigsten Todesursachen junger Leute gehört, die auf einmal glauben, ohne den anderen nicht mehr leben zu können.« Er lachte lautstark. »Aber in Ihrem Alter weiß man, dass Frauen nichts als Ärger machen und um die Ecke schon die nächste Schöne wartet.« Er zwinkerte ihm vertraulich zu.

Roberts Blick fiel auf das Foto einer perfekten Familie, das auf dem Schreibtisch stand. Vor einem halben Jahr hätte er noch genauso geredet, und jetzt fühlte er sich wie ein Teenager, der lieber sterben, als auf die Liebe seines Lebens verzichten wollte. Steckte er in der Pubertät fest?

Nein, dafür war dieses Gefühl trotz allen Schmerzes zu schön.

»Herr Dr. Fritz, sagen Sie mir, wenn Sie mich wegen akuter Burnout-Gefahr ein paar Wochen krankschreiben würden, wäre es rein rechtlich erlaubt, wenn ich in dieser Zeit in einem Café arbeite?« Das würde seiner Genesung sehr entgegenkommen und wäre die Lösung!

Dr. Fritz musterte Robert, als ob er überlegte, ihn gleich einzuweisen.

Heute war es fast wie früher. Die Blätter an der Birke vor dem Haus schimmerten in der Sonne, jeder Tisch im Café war besetzt, und Laura und Julia blühten mit jedem guten Wunsch, den sie ihren Gästen beim Verlassen des Cafés schickten, auf. Es war wie bei Frau Holle, die jedoch jeden Gast mit Gold überhäufte, ganz egal wie fleißig er gewesen war.

Sie wünschten dem Mann, der verlegen seine Münzen durchzählte, bevor er seine Bestellung aufgab, dass sich sein Geldproblem endlich löste. Der jungen Frau, die mit krummem Rücken vor ihrem Kakao saß und ihr nachlässiges Outfit bekleckerte, wünschten sie mehr Liebe zu sich selbst.

»Ich liebe unser Café, aber in letzter Zeit frage ich mich öfters, warum ich die Einzige bin, die keine anderen Pläne hat.«

Laura betrachtete ihre Freundin, die jede Milchhaube noch mit Zimtzucker bestreute. Vielleicht gab es einfach Menschen, die mit Anfang zwanzig angekommen waren. Die nicht mehr suchen mussten, weil sie nichts mehr brauchten, um glücklich zu sein.

»Sei doch froh, wenn du beruflich deinen Platz schon gefunden hast. Denk mal an Nick, der macht den Eindruck, ständig getrieben zu sein. Er studiert BWL, um ein Café professionell zu führen, und du machst es einfach.«

»Ich hoffe, er hat Erfolg!«

»Findest du das kein bisschen ... daneben?«

»Wieso? Er wird mir wohl kaum die Kunden ausspannen. Übertrieben finde ich, was für ein Geheimnis er daraus macht. Gehört wohl zur Marketingstrategie.«

Auf dem Weg zum Gastraum raunte Laura Julia noch etwas zu: »Apropos Marketing. Piet wird über Nicks Eröffnungsfeier berichten.«

»Hat Robert mir gar nichts von erzählt.«

Bei dem Wort Robert zog sich Julias Magen zusammen. Warum hatte sie ihn nur geküsst? Das Schlimme war, dass sie sich eingestehen musste, dass sie Robert sehr attraktiv fand. Wenn da nicht Jean wäre, dann hätte sie sich mit Sicherheit in ihn verlieben können. Aber das war einfach eine Kurzschlusshandlung gewesen. Zum Glück war Robert cool genug, darüber hinwegzusehen.

Ein Mann in Gelb mit einem Stapel Briefe in der Hand lenkte sie von ihren Gedanken ab. Der Postbote hatte sein Fahrrad vor dem Café abgestellt und kam strahlend herein. »Schade, dass Sie noch keinen Coffee to go anbieten!« Er sortierte aus dem Stapel ein paar Briefe, die Julias Laune verdunkelten. Was sollte es, was bezahlt werden musste, musste eben bezahlt werden.

Laura kam mit einem Kaffee um die Ecke und hielt dem Postboten die Porzellantasse hin. »Niemand wird verzweifeln, wenn er seine Post fünf Minuten später bekommt. Bitte schön. Bei dem herbstlichen Wetter tut ein heißer Kaffee gut.«

»Danke, Sie sind ein Engel!« Er stellte die Tasse ab. »Aber erst die Pflicht.« Er fischte aus dem Stapel eine Postkarte in Herzform und mit roten Rosen verziert. »Wer von Ihnen ist denn Julia?«

Laura zeigte auf Julia, die ihm die Karte aus der Hand riss.

Dort stand von Blüten umrankt: *Ich freue mich auf dich, dein Jean.* Darunter seine Handynummer, die direkte Verbindung zu ihm. Sie könnte ihn gleich anrufen! Alles nachholen, was sie die letzten Jahre versäumt hatte.

Beim Anblick der Karte fragte sie sich, warum sie hatte zweifeln können. Er lernte sogar ihretwegen Deutsch! Genau darum ging es doch in der Liebe: die Sprache des anderen zu lernen, was schon schwer genug war, wenn man aus demselben Land kam. Wenn sie da nur an Robert dachte, der völlig anders sprach und dachte als sie. Dennoch waren sie sich ein Stück nähergekommen.

Als sie die Postkarte an die Wand pinnte, fehlte nicht viel, und die Gäste hätten geklatscht. In dem kleinen Raum bekam man alles mit, und Julias Gesichtsausdruck brauchte keine Übersetzung: Die Frau war glücklich verliebt.

Warum willst du denn jetzt auf einmal Urlaub?«, fragte Ulli.

»Spricht irgendwas dagegen?«

»Es verwundert mich nur, weil ich dich in den letzten Jahren immer zwingen musste, wenigstens im Sommerloch frei zu nehmen.«

Das stimmte, Robert hatte die Hälfte seines Urlaubs verfallen lassen, nachdem er vor zwei Jahren drei Wochen lang auf der Couch gesessen hatte. Früher war er gerne gereist, aber die letzten Jahre hatte ihn ein Gefühl der Sinnlosigkeit überkommen, wenn er daran dachte, ein neues Land kennenzulernen. Touristen machen sich doch nur Illusionen, hatte er sich gesagt. Sie lernen weder Land noch Leute kennen, sondern nur das, was ihnen die Tourismusbranche als authentisch verkauft. Brüsseler Waffeln in Brüssel für zehn Euro das Stück. Die sind dann meistens im Herkunftsland produziert und werden im Discounter für fünfzig Cent verkauft. Meistens lernt man ein Land besser kennen, indem man Bücher seiner Autoren las. Selbst auf Rucksacktouren war seine schlechte Laune immer mitgereist, weder mit der Bahn noch mit dem Flugzeug hatte er sie abhängen können.

Nun freute er sich das erste Mal seit Jahren wieder auf den Urlaub, auch wenn sein Ziel nur eine Treppe tiefer lag.

»Tja, und dieses Sommerloch habe ich im Büro verbracht, sollte also noch genug Urlaub übrig sein.«

»Und das muss sofort sein?«

Sein Chef war ein Freund des investigativen Journalismus, und wenn er Robert nicht schon so lange gekannt hätte, dann würde er eine Story hinter dem neuen Grinsen vermuten. Wahrscheinlich nur wieder so eine Weibergeschichte. Gönnen wir ihm den Spaß, dachte Ulli, der arme Kerl klappt mir sonst auch ohne Bücherstapel auf dem Kopf zusammen.

»Ja, sofort.«

»Na gut, dann weise aber bitte unseren neuen Praktikanten ausreichend ein, damit er dich in der Zeit würdig vertritt.«

Robert ließ sich noch nicht einmal durch diesen zuckersüßen Tritt in den Hintern irritieren. Er fragte sich, ob es für seinen Chef nicht auch eine würdige Alternative gäbe.

Wirst du ihm antworten?«, fragte Laura, während Julia mit ihrem Handy ein Foto von dem Kartenherz machte und es an Bernadette weiterschickte.

»Na, klar, und zwar auch mit einer Postkarte! Ich möchte gar nicht vorher mit ihm sprechen. Der Zauber wird größer sein, wenn wir es hier das erste Mal tun.«

Laura konnte sich ein Grinsen nicht verkneifen.

»Laura, hör auf! Ich meinte reden.«

»Ja, ja ...«

Laura kannte keine Frau, die mit Anfang zwanzig noch so unerfahren war, und wusste nicht, ob sie Julia dafür bemitleiden oder beneiden sollte. Immerhin hatte sie keine schlechten Erfahrungen gemacht. Alles hatte nach zehn Küssen und drei Rendezvous meist ohne großen Schmerz aufgehört. War halt nie der Richtige. Manchmal stellte Laura sich vor, wie es gewesen wäre, in einer Zeit zu leben, in der das »du« schon ein überbordender Ausdruck der Intimität gewesen war.

Als Julia und Laura mit Tellern in der Hand den Gastraum betraten, kam ihnen ein Mann entgegen, der nicht die Speisekarte, sondern den Zustand des Cafés begutachtete. Er schaute sich auf eine Art um, die jede Ecke schäbig aussehen ließ. Julia fiel zum ersten Mal der Riss im Putz auf. Hinter dem Fremden kam Nick herein. »Darf ich euch vorstellen: Mike Müller, unser Bauleiter.«

»Als Erstes erstelle ich ein Gutachten und einen Kostenvoranschlag. Ihr Bruder sagte, Sie wären auch an einer Sanierung interessiert?«

Julia wischte sich die Hände an ihrer Schürze ab, obwohl sie gar nicht dreckig waren.

»Na ja, es hätte wohl kaum Sinn, die Fassade etagenweise unsaniert zu lassen, oder? Aber hier drinnen kann alles so bleiben, wie es ist. Unseren Gästen und uns gefällt es.«

Sie warf Nick einen mahnenden Blick zu, den er ignorierte.

»Der Retrostil sollte nicht bis hinter den Putz reichen. Stromschläge durch alte Leitungen sind nicht mehr cool.«

»Wie steht eigentlich Frau Meyer zu der Sanierung?«

Julia wusste, dass die alte Dame, die den Mietvertrag noch bei ihrer Oma unterschrieben hatte, kaum eine Kernsanierung der Wohnung wünschen würde.

»Als Mieterin steht ihr hin und wieder eine Sanierung der Wohnung zu, auch wenn ich die Kosten dank unserer äußerst großzügigen Oma nicht auf sie umlegen kann«, sagte Nick.

»Sie wusste schon, warum.«

Verwundert schaute Nick auf. In letzter Zeit gab seine Schwester ihm ungewöhnlich viel Kontra. Das konnte nur bedeuten, dass er in ihrer Achtung gestiegen war. Wie oft hatte er das Gefühl, sie betrachte ihn mit wohlwollendem Mitleid – ihn, der so viel ehrgeiziger und vernünftiger als alle anderen in der Familie war. Dessen Erfolge nie viel wert waren, weil sie entweder mit dem schnöden Mammon verdient oder hart erkämpft waren. Echtes Glück musste einem in den Schoß fallen, und die Pechvögel musste man trösten. Die Wohnung und das Café waren Julia geschenkt worden, beides zu erhalten würde mehr Arbeit kosten, als sie sich eingestand.

»Mit Sicherheit wäre es auch nicht ihr Wille, das Haus verkommen zu lassen.«

Die Frau am Nebentisch sah zu ihnen hoch, worauf Julia das Thema fallen ließ. »Besprechen wir alles in Ruhe, wenn das Gutachten fertig ist. Wenn Sie möchten, Mike, dann bringen wir Ihnen gerne einen Kaffee.«

»Da hätte ich nichts dagegen«, antwortete er erfreut, obwohl er Nick ansah, dass er lieber weiterarbeiten würde. Mike war beim ersten Durchgang aufgefallen, dass seit Jahrzehnten nicht mehr als Schönheitsreparaturen gemacht worden war. Aber die Substanz war so weit in Ordnung, dass eine Sanierung unter hunderttausend Euro möglich wäre. Ein Witz für Leute, denen das schuldenfreie Haus gehörte.

Für Julia war der Kaffee eine willkommene Gelegenheit, in der Küche zu verschwinden. Laura kam hinterher. »Jetzt wird es also ernst mit der Sanierung«, stellte sie fest.

Julia nickte.

»Hast du überhaupt Geld dafür?«

»Na ja, drei- bis viertausend Euro habe ich zurückgelegt. Darf halt nur nicht die Kaffeemaschine kaputtgehen.«

Laura kannte sich mit Baupreisen auch nicht aus. »Wer weiß, vielleicht würde etwas neuer Glanz dem Café nicht schaden. Und heizen müssen wir hier wirklich zu viel. Eine vernünftige Dämmung spart bestimmt Geld.«

»Eben. Es wird schon alles gut werden. Außerdem habe ich immer noch das Recht, die Sanierung abzulehnen, wenn sie mir zu teuer ist.«

So frei hatte Robert sich das letzte Mal nach dem Abi gefühlt. Damals stand die Welt ihm offen, und das Gefängnis, das sich den Namen Schule gab, musste ohne ihn auskommen. Nun war sein Job der reinste Knast, doch er hatte einen Monat Urlaub, in dem er sein Leben neu ausrichten wollte. Seit langem hatte er wieder ein Ziel, das über die reine Erfüllung der alltäglichen Bedürfnisse hinausging.

Als der Pförtner des Redaktionsgebäudes ihn verdutzt ansah, bemerkte Robert, dass er summte. »Entschuldigung. Einen schönen Monat wünsche ich Ihnen!«

Vielleicht hatte der Arzt doch recht, und er war geisteskrank. Vielleicht war Verlieben wirklich nur was für Fünfzehnjährige, die sich auch noch nach dem Objekt ihrer Sehnsucht verzehrten, wenn es ihre Liebesbriefe rot markiert zurückschickte. Hatte Robert sich deshalb nur auf Frauen eingelassen, deren Auftreten »Nimm mich, und zwar bevor du mir einen komplizierten Brief geschrieben hast« schrie?

Robert lief über bunte Blätter auf dem Bürgersteig und stellte sich vor, das rostrote Laub wäre der rote Teppich zu seinem neuen Leben und ein gnädiges Schicksal, an das er bisher nie geglaubt hatte, wäre auf seiner Seite.

Dörte hatte darauf bestanden, zu einer Aussprache ins Café Juliette zu kommen. »Du hast es mir schließlich versprochen, und wer weiß, ob wir uns danach noch mal sehen!«

Dörte war es nicht nur um das ach so zauberhafte Café gegangen. Ihr war nicht entgangen, dass Roberts dunkelbraune Augen leuchteten wie frisch geröstete Kaffeebohnen, wenn er von der Cafébesitzerin erzählte. Erst wenn sie die beiden zusammen sah, würde sie wissen, ob es sich lohnte, um Robert zu kämpfen und ihre alte Beziehung aufzugeben.

»Na gut. Treffen wir uns dort«, hatte er gesagt und Gerissenheit mit Intuition verwechselt.

Wenn Julia ihn mit einer attraktiven, und zwar auf offensive Weise attraktiven Frau sah, würde sie in ihm auch das Männliche sehen. Konkurrenz belebte das Geschäft. Es wurmte ihn ohnehin, dass es Julia völlig gleichgültig zu sein schien, was für eine Beziehung sie führten. Aber was hätte er auch schon sagen sollen? Wenn du nicht wärst, wäre ich längst mit ihr zusammen? So ließ er Julia im Glauben, dass sie ein Paar wären.

An der Tür des Cafés zögerte er. Was wollte er Dörte überhaupt sagen? Das Café Juliette war wohl nicht der richtige Ort, um eine potentielle Beziehung im Keim zu ersticken. Egal, dachte er, während er die Klinke drückte, ich lasse es auf mich zukommen.

Beim ersten Blick in den Raum fühlte Robert sich wie ein Schauspieler, der eine Bühne betritt, auf der ein äußerst humorvoller Regisseur die Puppen tanzen lässt.

Dörte saß vor einem Milchkaffee. Ihr üppiger Busen berührte fast den Milchschaum, und ihre roten Lippen breiteten sich zu einem Lächeln aus, als sie Robert sah. Am Tisch daneben saß Nick, der ihn ebenfalls anstrahlte. Der Mann neben ihm guckte geschäftig, vielleicht sein Partner in der neuen Location. Julia schaute hoch, da sie gerade einen Löffel aufhob, der ihr aus der Hand gerutscht war. Beim Gedanken daran, dass sein Anblick daran schuld gewesen sein könnte, fasste Robert Mut.

»Hi, Robert! Gibt es etwas, oder kommst du als Gast?«
»Erst mal als Gast. Darf ich?«

Julia sah Robert hinterher, und als er Dörte mit einem Küsschen auf jede Wange begrüßte, wusste sie endlich, woher sie diese hübsche Frau kannte.

»Robert, schön, dich zu sehen!«, rief Nick vom Nebentisch.

Kaum hatte er zurückgegrüßt und sich neben Dörte gesetzt, kam Julia auf ihn zu. »Was darf ich dir bringen?«

»Einen Cappuccino und einen Kuchen deiner Wahl. Du kennst meinen Geschmack mittlerweile ziemlich gut.«

Die letzte Bemerkung kommentierte Julia nicht weiter

und reichte Dörte die Hand. »Ich bin übrigens Julia, die Mitbewohnerin von Robert. Schön, dass wir uns endlich kennenlernen.«

Dörte drückte Julias Hand und musterte sie. Eher der unscheinbare Typ. Blass und straßenköterblond. Aber wie konnte man so dünn sein, wenn man in einem Café arbeitete? Dörtes Blick wanderte zu Robert, der Julia ansah, als wäre sie die schönste Frau der Welt. Also doch.

»Stimmt, Robert hat mich dir noch nie vorgestellt.« Dörte hatte keine Lust, Begeisterung zu heucheln, und rührte den Milchschaum um, während Julia in der Küche verschwand.

Nick rettete Robert aus seiner Verlegenheit, indem er seinen Stuhl zu ihm drehte. »Darf ich vorstellen, Mike Müller. Wenn du mal einen Bauingenieur brauchst, kann ich ihn dir nur empfehlen. Er leitet die Sanierung meiner Location.«

»Und wann dürfen wir zur Eröffnung?«

Bei dem Wort »wir« griff Dörte nach Roberts Hand. Er zog sie nicht weg. Er lächelte ihr sogar zu, was aber eher der Erleichterung geschuldet war. Es würde wohl kaum zu einer Aussprache kommen. Was hielt ihn eigentlich davon ab, ihr klar zu sagen, dass sie keine Zukunft hatten? Es war etwas, was er sich selbst nicht eingestand, weil er sich sonst schämen würde. Dörte war der Spatz in der Hand für den Fall, dass die Taube auf dem Dach demnächst nach Frankreich fliegen würde.

»Bald, sehr bald. Es wird fantastisch! Die Presse ist auch schon informiert!«

»Die Presse? Nick, du bist echt ein Schlawiner«, lachte Robert, »es ist doch nur ein Café!«

Julia stellte den Cappuccino und ein Stück Sachertorte mit Schlagsahne und zwei Gabeln in die Mitte des Tisches. Dörtes misstrauischer Blick wurde weicher.
»Danke.«

»Gern geschehen.«

Nick riss das Gespräch wieder an sich. »Nur ein Café! Starbucks hat auch mal klein angefangen. Und ich glaube, meine Schwester denkt auch nicht, dass ihr Café nur ein Café ist.«

»Nein, natürlich nicht. Weil alles mehr ist als das, wonach es aussieht.«

»Manches ist auch weniger, als es aussieht.« Robert nahm seine Hand weg, um nach der Gabel zu greifen.

Dörte griff nach dem Schwert. »Robert hat mir erzählt, dass deine Jugendliebe bald kommt. Das muss ja wahnsinnig aufregend für dich sein.«

»Oh, ja, das ist es.« Sie richtete sich an Robert und zeigte auf das Postkartenherz an der Wand: »Er hat mir geschrieben. Auf Deutsch. Das heißt, er lernt genauso meine Sprache wie ich seine.«

»Wie romantisch! Ich liebe Männer, die aufs Ganze gehen!« Dörte ließ die dunkle Kuvertüre in ihrem Mund knacken.

»Was heißt hier aufs Ganze? Hat er dir etwa einen Heiratsantrag gemacht?«, fragte Robert nach.

»Ach, Robert«, seufzte Julia nur, »ich gehe mal schauen, was die anderen Gäste noch wünschen.«

Julia nahm sich vor, Robert und Dörte gleich zu wünschen, dass sie ein glückliches Paar wurden. Warum reizte sie der Anblick dieser Frau? Sie gönnte doch sonst jeder, schön oder sexy zu sein! Eifersüchtig zu sein war völlig albern. Schließlich wollte sie nichts von Robert. Ob er Dörte von dem Kuss erzählt hatte?

Als Julia außer Sicht- und vor allem Hörweite war, beugte Dörte sich vor und flüsterte: »Diese Geschichte ist irgendwie rührend. Und wie es aussieht, hat sie ein Happy End. Meinst du, wir sind einfach schon zu alt für solche Gefühle?«

»Vielleicht auch einfach zu schlau. Wenn Jean und Julia sich bald wiedersehen, kann das doch nur enttäuschend enden. Jeder hat sich ein Bild vom anderen gemacht, das platzen wird.«

»Wünschst du dir das etwa?«

»Warum sollte ich Julia irgendetwas Schlechtes wünschen? Ich möchte, dass sie glücklich wird, und wenn diese Enttäuschung dazugehört, dann muss sie da durch. Danach wird sie wenigstens von diesem Hirngespinst befreit sein.«

Warum sagte er nicht einfach die Wahrheit? Dass er mit ihr zusammen sein wollte? Er traute dem Glück eben noch lange nicht.

»Und welches Hirngespinst hält dich davon ab, es mit mir zu versuchen?«, sie sah ihn mit einem durchdringenden Blick an, »oder aufzuhören, mir Hoffnungen zu machen?«

Es war das erste Mal, dass es Robert im Café Juliette ungemütlich war. Auch Julia und Laura sahen kurz von ihrer Arbeit in der Küche hoch, als hätten sie einen eisigen Wind gespürt. Robert lag die Antwort auf der Zunge: weil er eben immer noch ein Arschloch war, ein Opportunist, der sich alle Optionen offenhielt. Ein Feigling, der Angst hatte, beide Frauen zu verlieren, wenn er die Wahrheit sagte. Sollte er die Schlechte-Kindheit-Karte ausspielen? Bindungsscheu, weil sich nie einer ganz an ihn gebunden hatte?

Er wusste genau, welche Antwort jetzt richtig gewesen wäre, entschied sich aber für die falsche. »Dörte, ich mache gerade einfach eine schwierige Phase durch. Es hat nichts mit dir zu tun, aber ich muss mich erst mal sortieren. Kannst du das akzeptieren?«

Als er auch noch ihre Hand drückte, nickte sie verständnisvoll. Sie musste einfach Geduld haben, um diesen komplizierten und schwermütigen Mann zu knacken. Es konnte ja nicht jeder Mann so einfach gestrickt sein wie Lars.

Robert beruhigte sein Gewissen, indem er sich vornahm, die freie Zeit tatsächlich zu nutzen, um sich zu sortieren. Danach würde er sich entscheiden und seinen Entschluss auch umsetzen. Er fühlte sich gleich besser und verdrückte den Rest der Sachertorte ganz unkompliziert und fröhlich.

Aus Roberts Zimmer war noch nichts zu hören. Julia wollte ihn nicht wecken, obwohl sie für sie beide den Frühstückstisch gedeckt hatte. Seit dem Kuss brach sie jedes Gespräch mit Robert ab, sobald es zu persönlich wurde. Es wurde Zeit, das zu ändern, schließlich waren sie mittlerweile Freunde geworden. Wovor hatte sie eigentlich Angst? Sie fühlte sich in letzter Zeit, als hätte ihre Teflonschicht Kratzer bekommen: Das Schlechte perlte nicht mehr an ihr ab. Doch Zweifel zogen das Unglück nur an, mahnte Julia sich und stellte sich vor, was Auclair über jeden einzelnen Gedanken sagte: *Mit jedem deiner Gedanken reichst du bis an die Grenzen des Alls, und unterwegs schwingt er mit allen verwandten Gedanken in eins, schwingt weiter und gewinnt an Kraft und Mächtigkeit und kehrt schließlich so zu dir zurück, um in deinem eigenen Leben Gutes oder Übles zu bewirken.*

Alles würde gut werden, sagte sie sich, als sie die Post vom Vortag öffnete. Weder das All noch sonst jemand sollten Grund haben, sich über ihre Kleingeistigkeit lustig zu machen. Die Stempel und maschinell gedruckten Adressen verrieten sofort, dass kein Brief von Jean dabei war. Dafür ein Brief von Mike Müller. Julia nahm das Brotmesser und schlitzte damit das Kuvert auf.

Das konnte sich nur um einen Tippfehler handeln. Neunzigtausend Euro! Dabei schrieb er doch, dass er sich freue, ein günstiges Angebot machen zu können. Julia ging die einzelnen Aufstellungen durch: Elektrik, Dämmung, Putz, Malerarbeiten ... und dahinter Zahlen, die ihr viel zu hoch erschienen.

Das alles zusammen ergab zweifelsfrei den Betrag mit den vier Nullen! Selbst völlig unsaniert würden die Leute sich um die freie Wohnung reißen! Herr Hansen hatte also überhaupt keinen Druck zu sanieren. Ebenso wenig Nick. Da er jetzt ein Café aufmachte, würde er sein Geld lieber da reinstecken, beruhigte sie sich. Wahrscheinlich ist er genauso geschockt von den Kosten wie ich, redete sie sich ein, als Robert zur Tür hereinkam.

»Schlechte Nachrichten?«

»Nur ein unverbindliches Angebot für die Sanierung des Hauses. Wird sich klären.«

Als sie registrierte, dass Robert schon angezogen war, verschränkte sie die Arme vor der Brust. Sie trug ein halblanges Nachthemd und kam sich darin nackt vor. Dass Robert sich schon im Zimmer umgezogen hatte, konnte nur bedeuten, dass er jede Form von Vertrautheit ausschließen wollte. Sich jetzt schnell umzuziehen würde die Sache nur noch peinlicher machen, also stand sie auf und holte den Kaffee.

Robert konzentrierte sich auf ihre Hände, die den Kaffee einschenkten. »Danke.« Dass sie ihn so knapp bekleidet begrüßte, konnte doch nur bedeuten, dass sie ihn für ein Neutrum hielt.

»Ich stehe dir übrigens in den nächsten Wochen als Vollzeitkraft zur Verfügung.«

Julia sah ihn verwundert an.

»Ich habe Urlaub genommen.«

»Und da hast du nichts Besseres zu tun?«

Was könnte es Besseres geben, dachte er, als den ganzen Tag in deiner Nähe zu sein – selbst wenn ich dabei nur den Boden des Cafés schrubbe?

»Nö, ich habe Lust, eine neue Erfahrung zu machen. Vielleicht auch eine Art Recherche.« Er rührte den Kaffee um, obwohl sich die Milch längst verteilt hatte.

»Jetzt sag nicht, du möchtest auch ein Café aufmachen!«

Ganz ehrlich, ich würde liebend gern dein Geschäftspartner werden. Selbst wenn wir nie ein Paar werden, ich arbeite gerne in deinem Café, dachte er bei sich und sagte geheimnisvoll: »Wer weiß, was die Zukunft noch bringt.«

»Gilt dein Angebot ab sofort?«

Roberts Blick fiel auf die Pinnwand am Kühlschrank. Da hing schon wieder ein Herz, diesmal jedoch in kleine Kästchen unterteilt, von denen fünf ausgemalt waren. Darunter ein Smiley und Lauras Unterschrift.

»Ich bin bereit.«

Julia schaute an sich hinunter. »Ich bin in zehn Minuten fertig.«

Robert blieb am Tisch sitzen und lauschte dem Geräusch der Dusche. Selbst das würde er vermissen, wenn er hier auszog. Die nackten Äste am Baum vor dem Küchenfenster zeigten ihm unbarmherzig, wie schnell das Jahr vorbei wäre.

Kalt war es. Julia zog den selbstgestrickten Schal, den Bernadette ihr zu Weihnachten geschenkt hatte, fester um ihren Hals. Sie hatten die letzten Jahre Heiligabend das Café geöffnet und Glühwein, Kuchen, Bratäpfel und Tee angeboten, ohne sich explizit an jene Menschen zu wenden, die nicht wussten, wo sie Heiligabend verbringen sollten. Bevor die drei jungen Frauen zu ihren Familien gingen, hatten sie sich etwas geschenkt und ihr Ritual vollzogen.

»Wenn du jetzt für uns arbeitest, dann müsstest du eigentlich an unserer kleinen Weihnachtsfeier teilnehmen.«

»Das ist doch noch über einen Monat hin!«

Der Gedanke, dass sie mit ihm rechnete, ließ ihn lächeln, während sie mit zwei Körben unter dem Arm über den Markt streiften. Robert kannte niemanden, der mit einem Korb einkaufen ging. Manchmal hatte er den Eindruck, die Frauen aus dem Café Juliette inszenierten sich so, dass ihr Leben gleich auf eine Leinwand projiziert werden könnte.

»Wird Jean auch da sein?«

»Zu Weihnachten? Ich denke, da wird er bei seiner Familie sein.«

Während Julia in dem immer magerer werdenden Angebot nach Obst und Gemüse suchte, das sich zu einer heißen Suppe oder einem Kuchen verarbeiten ließ, überlegte Robert, ob er Julia nicht anbieten sollte, den Einkauf logistischer anzugehen. Anstatt stundenlang über den Markt zu schlendern, könnte einmal wöchentlich ein Lieferwagen vor dem Café ein paar Kisten ausladen. Wäre mit Sicherheit auch billiger.

»Was machst du?«

»An Weihnachten? Nichts. Warum sollte ich da irgendwas machen? Weil alle was machen? Als ich volljährig war, habe ich meiner Mutter geschworen, nie, nie wieder zum Gansessen zu kommen. Gänsebraten sind sozusagen meine Shrimps.«

Er erzählte ihr von der alles andere als feierlichen Offenbarung, wer sein Vater sei, und den Bestandteilen des Festessens, das ihm immer noch in der Seele feststeckte.

Am liebsten hätte Julia ihn in den Arm genommen. Stattdessen klammerte sie sich nur fester an den Korb. »Lass uns das Beste aus unserem Nahrungsmitteltrauma machen.«

Am nächsten Stand lockte ein Korb Walnüsse, der Julia bis an den Bauch reichte. Sie griff mit der Hand hinein und spürte die holzigen Kugeln auf ihrer Haut. »Wenn dein Service auch das Nussknacken beinhaltet, würde ich frische nehmen.«

»Unbedingt.«

»Das letzte Mal, als ich dich hier gesehen habe, tropfte Blut auf deinen Schuh. Es hat sich viel verändert seitdem.«

»Wirklich?«

»Na ja, Laura und Bernadette sind nicht mit dabei, wir wohnen zusammen, und auch wenn ich skeptisch war, wusste ich, dass es gut funktionieren würde. Bitte ein Kilo Nüsse«, bestellte sie nebenbei und nahm eine große Papiertüte entgegen.

»Julia, vielleicht hat es ja nur so gut funktioniert, weil du daran geglaubt hast. Selbsterfüllende Prophezeiung sozusagen.«

Sie gingen weiter.

»Macht das einen Unterschied für dich? Solange es funktioniert hat?«

»Ich möchte es verstehen, nachdem ich jahrelang genau den Mist bekomme habe, den ich mir gedacht habe. Vielleicht waren deine Gedanken stärker als meine.«

»Ich hatte durchaus den Eindruck, dass dir auch daran gelegen war.«

»War es auch. Aber ich möchte verstehen, wie du denkst.«

»Dann frag mich.«

Daraufhin schwieg er, bis sie an einem Stand voller nackter Hühner vorbeikamen. »Sagen wir, diese Hühner haben sich vorgestellt, dass sie auf einer Wiese spielen, anstatt gebraten zu werden. Trotzdem landen sie auf dem Teller. Warum?«

»In diesem Fall ist der Wunsch der hungrigen Menschen wohl einfach stärker. Und Menschen sind natürlich mächtiger.«

»Und wenn zwei Menschen sich jeweils das Gegenteil wünschen?«

»Ich glaube, wer hartnäckiger bei seinem Wunsch bleibt, der bekommt ihn erfüllt.«

Robert blieb stehen und versuchte, ihren Blick festzuhalten, der über einen Turm von Schafwolle glitt.

»Das heißt also, wenn einer ...«, er schluckte das »ich« hinunter, »in dich verliebt wäre und sich wünscht, dass du ihn auch liebst, ja, einfach davon ausgeht, dass es so ist, dann wirst du ihn irgendwann auch lieben, ob du es willst oder nicht?«

»Wenn mein Wunsch, ihn nicht zu lieben, größer ist als seine Liebe, wohl kaum.«

»Hast du nicht immer behauptet, es gäbe eine Bestimmung? Dann wäre unser Wunsch doch ganz egal, und es ginge nur darum, die Bestimmung zu erkennen?«

»Wer flüstert uns unsere Wünsche ein, wenn nicht unsere Bestimmung?«

»Aber das passt ja nicht zu dem, was du vorher gesagt hast. Wenn dich jemand liebt und du ihn nicht, dann muss sich doch einer von beiden irren.«

»Du versuchst jetzt nicht, mir Jean auszureden, oder?«

»Nein«, er zögerte bedeutungsschwer, »das versuche ich nicht.«

Wie von Zauberhand hatten sich nebenbei ihre Körbe gefüllt. Doch das würde nur für zwei Tage reichen. Was für eine Zeitverschwendung, dachte Robert. Nick würde mit Sicherheit strategischer an sein Café herangehen.

»Dörte scheint dich jedenfalls zu vergöttern.«

»Das kann schon sein.«

»Was hält dich davon ab, dich ganz auf sie einzulassen?«

»Bei der nächsten Frau möchte ich sicher sein.«

»Sicher? Dass sie dich für immer will? Dass du sie für immer liebst? Ich dachte, für dich ist Liebe nur etwas Flüchtiges?«

»Wer weiß, vielleicht habe ich erkannt, dass ich stets auf der Flucht war. Vielleicht finde ich deinen Ansatz ja ganz interessant? Warum statt einer neuen Frau nicht mal eine neue Philosophie testen?«

Verdammter Mist! Warum versteckte er die Wahrheit zwischen dämlichen Zeilen?

Julia lachte. »Kein Wunder, dass Laura mich immer vor dir gewarnt hat! Du bist echt ein Chauvi. Aber ich mag dich trotzdem.« Sie konnte nicht anders, als ihn kurz zu umarmen, was ihm einen Schauer über den Rücken laufen ließ, von dem er die nächsten Wochen zehren würde. »Als Freund würdest du mich aber wahnsinnig machen!«

»Ich dachte, wir sind Freunde?«

»Du weißt schon, was ich meine! Komm, Robert, wenn der Walnusskuchen bis heute Nachmittag fertig sein soll, müssen wir jetzt in die Küche.«

Obwohl Nick noch keine dreißig war, durchschritt er sein Café wie ein Patron. Die Hände hinter dem Rücken verschränkt, beobachtete er die Handwerker, die Bauleiter Mike koordinierte. Einer polierte die kupferfarbene Wendeltreppe, die ins Obergeschoss führte. Einer brachte türkis-braune Tapeten an, die Nick in einem Exklusivversand für historische Tapeten gefunden hatte, genau wie die Nierentische und Samtsessel, die unter einer Plastikfolie auf ihren Einsatz warteten. Das Café würde wieder so aussehen wie zu seiner Eröffnung in den späten Fünfzigern, nachdem sein Glanz Jahrzehnte unter dem Interieur einer hässlichen Fast-Food-Kette verborgen gewesen war. Hier hatten damals Romy Schneider und Heinrich Böll diniert, während im Café seiner Großmutter nur Omas, Muttis und Backfische, wie man Teenager damals nannte, ihren Filterkaffee oder Milchshake geschlürft hatten. Er brauchte die Tische nicht so eng zu stellen wie im Café Juliette. Im Gegenteil, trotz vierzig Tischen gab es noch eine Freifläche. Zum Tanztee mit Wunschkonzert. Darüber musste er schmunzeln. Zur Eröffnung würde dort ein deckenhoher Weihnachtsbaum stehen.

Ein Hupkonzert riss ihn aus seinen Gedanken. Vor der Fensterfront parkte ein Lieferwagen im Halteverbot. Zwei Männer stiegen aus, der eine öffnete die Hecktür und kletterte hinein, woraufhin der andere einen langen verhüllten Gegenstand entgegennahm. Vorsichtig trugen die beiden Männer ihn ins Café.

»Da haben Sie aber Glück, dass die Fensterfront so breit ist. Wo sollen wir es hinstellen?«

»Bitte einfach auf den Boden legen.«

Nick lüftete kurz das Tuch, das um die Messingbuchstaben gewickelt war, und unterschrieb den Lieferschein. War das schön! Sollte er den Namen des Cafés bei der Eröffnungsfeier feierlich enthüllen? Oder einfach dort oben hinhängen, als wäre er schon immer da gewesen? Der Schmied war sein Geld wert gewesen. Nick hatte die besten Leute zusammengetrommelt, auch wenn sein Kredit fast ausgereizt war, bevor er den ersten Kaffee hatte servieren lassen. Das Café musste gut laufen, um in die Gewinnzone zu kommen. Das würde es auch, schließlich hielt er sich an das wichtigste Gesetz: Geld musste fließen, und zwar auch für alle Angestellten. Nick würde ein guter Chef und ein guter Gastgeber sein. Außerdem ein perfekter Sohn. Nur die Rolle als Bruder bereitete ihm Kopfschmerzen. Oder kamen die von dem Bohrer, der gerade die Wand bearbeitete?

Er wischte seine Bedenken fort. Er konnte nicht ständig

Rücksicht auf seine kleine Schwester nehmen. Es reichte, wenn seine Eltern sie stets wie ein rohes Ei behandelten. Es wurde Zeit, dass Julia erwachsen wurde. Ihr Optimismus war zum Teil Bequemlichkeit. Sie führte ein Café nach dem Motto »Meinen täglichen Kuchen gib mir heute« und fühlte sich erhaben, weil sie so etwas wie einen Business-Plan ablehnte. Er hatte lange mit sich gerungen, ob er die Sanierung nicht allein stemmen sollte. Diese Großzügigkeit konnte er sich jedoch nicht erlauben, wenn er nicht selbst in der Küche seines Cafés stehen wollte. Vierzig Tische und eine Speisekarte, die nicht nur eingekaufte Torten, sondern auch hausgemachte Snacks anbot, waren für ihn ohnehin zu viel. Julia musste endlich Verantwortung übernehmen und selbst überlegen, woher sie das Geld für die Sanierung nehmen sollte. Im schlimmsten Fall müsste sie die Wohnung oder das Café verkaufen.

Du müsstest es nicht tun.«

»Wenn schon, dann richtig. Ich möchte schließlich nicht schuld sein, wenn es mit dem Café der …«

»Psst. Sag es nicht laut.«

»Ach wie gut, dass niemand weiß …«

»… dass auch du Stroh zu Gold spinnen kannst. Du musst es nur zulassen«, führte Julia den Satz zu Ende.

Julia fühlte sich euphorisch wie lange nicht mehr. Nachdem in den letzten Wochen immer wieder Zweifel an ihr genagt hatten, ob ihre Weltsicht naiv war, spürte sie heute, dass sie es selbst war, die der Welt um sie herum ein Gesicht gab. Immerhin hatte sie den Zyniker und Pessimisten Robert dazu gebracht, sie zu bitten, den Gästen des Cafés ebenfalls Wünsche mitgeben zu dürfen.

»Woher weiß ich, was die Leute brauchen?«

»Du wirst es spüren, wenn du dich drauf einlässt. Guck mal, die Frau da hinten am Tisch zückt schon ihr Geld. Gehst du kassieren?«

Roberts Herz klopfte, als er auf den Tisch zuging, an dem eine Frau saß, die ihren Körper unter grauen Kleiderschichten verhüllt hatte. Er schaute sie an, worauf sie unsicher ihren Blick senkte. Robert kannte das. Er sah einfach gut aus, sodass Frauen, die sich selbst nicht hübsch fanden, ihm auswichen. »Das macht acht Euro«, sagte er, ebenfalls unsicher.

Sie suchte Kleingeld zusammen und hielt ihm schließlich acht Euro fünfzig in Münzen hin. Er drehte sich nach Julia um, die ihn beobachtete wie eine stolze Mutter ihr Kind bei den ersten Gehversuchen. Er spürte die Münzen in seine Hand fallen, als Julia ihm unmerklich zunickte. Unwillkürlich zog er die Hand zurück, worauf die Münzen auf den Boden klimperten und in alle Richtungen rollten wie zerstreute Gedanken. »Entschuldigung, Sie haben mich ganz nervös gemacht.«

Die Frau bückte sich, um ihm zu helfen, das Geld einzusammeln. Ob es das Blut war, das dabei in ihr Gesicht schoss, oder die Tatsache, einen Mann wie Robert nervös gemacht zu haben, auf einmal sah sie lebendiger aus.

Es war also tatsächlich ganz leicht: *Sie findet sich selbst hübsch. Ich wünsche ihr, dass sie selbst daran glaubt, Männer nervös machen zu können!* Robert wusste zu gut, dass das nur Frauen konnten, die sich selbst mochten. Dann war ihre Körbchengröße genauso egal wie die Jeansgröße. Er sah ihr in die Augen, und sie hielt seinem Blick stand. War er Harry Potter, oder warum strahlte sie auf einmal? Würde er den nächsten Gast vom Krebs heilen oder seine Insolvenz abwenden?

Als sie das Café verließ, ging die Frau aufrecht und drehte sich an der Tür noch mal mit einem Lächeln um.

»Tja, ich weiß nicht genau, was du ihr gewünscht hast, aber offensichtlich bist du ein Naturtalent«, raunte Julia Robert zu. Sie hielt zwei Teller mit dem Walnusskuchen in der Hand, der noch so warm war, dass die Sahne darauf schmolz.

Robert durfte weiter kassieren, und es war, als ließe er mit jedem guten Wunsch das Glück in sich selbst hinein – obwohl er nach wie vor skeptisch war, ob das alles wirklich funktionierte. Dem älteren Ehepaar, das den Walnusskuchen bekam, würde er gleich wünschen, dass sie noch lange zusammen Kaffee trinken gehen könnten, obwohl die Frau einen Rollator vor sich herschob.

»Köstlich!« Der Mann legte die Gabel ab. »Wer hat ihn gebacken?«

»Sie!« Robert zeigte auf Julia, die den Kopf schüttelte.

»Nein, wir ...«, sagte sie.

Gut, Robert hatte die Nüsse geknackt, die Eier aufgeschlagen, den Zucker abgewogen und ihn danebengeschüttet, weil er den Blick nicht von Julia abwenden konnte.

»Sie sollten heiraten!«, sagte der Mann.

Julia lachte, während Robert rot anlief.

»Warum das denn?«

»Wer gut zusammen kochen kann, kann auch gut zusammenleben.«

»Ach, Kurt, bring die jungen Leute nicht in Verlegenheit.«

Vielleicht sollten wir wirklich heiraten«, sagte Robert zu Julia. »Wir wohnen zusammen. Wir arbeiten zusammen … und von der Steuerersparnis könnten wir die Sanierung bestreiten.«

Sie räumten gemeinsam die Küche auf.

»Ich liebe deinen Humor.«

»Und wenn das kein Witz war?«

Einen Moment war sie verunsichert. Doch es musste ein Witz sein, alles andere würde es ihr unmöglich machen, weiter mit ihm zu arbeiten. »Weißt du, dass ich Jean in einer Konditorei kennengelernt habe? Er hat mir Baguette verkauft.«

»Studiert er nicht mittlerweile? Sonst könntest du ihm ja hier eine Stelle anbieten.« Er wollte es ironisch klingen lassen, was ihm nicht gelang.

»Wenn er mit ins Café einsteigen würde, wäre das fast zu schön, um wahr zu sein«, antwortete Julia.

»Aber ist dein Leben nicht so schon ein Märchen?«

Natürlich war es das. Aber der Traum von der gemeinsam fabrizierten Zuckertorte bekam Risse in der Glasur. Sie würde Robert verlieren, wenn Bernadette wieder einziehen würde. Dafür wäre alles wieder wie früher: Laura, Bernadette und sie. Die drei guten Feen, in deren Leben Prinzen keine Hauptrolle spielten. Julia kannte kein Märchen, in dem die Fee einen Mann hatte. Die Fee war immer nur Mittlerin zwischen den Figuren und den guten Gaben. Sie schwebte über den Dingen. Egal, ob Aschenputtel, Dornröschen oder Schneewittchen, bei allen war mit dem Mann die Geschichte zu Ende – auch bei einem Happy End. Wie wäre es bei ihr? Würde sie aufhören, eine Fee zu sein, sobald sie mit Jean zusammen wäre? War es

Zufall, dass Laura im Café kaum noch anwesend war, seit sie mit Piet zusammen war?

»Warten wir einfach ab, welche Wunder noch passieren.«

Gelassenheit war immer noch die beste Haltung, um die Geschenke des Himmels überhaupt zu registrieren. Manchmal musste man den Wundern auch auf die Sprünge helfen, und wenn es auf irrationale Art geschah. Als Julia die Bestellung einer Reisegruppe aus Paris entgegennahm, die ganz entzückt war von dem nostalgischen Flair des Cafés, riss Robert ein Stück von der Papierrolle ab, die neben der Kaffeemaschine stand, und schrieb darauf: *Julia liebt mich genauso, wie ich sie liebe.*

Er steckte den Zettel in seine Hosentasche und passte Julia auf dem Weg zur Küche ab. Allerdings nicht, um ihr die Teller abzunehmen, sondern um schnell in den Gastraum zu verschwinden. Er schaute noch einmal Richtung Küche, bevor er auf der Theke den Deckel der Wunschdose anhob und den Zettel hineinfallen ließ. Wie kann ich nur so schizophren sein, dass ich meine Liebeserklärung auf Papier banne, wo sie jeder lesen kann, mich aber nicht traue, es ihr zu sagen?

»Alles klar?«

»Ja.«

»Machst du bitte fünf Kuchenteller fertig? Zweimal Apfel, dreimal Walnuss. Den müssen wir auf jeden Fall in den Bestand aufnehmen. So gut kam schon lange kein Kuchen mehr an.«

»Ich sag ja, wir sollten uns langfristig zusammentun.«

Während Julia Milchschaum auf Kaffeetassen verteilte, arrangierte Robert die Kuchen. Man konnte nicht zynisch und zornig sein, während man Essen zubereitete, dachte er. Vielleicht wäre es die beste Therapie für ihn, in der Küche zu arbeiten. Man müsste untersuchen, ob Köche mit Burnout wirklich kochen oder nur noch mit administrativen Aufgaben beschäftigt sind. Das wäre doch mal ein Thema, dass er in der Redaktionssitzung vorschlagen könnte. Komisch, ausgerechnet jetzt bekam er wieder Lust zu schreiben. In den letzten Jahren hatte er nur Dienst nach Vorschrift gemacht. Piet dagegen ging seine Artikel immer noch mit Herzblut an. Selbst so etwas Unspektakuläres wie eine Caféeröffnung nahm ihn gefangen. Er mobilisierte sämtliche Kontakte zu anderen Journalisten, damit sie auch über Nicks Café berichteten.

»Ich glaube, Nick besticht Piet mit kostenlosem Kaffee für ein Jahr. Er bereitet die Eröffnung vor, als ginge es um den Empfang der Queen.«

Julia schien das nicht zu beunruhigen. Sie strich den »hausgemachten Walnusskuchen« auf der Schiefertafel durch, nachdem sie das letzte Stück einem verliebten Pärchen hingestellt hatte. Wieder mit zwei Gabeln, wie Robert registrierte. Wie bei Dörte und ihm.

»Typisch Nick. Egal welche Pläne er schmiedet, es muss immer was Großes sein.«

»Glaubst du, er wird Erfolg haben?«

»Das hoffe ich sehr.«

»Keine Angst vor Konkurrenz?«

»In einer Stadt wie dieser? Es liegt ja nicht nebenan.«

Dann beugte sie sich näher zu ihm und strich ihre Haare aus dem Gesicht, damit sie nicht auf seine Schulter fielen.

»Du oder ich?«

Sein Blick fiel auf den Mann, der melancholisch in

seine leere Tasse schaute und signalisierte, dass er bezahlen wollte. »Wir beide«, antwortete Robert und sah ihr fest in die Augen.

Bist du sehr aufgeregt?«

Laura und Julia schlenderten durch die Unterwäscheabteilung auf der Suche nach Dessous, die Julia unter dem dunkelblauen Samtkleid tragen könnte, das sie in einem Vintageladen entdeckt hatten. Für das Kleid, das Julia in eine Zwillingsschwester von Audrey Hepburn verwandelte, brauchte sie zum ersten Mal in ihrem Leben einen trägerlosen BH. So festlich war sie nicht mal bei der Eröffnung ihres eigenen Cafés gekleidet gewesen, aber sie wollte bei Nicks Feier keinesfalls Aschenputtel spielen. Natürlich brauchte sie auch neue Unterwäsche für den Fall, dass sich mit Jean eine Situation ergeben würde ... nun ja ... in der er die Unterwäsche zu sehen bekam.

»Laura, ich weiß nicht, ob ich überhaupt mit ihm schlafen kann.«

»Das musst du doch nicht jetzt entscheiden. Schöne Unterwäsche schadet in keinem Fall.«

Laura hatte schon fünf Ensembles über dem Arm hängen und beneidete Julia ein wenig um ihren kleinen, straffen Busen, bei dem ein BH nur Dekoration war. Bei ihren üppigen Formen hatte er immer auch eine Aufgabe zu erfüllen, sodass alle wegfielen, die nur schön waren. Es fühlte sich gut an, wieder etwas mit Julia zu unternehmen, ohne dass Robert in der Nähe war. Ein Gefühl der Vertrautheit umhüllte sie.

»Und wenn es nicht einmal zu einem Kuss kommt?«

Ungeachtet der Frauen, die vor und hinter ihnen vor

der Umkleide warteten und allesamt in Gespräche vertieft waren, erhob Laura ihre Stimme: »Julia! Bisher wurden doch alle deine Wünsche früher oder später erfüllt! Du träumst seit Jahren von Jean, wir haben uns vor Bernadettes Abreise alle gewünscht, dass du endlich wieder Kontakt zu ihm bekommst. Und tatsächlich wird das Wunder wahr, dass wir diesen einen Jean aus Hunderten ausfindig machen konnten. Und nicht nur das: Er freut sich darauf, dich wiederzusehen, und kommt bald! Die Geschichte ist so kitschig, dass sie in keinem Liebesfilm glaubhaft wäre – aber für dich, Julia Heller, ist sie Realität. Da zweifelst du noch daran, dass es zu einem Kuss kommen wird?«

Die Blicke der Damen um sie herum, die Büstenhalter und Höschen über dem Arm trugen, reichten von Verzückung bis Skepsis. Julia schaute allen, die sie anstarrten, ins Gesicht und wünschte ihnen Verständnis von Seiten ihrer Freundinnen. Natürlich nur in Gedanken, damit der Security-Mitarbeiter, der mit strengem Blick durch die Gänge lief, nicht noch die Polizei rief.

»Doch was ist, wenn ich mir nicht sicher bin, ob ich diesen Kuss will?«

»Natürlich willst du ihn. Du wartest seit Jahren darauf. Wahrscheinlich ist das die Angst vor dem Neubeginn. Außerdem, was willst du ihm sagen? Dass er zu Hause bleiben soll?«

»Ich bin leider auch nicht ganz vor dieser Stimme gefeit, die alle Vernunft nennen.«

Mittlerweile waren sie bis zur ersten leeren Kabine vorgerückt, in die sie zusammen verschwanden.

»Das ist bestimmt so etwas wie eine Prüfung. In jeder

Geschichte gibt es die Versuchung des Helden. Aber du wirst als Siegerin rausgehen.«

Was wäre, wenn sie eine Gefangene ihrer eigenen Ideale wurde? Aber was war denn ihr Ideal? Sie glaubte an die Bestimmung und an die Liebe. Doch zu wem? Als Julia sich im Spiegel in dem petrolfarbenen Spitzenensemble betrachtete, überkam sie ein ganz anderes Gefühl, das sie sich in dieser Situation kaum eingestehen wollte. Der Gedanke, dass Jean sie so sehen würde, erregte sie. Um sich von ihrem Anblick nicht noch mehr verwirren zu lassen, drehte sie sich zu Laura um und hakte den BH auf. »Den nehme ich. Ich sollte wirklich weniger grübeln und einfach machen, worauf ich Lust habe.«

Bei der nächsten verwirrenden Situation an dem Tag handelte es sich eher um eine Prüfung als um eine Versuchung. Julia stellte sich vor, wie sie nur mit der petrolfarbenen Unterwäsche bekleidet, das Schwert gezückt, gegen das Heer der Kapitalisten antrat. Auf einem Pferd. In der leeren Wohnung über ihrem Café.

»Julia, ich weiß nicht, was es zu lachen gibt«, sagte Nick.

»Stimmt, auf den ersten Blick gar nichts. Aber du weißt ja, dass ich immer etwas suche, das ich positiv sehen kann.«

»In diesem Fall ein modernes Haus, das vor dem Verfall bewahrt wurde«, sagte Herr Hansen streng. Diesen Käufer hatte sie sich definitiv nicht herbeigewünscht.

»Herr Hansen hat recht, Ihr wunderschönes Haus ist tatsächlich sanierungsbedürftig, und ich verspreche Ihnen, dass ich dafür sorgen werde, dass alles so schonend und günstig wie möglich abläuft.«

Mike konnte am wenigsten dafür. Er war schließlich

nur der Erfüllungsgehilfe. Der Bauingenieur mit gutem Willen und schwindelerregender Kalkulation.

»Es geht hier in erster Linie doch darum, diese Wohnung teuer zu vermieten, oder?« Julia sah sich in der ausgeräumten Wohnung um, die auf sie wirkte wie ein schutzbedürftiges Kind. Wie ein krankes, blasses Kind. Es war, als hätte jemand die Farbtöne heruntergefahren und alles mit einem Grauschleier überzogen, als die Besprechung begann. Julia fröstelte es nicht nur wegen der veralteten Dämmung. Oder war eine Sanierung nur der nötige Reifungsprozess? Vielleicht sollte sie einfach mit Jean nach Frankreich auswandern und die Sanierung mit der Vermietung von Café und Wohnung finanzieren. Oder jede Maßnahme ablehnen. Niemand konnte sie dazu zwingen!

»Entschuldigung, Frau Heller, aber nicht jeder kann sich auf seinem Erbe ausruhen.« Herr Hansen sagte das wie ein tadelnder Vater.

»Sie meinen also, ich arbeite nicht?«

»Das habe ich nicht gesagt. Ich habe nur das Gefühl, dass Sie die Augen vor der Realität verschließen.«

»Ganz im Gegenteil, ich bin vollkommen realistisch und erkenne, dass ich mir eine Sanierung, deren Nutzen ich nicht sehe, nicht leisten kann. Das Café wirft genug ab, dass ich und meine Mitarbeiter davon leben können. Mehr nicht.«

»Wäre es dann nicht auch im Sinne deiner Mitarbeiter, dein Geschäft auf eine solide Basis zu bringen?«

Julia funkelte Nick böse an. Das eine hatte nichts mit dem anderen zu tun. Voll war das Café fast immer. Es würde die Gäste abschrecken, wenn alles modernisiert wäre – ganz davon abgesehen, dass man es während der Sanierung schließen müsste. Und was wäre mit Frau Meyer, der Mieterin in der obersten Wohnung, die kaum noch das Haus verließ? Würden sie den Boden unter ihr aufreißen?

»Julia, du weißt ganz genau, dass die Bank dir jeden Kredit geben wird. Mit der Immobilie hast du genug Sicherheit.«

»Das würde doch nichts anderes heißen, als dass meine Wohnung und mein Café nicht mehr mir gehören. Und wer gibt mir die Garantie, dass ihr es nicht auch noch auf meine Wohnung abgesehen habt?«

Während Nick tobte, blieb Herr Hansen erstaunlich ruhig.

»Julia, jetzt reicht es aber mal. Kannst du mir nicht einfach vertrauen? Wenn du möchtest, übernehme ich deinen Anteil und erhöhe meinen Kredit. Wir werden eine Lösung finden, damit du in Ruhe abbezahlen kannst!«

»Ich bitte darum, dass wir wieder eine professionelle Diskussion führen. Nicht umsonst gibt es Regelungen für Situationen wie diese. Wir können gerne einen Rechtsanwalt dazuholen. Der wird uns bestätigen, dass sich ein einzelner Besitzer nicht gegen die Sanierung des Gemeinschaftseigentums stellen kann.«

»Meine Wand gehört jetzt also Ihnen?«

»Die Außenwand gehört tatsächlich auch mir, genauso wie das Dach und das Treppenhaus.« Herr Hansen hatte sich die Zusammenarbeit mit den Geschwistern einfacher vorgestellt. »Also, wer ist für die dringend notwendige, wertsteigernde Sanierung?«

Zwei Finger schnellten in die Luft. Julia schaute hilfesuchend zu Mike. »Steht das so im Baurecht? Kann ich nicht für zwei Parteien abstimmen?«

»Ich fürchte nein. Es geht auch nach der Quadratmeterzahl.« Mike hatte mehr als einmal erlebt, dass Eigentümer ihre Wohnungen verkaufen mussten, weil sie sich nicht an dem neuen Dach oder der Fassadensanierung beteiligen konnten. Es war wie bei Monopoly. Wenn man die »Häuser und Hotels renovieren«-Karte zog, nutzte der ganze Straßenzug um die Schlossallee voller Hotels nichts, solange man nicht genügend Scheine vor sich liegen hatte.

»Ich stimme dagegen.«

Es würde sich eine andere Lösung finden. Irgendwann käme sie um die Ecke, als hätte sie schon die ganze Zeit mit am Tisch gesessen.

Meine Güte! Du bist wie Oma!«

»Ich weiß nicht, was schlecht daran sein soll.«

Nachdem Herr Hansen und Mike sich verabschiedet hatten, blieben Nick und Julia noch in der ungeheizten leeren Wohnung. Um keine Zeit zu verlieren, hatte Mike noch am Handy das Gerüst bestellt. Wie es sich anhörte, stand der Gerüstbauer schon in den Startlöchern. Im Grunde war es egal gewesen, wie sie dazu stand. Nicht mal der Winter stand ihr zur Seite, indem er sich vor Temperaturen um den Gefrierpunkt drückte.

»Julia, stell mich nicht immer als den hin, der nur ans Geld denkt. Ich verzichte seit Jahren auf eine Miete in der üblichen Höhe, nur weil Oma einen auf Gutmensch machte. Jeder Anwalt hätte den Mietvertrag als sittenwidrig bezeichnet. Die beiden alten Frauen lebten hier über Jahrzehnte zu einem Preis für eine Studentenbude in den Neunzigern!«

»Die Wohnungen waren ein Geschenk an dich. An Geschenke stellt man keine Ansprüche.«

Ihre Stimmen hallten an den leeren Wänden wider. Die Blumentapete, die schon in den Siebzigern angebracht worden war, wies Kratzspuren auf den übergroßen Mohnblumen auf.

»Wenn du hier schon mit Lebensweisheiten kommst: Eigentum verpflichtet! Und ich weiß nicht, was es an einem Klo auf dem Gang Schützenswertes gibt!«

»Weißt du, was mir durch diese Geschichte klar wird? Dass einem gar nichts gehört! Alles auf dieser Welt ist nur geliehen.«

Nick stellte die Flaschen und Gläser, die er für das Treffen bereitgestellt hatte, auf das Tablett.

»Werde endlich erwachsen! Du hast so viel Potential und verschwendest es. Mach doch mehr aus deinem Café!«

Julia sah ihren großen Bruder an. Wie oft hatte er sie in Monopoly geschlagen. Nicht nur sie, sondern auch ihre Eltern. Doch niemand hatte ihn dafür gelobt. Ihr wurde immer gesagt, was für eine tolle Verliererin sie sei. Dabei zwinkerte ihr der Vater zu, weil jeder wusste, dass sie im echten Leben eine Gewinnerin war. Sie konnte es sich eben leisten, Pech im Spiel zu haben, weil sie sonst genug Glück hatte. Nick dagegen war ein Zocker, er blühte auf, wenn es darum ging, etwas zu riskieren oder zu investieren, aber ihm fehlte das Spielerische. War das seine Reaktion auf den Zwischenfall an der Nordsee? Wollte er sich ein Denkmal setzen?

Sie konnte ihm nicht lange böse zu sein. »Ach, Nick. Ich wünschte, es ginge nur um Spielgeld.«

»Lass uns doch einfach zusammen spielen. Jeder von uns hat seine Talente. Zusammen könnten wir mit unseren Cafés Starbucks erzittern lassen. Du hast so tolle Ideen, Julia, warum lässt du nicht viel mehr Menschen davon profitieren?«

Ja, warum eigentlich nicht? Andererseits kam Julia mit dem Café jetzt schon an ihre Grenzen. Wenn das, was sie säte, nicht mehr mit Sorgfalt gesät wurde, dann würde es keine Früchte tragen. Sie hatte keine Lust, ihre Ansichten vor Nick zu verteidigen. Er sprach einfach eine andere Sprache als sie. »Wer weiß, wie sich alles weiterentwickeln wird. Ich bin offen für Überraschungen.«

»Wenn du möchtest, erledige ich den Kreditantrag für dich. Ich stehe mit der Bank sowieso in Verhandlung.«

»Nein, wie du ganz richtig meintest, ich möchte erwachsen werden.«

Sie fasste einen Entschluss: Sie würde dem Haus die nötige Sanierung zukommen lassen und sich nicht mehr sträuben. Wegen eines Gerüsts vor dem Fenster würden die Gäste nicht wegbleiben.

Robert befürchtete, Julias Veränderung käme durch die Gewissheit, Jean bald wiederzutreffen. Schritt und Stimme wurden fester, sie wirkte sinnlicher und zog ganz neue Blicke auf sich. Es war, als bekäme die Seele mehr Fleisch, als würde aus der Fee eine Königin. Zugleich erschreckte ihn ein Gedanke: Sie würde sterblich werden. Vielleicht war es besser, wenn seine Sehnsucht ewig anhielt. Bisher lauerte hinter dem Beginn einer jeden Beziehung die Ernüchterung. Das war der natürliche Verwesungsprozess des Verliebtseins. Wäre es eine Lösung, Julia für immer zu lieben und mit anderen Frauen zu schlafen, während sie auf dem Podest blieb, auf das er sie gehoben hatte? Oder hatte er nur Angst vor ihrer Ablehnung? Angst vor dem Scheitern?

»Meinst du, das ist angemessen für Nicks Eröffnung?«

Als Julia in die Küche trat, um sich von Robert eine Bestätigung für ihr Kleid zu erbitten, erschien ihm der Gedanke, nie mit ihr zu schlafen, grauenvoll. Der blaue Samt ließ ihre grünblauen Augen funkeln, und die hochgesteckten Haare betonten ihren Hals. Selbst wenn er nur die beste Freundin ersetzte, war er dankbar für ihren Anblick.

»Mehr als das. Du siehst wunderbar aus!«

Robert hatte auf dem Küchentisch Notizen ausgebreitet, auf denen er Ideen zu Themen sammelte, über die es sich zu schreiben lohnte. Auch wenn er als Journalist noch nicht den Durchbruch geschafft hatte, spürte er, dass da ein Thema lauerte, das seinem Leben eine neue Richtung geben könnte.

»Danke. Ich möchte dich noch etwas fragen.«

Hoffentlich nicht, ob Jean von diesem Outfit genauso begeistert sein wird wie ich, dachte er und schaute sie an.

»Hättest du Lust, mich zu der Feier zu begleiten?«

»Was ist mit Jean?«

»Bernadette hat am Tag nach der Eröffnung noch eine Prüfung, danach setzen sie sich zusammen in den Zug.«

Auf gemeine Weise freute ihn diese Nachricht, auch wenn er die zweite Wahl zu sein schien.

»Da bist du gar nicht eifersüchtig?«

»Nein, sollte ich?«

»Wenn der Mann deines Lebens nicht alleine anreisen kann, ist er vielleicht auch in anderen Dingen noch unreif.«

»Wenn wir uns das erste Mal auf der Feier sehen würden, hätten wir sowieso keine Ruhe, all das nachzuholen, worauf wir seit Jahren warten.«

Die Frau redet sich alles schön, dachte Robert und wünschte sich Presslufthammer herbei, damit die beiden auch zu Hause keine Ruhe hatten und er nicht Liebesgesäusel oder Schlimmeres mit anhören musste, während die beiden Königskinder sich in ihrem Zimmer verschanzten.

»Ist das neu, dass er später kommt?«

»Die Prüfung stand schon fest, bevor wir Jean überhaupt ausfindig gemacht haben.«

»Nur zu deiner Information, ich habe ebenfalls eine Einladung von Nick bekommen.«

In der Annahme, dass er den ganzen Abend das verliebte Pärchen ansehen musste, hatte er Dörte gefragt, ob sie mitkommen wollte. Wie konnte er nur so blöd sein! Sie freute sich wahnsinnig auf die Feier, zumal ihre Lieblingsjazzband dort spielen würde. Dörte abzusagen würde ihn zu dem Arschloch machen, für das er immer gehalten wurde. Eine andere Option wäre, ihr einfach die Wahrheit zu sagen: Ich liebe eine andere Frau, und selbst wenn ich nie mit ihr zusammen sein werde, setze ich alles auf diese eine Karte.

»Oh, verstehe.«

Ihr Blick machte ihm deutlich, dass sie verstand. Zumindest einen Teil des Dilemmas.

»Ich hoffe, Dörte ist überhaupt gut auf mich zu sprechen.« Julia setzte sich zu Robert an den Tisch und bemühte sich, die Notizen nicht zu beachten, um seine Privatsphäre zu wahren.

»Wieso sollte sie schlecht auf dich zu sprechen sein?«

»Du hast ihr also nichts von dem Kuss erzählt?«

»Na ja, du hast mich geküsst. Und nachdem du mir erklärt hast, dass das absolut nichts zu bedeuten hatte, wüsste ich nicht, warum ich darüber reden sollte.«

Jetzt widersprich mir doch! Sag mir, dass es etwas zu bedeuten hatte! Dann gehe ich mit dir nicht nur zu der Eröffnung, sondern überallhin.

»Dann ist ja gut. Ich wollte deinem Glück nicht im Wege stehen.«

Warum wurde es ausgerechnet jetzt in ihrem Herzen kompliziert, dachte sie, da ihr Warten endlich ein Ende hatte?

»Im Grunde ist es auch egal, Nick arbeitet seit Tagen an der Sitzordnung und hat einen Tisch für die Familie mit Anhang reserviert. Ich hätte nichts gegen deine Verstärkung am Familientisch gehabt.«

Ein Grinsen huschte über Roberts Gesicht. »Du wolltest mich deinen Eltern vorstellen?«

»Klar, sie wollen doch wissen, mit wem ihre Tochter zusammenwohnt.«

»Meinst du, das lohnt sich noch? In einem halben Jahr bin ich wieder ausgezogen!«

»Ich hoffe doch sehr, dass wir uns danach nicht aus den Augen verlieren.«

Während in Nicks Café die Putzkolonne den Staub und Dreck der Handwerker beseitigte, errichteten drei Bauarbeiter das Gerüst vor dem Café Juliette. Julia brachte ein selbst bemaltes Schild an einer Stange an: *Weiterhin gerne für Sie geöffnet!*

»Darf ich dich kurz sprechen?« Mike stand neben ihr.

»Klar, was gibt es?«

»Du weißt von dem Schimmel im Treppenhaus – unter dem Estrich?«

»Nick hat es erwähnt.«

Mike signalisierte, dass er es ihr gerne selbst zeigen würde. Ein Teil der Tapete war entfernt worden und legte Putz mit schwarzen Flecken frei. Der Schimmel kam unter dem Boden angekrochen, und der moderige Geruch war noch stärker als sonst.

»Das lässt sich doch beheben, oder?«

»Schon, allerdings ist es wahrscheinlich, dass sich der Schimmel auch auf der anderen Seite der Wand festgesetzt hat. Wurde das schon mal überprüft?«

»Nein, aber reicht es nicht zu heizen, zu lüften und mit Schimmelspray nachzuarbeiten?«

Einem Haus mit dieser Seele konnte der Schimmel nichts anhaben, beruhigte Julia sich.

»Ich würde gerne erst mal schauen und dann ein Angebot machen. Es könnte sein, dass eine Wasserleitung undicht ist. Unbemerkte Wasserschäden können ganz schön teuer werden.«

Julia seufzte und überlegte zu fragen, was im schlimmsten Fall dabei herauskommen würde. Doch da sie vom besten Fall ausgehen wollte, vereinbarte sie mit Mike einen Termin nach Ladenschluss, damit die Gäste nicht gestört wurden. Jetzt musste sie erst einmal zur Bank, um den Kreditvertrag zu unterschreiben. Robert würde schon eine Stunde allein zurechtkommen.

Als alle Gäste im Café versorgt waren, stand Robert vor der Wunschdose. Es wäre jetzt ein Leichtes, einen Blick auf die geheimen Wünsche der drei Damen zu werfen. Sein eigener Zettel musste noch ganz oben liegen. Vielleicht hatte Julia ihn gesehen und ihn deshalb gefragt, ob er sie begleiten wollte? Am besten, er holte den Zettel wieder heraus. Ach nein, er wollte dem Glück ein Hintertürchen offen halten. Vielleicht sollte er einen weiteren Wunsch hinzufügen? *Dörte sagt von sich aus ab!*

Robert sah sich um, wie viele Zuschauer er hatte. Jeder Tisch war besetzt. Aber es war eher sein schlechtes Gewissen als das Publikum, das ihn davon abhielt, das Schicksal zu manipulieren. Er musste die Sache wohl oder übel selbst in die Hand nehmen. Sicherheitshalber öffnete er dennoch die Dose und erkannte blitzschnell den Zettel mit der eigenen Handschrift wieder. Ohne die anderen zu lesen, mischte er all die Wünsche kräftig durch. Für den Fall, dass jemand die Dose öffnete, musste er ja nicht gleich in sein Herz schauen.

Frau Heller, unter den Umständen gewähren wir Ihnen sehr gerne einen günstigen Umbaukredit.«

Julia hatte überlegt, ob sie Nicks Angebot, den Kredit komplett zu übernehmen und einen Untervertrag mit ihr abzuschließen, annehmen sollte. Aber ihre innere Stimme hatte ihr geraten, lieber bei der Bank als bei ihrem Bruder Schulden zu machen.

Herr Gruber schob ihr seine Unterlagen zur Unterschrift hin. »Bei den Sicherheiten machen wir uns keine Sorgen, auch wenn Ihr Gehalt schwankt. Wir beraten Sie aber auch gerne in geschäftlicher Hinsicht.«

»Vielleicht komme ich darauf zurück.«

Julia hatte sich ein Buchhaltungsprogramm gekauft, in

dem sie in Zukunft alle Ausgaben und Einnahmen festhalten wollte.

»Normalerweise sollte man als Hausbesitzer jeden Monat einen festen Betrag für die Instandhaltung zurücklegen, aber wir verstehen natürlich, dass die Eröffnung Ihres Cafés alle Reserven aufgebraucht hat.«

Julia nickte nur. Was sollte sie dazu auch sagen? Nachdem sie das Café dreieinhalb Jahre lang quasi aus dem Bauch heraus geführt hatte, war es Zeit, das Ganze strategischer anzugehen.

»Sind Sie sicher, dass Sie den Kredit nicht für unvorhergesehene Fälle erhöhen wollen?«

»Möchte ich nicht. Sollte eine Überraschung eintreten, kann ich Sie doch wieder kontaktieren.«

Für das überraschende Schimmelproblem hatte sie schon einen Puffer von mehreren Tausend Euro einkalkuliert. Ihre monatliche Rate für den Kredit war jetzt schon so hoch, dass sie sich etwas einfallen lassen musste: Einen Zweitjob annehmen? Roberts Miete erhöhen?

Julia nahm sich einen von den Keksen, die im Discounter immer neben der Kasse standen. Selbst die Bank musste also sparen. Der Kaffee, mit dem sie den trockenen Keks hinunterspülte, stand mindestens schon eine Stunde in der Thermoskanne.

»Wie Sie wollen. Dann müssen Sie nur mit längerer Bearbeitungszeit rechnen.«

Damit würde sie leben können. Während sie alle Stellen unterschrieb, an denen Herr Gruber ein Kreuzchen gemacht hatte, zog sie Bilanz: Ein Pessimist hätte eine Frau ohne Ausbildung und ohne festes Gehalt, dafür mit vierzigtausend Euro Schulden gesehen. Eine Optimistin wie sie sagte sich, dass sich die Lücke nicht nur füllen, sondern schließlich überquellen würde.

Robert wollte ein Held sein. Zum ersten Mal in seinem Leben. Wie viele Männer vor ihm verwechselte er dabei Mut mit Leichtsinn. Aber es wurde Zeit für klare Verhältnisse.

Er klingelte an Dörtes Wohnungstür. Zwei Namen standen auf dem Klingelschild an dem gepflegten, aber langweiligen Neubau am Stadtrand. Als er das Summen hörte, drückte er die Tür auf und stieg die Treppe hoch.

»Hallo?«, hörte er sie von oben rufen.

»Ich bin es.«

»Robert?«

Jede Stufe war eine Überwindung. Beging er einen Fehler? Bei Dörtes Anblick war er sich darin fast sicher. Sie trug eine Sporthose und ein verschwitztes, enges Top.

»Was machst du denn hier?«

»Ich muss mit dir reden.«

»Können wir woanders hingehen?«

»Ist dein Freund da?«

»Noch nicht. Na, dann komm rein.«

Instinktiv zog er die Schuhe vor der Tür aus. Hier schien es so sauber, dass er Angst hatte, die Wohnung zu beschmutzen. Im Wohnzimmer standen Fotos von Dörte und ihrem Freund auf dem Sideboard. So unglücklich sahen sie nicht aus. Allerdings verstand Robert ihren Wunsch nach Abenteuer, von dem in der Wohnung, die aussah wie im Katalog, nichts zu spüren war.

»Setz dich.«

Robert nahm auf der Couchgarnitur Platz.

Dörte legte ein Handtuch unter und setzte sich auf die andere Seite mit Blick auf die Tür. »Was gibt es?«

Sie verhielt sich so distanziert, als wären Kameras in der Wohnung installiert, die jede Untreue dokumentieren würden. Untreue, die bisher nur in ihrer Fantasie stattfand, beruhigte sie sich selbst – in dem Wissen, dass sie sofort schwach werden würde, wenn Robert nicht immer einen Rückzieher machen würde, sobald sie auch nur eine Andeutung machte. So zerpflückt konnte doch kein Mensch sein, dass er so lange brauchte, um sich zu sortieren, dachte Dörte oft und schaffte es doch nicht, Robert wieder aus ihrem Leben zu verbannen.

Robert zog die Einladung von Nick heraus. »Ich würde dir die Einladung gerne überlassen, damit du deinen Freund mitbringen kannst.«

Sie sah blass aus. »Du gehst nicht?«

»Doch, aber ich möchte mit meiner Mitbewohnerin dorthin.«

»Aha.«

»Es sieht nicht so aus, als hätten wir eine Zukunft.«

Sie blieb ganz ruhig. Wahrscheinlich war sie durch ihre Arbeit im Altersheim Starrsinn gewöhnt.

»Ich möchte dir nichts mehr vorspielen.«

Sie sah ihn nur an.

»Das heißt, ich habe dir nichts vorgespielt, aber mir selbst vielleicht.«

»Weißt du, was ich glaube, Robert? Dass du ein Langweiler bist. Ich glaube, ich habe mir auch was vorgespielt: zu glauben, mit dir ein interessantes Leben führen zu können! Dabei bist du nichts weiter als ein Feigling, der sich hinter der Fassade des unverstandenen Melancholikers verbirgt. Du bist zu feige für richtige Frauen und wirfst dich an ein junges Huhn ran, das dich nicht ansatzweise durchschaut!« Dörte riss Robert die Einladung aus der Hand.

»Ich glaube, sie ist die Einzige, die mich sieht, wie ich wirklich bin«, sagte Robert mehr zu sich selbst, da er dem Rest nicht widersprechen konnte.

Als Dörte die Karte zerreißen wollte, öffnete sich die Wohnungstür. Ein Mann kam mit zwei Einkaufstüten herein. Dörte ließ die Karte sinken.

»Habe Abendessen dabei, Mausi«, sagte Lars und reichte Robert die Hand, als sähe er ihn nicht ansatzweise als Konkurrenz. Dabei spannten sich seine Armmuskeln so an, dass Robert wenig Lust auf eine Prügelei hatte. »Hi, ich bin der Lars. Und du?«

»Robert. Ich wollte gerade los.«

»Bleib ruhig sitzen.«

Dörte lief knallrot an und klammerte sich an die Karte.

Lars gab ihr einen Kuss auf die verschwitzte Stirn. »Du solltest mehr trinken, wenn du Sport machst.«

Sie nickte erleichtert. »Robert hat uns eine Einladung für die Eröffnung dieses Cafés am Hauptbahnhof vorbeigebracht.«

»Danke.«

Robert stand auf und stolperte über eine Hantel. Lars fing ihn auf. »Fall langsam.«

Er musste hier raus. Er sah noch, wie Dörte das Wort »Arschloch« mit den Lippen formte, während er sich verabschiedete. »Wir sehen uns auf der Party.« Robert hatte sich seinen Beitrag zu klaren Verhältnissen heroischer vorgestellt.

Wenn das Schicksal die Löcher erst noch tiefer werden ließ, konnte das nur die Vorbereitung für einen umso größeren Triumph sein. Dass Mike tatsächlich schwarzen Schimmel im Putz der Innenwand entdeckte, war keine Katastrophe, sondern perfektes Timing, fand Julia. Da die Bauarbeiten eh im Gange waren, war die Entfernung nicht so teuer. Die Tatsache, dass nun jeder Puffer aufgebraucht war und sie sich ohne weiteren Kredit nicht mal eine neue Kaffeemaschine würde kaufen können, versuchte sie auszublenden.

»Wie lange wird es dauern?«

Laura und Julia saßen mit Mike an einem Tisch, während Bernadette über Skype an der Besprechung teilnahm. Julia wollte die beiden anderen wieder stärker mit einbeziehen, weil sie immer mehr das Gefühl hatte, nur sie führte das Café.

»Vielleicht sechs Wochen. Kommt ganz darauf an, wie weit der Schimmel sich ausgebreitet hat.«

»Und die Tapete?«

»Wird erneuert werden müssen. Der Putz muss runter.«

»Das heißt also, wir können die Arbeiten nur ausführen, wenn wir das Café schließen?«

»So sieht es aus.«

Das hieße rund zwei Monate kein Einkommen. Vielleicht könnte Julia einen Aufschub der Abtragung mit der Bank vereinbaren.

Laura sah betroffen auf den Tisch, als wäre das ihre Schuld, da sie die letzten Monate mehr Zeit in ihr Studium als ins Café investiert hatte. Bernadette guckte ebenfalls zerknirscht.

»Mist, das heißt, Jean wird das Café gar nicht kennenlernen«, sagte Julia.

»Er kommt ja auch nicht wegen des Cafés, oder?«, erwiderte Laura, während Mike sich wunderte, dass der Schimmel wohl das geringste Problem war.

»Vielleicht tut uns allen eine Pause gut. Nach der Renovierung feiern wir dann eine Neueröffnung, und es geht mit frischer Energie weiter.«

»Ich muss euch was sagen.«

Alle starrten auf den Bildschirm.

»Es könnte sein, dass ich verlängere.«

Die Nachricht schlug stärker ein als der Schimmel.

»Das ist nicht dein Ernst, oder?«, rief Laura, als müsste sie die Entfernung bis Frankreich überbrücken.

»Das besprechen wir ganz in Ruhe, wenn du hier bist. Jetzt geht es erst mal darum, das Café überhaupt zu erhalten«, beharrte Julia fast streng.

»Also, Mike, was kostet uns das?«

»Tja, so um die zwanzigtausend. Rund ums Haus muss übrigens ausgeschachtet werden, weil der Keller feucht ist.«

Hier war mehr als ein guter Wunsch nötig, dachte Julia, die nicht nur um Aufschub, sondern um einen weiteren Kredit bitten müsste. Dabei konnte sie die Kosten für den Innenraum des Cafés nicht mal auf die Eigentümergemeinschaft umlegen. Vielleicht war es einfach so wie mit allem, das neu erblühen sollte: Es brauchte einen Winterschlaf – auch wenn dieser Schlaf zur umsatzstärksten Zeit stattfinden sollte. Julia weigerte sich, auch nur zu erwägen, dass es mit dem Café bergab ging, seit Bernadette aus- und Robert eingezogen war. Das Café stand nach dem Tod ihrer Oma jahrelang leer und erlebte mit ihnen eine neue Blüte. Das würde auch so weitergehen, selbst wenn es jetzt eine Ruhephase einlegte.

Nick betrachtete sein Werk und fand es großartig. Das alte Café erstrahlte im Glanz der fünfziger Jahre, allerdings nicht auf die kuschelige Art wie das Café Juliette, sondern viel mondäner. Allein die geschwungene Stahltreppe war einen Auftritt wert. Nick wechselte mit jedem, der seinen Teil zu dem Café beitrug, ein Wort. Der Koch, der dafür sorgen würde, dass es ebenso Torten und Kuchen wie herzhafte Leckereien gab, zeigte ihm seinen Speiseplan für die Eröffnung.

Die Floristin brachte Gestecke weißer Lilien herein, die Nick für einen Moment an eine Beerdigung erinnerten. Aber nur einen Moment. Die Jazzband stellte ihre Instrumente auf, die beiden Kellner, denen er bereits eine Festanstellung angeboten hatte, deckten die Tische ein. So stellte er es sich auf der *Titanic* vor, mit dem Unterschied, dass sein Café auf festem Boden stand. Für die Organisation der Feier hatte er sich Sabrina, eine Hochzeitsplanerin, zur Unterstützung geholt.

»Sind Sie sicher, dass Sie den Namen erst nach dem Aperitif verraten wollen?«

Nick schaute auf die verhängten Buchstaben, die unter dem breiten Fensterrahmen hervorlugten. »Definitiv. Der Brautschleier wird doch auch erst nach der Trauung gelüftet.«

Sabrina lächelte ihn an. Sie freute sich, dass sie endlich mal mit dem Auftraggeber flirten durfte. »Vor dem ersten Kuss als verheiratetes Paar.«

Das Café musste gut laufen, damit die Kosten für die Feier gedeckt wurden. Aber was sollte schon schiefgehen? Alle guten Cafés in Innenstadtlage waren hoffnungslos überfüllt. Er gefiel sich als der Geschäftsführer, der anderen Menschen Gutes tat. Für jede Aufgabe hatte er einen Profi engagiert, er selbst war schließlich nur der Betriebswissenschaftler. Er hielt die Fäden in der Hand. Kein Wunder, dass Julias Café kaum Gewinn abwarf, wenn sie versuchte, alles selbst zu machen – bis auf die Buchhaltung. Er würde da professioneller herangehen als sie. Sobald sie das eingesehen hatte, würden sie ein Team werden.

»Bei der Vorspeise hätte ich einen anderen Vorschlag«, sagte der Koch zu Nick. Nick legte Wert darauf, über alle Details informiert zu werden.

»Meeresfrüchtesalat auf Chicoréeblättern.«

Ausgerechnet.

»Wenn es noch eine vegetarische Alternative gibt, gerne.«

»Für die Vegetarier Wildkräutersalat mit einer Mousse aus geräuchertem Reisschaum und Cashewkernen.«

»Wunderbar.«

Ob er ihn schon von der geplanten Expansion informieren sollte? Lieber erst die Eröffnung über die Bühne bringen, dachte sich Nick.

Ich freue *mich sehr auf dich!*

Julia lag auf ihrem Bett und schaute sich zum hundertsten Mal Jeans SMS an. Dabei war ein Foto von ihm. Er trug die Haare kürzer, ansonsten sah er genauso aus wie damals. Warum wünschte sie sich, dass er von mehr als nur von Vorfreude sprach? Aber er würde wohl kaum die weite Reise antreten, nur um mit ihr über das Wetter zu plaudern.

Es klopfte an der Tür. Julia setzte sich hin und zog ihren Rock ein Stück herunter. »Ja?«

»Darf ich reinkommen?«

»Warte, ich komme raus. Ich wollte mir sowieso einen Kaffee machen.«

Robert machte ihr Platz.

»Was machst du eigentlich in der Zeit, wenn das Café geschlossen hat?«

»Ich weiß es noch nicht. Und du?«

»Keine Ahnung. Ich habe mich gefragt, ob wir zusammen wegfahren sollten. Der Anblick des Stemmhammers wird dir doch das Herz zerreißen.« Er schaute ihr nachdenklich zu, wie sie den Kaffee in den Filter schüttete.

»Und mir ehrlich gesagt auch.«

»Es ist besser mit anzusehen, wie das Café aufgerissen wird, als sich vorzustellen, wie der Schimmel es zerfrisst.«

Sie wollte also nicht mit ihm wegfahren. Was hatte er sich auch eingebildet, schalt Robert sich selbst.

»Weißt du, dass ich das letzte Mal Urlaub gemacht habe, als ich Jean kennengelernt habe? Und ich kann ja kaum wegfahren, wenn er nach all den Jahren wiederkommt, oder?«

»Sonst hättest du nichts dagegen gehabt?«

»Nein, wieso?«

»Dann lass uns fahren, bevor er kommt. Ich verspreche dir auch, dich nicht von ihm abzubringen!«

Julia lächelte ihn verschmitzt an. »Meinst du etwa, das könntest du?«

»Das könntest nur du mir beantworten.«

Das konnte sie sich selbst nicht beantworten. Wenn das ein Ja war, was ihr die Konkurrenz zu ihrer gewohnten Intuition einflüsterte, dann würde sie die Antwort auf keinen Fall preisgeben.

»Darf ich um deinen Rat aus Männersicht fragen?«
»Gerne.«

»Ist es vorstellbar, dass ein Mann, der eine Frau liebt, von der er weiß, dass sie ihn auch liebt, bis zum entscheidenden Moment nichts davon sagt?«

Robert hielt es kaum aus. Julia trieb ihn in den Wahnsinn mit ihren Andeutungen, die er genauso gut auf sich beziehen konnte. »Das ist mehr als realistisch.«

»Warum?«

»Weil er Angst hat, dass sie ihn doch nicht will.«

»Aber kommt es in der Liebe darauf denn nicht an? Sich fallen zu lassen? Sich hinzugeben – auch wenn der andere nicht will?«

»Hey, sag nicht, du gehörst zu den Menschen, denen nur unerfüllte Liebe Spaß macht.«

»Ich hoffe, erfüllte Liebe ist noch schöner. Aber ich habe noch keine erlebt.«

Fast beschämt senkte sie den Blick, als klebe ein Makel an einer Frau, die noch nie eine ernsthafte Beziehung mit einem Mann geführt hatte. Dabei fühlte sie sich mit so vielen verbunden, dass der fehlende Mann an sich kein Problem war. Bis jetzt.

Sollte er sie trösten? Ihr sagen, dass er sofort zu Verfügung stünde? Das wäre strategisch falsch. Erst musste er ihr Zusammentreffen mit Jean abwarten. Ganz vorsichtig legte er seine Hand auf ihre. »Ich auch nicht.«

Sie sah ihn noch nicht einmal überrascht an. Und ließ ihre Hand unter seiner liegen.

»Nicht mal Dörte liebst du wirklich. Warum kannst du dich auf keine Frau einlassen?«

»Vielleicht sind wir beide uns doch ähnlicher, als wir

glauben. Vielleicht habe ich tief in mir auch solch ein Ideal, bin aber zu pessimistisch, um zu glauben, dass es sich erfüllt. Vielleicht hast du dich genau aus diesem Grund in einen Mann verliebt, der so weit weg ist. So sind die romantischen Gefühle befriedigt, und für den Rest brauchst du keine Verantwortung zu übernehmen.«

Sie zog ihre Hand weg, allerdings ohne beleidigt zu sein. »Aha, und du befriedigst nur den Wunsch nach Sex und drückst dich vor dem Rest?«

Auch wenn sie so direkt war, fühlte er sich nicht verletzt, verschwieg ihr aber, dass mit Dörte nichts gelaufen war. »Weißt du, was ich auch immer gesucht habe?«

»Da bin ich gespannt!«

»Anerkennung und Bewunderung.«

Die hatte er von Dörte anfangs reichlich bekommen, auch wenn sie spätestens beim letzten Zusammentreffen in Verachtung umgeschlagen waren.

»Und jetzt nicht mehr?«

»Nein, weil ich das Gefühl habe, da gibt es jemanden, der mich nimmt, wie ich bin. Dem ich nichts beweisen muss.«

»Und wer ist das?«

Sie sahen sich lange mit diesem Blick an, bei dem jeder darauf wartet, dass der andere die Initiative zum ersten Kuss ergreift.

»Du!«, antwortete Robert fast ungeduldig.

Julias Lächeln ließ Hoffnung in Robert aufkeimen, die durch ihre Worte aber wieder zunichtegemacht wurde. »Begreifst du jetzt, warum mir trotz unerfüllter Sehnsucht wenig gefehlt hat? Weil ich gute Freunde habe. Und wenn ich dir auch so eine Freundin geworden bin, macht mich das glücklich.«

Julia konnte verstehen, warum ihm so viele Frauen Bewunderung und Anerkennung geschenkt hatten. Wäre sie in einer anderen Situation, dann wäre sie bei ihm auch weich geworden, dachte Julia, während sie ihm seine dunklen Haare aus der Stirn strich.

»Julia, ich habe meine Karte für Nicks Eröffnungsfeier Dörte und ihrem Freund geschenkt.«

»Ihrem Freund? Jetzt wird mir einiges klar.« Sie nahm ihre Hand von ihm weg und verschränkte die Arme vor ihrer Brust.

»Es ist nicht so, wie du denkst. Ich, also, Dörte ...«

»So weit, irgendetwas dazu zu denken, war ich noch nicht.« Warum ließ er sie monatelang im Unklaren? Ach, im Grunde kann es mir doch egal sein, was für eine Beziehung er führt, redete sie sich ein.

»Julia, was ich dich eigentlich fragen wollte: Falls du deinen Platz noch nicht vergeben hast, würde ich dich gerne begleiten.«

Warum gingen ihr diese an sich unspektakulären Worte nicht nur bis ins Herz, sondern wanderten von dort aus weiter zu ihrem Bauch und – so schwer es ihr fiel, sich das einzugestehen – auch tiefer? »Gern, der Platz an meiner Seite ist noch frei.«

Als ihr bewusst wurde, was sie da gesagt hatte, zog sich alles wieder zurück, als hätte sie Angst, etwas zu tun, was sie nachher bereuen würde. Sie konnte Robert keine Sekunde länger ins Gesicht sehen. Er sah aus wie jemand, der bei 40 Grad im Schatten den Sprung ins kühle Wasser gewagt hatte.

»Ich meine natürlich für die Feier«, sagte sie.

Sein Blick wandelte sich, als wäre das Wasser Beton gewichen. Aber was sollte es? Robert war kurz vor dem Ziel. Sie wollte ihn. Aber sie erlaubte es sich nicht. Noch nicht. Die Zeit würde er ihr geben. Diesmal hatte er alle Zeit der Welt. Glaubte er. »Schön, dann gehen wir gemeinsam hin. Gibt es irgendetwas, das ich am Familientisch beachten muss?«

»Sei einfach du selbst. Du musst dich ja nicht als Schwiegersohn verkaufen.«

Der Graben vor dem Café wurde immer tiefer, die Wände darin immer nackter. *Wegen Bauarbeiten kurzfristig geschlossen. Wir freuen uns, Sie bald im neuen Café begrüßen zu dürfen. Alles Gute bis dahin, das Café-Juliette-Team*

Während ein Handwerker das Stemmeisen in den Putz rammte, um wirklich jede einzelne Schimmelspore zu vernichten, räumte Julia die letzten Dinge aus dem Café. Stühle und Tische hatte sie am Vortag mit Laura und Robert in ihre Küche getragen, in der man sich kaum noch bewegen konnte. Die Schränke hatten sie mit Folie abgedeckt und erst mal in die Mitte gerückt. Es gab Kuchen umsonst, einfach um noch einmal Wohlwollen und Luxus auf die Gäste wirken zu lassen. Ausgerechnet die Wunschdose und eine leere Vase standen noch hinter der Theke. »Du wirst in meinem Zimmer einen Extraplatz bekommen.«

Der Handwerker sah sich verwundert um. Es war nicht das erste Mal, dass eine Frau ihm während der Arbeit zweideutige Angebote machte. Aber diese Frau sprach mit den Einrichtungsgegenständen.

»Möchten Sie einen Kaffee? Bevor ich die Maschine abschalte?«

Es klang, als ginge es um den letzten Händedruck vor dem Abschalten der Herz-Lungen-Maschine.

»Gerne.«

Ein letztes Mal für längere Zeit bereitete Julia im Café einen Kaffee zu und stellte ihn auf ein ovales Tablett zu Zucker und Milch.

»Bitte schön.« Sie stellte das Tablett auf dem Boden neben dem Mann ab und betrachtete ihn. Seine abgearbeiteten Hände, die teure Kette, die um seinen Hals hing und in die sich trotz der Kälte Schweißperlen mischten, und die Falten, die seine Stirn durchfurchten.

»Danke.«

»Ich wünsche Ihnen, dass Sie mit Ihrer Firma immer gut vorankommen, aber auch noch genug Zeit für andere wichtige Dinge im Leben haben.«

»Danke, aber warum sagen Sie das?«

»Ich wollte es eigentlich nicht laut sagen.«

Obwohl die junge Frau ihm fast unheimlich war, fühlte sich der Handwerker schon beim ersten Schluck Kaffee gestärkt. Und war zuversichtlich, dass er seinen Auszubildenden doch übernehmen könnte. Merkwürdig, dachte er nur, während er die Pause genoss und ganz froh war, dass Julia das Café mit der Dose und der Vase unter dem Arm verließ. Er nahm sich vor, sich zu beeilen. Wäre doch zu schade, wenn dieses nette Café länger geschlossen bliebe.

Muss es wirklich Champagner sein?«

»Natürlich! Er ist ein Sinnbild der Fülle, des Überflusses. Unsere Gäste sollen das Gefühl haben, dass ihnen alles geschenkt wird.«

Nick überlegte sich, ob er Sabrina bitten sollte, am

Familientisch Platz zu nehmen. Sie gefiel ihm. Mit ihr zu arbeiten machte Spaß, auch wenn sie ihn immer wieder daran erinnerte, dass sein Budget schon wieder überschritten wurde. Egal. Er hatte genug Kredit aufgenommen, um die wundervollste Caféeröffnung zu veranstalten, die die Stadt je gesehen hatte. Sein rechtes Augenlid zuckte.

Sabrina entging leider nichts. »Sie brauchen mehr Schlaf«, sagte sie und legte ihre Hand auf seine Schulter. »Ich bin Ihre Partyplanerin. Sie können sich fallen lassen. Alles wird gut.«

»Ich habe gerne alles im Blick.«

»Sie ruhen sich jetzt aus. Das gehört zur Vorbereitung!«

Wie gern würde er ihr einfach gehorchen. Er war so müde davon, perfekt zu sein.

»Wenn wir alles geschafft haben, darf ich Sie dann für Ihre Dienste einladen? Ganz privat zu einem Dinner hier im Café?«

»Normalerweise sind meine Auftraggeber tabu, aber da Sie nicht zu zweit vor mir stehen, kann ich mir eine Ausnahme erlauben.« Sie rückte ihre schwarze Brille zurecht und zog den schweren Zopf stramm.

Nick sehnte den Feierabend fast noch mehr herbei als die fulminante Feier, die ihm auch etwas Angst bereitete.

Es war zwar keine Ratte, sondern nur eine Maus, die über den Schutt im Café krabbelte, dennoch beruhigte das kleine Tierchen Julia, denn es konnte nur bedeuten, dass sie eben nicht auf dem sinkenden Schiff saß. Ein Schauer überkam sie, als sie an die Szene in *Nosferatu* dachte. Die Ratten strömten in dem Moment an Land, als Dracula im Sarg an Bord ging. Die Umwälzungen in ihrem Haus hatten genau dann begonnen, als Herr Hansen die Wohnung gekauft hatte.

Ein Mann um die fünfzig mit grauem Zopf trug heute schon die fünfte Kiste am Caféfenster vorbei und packte sie in einen Kombi vor der Tür. Julia folgte ihm ins Treppenhaus, um ihrem Verdacht nachzugehen. Es gab nur noch eine Wohnung, aus der man etwas herausholen konnte – abgesehen von ihrer. Vor Frau Meyers Wohnung blieb sie stehen und schaute zu, wie der Mann darin verschwand. Sie hatte ihre Nachbarin schon länger nicht mehr gesprochen und klingelte.

»Die Tür ist offen!«

Julia trat ein und sah sie inmitten von Kisten auf einem Sessel thronen, der in der Mitte des Raums stand.

»Sie ziehen aus?«

Julia gab der alten Dame die Hand, vergaß abgesehen davon aber jede Höflichkeitsfloskel.

»Ja, ich ziehe aus.«

»Warum das denn?«

»Ach, Kindchen. Ich brauche zwei Stunden, um die Treppen hoch und runter zu kommen. Ich schaffe es nicht mehr allein. Mein Sohn holt mich erst mal zu sich.«

Wo zuvor die Erinnerungen an ihre zahlreichen Reisen gehangen hatten, waren nur noch helle Vierecke zu sehen.

»Aber warum so plötzlich?«

»Man soll gehen, wenn es am schönsten ist.«

»Sie wissen doch noch gar nicht, ob es hier nicht noch viel schöner wird.«

Sie fuhr sich mit den von Flecken übersäten Händen durch die grauen Haare. »Seit Frau Schmitz gestorben ist, hält mich nichts mehr hier. Ich denke schon länger über einen Umzug nach, aber als die Bauarbeiten begonnen haben, wurde mir klar, dass meine Zeit hier abgelaufen ist.«

Dazu fiel selbst Julia nichts Positives ein. Sie konnte ja kaum sagen, dass es nicht mehr lange dauern dürfte, bis die beiden Damen wieder vereint wären.

»Außerdem ist es besser, ich gehe, als wenn ich hier rausgeschmissen werde.«

»Sie dürfen nicht rausgeschmissen werden. Das wissen Sie genauso wie ich.«

»Aber das Gefühl, jemand warte nur darauf, dass ich hier weg bin, erleichtert mir die Entscheidung.«

Auch wenn Julia wusste, wie wenig Miete Nick bekam, war sie sich sicher, dass er ihr niemals kündigen würde.

»Das tut mir leid, wenn Sie das Gefühl haben. Ich werde mit meinem Bruder reden.«

»Nein, tun Sie das nicht. Manchmal ist es einfach an der Zeit loszulassen. Nicht nur Dinge, sondern auch Illusionen. Glauben Sie mir, das befreit ungemein.«

Sie saß dort wie eine Königin, die ihr Reich resigniert, aber nicht unglücklich dem Feind übergab. Als wäre sie erleichtert, dass es nicht noch mehr Opfer geben würde. Doch wer war hier überhaupt der Feind? Die Gebrechlichkeit? Der Tod? Oder der Vermieter?

Als könnte sie Gedanken lesen, kam Frau Meyer auf Nick zu sprechen. »Ich werde Ihrem Bruder natürlich die nächsten drei Monatsmieten zahlen.«

»Weiß er gar nicht Bescheid?«

»Noch nicht. Ich gönne ihm die Freude erst im letzten Moment.«

Julia seufzte. Ihr Bruder war kein Unmensch, auch

wenn sie sich denken konnte, dass eine weitere leere Wohnung angesichts der Sanierung ein Fest für ihn sein würde. Immerhin hatte sie einen Sohn, der sie aufnahm. Vielleicht ist es genau das, was ihre Beziehung gerade braucht, sagte Julia sich, und ich möchte dem auf keinem Fall entgegenstehen, indem ich die Situation bedauere.

Sie reichte dem Mann die Hand. »Da kann sich Ihre Mutter glücklich schätzen, dass Sie ihr helfen. Ich wünsche Ihnen beiden alles Gute für den Umzug.«

»Danke«, antwortete Frau Meyer. »Ihnen wünsche ich alles Gute für Ihren weiteren Lebensweg. Jetzt, wo ich weiß, dass Sie in guten Händen sind, kann ich ganz beruhigt fortziehen.« Die alte Dame zwinkerte Julia zu, die sie nur fragend ansah.

»Na, der junge Mann, mit dem ich Sie öfter sehe. Sie wissen schon. Bis auf Ihren Bruder habe ich noch nie einen Mann an Ihrer Seite gesehen.«

Julia ging ein paar Schritte zu dem Fenster, das zur Straße hinausging. Von hier aus sah man sehr gut, wer das Café verließ oder betrat. »Ach, Sie meinen Robert. Also wir sind nur ...«

»Keine Ausreden, selbst von oben sieht man, dass er Ihr Herz im Griff hat.«

Warum sollte sie der Frau den Umzug schwerer fallen lassen, als er ohnehin schon war. »Na, wenn Sie das sagen.«

»Ich habe viel Zeit, das Treiben auf der Straße zu beobachten. Der Platz vor Ihrem Café war mir immer der liebste Anblick. Ich habe noch nie jemanden geknickt herauskommen sehen. Jeder ging so aufrecht, dass er dem Himmel ein Stück näher war.« Sie griff nach Julias Hand. »Passen Sie gut auf alles auf, was Sie sich geschaffen haben.«

Tränen schossen Julia in die Augen. Sie schwor sich, auf all das wirklich aufzupassen. Niemand sollte an die Tür des Cafés klopfen und feststellen, dass er umsonst gekommen war.

»Das werde ich. Ich danke Ihnen.« Daraufhin rannte sie die Treppe wieder hinunter, um ihren Plan in die Tat umzusetzen.

Keine halbe Stunde später lief sie mit Laura durch den Handelshof.

»Wenn wir Aufkleber drucken lassen, sind sie bis morgen fertig. So tragen wir unser Logo in die Welt hinaus.« Julia begutachtete die Kaffeebecher aus Pappe, deren Design sich meistens auf Kaffeebohnen auf braunem Grund beschränkte.

»Meinst du nicht, das ist viel zu viel Aufwand? Schau mal, die dunkelblauen Becher sind ganz schön. Wenn wir passend zur Jahreszeit einfach goldene Sterne draufkleben?«

»Gute Idee!«

Julia packte einen Stapel Becher neben die Muffinförmchen, Kekstüten, Holzstäbchen zum Umrühren und Zuckertütchen in den Einkaufswagen.

»Warum hast du eigentlich nicht Robert mitgenommen? Wenn er seinen Urlaub schon als dein Assistent verbringt?«

Schon wieder schwang ein scharfer Unterton mit. Laura konnte sich selbst nicht leiden, wenn diese negative Macht von ihr Besitz nahm. Oder sollte sie sich die zwiespältigen Gefühle einfach zugestehen? Hatte sie nicht Grund genug, auf Robert eifersüchtig zu sein? Anstatt durch Bernadettes Abwesenheit näher zu Julia zu finden, entfernten sie sich voneinander.

»Robert backt schon Muffins, damit wir heute Nachmittag mehr als Kaffee anbieten können.«

Sie schoben den Einkaufswagen durch die Gänge, wobei sie aufpassen mussten, von den anderen, hektischen Kunden nicht umgerannt zu werden. Als Julia den Wagen anhielt, prallten sie mit einem Mann in Kochkittel und mit dickem Bauch zusammen. Während sie ihn anlächelte, schmolz seine grimmige Miene dahin.

»Es gibt noch einen Grund, warum ich mich freue, mit dir allein zu sein.«

Laura strahlte.

»Abgesehen davon, dass du meine Freundin bist, die ich in letzter Zeit vernachlässigt habe. Ich brauche deinen Rat. Ich befinde mich sozusagen in einem moralischen Dilemma.«

»Du?«

»Ja, ich.« Rechts neben ihnen türmte sich ein Keksregal auf, in dem Eimer mit Kiloware süßer Sachen standen. »Also, es ist so. Ach, nein. Anders.« Julia senkte ihre Stimme, da die Frau neben ihr länger als nötig nach der richtigen Plätzchensorte suchte. »Laura, sag ganz ehrlich, ist es in Ordnung, wenn ich mit Robert zu Nicks Eröffnungsparty gehe?«

»Wem gegenüber? Robert oder Jean?«

»Beiden. Stell dir vor, Jean könnte es falsch verstehen.«

»Im Grunde muss er doch nichts davon wissen, wenn es nichts zu bedeuten hat. Außerdem ist er selbst schuld, weil er nicht früh genug anreist.«

»Und wenn es doch etwas zu bedeuten hätte?«

Laura schaute Julia an. »Du meinst, wenn du an diesem Abend merkst, dass du Robert Jean vorziehst?«

Julia nickte.

»Meinst du nicht, das wüsstest du schon längst? Ihr arbeitet zusammen. Ihr wohnt zusammen. Da wird die Party keinen Unterschied mehr machen.« Sie verkniff sich nachzufragen, ob es nicht längst der Fall wäre. »Julia, du machst dir viel zu viele Gedanken darüber, ob du andere vor den Kopf stoßen könntest. Such dir einfach den Besseren aus!«

»Für so einen Satz hättest du jeden Mann rausgeschmissen.«

»Stimmt, aber nicht meine Freundin. Ich möchte das Beste für dich, egal mit wem. Du wirst herausfinden, wer der Beste ist. Gönn dir doch einfach etwas mehr Spaß!« Laura schnappte sich den Einkaufswagen, nahm Anlauf und fuhr los. »Komm schon, wer zuerst beim Kaffee ist!«

Julia sah sich verunsichert um. So offen sie auch war, albern war sie schon als Kind nicht. Aber sie wollte keine Spielverderberin sein und nahm Anlauf. Optimistisch zu denken war gut, gar nicht zu denken verführerisch – und wenn es nur für ein paar Minuten war.

Lange nicht gesehen!« Carsten umarmte Robert, nachdem er die Tür geöffnet hatte.

»Mensch, du riechst wie 'ne Weihnachtsbackstube!«

»Das ist der Zimt. Und die Vanille. Ich habe euch ein paar Törtchen mitgebracht.« Robert hob eine Papiertüte hoch, in der die Leckereien steckten.

»Da wird Sonja sich freuen. Sie ist eh kurz vorm Platzen, da fallen so ein paar Kuchen nicht mehr auf. Komm rein.«

Robert erkannte seine alte WG nicht mehr wieder. Alles war bunt gestrichen und vor allem so ordentlich. Die Tür zu seinem alten Zimmer stand offen. Er musste grinsen, als er die rosa Wände und das Himmelbettchen sah. Dagegen war seine lavendelfarbene Wand in Bernadettes Zimmer gar nichts. Vielleicht wurde es Zeit, endlich eigene Spuren zu hinterlassen, anstatt sich nur einzufügen.

Sonja saß auf dem Sofa, als wäre ihre einzige Aufgabe, das Baby in ihrem Bauch auszubrüten.

»Frag sie nicht, ob Zwillinge drin sind!«, raunte Carsten Robert zu, bevor sie das Wohnzimmer betraten.

»Keine Sorge, das Leben in einer WG mit Frau hat mich durchaus Benehmen gelehrt.«

»Dein Charme könnte noch einen Feinschliff gebrauchen.«

Sonja hievte sich hoch und reichte Robert die Hand, während Carsten in der Küche Tee zubereitete. Auch wenn sie ihm tausendfach versicherte, dass ein Kaffee ihrer Tochter nicht schaden würde, zog er es vor, sie nicht in Versuchung zu führen. Sonja freute sich deshalb jeden Morgen, wenn Carsten das Haus verließ und sie den Rotbuschtee wegkippen und einen Kaffee kochen konnte. Robert holte einen Teller aus der Küche und richtete die Muffins darauf an.

»Stimmt es, dass du frei hast und im Café arbeitest?«, fragte Sonja neugierig.

»Das stimmt, und ich bin traurig, dass es bald vorbei ist.«

»Und wenn du bei der Zeitung kündigst und ganz dort anfängst?«

»Ich fürchte, das kann sich meine Chefin nicht leisten. Jedenfalls nicht in Vollzeit.«

Carsten stellte drei Tassen Tee auf den Tisch. »Bist du sicher, dass sie nur deine Chefin ist?«

»Natürlich nicht. Ich liebe sie. Und ich glaube, tief im Inneren liebt sie mich auch und weiß es nur noch nicht.«

Sonja und Carsten schauten sich unsicher an. So kannten sie Robert nicht. Robert kannte sich selbst auch nicht so. Das hatte er noch niemandem gesagt. Dass er sie liebte.

»Weiß sie es denn?«, fragte Carsten vorsichtig.

»Nein, und ich kann es ihr auch nicht sagen, weil nächste Woche so ein Jüngling kommt, dem sie seit Jahren hinterherschmachtet. Ich hoffe auf die Realität: So was funktioniert nicht. Sie wird ihn sehen und ernüchtert sein. Oder er.«

Sonja drückte Carstens Hand, der den Druck aufmunternd erwiderte. Seit sie schwanger war, hatte sie immer öfter das Bedürfnis, sich seiner Liebe zu versichern.

»Ich möchte euch um eure Mithilfe bitten – allerdings nicht umsonst. Ihr habt ja erwähnt, dass ihr keine Großeltern in der Nähe habt. Was haltet ihr davon, wenn ich öfter zum Babysitten komme?«

Sonja legte ihre Hände über ihren Bauch und hätte am liebsten verneint.

Carsten ergriff so das Wort. »Ich glaube, wir tun dir auch so einen Gefallen. Wird ja Zeit, dass dein Lotterleben aufhört. Um was geht es denn?«

»Könnte ich für ein paar Tage eure Garage benutzen? Ich muss etwas restaurieren. Ich habe ein echtes Schnäppchen ergattert, das ich erst mal von Spinnweben befreien muss.«

»Na klar«, antwortete Sonja, obwohl sie die Garage noch nie benutzt hatte. »Wenn es weiter nichts ist!«

Guter Kaffee und mehr zum Mitnehmen stand auf dem Schild, das am Baugerüst befestigt war. Davor hatten sich Robert und Julia positioniert wie die Zeugen Jehovas, die statt Broschüren Kaffee und Muffins anboten, die durch eine Folie vor dem Baustaub geschützt wurden. Den Kaffee in einer großen Thermoskanne warm zu halten war ein Kompromiss, aber auf der Straße Milchschaum zuzubereiten war nicht möglich. Noch nicht, dachte Robert, der die ganze Nacht in Carstens Garage gewerkelt hatte. Julia sagte sich immer wieder, dass es sie überhaupt nichts anging, wo er sich herumgetrieben hatte. Robert dagegen fand, dass sie ruhig mal fragen könnte.

»Wo werden Jean und Bernadette schlafen, wenn sie da sind?«

»Ich denke mal, bei uns!«, rief Julia gegen den Lärm des Presslufthammers an.

»Wie denn? Jungs- und Mädchenzimmer? Ich kann mir wohl kaum das Zimmer mit Bernadette teilen.«

Julia hatte schon daran gedacht, Robert zu bitten, für die Woche zu Carsten zu ziehen. Dann könnte Bernadette ihr altes Zimmer nehmen. Jean würde doch hoffentlich bei ihr schlafen. Allerdings wollte sie Robert nicht vor den Kopf stoßen.

»Schauen wir mal! Vielleicht mache ich auch jede Nacht mit Jean durch, und wir brauchen überhaupt kein Bett!«

Die Option kam für Robert gleich nach der, dass Jean und Julia in den ersten Minuten erkannten, dass die Erinnerung das Einzige war, was von ihrer Liebe übrig blieb.

Dabei hätte er bei dem Wort »Liebe« am liebsten Anführungszeichen in die Luft geschrieben. Liebe ließ sich auf Romantik und Sehnsucht genauso wenig reduzieren wie auf Sex.

»Schau mal, der braucht auch kein Bett!«

»Sagen wir so, er hat es immer bei sich. Wir haben gestern Abend gar keine Pfandflaschen vor die Tür gestellt.«

Robert erinnerte sich an das Treffen mit Nick: Er war aufgesprungen und hatte geschrien, dass er bald enden würde wie dieser Penner. Er schämte sich dafür.

»Meinst du, er freut sich über heißen Kaffee und Muffins?«, fragte er Julia.

Über der grauen Mähne des alten Mannes türmte sich ein schlampig zusammengerollter Schlafsack. Links und rechts hingen Tüten an seinen Armen herab.

»Bestimmt, allerdings achtet er immer darauf, dass niemand zusieht, wenn er die Pfandflaschen nimmt. Da wird er niemals ein Geschenk von uns annehmen.«

»Und wenn wir einfach die Preise ändern?«

Robert wischte über den Euro für den Kaffee und suchte nach der Kreide.

»Mehr als Nein sagen kann er nicht.«

Robert fielen eine Menge mehr Dinge ein, die ein Nein unterstreichen würden. Die Fantasie über das Schlechte im Menschen war schließlich durch jahrelange Arbeit bei der Zeitung mehr als genährt worden.

»Vielleicht ist er auch Diabetiker, hat eine Weizenunverträglichkeit oder was auch immer.«

»Auch dafür reicht ein Nein.«

Beide hielten die Luft an, als er vor ihnen stand. Julia, weil sie zögerte, ihm einfach einen Muffin zu reichen.

Robert, weil er keinen journalistischen Spürsinn aufwenden musste, um zu erkennen, dass die letzte Dusche drei Wochen her war.

Der Mann stellte die Tüten neben dem Gerüst ab und kramte in seiner Tasche, während Robert und Julia parallel ausatmeten. Er schaute sie etwas irritiert an und streckte ihnen einen Zehn-Euro-Schein entgegen.

»Bitte zwei Kaffee zum Mitnehmen und vier von den kleinen runden Kuchen.« Er tippte mit seinen gelben Fingern auf einen Apfel-Zimt-Muffin, den Julia sogleich auf ein kleines Tablett legte. Dann ließ sie dampfenden Kaffee in zwei Pappbecher fließen.

»Milch oder Zucker?«

»Beides.« Bei dem Wort strahlte er, ohne zu verraten, für wen der zweite Kaffee war und dass er am Tag zuvor neben seinem Schlafsack einen Briefumschlag gefunden hatte, in dem fünfzig Euro und ein Zettel lagen.

Guten Morgen,
Sie kennen mich nicht und wundern sich bestimmt, warum ich Ihnen schreibe. Ich hatte ein Problem. Ein großes Problem. Eins, von dem ich nicht schreiben möchte, weil es mir unangenehm ist. Aber ich habe mir selbst gelobt, dass ich einem Fremden, der es gebrauchen kann, fünfzig Euro schenke, sobald sich mein Problem löst. Tja, und nun hat es sich gelöst.
Ihr erleichterter Mr. X

Was konnte das schon für ein Problem sein, hatte er sich gefragt und das Geld eingesteckt.

Julia strahlte ebenfalls, weil sie in seinem Gesicht sah,

dass er offenbar nicht mehr so unglücklich war wie damals, als sie ihn im Bus getroffen hatte. Sie kramte nach dem Wechselgeld, während er beide Tüten in eine Hand nahm, um die andere für die dritte Tüte frei zu haben, in der das Papptablett mit den Köstlichkeiten steckte.

»Stimmt so«, brummte der Obdachlose und ging davon.

Robert und Julia sahen sich an.

»Wir haben uns ganz umsonst Gedanken gemacht«, sagte Robert.

»Ja, eigentlich ist klar, dass alles noch viel besser wird, als wir uns das vorstellen können. Wir brauchen nur Geduld.«

»Oh, ja. Geduld!«

Wann läge dieser Besuch von Jean endlich hinter ihnen? Lange würde er keine Geduld mehr haben. Wären nicht all die hungrigen Leute gekommen, hätte er sie fast geküsst.

»Heute wird es bei mir wieder später«, sagte Robert, als die zehnmal wiederaufgefüllten Thermoskannen leer waren und der Kuchen ausverkauft war.

»Kein Problem. Hauptsache, du bist morgen Abend fit. Nicht dass mein Tischherr noch einschläft.«

»Wie könnte ich neben so einer schönen Frau ...?«

Sie sah ihn verunsichert an und verstaute die restlichen Pappbecher in eine Kiste. Nick würde ihren provisorischen Stand belächeln – ein Grund mehr, auf seiner Eröffnung festlich auszusehen. Ihr war klar, dass Nick einen Empfang bereiten würde, als sei die Queen zu Besuch, und sie wollte dazupassen. Weil sie in ihrem eigenen Reich eben selbst eine Königin war und nicht, wie ihr Bruder immer betonte, eine Kellnerin ohne Ausbildung, die mit dem Kopf in Wolkenkuckucksheim feststeckte.

Nicht schlecht.«

»Meinst du?«

»Ich habe dich übrigens seit Jahren nicht mehr so glücklich gesehen.«

»Sei still, Glück ist was für Weicheier!«, motzte Robert, während er die frischlackierte Ape in Goldschrift mit *Café Juliette* verzierte. Die Leute hatten ihm schon hinterhergeschaut, als er mit Tempo vierzig auf dem dreirädrigen Gefährt quer durch die Stadt gefahren war. Wie würde Julia erst staunen? Er hatte den Wagen im königlichen Blau ihres Kleides lackiert und mit liebevollen Details, etwa einer Klappe, unter der *Café der guten Wünsche* stand, und einem Blumenhalter versehen.

»Was ist, wenn du sie auch mit diesem Geschenk nicht überzeugen kannst?«

Robert legte den Pinsel beiseite. »Es ist ein Geschenk, an das keine Bedingungen geknüpft sind. Ich möchte ihr eine Alternative bieten für die Zeit, in der das Café geschlossen bleibt. Wir standen gestern drei Stunden lang an der Straße und mussten alle zwanzig Minuten reingehen, um mitten im Bauschutt neuen Kaffee zu kochen.«

»Aber du hättest auch nichts dagegen, weiter bei ihr zu arbeiten?«

»Nein, hätte ich nicht. Danke«, Robert umarmte Carsten, »für alles. Auch fürs Rausschmeißen. Wenn mir jemand gesagt hätte, dass ausgerechnet das mein Leben verbessern würde – ich hätte ihn für verrückt erklärt.«

»Wie war das mit den Zitronen im Leben noch gleich? Mach Limo draus?« Carsten freute sich auch für Robert, weil es ihm das schlechte Gewissen nahm.

»Da wäre noch eine Sache …«

Carstens Blick wurde wieder skeptischer.

»Könnte ich bei euch duschen und mich umziehen?«

»Meinst du, Julia blockiert das Bad den ganzen Nachmittag, um sich für heute Abend hübsch zu machen?«

»Nein, aber ich möchte sie formvollendet abholen, wir sind schließlich kein altes Ehepaar, das sich in der Wohnung zusammen fein macht.« Er zeigte auf eine große Tasche, die in der Ecke stand. »Ich habe mir sogar einen Anzug besorgt. Und ein Hemd in der Farbe ihres Kleides.«

»Von wegen bedingungsloses Geschenk. Du ziehst hier die Romantiknummer ab. Warum wartest du damit nicht lieber, bis der geheimnisvolle Lover da war?«

»Im schlimmsten Falle bin ich dann Luft für sie.«

Auch heute waren Kaffee und Kuchen am improvisierten Stand vor dem Café schnell ausverkauft gewesen. Julia musste die Gäste beruhigen, dass das Café bald im neuen Glanz erstrahlen würde. Nachdem sie sich von Laura verabschiedet hatte, ging sie in ihre Wohnung, um sich für den Abend zurechtzumachen. Als sie gerade heißes Wasser über ihren Körper laufen ließ, klingelte ihr Handy. Hoffentlich war das nicht Robert mit einer Absage, dachte sie. Er hatte heute nur kurz zum Frühstück hereingeschaut und verdächtig gut gelaunt gewirkt.

»Hallo?« Sie griff mit der nassen Hand nach dem Handy.

»Oh, Mama, ja, wir sehen uns gleich. Bei mir schlafen? Heute eher schlecht. Aber ich telefoniere gerne herum … Danke für euer Verständnis, bis gleich!«

Sie konnte schließlich schlecht bei Robert unterschlüpfen, um ihren Eltern einen Schlafplatz anzubieten. Dann mussten sie eben ein Hotelzimmer nehmen. Ihr Handy piepte. Eine SMS von Robert. Ihr Herz sackte in die Hose. Warum eigentlich? Das war nicht der Abschlussball. Mit glitschigen Fingern öffnete sie die Nachricht: *Liebe Julia, ich hole dich um 19.30 Uhr vor dem Café ab, wenn es dir passt. Robert*

Aha, er steckte bis zur letzten Minute woanders. Aber das ging sie nichts an.

OK, schrieb sie zurück.

Robert wunderte sich, was Julia davon abhielt, ausführlicher zu antworten. Aber das ging ihn im Grunde nichts an.

Wollte nicht unhöflich sein, stand gerade unter der Dusche ..., schrieb Julia zwei Minuten später.

Dennoch war er aufgeregt, als er mit dem mobilen Café und fein geschniegelt vor dem Haus stand und auf sie wartete. Er lehnte sich an den Wagen, einen Strauß weißer Rosen in der Hand. Er fühlte sich im besten Sinne wie ein Kind, auch wenn er ganz erwachsene Wünsche hatte. Es war 19.31 Uhr. Frauen brauchten doch immer länger, oder?

Er hatte genug Zeit, die Baustelle zu betrachten. Die schöne Fassade versteckte sich hinter dem Gerüst, durch die Fenster sah man auf einen Haufen Schutt und eine Ecke, in der mit Folie abgedeckte Möbel standen. Oder sollte er hochgehen und schauen, wo sie bleibt? Als er Schritte hörte, fixierte er die Tür und hielt den Atem an. Sie sah noch viel schöner aus als an dem Tag, an dem sie ihm das Kleid vorgeführt hatte. Der dunkelblaue Lidstrich verlieh ihr etwas Dramatisches, sie sah Jahre älter aus, als sie war, was ihr extrem gut stand. Es würde sich lohnen, notfalls zehn Jahre auf sie zu warten.

»Wow!«

»Hör auf, du bringst mich in Verlegenheit. Aber du siehst auch fan...«, sagte Julia, dann hielt sie die Luft an. »Oh, mein Gott, was ist das denn?«

»Das mobile Café Juliette. So sind wir immer und überall einsatzbereit. Voilà. Ein Geschenk für dich.«

Tränen der Rührung schossen Julia in die Augen. Schnell wischte sie sie weg, was sie so aussehen ließ, wie Robert sie sich nach einer gemeinsam verbrachten Nacht vorstellte. Einer im selben Zimmer verbrachten Nacht.

»Das, das ist ja der Wahnsinn!«

Sie umarmte ihn, und einen Moment länger als angemessen standen sie so vor dem Wagen.

»Danke. Das ist das tollste Geschenk, das ich je bekommen habe. Am liebsten würde ich gleich damit loslegen, anstatt zu Nicks Party zu gehen.«

»Sollen wir nach der Party noch Mitternachtsdrinks anbieten?«, fragte Robert.

»Das machen wir!«

Julias Handy piepte. Bestimmt war es Nick, der fragen wollte, wo sie blieben.

»Oh, eine Nachricht von Jean!«

Das Strahlen in Julias Gesicht schmälerte Roberts Freude.

»Und was schreibt er?«, fragte er möglichst unbeteiligt, während er sich über das idiotische Timing dieses Typen ärgerte.

»Nur dass er sich schon sehr auf mich freut und uns viel Spaß bei dem Fest wünscht.«

»Den werden wir haben!«

Robert hielt ihr den Arm hin, und Seite an Seite liefen sie zu Nicks Feier, während das mobile Café über die Baustelle wachte.

So musste sich der Bräutigam auf seiner eigenen Hochzeit fühlen! Nick stand mitten im Saal, während Leute um ihn herumschwirrten, die er noch nie gesehen hatte. Nachdem alle Freunde und Familienmitglieder eingeladen worden waren, hatte Sabrina freie Wahl gehabt, wem sie einen unvergesslichen Abend bescheren wollte.

»Nick, wir sind so stolz auf dich!« Seine Mutter küsste ihn links und rechts. Allein für diesen Auftritt hatte sich der Abend gelohnt.

»Mensch, Junge! Ganz oder gar nicht, was?«, sagte sein Vater, während er sich an dem eleganten Riphahn-Bau kaum sattsehen konnte. Hier waren die Möbel nicht bunt zusammengewürfelt wie im Café Juliette, sondern passten sich in ihrer zeitlosen Form den perfekt restaurierten Elementen an, die aus einer Zeit stammten, in der Gebäude wie dieses auf einem Grund von Krieg und Zerstörung ein Neuanfang waren. Ein Neuanfang, den das Haus, das das Café Juliette beherbergte, nicht benötigte. Es gehörte zu den wenigen Häusern, die zwei Weltkriege unbeschadet überstanden hatten.

Seine Eltern hatten ihre Freunde Melly und Klaus mitgebracht, deren Tochter wieder extra aus Paris angereist war. Claire schaute Nick interessiert an. Er war nun nicht mehr BWL-Student kurz vor dem Abschluss, sondern Geschäftsführer einer angesagten Location. Die Jazzband sorgte für einen angenehmen Geräuschpegel. Die Tische waren festlich eingedeckt, und in der Mitte des Raums stand ein Weihnachtsbaum, der bis an die Decke ragte. Die Kugeln hingen wir glitzernde Trauben an den Zweigen. Das Bild versprach Überfluss und Luxus.

»Schön, dass ihr da seid. Setzt euch an den Familientisch. Es geht gleich los«, sagte Nick und zeigte auf den Tisch neben dem Rednerpult. Seine Hand zitterte, als er das Mikrofon sah.

»Wer ist denn der Mann neben Julia?«, fragte seine Mutter erstaunt.

»Ach, nur ihr Mitbewohner.« Dass es auch ein Freund von ihm war, unterschlug Nick in dem Moment.

»Sieht aber nicht so aus. Sie wirken total verliebt!«

»Na ja, Julia war noch nie bekannt dafür, sich der Realität zu stellen. Ich muss jetzt weiter.«

Damit er nichts vergaß, sprang Sabrina ihm zur Seite, nicht ohne einen giftigen Blick auf Claire zu werfen, deren Blicke ihr nicht entgangen waren. Sie nahm sich vor, Nicks Location in ihre Liste für romantische Feiern aufzunehmen. So hätte sie weiter Gelegenheit, ihn zu treffen, auch wenn das Eröffnungsfest vorbei war. Der Gedanke beruhigte sie, sodass sie Nick Small Talk halten ließ, bis sie ihm mit dem Stift auf die Schulter tippte. »Die Vorspeise ist schon angerichtet. Möchtest du die Gäste nicht begrüßen?«

Nick rückte seine Fliege zurecht, ging zum Mikro und räusperte sich. Die Musik verstummte, alle nahmen Platz. Geht doch, dachte er, ich bin nun mal die geborene Führungskraft. Er ließ seinen Blick durch den vollen Saal schweifen. »Liebe Gäste, ich freue mich sehr, dass wir heute gemeinsam diesen wunderbaren Ort einweihen. Ein

Ort, an dem Sie auftanken können. In jeder Hinsicht.« Alle hörten ihm aufmerksam zu. Nick sah in erwartungsvolle Gesichter und blickte auf den verschleierten Schriftzug. »Da der Mensch nicht von Luft und Liebe allein leben kann, werden wir den Höhepunkt noch hinauszögern. Genießen Sie den eigens für diesen Ort kreierten Aperitif ›Glitzerschnee‹, und wer keinen Alkohol möchte, probiert die ›Eisblume‹.« Nick verbeugte sich in Richtung des Kochs, der mit einem Tablett die Kellner anführte. Der Saal applaudierte. Auch Julia klatschte voller Stolz auf ihren großen Bruder.

»Was meinst du: Sollten wir auch expandieren?«, raunte Robert ihr zu und berührte sie leicht an der Hand, um sogleich zurückzuzucken. Er würde sich noch alles verderben. Da griff Julia nach seiner Hand und drückte sie. Wie musste es erst sein, wenn sie ihn wieder küsste, überlegte Robert, dem ein Schauer über den ganzen Körper lief.

»Ich möchte jetzt erst mal mit dir die Minivariante ausprobieren. Danke noch einmal.«

Robert sah auf seine Hand, die gerade von Julia berührt worden war. Nach seinem herkömmlichen Maßstab war nichts passiert, und doch war alles durcheinander. Nein, alles war so klar wie nie. Er musste nur noch die Begegnung mit Jean abwarten. Robert hatte selbst begonnen, die Realität schicksalshaft zu deuten. Dass Jean kam, betrachtete er nun als ein Geschenk, das dafür sorgen würde, dass ihre Sehnsucht bald nur noch ihm gehören würde.

»Mir wäre das viel zu viel Verantwortung«, sagte Julia. »Da bin ich nicht mehr Chefin, sondern Sklavin.«

Vom Nachbartisch aus lächelte Laura ihr zu. Sie schien

an Piets Seite glücklich. Julia ließ den Blick durch die Menge schweifen und blieb an einem Tisch hängen. Das war doch Dörte! Erleichtert beobachtete sie, wie ein durchtrainierter Mann mit rasiertem Kopf ihr die Hand küsste. Dennoch gab ihr der Anblick einen Stich, den sie sich nicht erklären konnte. Was war, wenn Dörte viel lieber mit Robert gekommen wäre? Oder sie selbst nur zweite Wahl war? Sie atmete tief durch und sagte sich, dass das alles keine Rolle spiele, weil sie mit Robert als Freund gekommen war, nicht als ihr Liebhaber. Der Glitzerschnee kühlte sie ab, und die kleinen Häppchen beruhigten den Magen, sodass die fehlinterpretierten Schmetterlinge im Bauch zur Ruhe kamen.

»Köstlich. Dieser Laden wird ein Erfolg werden, da bin ich mir sicher.« Ihre Mutter Sophie prostete allen am Familientisch mit dem Glitzerschnee zu und zwinkerte in Roberts Richtung. »Wenn ich gewusst hätte, wie attraktiv der Mitbewohner meiner Tochter ist, hätte ich mir ernsthaft Sorgen gemacht, dass sie vom rechten Weg abkommen könnte.« Sophie hatte wohl schon ein paar Gläschen zu viel intus.

»Mama!«

»Sophie, sie ist keine vierzehn mehr.« Julias Vater war das noch peinlicher als Julia selbst. Vor Verlegenheit starrten alle auf die freien Plätze, die für Sabrina und Nick reserviert waren. Kein Wunder, dass die beiden keine Ruhe fanden und lieber im Hintergrund die Fäden zogen. Robert musste grinsen.

»Ich glaube, ich gehe mal ...« Julia beendete den Satz nicht, sondern stand einfach auf.

Selbst auf der Toilette zog sich der Prunk durch. Vor dem Spiegel stand neben den frischen Blumen ein Körbchen mit Kosmetikartikeln. Ein Deo, dessen ätherische Öle Glücksgefühle auslösen sollten, was angeblich wissenschaftlich bewiesen war, eine Handcreme mit luxuriösen Inhaltsstoffen, Tampons, bei denen sich Julia sicher war, dass Sabrina sie ausgesucht hatte, Lippenpflege und eine große Flasche Chanel Nr. 5. Neben dem Körbchen stand eine goldgerahmte Karte. »Die Welt liegt Ihnen zu Füßen, bedienen Sie sich.«

Ob Nick bedingungsloses Grundvertrauen einüben wollte? Wer steckte schon mal eben ein Parfum in die Tasche, das er sich nicht leisten könnte? In Julias Welt niemand, aber in Nicks? Als sie sich umdrehte, sah sie in die Augen der Klofrau. Ihr Blick machte deutlich, dass es nicht klug wäre, hier etwas mitgehen zu lassen.

Laura kam herein und umarmte Julia, obwohl sie sich gerade erst begrüßt hatten. »Schön hier, aber bei uns ist es noch viel schöner.« Die blonden Locken fielen ihr ins Dekolleté, als sie sich zum Spiegel beugte, um die Lippen nachzuziehen.

»Das stimmt. Mir fehlt das Café, und ich vermisse es, mit euch beiden dort zu arbeiten, auch wenn Robert wirklich eine würdige Vertretung für Bernadette ist.«

In einer Kabine nebenan ging die Klospülung.

»Julia, ich möchte mich bei dir entschuldigen.«

»Wofür?«

»Dafür, dass ich wegen Robert so streng war. Tut mir leid. Ich habe mich getäuscht. Vielleicht hat er jemanden wie dich gebraucht, der ihn nicht nur als Loser, Frauenflachleger und Hochstapler sieht!«

Das klang fast so, als bewahre sich Laura ihr altes Bild von Robert sorgfältig auf, um es bei Bedarf aus der Schublade zu ziehen.

»Keine Sorge, es gibt noch mehr Frauen, die etwas anderes in ihm sehen.«

Julia und Laura sahen im Spiegel, dass Dörte hinter ihnen stand, die das Gespräch in der Kabine hatte mithören können.

»Wie wäre es zum Beispiel mit: sexy Typ mit einem Hauch Melancholie, der jede Frau schwach macht? Meine Güte, ich habe seinetwegen fast meinen Freund abgeschossen! Darf ich?«

Dörte teilte die beiden Frauen wie das Rote Meer. Als sie sich die Hände einseifte, durchströmte ein blumiger Duft die Luft. Dörte sah aus wie Brigitte Bardot in ihren besten Jahren. Julia kam sich auf einmal unscheinbar vor.

»Und warum hast du es dann nicht?«, fragte Laura, die als Erste ihre Fassung wiedergefunden hatte und erleichtert war, dass sie nicht noch weiter ausgeholt hatte.

»Weil er dich liebt!«

»Mich? Wohl kaum.« Laura lachte.

»Ich meinte auch nicht dich, sondern Julia!«

Um diesmal keine Missverständnisse aufkommen zu lassen, zeigte sie mit ihrem geöffneten Lipgloss auf Julia. »Dich, Julia Heller, liebt er! Und ganz ehrlich, wenn du das nicht kapierst, dann hast du ihn überhaupt nicht verdient!«

Sie tupfte Gloss auf ihre Lippen, haute den Deckel wieder auf den Stift und knallte ihn in ihr Handtäschchen. »Darf ich?«

Julia und Laura wichen zurück, während Dörte nach dem Chanel Nr. 5 griff und sich einnebelte. Doch auch davon erwachte Julia nicht aus ihrer Schockstarre. Liebte er sie? Und liebte sie ihn? Sie brauchte wieder einmal ein Zeichen.

»Überlege nicht zu lange, Julia. Robert ist auch nur ein Mann. Er wird nicht so lange auf dich warten wie du auf diesen Typen aus Übersee.«

»Nicht Übersee, er kommt aus dem Nachbarland. Und zwar schon nächste Woche!«, konterte Laura, weil Julia immer noch nichts sagte.

Ein Zeichen wäre schön, dachte Julia erneut, während sie leichten Schrittes den Raum verließ.

Als die drei jungen Frauen den Saal wieder betraten, war er bis auf zwei Kellnerinnen, die die Gläser einsammelten, leer. Auf ihren Plätzen lagen beschriebene Postkarten, auf denen vorne eine goldene Kaffeetasse, deren Dampf sich zu Buchstaben formte, abgebildet war.

»Was fehlt Dir zu Deinem Glück?« lautete die Frage an Julia. »Verrate mir Deinen Herzenswunsch ...« wurde Laura aufgefordert. Dörte war, ohne ihre Karte zu lesen, nach draußen gestürmt, wo sich die Festgemeinde versammelt hatte. Julia und Laura liefen hinterher, um den nächsten Programmpunkt nicht zu verpassen. Robert stellte sich freudestrahlend neben Julia. Die Gäste standen dicht gedrängt vor dem Schaufenster. Sie schauten nach oben, wo Nick und Sabrina links und rechts auf einer Leiter standen. Nicks Blick fiel auf seine Schwester. Einen Moment zögerte er, bevor er Sabrina zunickte. Ein Blitzlichtgewitter ging los, als das Tuch fiel. Alle klatschten, als sie den angestrahlten Schriftzug sahen: *Das Café der guten Wünsche.*

Julia brauchte eine Weile, bis sie den Namen verstanden hatte. Nick registrierte erleichtert, dass sie gelassen stehen blieb und zu ihm hochschaute. So interpretierte er ihre Haltung zumindest.

»Liebe Gäste, ich freue mich, Ihnen und Euch den wahren Namen dieses Cafés zu verraten. Es ist eins der ältesten Geheimnisse der Welt, ganz gleich in welchem Jahrzehnt wir uns gerade befinden: Das geschriebene Wort besitzt die Macht, Wünsche wahr werden zu lassen. Gibt es hier jemanden, der einen geheimen Wunsch hegt? Geben Sie ihn frei und helfen Sie ihm so, erfüllt zu werden!«

Er hielt eine Karte hoch, die er schon beschrieben hatte. Die Leiter wackelte. Eine hübsche Frau mit hochtoupierten Haaren und Petticoat kam aus dem Café, machte einen Knicks, lächelte wie in einer Zahnpastawerbung und hielt Nick eine große kupferfarbene Dose hin. Er warf seine Karte hinein und wandte sich mit einem ebenso breiten Lächeln wie Felicitas an seine Gäste.

»Vertrauen Sie Ihre Wünsche Felicitas an, und sie gehen in Erfüllung!«

»Oh, ist das schön!«

»Wie romantisch!«

»Meinst du, das funktioniert wirklich?«

»So ein Quatsch, das ist doch nur ein Werbegag.«

»Hast du noch nie was von Bestellungen ans Universum gehört?«

Julia hörte all die Sätze um sich herum wie durch eine Wand. Die meisten Gäste stopften ihre Wünsche in die Dose, als hätten die ersten die größte Chance, erfüllt zu werden. Die Band spielte »What a wonderful world«, und Nick schaute zufrieden auf das, was er geschaffen hatte.

»Das ist jetzt nicht sein Ernst, oder?« Lauras Worte drangen nicht zu Julia durch.

Da strich ihr jemand sanft über den Rücken und berührte sie damit viel tiefer. »Du weißt, dass ich meinen größten Herzenswunsch lieber dem echten Café der guten Wünsche anvertraue.«

Robert. Für einen Moment wollte sie einfach in seine Arme fallen und mit ihm ihre Enttäuschung teilen. Wie hatte sie nur so blind sein können? Nicks Interesse an ihrem Café, seine Geheimniskrämerei. Und dann kam das Zeichen oder besser gesagt die Erkenntnis. Mit dem Holzhammer. »Komm mit mir um die Ecke. Ich möchte kurz mit dir allein reden.«

Robert wunderte sich über die Schärfe in ihrer Stimme. Vielleicht musste sie sich ihre Wut von der Seele reden. Er nahm ihre Hand und zog sie mit sich.

»Julia, sei nicht so streng mit Nick. Im Grunde ist er überhaupt keine Konkurrenz für dich.«

Im Hintergrund brandete Applaus auf. Die Band spielte lauter. Nick fiel es nicht auf, dass Julia verschwunden war, so erleichtert war er über die gelungene Eröffnung.

»Es ist nicht Nick, auf den ich wütend bin!«

»Nicht mal, wenn er aus deinem zauberhaften Café einen Franchise-Witz macht?«

»Nick ist Nick, er muss immer irgendein Ding drehen und für sich das Beste daraus machen. Aber das«, sie zeigte in Richtung des Cafés, »hätte er nie machen können, wenn du ihm nicht unser Geheimnis verraten hättest!«

»Julia, ich weiß nicht, was du meinst ...«

»Tu nicht so begriffsstutzig!«

»Ich schwöre dir, ich habe euer Konzept nicht weitererzählt.«

»Ach, klar! Ich hätte auf Laura hören sollen. Du hast mich schon einmal angelogen! Ich glaube dir nichts mehr! Ich hasse dich!«

Erschrocken hielten beide inne. Julia hatte noch nie jemandem gesagt, dass sie ihn hasste. Noch nicht einmal gedacht hatte sie so etwas. Sie hatte schon ein schlechtes Gewissen, wenn sie jemanden nicht mochte.

»Julia, ich war es nicht!«

»Wer soll es denn sonst gewesen sein? Du warst der Einzige, der es außer Laura und Bernadette wusste, und für die beiden würde ich meine Hand ins Feuer legen.«

»Frag doch Nick, woher er es hat!«

»Und der sagt mir bestimmt die Wahrheit? Robert, ich habe dir vertraut! Es gab Momente, in denen ich sogar dachte, mit uns ...« Julia kämpfte mit den Tränen.

»Ich weiß, was du gedacht hast, und vielleicht hast du sogar recht, weil ich dasselbe gedacht habe.«

Er hielt mit dem Zeigefinger eine Träne auf, die ihre Wange hinunterkullerte. Julia nahm seine Hand und schob sie fort. »Selbst wenn wir beide das Gleiche gedacht haben. Du hast es mit deinem Verrat kaputt gemacht.«

Nun kroch auch in Robert die Wut hoch. »Weißt du was, Julia? Für die ganze Welt hast du Verständnis, versuchst überall das Gute zu sehen. Aber jetzt, wo es wirklich mal wichtig wäre, mir zu vertrauen, behandelst du mich wie Dreck. Jetzt hast du einen Grund gefunden, mich zum Teufel zu schicken, damit die Bahn für den rettenden Engel endlich wieder frei ist! Vielleicht sagt Jean ja ab, dann kannst du dich wieder ein paar Jahre lang nach ihm sehnen und alle echten Männer mit Füßen treten! Aber weißt du was? Liebe kann auch mal schmerzen! Man muss kämpfen, durch Krisen gehen und vielleicht auch mal verzeihen können!«

Robert hatte Julia zunächst dazu gebracht zu überlegen, ob er nicht doch unschuldig sein könnte, aber der letzte Satz kam für sie einem Schuleingeständnis gleich. Auf einmal fiel ihr auf, dass sie seine Hand, die sie nur ergriffen hatte, um ihn wegzustoßen, immer noch umklammert hielt. »Verzeihen kann man erst, wenn der andere zugibt, was er getan hat«, sagte sie, ließ seine Hand los und verschränkte die Arme vor der Brust.

»Weißt du was, ich glaube, ich habe mich auch in dir getäuscht. Am besten, wir vergessen einfach alles. Ich suche mir eine neue Wohnung.«

»Ja, das wird das Beste sein. Und bis dahin möchte ich, dass du auszieht. Bernadette und Jean kommen bald, ich habe keine Lust, dass du noch etwas kaputt machst.«

»Ich habe nichts kaputt gemacht! Sei doch wütend auf den, der es verdient hat, aber nicht auf mich. Oh, ich vergaß, die heilige Familie Heller ist natürlich unfehlbar.«

»Nick ist mein Bruder. Das ist was ganz anderes. Und ja, ich war auf dem besten Wege, Gefühle für dich zu entwickeln.«

»Lass deine Gefühle für mich doch zu!«

»Ich habe keine Lust, eine von den Frauen zu sein, die du verarschst! Spätestens, wenn wir miteinander geschlafen hätten, wäre ich doch uninteressant für dich geworden! Solltest du irgendwas für mich empfunden haben, dann doch nur, weil du mich nicht haben konntest!«

»So wie du dich gerade verhältst, ist das Letzte, woran ich denke, dich flachzulegen!«

Einen Moment lang war es still. So still, dass beiden auffiel, dass die Feier im Café längst ohne sie weitergegangen war.

»Robert, das war zu viel. Ich möchte dich nicht mehr sehen. Ich will, dass du heute noch auszieht und dich nie wieder bei mir meldest.«

Hat jemand Robert und Julia gesehen?«

Sophie fragte sich, wo ihre Tochter blieb. Es war nicht ihre Art, das Essen stehen zu lassen. Mittlerweile hatten alle ihren Lammrücken, der als »Himmelswölkchen« auf der Karte stand, oder die Tofusteaks, die mit »Engelsschnitte« angekündigt wurden, verspeist.

Selbst Nick, der so nervös gewesen war, hatte sich das Essen schmecken lassen. Er schaffte es sogar, Sabrina so lange die Führung zu überlassen, und ließ sich zum zweiten Mal das Weinglas füllen.

»Sollen wir sie mal suchen gehen?«, erbot sich Laura, die kurz am Familientisch Platz genommen hatte, um mit Julias Eltern zu sprechen.

»Ach was, es ist doch offensichtlich, womit die beiden gerade beschäftigt sind. Sie werden irgendwo rumknutschen. Ich meine, wie die beiden hier schon reingeschneit sind – wie ein Hochzeitspaar!« Nick nahm einen kräftigen Schluck und beruhigte vor allem sich selbst. »Robert hat mir anvertraut, dass er ein Auge auf Julia geworfen hat. Dann haben wir heute zwei Sachen zu feiern: das Café der guten Wünsche und dass Julia Robert endlich erhört hat!«

»Hoffen wir, dass du recht hast, und stoßen auf das Liebesglück deiner Schwester und das Café an.«

Nick versetzte der Trinkspruch seines Vaters einen Stich. Würde Julia denn immer an erster Stelle stehen? Vielleicht war sie mit Robert verschwunden, weil sie es nicht aushielt, mal nicht im Fokus zu stehen.

Laura hatte beobachtet, wie Julia und Robert Hand in Hand die Menge verlassen hatten. Julias Gesichtsausdruck hatte jedoch nicht zu dieser Geste gepasst. Aber ihr Ärger galt wohl eher Nick, der ihr Konzept dreist kopiert hatte. Würde das das Café Juliette gefährden? Wohl kaum. Nicks Café hatte ein ganz anderes Publikum und war zwei Stadtteile von ihrem entfernt. Nick würde zudem eher an die Einnahmen als an das Glück seiner Gäste denken.

»Nick, ich frage mich, wie du auf eine so großartige Idee gekommen bist?« Laura fixierte ihn.

»Es gibt Ideen, die sind so genial, dass man sich fragt, warum man nicht früher drauf gekommen ist.« Er fixierte sie ebenfalls.

»Tja, schön, wenn man in einem inspirierenden Umfeld lebt.«

»Ich hätte nie gedacht, dass deine Schwester dir zum Vorbild wird«, mischte Sophie sich ein und versetzte Nick damit einen weiteren Stich.

»Es gibt eben auch Ideen, von denen man sich nur wünschen kann, dass sie verbreitet werden, oder? Ich hätte übrigens nichts gegen eine Zusammenarbeit. Jetzt, wo das Café Juliette geschlossen hat, sucht ihr vielleicht nach einer Alternative.«

»Vorübergehend wegen Renovierungsarbeiten geschlossen. Hat Robert dir eigentlich noch mehr Geheimnisse aus dem Leben deiner Schwester verraten?«

»Bei dem einen oder anderen Glas Wein wird die Zunge schon lockerer. Aber ein wahrer Freund schweigt.«

Wie war dieser Hinweis zu verstehen? Das Vibrieren in ihrer Handtasche brachte die Lösung des Rätsels näher. Unauffällig schaute Laura unter dem Tisch auf ihr Handy: *Liebe Laura, darf ich gleich mit zu dir kommen? Aber tu mir einen Gefallen: Ich möchte Nicks Feier nicht kaputt machen, bitte lass dir was einfallen, damit niemand denkt, irgendwas sei nicht in Ordnung. Später mehr, Julia*

Noch jemand, der in Rätseln kommunizierte.

»Wie es aussieht, könnten Sie mit Ihrer Vermutung recht haben, Frau Heller. Julia und Robert haben anscheinend etwas zu tun, das noch wichtiger ist, als dieses köstliche Dinner zu verspeisen.«

Wie hatte er nur so blöd sein können? Robert hasste sich mehr als die Welt zu seinen düstersten Zeiten. Er hätte Julia von seiner Unschuld überzeugen müssen, anstatt sie zu beleidigen. Aber hatte sie ihn mit ihrem Misstrauen nicht viel mehr enttäuscht? Ans Gute glauben und ihn dann direkt verurteilen, das passte ja gut zusammen. Robert stopfte ein paar Klamotten, Zahnbürste und Duschgel in seine Tasche. Er packte auch den Laptop und die Schuhe aus dem Regal ein. Er hatte Julia noch nie so wütend erlebt, nachher würde sie die Sachen noch aus dem Fenster werfen. Für den Rest würden sie einen Termin vereinbaren, bei dem sie sich nicht in die Quere kamen.

Robert schaute sich noch einmal in der Wohnung um, in der er kaum Spuren hinterlassen hatte. Er griff zu seinem Handy und schickte Julia eine SMS: *Es tut mir leid. Können wir reden?*

Wie ein Hoffnungsschimmer erschien ihm das Blinken des Handys, bis die Antwort ihn zunichtemachte: *Nein.*

Ob er einfach in der Wohnung auf sie warten sollte? Am Küchentisch sitzen mit einer Kanne Tee, sie trösten und sich entschuldigen, nachdem sie drei Stunden lang in ihrem dünnen Kleid durch die Straßen geirrt war, um ihm nicht zu begegnen? Sie würde sich den Trost woanders suchen. Nick, der Idiot, und er selbst hatten den Boden bereitet, auf dem Jean morgen breitbeinig in ihr Herz trampeln könnte.

»Scheiße!« Robert schlug gegen den Türrahmen, bis ihm das Handgelenk schmerzte. Wenn er so weitermachte, konnte er sich gleich krankschreiben lassen. In ein paar Tagen müsste er wieder ins Büro, um langweilige, deprimierende Nachrichten umzuformulieren. Er hatte in dieser Wohnung nichts mehr zu suchen. Er war nicht für ein Happy End geschaffen. Niemand war es. Es gab keine glücklichen Beziehungen. Menschen waren nicht dazu geschaffen, sich gegenseitig glücklich zu machen. Wie viel Leid würde der Welt erspart bleiben, wenn nicht alle dieser Illusion hinterherrannten. Wir sind Tiere, dachte er, nur dass wir mit der schlimmsten Gabe ausgestattet sind: dem Verstand, der uns erkennen lässt, dass wir nichts kapieren. Und selbst wenn wir etwas kapieren, dann handeln wir nicht danach. Der einzige Grund, sich nicht umzubringen, war die Ungewissheit, ob das die Sache besser machen würde. Robert zog die Tür hinter sich zu, ohne abzuschließen, und machte sich auf den Weg zu Carsten.

Und wenn er unser Geheimnis wirklich nicht verraten hat?«

Julia war dankbar, dass Laura Piet gebeten hatte, nach der Eröffnungsfeier zu sich nach Hause zu gehen, damit sie sich bei ihrer Freundin ausheulen konnte.

»Wie, bitte schön, sollte Nick sonst darauf gekommen sein?«

»Wenn er geschnüffelt hat?«

»Ich kann mich nicht erinnern, wann er eine Möglichkeit hatte, sich allein im Café umzusehen. Jedenfalls nicht länger als fünf Minuten.«

Sie lagen beide auf Lauras Matratze und starrten die Decke an.

»Das Ganze als Überraschung zu verkaufen spricht doch für ein schlechtes Gewissen. Wenn Robert Nicks Verbündeter gewesen wäre, dann hätte er sich anders verhalten.«

»Selbst wenn er es nicht war – dass er gesagt hat, das Letzte, woran er gerade denken würde, wäre, mich flachzulegen, war sexistisch, verletzend und hat ihn für immer disqualifiziert ...« Julia stockte. Wozu eigentlich? Ihr Freund zu sein? Ihr Partner?

Laura stützte sich auf, um Julia ins Gesicht sehen zu können. Sie wollte sie erst fragen, ob sie noch nie jemandem etwas Gemeines gesagt hätte, bis ihr bewusst wurde, dass der Streit mit Robert wohl tatsächlich das erste Mal war. Julia biss sich lieber die Zunge ab, als jemanden zu verletzen. Ihr Drang, immer den Konsens zu suchen, machte selbst Laura manchmal wahnsinnig. »Hat er nicht das Recht, nicht mit dir schlafen zu wollen? Das willst du doch schließlich auch nicht, oder?«

»Natürlich nicht! Jetzt schon mal gar nicht! Es ging ja auch weniger um den Inhalt als darum, wie er sich ausgedrückt hat.«

»Und vorher?«

»Das ist ja das Schlimme, ich war mir nicht sicher, ob doch etwas zwischen uns sein könnte. Ich habe mir dieses Jahr geschworen, endlich meine große Liebe wiederzufinden, und echt darüber nachgedacht, was wäre, wenn das Schicksal diesen Wunsch erhört hat, aber jemand anderen als Jean für mich vorgesehen hat?«

Die Lavalampe auf dem Nachttisch blubberte in Lila-Rot vor sich hin.

»Vielleicht ist es scheißegal, was das Schicksal will, und du entscheidest jetzt einfach mal selbst, mit wem du zusammen sein willst! Ich bin die Letzte, die einen Robert-Fanclub aufmachen würde, aber ich finde, dass er es verdient hat, dein Freund zu bleiben.«

»Ich könnte nicht mit ihm befreundet sein. Ganz oder gar nicht.«

»Wusste ich doch, dass du ihn willst.«

»Ich möchte nach vorne schauen. Jean kommt morgen. Robert und ich passen nicht zusammen. Er musste sich für mich verbiegen, ich will einen Mann, der so denkt wie ich, ohne sich anzupassen.«

»Tja, es klingt verführerisch, einen Klon von sich zu suchen. Allerdings kommen die wenigsten Menschen komplett mit sich selbst klar.«

Julia musste lachen. »Laura, du bist doch immer die Prinzipientreueste von uns gewesen!«

»An etwas zu glauben heißt nicht, es nicht auch zu hinterfragen.«

»Jetzt sag nicht, du steigst auch aus! Ich habe keine Ahnung, wann das Café wieder öffnen kann. Ehrlich gesagt, habe ich keine Ahnung, wie ich überhaupt die Sanierung gestemmt bekomme. Bernadette verlängert vielleicht ihren Frankreichaufenthalt, du hängst die meiste Zeit bei Piet oder an der Uni, Robert ist auch weg vom Fenster, und bei Nick gibt es die Wunscherfüllung jetzt professionalisiert und mit Ansage.« Julia setzte sich hin und seufzte tief. »Du hattest recht mit deinen Bedenken, Laura. Mit dem Tag, an dem Bernadette das Café verlassen hat, begann es zu sterben. Seitdem haben all unsere guten Wünsche nichts gebracht.«

»So ein Blödsinn! Jetzt erst recht!« Laura sprang auf, holte einen Zettel und einen Stift. »Du weißt doch selbst, dass man manchmal durch eine Krise gehen muss, und danach ergibt alles einen Sinn. So wird es auch diesmal sein.« Sie schrieb auf den Zettel, dass alles gut werden würde, egal mit wem und egal wie.

Julia dagegen formulierte einen konkreten Wunsch, als wollte sie die Macht der Gedanken herausfordern. Selbst wenn es nur eine selbsterfüllende Prophezeiung wäre, sie wollte nicht Jahre umsonst gehofft und gesehnt haben. *Morgen erlebe ich eine wunderbare, erfüllende Wiedervereinigung mit Jean. Und das Café Juliette wird gerettet, egal durch wen, egal wie.*

Morgen würde er Nick zur Rede stellen und ihn auffordern, Julia die Wahrheit zu sagen. Hoffentlich, bevor dieser Jean sie flachlegte. Warum setzten sich solche Worte im Gehirn fest, wenn man sie öfter als dreimal benutzte, und wurden einem dann zum Verhängnis?

Robert drückte die Klingel an der Tür, für die er vor einigen Monaten noch einen Schlüssel gehabt hatte. Nachdem diese Tür auch im übertragenen Sinne zugefallen war, hatten sich Möglichkeiten aufgetan, von denen er nicht mal geträumt hatte. Ganz neue Wünsche hatten sich in sein Herz geschlichen. Der Wichtigste davon lag immer noch in der Wunscherfüllungsdose. Robert musste lächeln, als er daran dachte. Das konnte doch nicht alles vorbei sein!

Carsten öffnete die Tür. »Komm rein.«

Er folgte seinem Freund ins Wohnzimmer, in dem die hochschwangere Sonja auf dem Sofa mittlerweile zum festen Inventar gehörte. Sie sah angespannt aus, obwohl sie doch nichts weiter tun musste, als einem armen Erdenbürger auszubrüten. Oder liegt es an meiner Gegenwart?, fragte sich Robert.

»Keine Sorge, ich bin gleich wieder weg.«

»Hallo Robert, nett, dich zu sehen«, sagte sie, verzog dabei jedoch das Gesicht, als fände sie es grauenvoll.

»Alles in Ordnung, Schatz?«

»Alles gut. Ich glaube, mein Bauch übt nur gerade.«

»Soll ich die Hebamme rufen?«

»Soll ich gehen?«

»Nein! Setzt euch hin, ich will hören, was Julia zu deinem mobilen Café gesagt hat. So ein tolles Geschenk habe ich noch nie von einem Mann bekommen. Sie muss dahingeschmolzen sein.«

Was soll das denn, dachte Carsten, er hatte Sonja ein echtes Baby geschenkt, das war doch wohl nicht zu übertreffen!

»Ist sie auch. Die Freude hat nur leider nicht lange angehalten.«

»Oh«, antworteten beide betroffen, nachdem Robert ihnen die ganze Geschichte erzählt hatte.

»Meine letzte Hoffnung ist, dass der französische Lover eine Enttäuschung wird. Das kann er nur werden! Alles, was sie in ihm sieht, hat sie sich in den letzten Jahren zusammengesponnen. Sie kann nur enttäuscht sein!«

»Seit wann bist du so optimistisch?«

»Weil ich in meinem ganzen Leben noch nie so glücklich war wie an Julias Seite, und das ganz ohne sie ... Ihr wisst schon ...« Er dachte an das böse Wort, das ihm nicht mehr über die Lippen kommen sollte.

»Es war nicht sehr schlau, so mit einer Frau zu reden«, drehte Sonja das Messer in Roberts Wunde noch einmal um.

Allerdings schien auch in ihr irgendwo ein Messer zu stecken. Oder war es nur das lange Sitzen auf der Couch, das ihr Gesicht so schmerzverzerrt aussehen ließ?

»Ich lasse euch beide jetzt wieder alleine«, sagte Robert. »Danke fürs Zuhören.«

So blöd Sonja ihn anfangs fand, konnte sie verstehen, warum ein gewisser Frauentyp auf ihn stand. Als sie sich vom Sofa erhob, machte es ein Geräusch, als hätte jemand einen Eimer Wasser ausgeschüttet. »Ach, du Scheiße!«, rief sie aus.

»Das muss dir nicht peinlich sein, Schatz, dass so ein Bauch auf die Blase drückt, ist doch ganz klar.«

Robert war froh, sich die Schuhe wieder anziehen zu können.

»Ich habe nicht in die Hose gemacht, das ist ein Blasensprung!«

»Was war das noch mal?«, fragte Carsten, der sich krampfhaft bemühte, das erlernte Wissen aus dem Geburtsvorbereitungskurs abzurufen. Hätte er lieber mal zugehört, als auch außerhalb der Entspannungsübungen wegzudösen.

Da Sonja vor Schmerzen nicht antworten konnte, übernahm Robert das.

»Ein Blasensprung leitet die Geburt ein. Wir hatten letztens einen Bericht über eine Frau, die im Supermarkt einen Blasensprung hatte und es nicht mehr bis ins Krankenhaus schaffte. Der Supermarkt schenkte ihr zur Geburt des Kindes einen 300-Euro-Gutschein.«

»Na, da wäre mir der Media Markt ja lieber gewesen«, witzelte Carsten, um seine Nervosität zu überspielen.

»Ruf die Hebamme an!«, stöhnte Sonja, die die Geschichte weniger witzig fand.

Carsten kapierte endlich, wie ernst die Lage war. Er zog das Handy aus der Hosentasche und drückte nur zwei Tasten, da er die Hebamme ganz vorne abgespeichert hatte. Robert überlegte, ob er die Tür hinter sich zuziehen und dem jungen Glück seine Privatsphäre gönnen sollte, aber die Panik in Carstens Augen ließ ihn abwarten.

»Sie ist in einer Viertelstunde da. Du sollst dich aufs Sofa legen, bis sie kommt, du sollst ganz ruhig bleiben, normalerweise ist auch ein vorzeitiger Blasensprung kein Problem. Aber bleib liegen. Nicht aufstehen.«

Sonja nickte, atmete schwer und legte sich aufs Sofa.

»Kann ich irgendwas für euch tun?«

Sonja schüttelte den Kopf und konzentrierte sich auf ihren Atem. Das war die einzige Chance, den Schmerz in Schach zu halten.

Carsten hielt Robert fest. »Hierbleiben, bis die Hebamme kommt.« Er beugte sich zu ihm vor, damit Sonja ihn nicht hören konnte. »Ich habe Angst, dass das Baby kommt, bevor die Hebamme da ist. Ich hasse Blut.«

»Meinst du, ich kann da helfen?«

»Sei einfach da. Ich brauche dich jetzt.«

Ein schöneres Kompliment hatte Robert noch nie von seinem Freund bekommen. Er zog sich die Schuhe wieder aus und zuckte zusammen, als er einen Schrei hörte.

»Ich bleibe hier, aber nur, wenn ich sofort einen Krankenwagen rufen darf.«

Carsten nickte, und Robert wählte die 112.

Der Streit mit Robert musste sein, damit ich frei für Jean bin, redete Julia sich ein, während sie auf ihr Zuhause zusteuerte. Es war weit nach Mitternacht, Laura wollte sie kaum gehen lassen. Die Laterne vor ihrem Café beleuchtete den Obdachlosen, der vergeblich am Bauzaun nach Pfandflaschen suchte. Aber das war nicht der Grund für ihr Zögern. Sie fürchtete sich vor dem Anblick des mobilen Cafés. Dem schönsten Geschenk, das sie je bekommen hatte. War es nur eine Wiedergutmachung für den Verrat gewesen? Aber warum hatte er sich die Mühe gemacht, den Namen unter der Klappe zu verstecken, und ihn Nick verraten? Julia hatte mehrere SMS von Nick auf ihrem Handy.

Hat dir das Fest gefallen?

Ich hoffe, du amüsierst dich mit Robert, hier verpasst du ein fantastisches Dessert.

Bist du etwa sauer?

Jetzt melde dich doch mal.

Du warst doch damit einverstanden, dass ich ein Café aufmache, solange es nicht Café Juliette heißt. Tut es auch nicht.

Ich wollte dich sowieso fragen, ob wir nicht zusammenarbeiten wollen.

Lebst du noch?

Auf die letzte Frage hatte Julia *Ja* geantwortet und ihr Handy ausgeschaltet.

Oder sollte sie Jean anrufen? Ihm sagen, wie sehr sie sich nach ihm sehnte? Tat sie das überhaupt? Sie musste erst ein anderes Gespenst loswerden. Deshalb ging sie zur Ape. Strich über das Blech. Betrachtete all die Details, ohne zu bemerken, dass der alte Mann sie anstarrte. Sie öffnete die Tür und setzte sich in die winzige Fahrerkabine. Sogar an ein Kissen hatte Robert gedacht. Er hatte ihr das Gefährt nach dem Fest in Ruhe zeigen wollen, jetzt musste sie es selbst erforschen. Sie tastete die Innenwand entlang und fand einen Schalter. Als sie ihn drückte, ging Licht an.

»Ach, du Scheiße!«, brummte es von außen.

Julia öffnete die Tür und sah den Obdachlosen. »Entschuldigung, habe ich Sie erschreckt?«

»Das kann man wohl sagen. Ist es jetzt aus mit dem Café?«

Julia schüttelte den Kopf. Ihr war nicht nach einem Gespräch.

»Na dann, gute Nacht.« Er nahm seine Tüten an sich und zog weiter.

Julia schloss die Tür und lehnte sich an den Sitz. Robert fehlte ihr. Als Freund. Aber auf einmal verstand sie Laura, die verzeihen, aber niemals vergessen konnte. Julia hatte bislang kaum schlechte Erfahrungen mit Menschen gemacht, aber von nun an würde sie stärker auf der Hut sein. Nicht jeder wollte ihr Bestes, und von jedem, der nicht ihr Bestes wollte, würde sie sich distanzieren. Nick würde der

Bruderbonus nichts mehr nützen. Auch wenn Julia sich kaum vorstellen konnte, dass Nick sie mit der Sanierung und dem Verkauf der Wohnung als Konkurrenz aus dem Weg schaffen wollte, so hatte er das zumindest in Kauf genommen. Was würde Marcelle Auclair an ihrer Stelle tun? Trotz allem weiter an der idealen Version ihres Bruders festhalten, sodass sie Wirklichkeit wurde? Laura ging davon aus, dass Nick in einem halben Jahr pleite wäre, vor allem wenn er weiter so viel Champagner trinken würde. Julias Blick fiel auf eine kleine Zeichnung im Wagen. Besser gesagt, handelte es sich um einen Buchstaben, der in einem Herz steckte. Ein J. Ein J wie Jean in einem Herz, daneben ein Pfeil. Wollte Robert sich über sie lustig machen? Oder wollte er ihr verdeutlichen, dass er ihre Entscheidung akzeptierte?

Robert war froh, dass er nie eine seiner Affären geschwängert hatte, einer Frau diese Quälerei zuzumuten, ohne ernste Absichten zu hegen, wäre nicht sehr nett gewesen.

»Wann kommt denn endlich jemand?« Carsten war kurz davor, auf die Straße zu rennen und nach der Hebamme oder dem Notarztwagen zu schreien.

Robert wusste gar nicht, wo er hinschauen sollte. Sonja lag mit angewinkelten Beinen auf dem Sofa, weil sie Angst vor einem Nabelschnurvorfall hatte, und versuchte, zwischen den Wehen ruhig zu bleiben. Kein Wunder, dass seine Mutter keine Lust auf ihn gehabt hatte, dachte Robert. Im Gegensatz zu Sonja hatte sie bei der Geburt keinen Partner dabeigehabt. Der kam erst wieder, als alle Narben verheilt waren und er seinen Dödel wieder reinstecken konnte, dachte Robert voller Zorn. Dass sie den Mist überhaupt mitgemacht hat – als wenn ihr blöder Chef der einzige Mann auf der Welt gewesen wäre! Dieser erbärmliche Sack war schuld daran, dass er auf der Welt war, und hatte sich dann einen Scheißdreck darum gekümmert, wie es ihm ging. Einmal ungeschützter Sex stand in keinem Verhältnis zu einem Menschenleben mit all seiner Langeweile und Mühe.

Im Gegensatz zu Carsten begriff Robert, dass Sonja dabei war, das Kind herauszupressen. Er wollte sie beruhigen, damit sie sich bis zum Eintreffen der Hebamme Zeit ließ, aber seine Zunge gehorchte ihm genauso wenig wie Sonja ihr Körper. »Bleib drin, verdammt noch mal! Bleib drin, wenn du dir dieses beschissene Leben ersparen willst! Weißt du, ich dachte einen Moment, ich hätte mein Glück gefunden, obwohl ich noch nicht mal danach gesucht hatte. Und jetzt? Alles kaputt! Sie will mich nicht! Scheiße!«

»Halt den Mund«, schrie Sonja, ohne Robert dabei anzuschauen. In dem Moment, vor dem im Vorbereitungskurs gewarnt wurde, dass manche Mütter unter Wehen die Väter beschimpften, war Carsten wach geworden. Von Freunden des Vaters war nicht die Rede gewesen. Die Absurdität der Situation beruhigte ihn etwas. Er legte eine Hand auf Sonjas Kopf, die andere legte er Robert auf die Schulter und schaute ihm in die Augen. »Robert, hör auf, so einen Blödsinn zu reden. Du wirst das Leben nicht aufhalten können. So sehr du es auch versuchst.«

Sonja schrie, als müsste sie gegen einen Löwen kämpfen, und dann machte es zum zweiten Mal ein Geräusch, als hätte jemand einen Eimer Wasser umgeworfen. Das weiße Sofa war voller Blut, und mittendrin lag ein Baby. Sonja legte es vorsichtig auf ihren Bauch, und Carsten kniete sich davor. Es schrie nicht einmal, sah aber sehr lebendig aus. Robert konnte den Anblick nicht von Carstens und Sonjas Augen lassen. Sie lächelten wie unter Drogen. Dieses Kind sah so machtlos aus, und doch brachte es seine Eltern dazu, nur das Beste ihn ihm zu sehen, nur das Beste für es zu wollen, es zu lieben und zu schützen – und selbst bessere Menschen zu werden.

Als Robert es an der Tür klingeln hörte, ließ er die jungen Eltern allein und öffnete die Tür. Die Hebamme und ein Sanitäter behaupteten, schon hundert Mal geklingelt zu haben. Der junge Sanitäter sah ihn fast so an wie Carsten sein neugeborenes Kind. Da Robert nach seinem Sturz bewusstlos gewesen war, wusste er nicht, warum der Mann sich so über seinen Anblick freute. Toni hatte oft an den armen Wicht gedacht und sich gefragt, ob er jetzt als Pflegefall im Heim sitze. Dass er zwar erschöpft, aber körperlich fit aussah, war für ihn ein Zeichen, den richtigen Beruf gewählt zu haben. Sie kamen eben auch oft rechtzeitig. Robert ließ Toni und die Hebamme herein und verschwand. Er wurde hier nicht mehr gebraucht.

Als Julia aufstand, kam es ihr vor, als wäre der letzte Abend nur ein schlechter Traum gewesen. Sie betrat Roberts Zimmer, das sie in der Nacht noch für Bernadette vorbereitet hatte. Roberts restliche Sachen hatte sie in eine große Kiste getan, damit er sich nicht mehr lange hier aufhalten musste. Das Bett war frisch bezogen, die Wunschdose und ein paar andere Gegenstände aus dem Café standen in dem Regal, in dem vorher seine alberne Schuhsammlung gestanden hatte. Heute kam es ihr lächerlich vor, dass ihr Roberts Geruch am Tag zuvor noch die Tränen in die Augen getrieben hatte. In ihrem Magen war ein diffuser Klumpen Sehnsucht und Schmerz. Heute würde sie Jean treffen. War es die Angst davor, dass er ihre Gefühle nicht erwidern würde? Oder hatte das Zusammenleben mit Robert ihr die Zuversicht genommen? Sie hatte sich nicht getraut, seine Poster von der Wand zu nehmen, aus Angst, sie zu beschädigen. Oder sie mit Absicht herunterzureißen. *Die Würfel sind gefallen.* In der Tat. Mitleid überkam sie für Menschen, die so begrenzt lebten. Die nicht hin und wieder gern die ganze Welt umarmen würden. Nein, da würde sie sich nicht mit hineinziehen lassen.

Es klingelte an der Tür. Julia wollte sich erst anziehen, doch als ihr einfiel, dass es Laura sein musste, öffnete sie die Tür in Unterhemd und Schlafhose.

»Morgen, Julia!« Laura hielt eine Tüte mit Croissants und ein paar Zeitungen in der Hand. »Dass du bei dem Lärm überhaupt schlafen kannst!«

Julia hatte sich längst an den Lärm der Baustelle gewöhnt und winkte Laura herein. »Ich mache uns erst mal einen Kaffee.«

»Bevor Jean kommt, machst du dich aber noch frisch, oder?«

Julia hatte zwar die Wohnung aufgeräumt, aber das Make-up vom Vortag draufgelassen. Der Champagner und später der Wein bei Laura sorgten zusammen mit ihrem Kummer für einen ramponierten Zustand.

»Ja, natürlich. Die Unterwäsche liegt bereit!«

»Also kein Kummer mehr wegen Robert?«

»Ich werde darüber hinwegkommen.«

»Der Wagen ist der Hammer! Wäre schade, ihn nicht einzusetzen.«

Darüber hatte Julia sich noch keine Gedanken gemacht.

»Ich weiß es noch nicht. Heute ist der Tag, auf den ich Jahre gewartet habe, da möchte ich mich mit nichts anderem beschäftigen.«

Während Julia den Kaffee zubereitete, breitete Laura die Zeitung auf dem Tisch aus. »Hier, schau mal, Nicks Café wird als Geheimtipp gefeiert. Aber es gibt auch kritische Stimmen: ›Junger Student mit Cinderella-Fantasien‹, ›Glück gegen Bares‹, ›trotz allem durchaus charmant‹, ›Selten wurde eine Eröffnung so luxuriös gefeiert‹, sag mal, wo hat er das ganze Geld her?«

»Ich schätze mal vom Verkauf der Wohnung.«

»Meinst du, Nicks Erfolg hat Einfluss auf unser Café?«

»Da die guten Wünsche ja ein Geheimnis waren – wohl kaum. Die Leute wussten nicht, welche Kräfte bei uns am Werk sind. Lass uns heute Abend feiern und unser Versprechen erneuern.«

»Willst du Jean denn so lange parken? Na, eigentlich kann er auch dabei sein. Robert hast du schließlich auch eingeweiht.«

»Das war was anderes. Ich brauchte seine Hilfe.«

Beide rührten schweigend in ihrem Kaffee, obwohl die Milch sich längst verteilt hatte.

Robert hatte eine kleine Pension gefunden, die noch ein Zimmer frei hatte. Egal wie es mit Julia weitergehen würde, er hatte keine Lust mehr, von jemandem abhängig zu sein. Im Frühstücksraum lagen Tageszeitungen aus. Er griff zum Lokalanzeiger, um Piets Bericht über die Caféeröffnung zu suchen, und stieß auf das Foto von der Enthüllung des Namens. Die meisten Leute reckten ihren Kopf mit glücklichem Gesichtsausdruck nach oben, aber am Rand stand eine Frau, die dringend ein paar gute Wünsche nötig erscheinen ließ. Es war Julia. Robert musste lächeln und vergaß für einen Moment seine Wut. Warum sollte er nachtragend sein? Nach allem, was Julia über ihn gehört hatte, war es verständlich, dass sie ihm nicht glaubte.

Ob es das Lächeln auf seinen Lippen war oder der melancholische Blick, war nicht auszumachen, aber eine junge Frau im Kostüm beugte sich zu Robert hinüber. Ein Messeausweis baumelte um ihren Hals und kitzelte ihn an der Schulter. »Ist der Platz neben Ihnen noch frei?«

Er sah sie an. Sie war sehr hübsch und sah so unkompliziert und lebenslustig aus – und sie hatte einen französischen Akzent. Er schaute auf das Schild: Jeannette Lorois.

War das jetzt ein Scherz des Schicksals? Das Pendant zu Jean? Sollte das ein Hinweis sein, dass er Julia endlich vergessen und es ihr gleichtun sollte? Er brauchte ein Zeichen.

»Sie können sich gerne setzen, ich muss sowieso in mein Zimmer, um etwas zu erledigen. Ich wünsche Ihnen noch einen schönen Aufenthalt.«

Als es dunkel wurde, zogen die Bauarbeiter ab. Der Winter war so mild, dass sie ohne Angst vor Frost verputzen konnten. Laura und Julia hatten länger diskutiert, ob sie das Wiedersehen in der Küche oder im Innenhof feiern sollten. Das Café war nicht zu benutzen.

»Ich habe eine Idee!« Laura ahnte, dass Julia sich wehren würde, aber das wäre genial! Bernadette würde anfangen zu heulen, wenn sie das Café so sähe: die Wände offen, die Möbel unter einer Plane …

»Wir öffnen heute Abend, und zwar vor dem Café. Nicht lange, nur zwei Stündchen. Allein die beleuchtete Ape wird die Menschen anlocken. Wenn es läuft, schmeißen wir den Laden und du ziehst dich mit Jean zurück.«

»Ich frage mich, ob es nicht besser wäre, Robert den Wagen zurückzugeben.«

Lauras Euphorie steckte Julia nicht an. »Was soll er denn damit? Es war ein Geschenk und kein Erpressungsmittel! Lass seine Arbeit doch nicht umsonst gewesen sein!«

»Na gut, machen wir es und schicken heute Abend ganz geheim wieder viele gute Wünsche los!«

Sie stellten Bistrotische auf, fegten, hängten eine Lichterkette über den Wagen, schrieben eine Einkaufsliste und vergaßen alle Sorgen auf der Welt. Es war wieder wie früher.

»Wir brauchen Glühwein!«

»Dazu belegte Brötchen. Abends isst niemand mehr Kuchen.«

Eine Stunde später erstrahlte der Platz vor dem Café so einladend, dass es keine fünf Minuten dauerte, bis sich eine kleine Menschenmenge davor versammelt hatte. Das war auch gut so, denn während Julia Becher füllte und den Menschen in die Hand drückte, war sie von dem, was vor ihr lag, abgelenkt. Laura beobachtete ihre Freundin. Vielleicht war eins der Geheimnisse ihres Cafés, dass Julia das einfach gern machte. Bernadette hatte ihr eine SMS geschickt, dass sie und Jean gleich eintreffen würden.

War ich wirklich schuld an deinem Unglück?«

Robert saß das erste Mal seit langem im Wohnzimmer seiner Mutter. »Eher umgekehrt.«

Robert betrachtete die Frau, die ihm fremd war, obwohl sie ihn aufgezogen hatte. Sie sah immer noch aus wie die Sekretärin, die sich ein Chef nicht nur wegen ihrer Tippkenntnisse ins Vorzimmer setzte. Sie war genauso ein Klischee wie er gewesen. Dann die erbärmliche Affäre, die zu seiner Zeugung geführt hatte, sodass er Ausreden für ein ganzes Leben hatte, sich wie ein Weichei und Chauvi gleichzeitig zu verhalten. Damit würde jetzt Schluss sein.

»Wie meinst du das?«, fragte er sie.

»Na ja, ich hab's wohl drauf ankommen lassen, weil ich dachte, durch ein Kind lösen sich meine Probleme von alleine. Ich war unglücklich mit meinem Mann und für deinen Vater nur eine nette Abwechslung. Der Job war nicht erfüllend. Im Idealfall hätte dein Vater seine Frau verlassen und ein schönes Leben mit mir begonnen. Er hatte sich immer ein Kind gewünscht. Versorgt hat er uns ja, aber zu uns zu stehen – dafür hat es nicht gereicht. Ich habe mir Illusionen gemacht, was seine Gefühle für mich angeht.«

Sie zog an ihrer Zigarette, bevor sie diese in einem Drehaschenbecher ausdrückte, der aussah wie ein Überbleibsel aus den Siebzigern. Wenn Rauchen in Cafés noch erlaubt wäre, hätte der Aschenbecher Julia gefallen, dachte Robert.

»Tja, das heißt, ich habe meine Mission nicht erfüllt. Warum hast du mich dann nicht gleich abgegeben? Es gab doch bestimmt genug Paare, die mich gern adoptiert hätten.«

»Meine Güte! Red keinen Blödsinn. Ich hing doch an dir. Tue ich heute noch.« Sie sah zu Boden. So eine Liebeserklärung hatte sie noch nie von sich gegeben. »Kann ja nicht jeder 'ne Vorzeigefamilie haben.«

Sie hing also an ihm. Trotz allem. Robert erinnerte sich an den Mann, der sein Erzeuger war. So würde er aussehen, wenn er später dick wäre und ihm die Haare ausgingen. Wenn er Jeans und Sneakers gegen Anzug und Hemd tauschen würde. Vielleicht wollte er deshalb nie erwachsen werden, um nicht so ein Arsch wie sein Vater zu werden. Aber vielleicht war sein Vater nur feige und schwach – so wie er selbst es bisher gewesen war.

Seiner Mutter zu antworten, dass er auch an ihr hing, war zu viel für Robert. Deshalb nickte er nur.

»Warum fragst du mich das eigentlich?«

»Weil ich mich verliebt habe und mir wünsche, dass es funktioniert. Obwohl es gerade nicht danach aussieht.«

Sie sah ihn verwundert an. So viel Offenheit war sie von ihrem Sohn nicht gewöhnt. »Dann kämpfe. Über vertane Chancen ärgert man sich noch Jahrzehnte später.«

Nick schaute sich in seinem Büro, das an den Gastraum grenzte, die Postkarten aus dem Wünscherfüllungsbriefkasten an, während im Café selbst großer Betrieb herrschte. Seine Angestellten liefen mit Tabletts auf und ab. Es war so viel los, dass selbst Nick zwischendrin die Gäste bediente. Die Stadt müsste glücklich werden, wenn der Berg an Wünschen tatsächlich in Erfüllung gehen würde. Nick fuhr mit den Armen durch den Berg Postkarten wie Dagobert Duck durch seine Dollarscheine.

Ich wünsche mir, dass er mich endlich liebt.

Ich wünsche mir, dass sie mir treu ist und ich mir die Affäre nur einbilde.

Ich würde so gerne mal nach New York fliegen.

Ich wünsche mir, dass ich die Matheprüfung bestehe.

Die Hälfte der Wünsche würde sich sowieso erfüllen, egal woran man glaubte. Nick dachte an die Marienkapelle, in der er mal während einer Hochzeit war. Während der Traurede hatte er die Wandtafeln studiert, die Spenden von Menschen, deren Gebete erhört worden waren. Jede erhörte Bitte war doch wohl ein Beweis dafür, dass es funktionierte. Morgen würde er eine zweite Box in Auftrag geben. Jeder, dessen Wunsch sich erfüllt hätte, könnte eine weitere Karte einwerfen. Neben der Bar würde er eine *Wand der erfüllten Wünsche* einrichten! Die Euphorie über seine Idee ließ Nick vergessen, dass er selbst einen Wunsch hatte: Julia sollte aufhören zu schmollen. Er hatte ihr nichts weggenommen. Das wäre ja so, als wollte ein Prediger der Liebe das Patent auf dieses edle Gefühl anmelden und jeden, der ebenfalls für die Liebe kämpfte, verklagen. Nick wollte die Menschen genauso glücklich machen wie Julia. Allerdings ging er dabei wirtschaftlicher vor, was letzten Endes für alle das Beste war – auch für die Angestellten, denen er eine Perspektive bot, inklusive Krankenversicherung.

Noch größer als der Berg an Wunschpostkarten war der Papierstapel für die Buchhaltung. Dabei waren die Unterlagen für die Sanierung seines Hauses noch nicht einmal dabei. Ein Glück, dass die zweite Wohnung jetzt ebenfalls frei war, so hatte er einen größeren finanziellen Spielraum. Verkaufen oder selbst einziehen?

Nicks Handy klingelte. Robert. Ein Gespräch, auf das er weniger Lust hatte als auf die Steuerprüfung.

»Hi, Kumpel, alles klar?«, versuchte er es betont locker.

»Nee, aber ich werde dafür sorgen, dass alles wieder gut wird. Und du kannst mir dabei helfen.«

»Ich wüsste nicht, wie. Du kennst meine Schwester. Sie von ihrer Meinung abzubringen ist schwerer, als den Mount Everest zu verrücken.«

»Kommt wohl auf die Beweislage an. Nick, ich habe dir doch nicht im alkoholisierten Zustand etwas über das Café erzählt, das dich nichts anging, oder?«

»Selbst wenn.«

»Habe ich oder nicht?«

Annabelle, eine besonders hübsche Kellnerin, kam herein und sah ihren Chef fragend an.

»Robert, ich arbeite gerade. Können wir später reden?«

»Ich möchte, dass du Julia die Wahrheit sagst!«

»Eine Wahrheit, an die du dich nicht mehr erinnern kannst?«

Robert überlegte fieberhaft, ob er nicht doch irgendetwas ausgeplaudert hatte. Er zweifelte aber mittlerweile an seiner eigenen Wahrnehmung.

»Ich liebe deine Schwester, und ich werde um sie kämpfen, egal, ob du mir dabei hilfst oder nicht!«

Nick war erleichtert, als Robert auflegte, und lauschte Annabelles angenehmer Stimme.

Bernadette war auf das Schlimmste gefasst, als sie auf das Café zuging. Aber der Anblick der leuchtenden Insel des Glücks überraschte sie. Es war der Beweis, dass der Geist des Cafés lebte, auch wenn das Café Juliette selbst geschlossen hatte. Das Gerüst am Haus und die Baustelle ließen sich in der Dunkelheit nur erahnen. Jean lief einen Meter hinter ihr und war noch benommen von der langen Zugreise. Er hatte kaum geschlafen, wahrscheinlich auch weil er aufgeregt gewesen war. Als er im Zug neben ihr doch mal einnickte, rutschte sein Kopf an ihre Schulter.

Er holte auf und hielt sie zurück.

»Und was ist, wenn das keine gute Idee ist? Wir haben uns jahrelang nicht gesehen!«

»Aber du freust dich doch auch, oder?«

»Ja, natürlich, aber es ist verrückt, wie in einem kitschigen Hollywoodstreifen. Ich bin Franzose, und du kennst unsere Filme.«

»Dann überwinde halt deine Grenzen! Happy Ends haben auch ihre Vorteile!«

Bernadette zog ihn weiter zum Café. Als sie Julia und Laura erblickte, ließ sie Jean los und rannte auf ihre Freundinnen zu. Die Gäste, die im Weg standen, machten Platz, und die drei fielen sich in die Arme. Jean stand verloren daneben. Bernadette schob ihn in die Mitte. »Jean, das ist Julia, Julia das ist Jean.«

Julia sah ihm in die Augen. »Das weiß ich doch.«

Herr Hansen starrte aus dem Fenster auf das Treiben vor dem Haus. Die Wohnung entwickelte sich immer mehr zu einem Schmuckstück. Die Wände frisch verputzt, das Parkett abgeschliffen. Eine Topwohnung in Toplage. Er verachtete Leute wie Julia und ihre Freundinnen. Menschen ohne Visionen, die nur in den Tag hinein lebten und langfristige Planung ablehnten. Er war sich sicher, dass das Café Juliette nie wieder öffnen würde, aber als er den Wagen und das provisorische Café im Freien sah, wurde ihm klar, dass er kein einfaches Spiel hätte. Warum hatte sich noch keiner der Nachbarn über den Lärm beschwert? Weil er im Ordnungsamt niemanden erreichte, rief er die Polizei.

Robert lief vom Hauptbahnhof in Richtung Café. Er hatte keinen Plan, außer dass er auf ein Zeichen warten würde. Julias Abwesenheit schmerzte ihn so sehr, dass er sich sicher war, ohne sie nicht mehr leben zu können. Ein Gefühl, das neu für ihn war oder das er zum ersten Mal zuließ. Sich vor allem zu schützen, was auf ihn einprasselte, hatte ihn nicht stark gemacht, sondern hohl. Lieber wollte er an Liebeskummer leiden, als keine Liebe zu empfinden. Er musste über sich selbst schmunzeln. Wenn er vor einem Jahr auf sein heutiges Ich hätte schauen können, hätte er sich in die Psychiatrie einweisen lassen. Nach wie vor waren ihm Gefühlsmenschen suspekt. Vor allem Leute, die einen in der Kantine mit hinterhältigen Fragen belästigten.

»Wie fühlst du dich heute?«

Dabei werfen sie den bunten Schal zurück und richten die Augen auf einen, dass man am liebsten davonrennen würde. So was dürfen nur Menschen fragen, die einem wirklich nahestehen, fand Robert. Noch bevor er in die Straße einbog, hörte er Lachen, Geklapper und Stimmengewirr. Je näher er kam, desto stärker wurde der Geruch von Glühwein. Als Robert sein mobiles Café im Zentrum einer glücklichen Menschenmenge sah, strahlte er. Das war kein zaghaftes Zeichen, das mühsam interpretiert werden musste. Das war eine klare Antwort. Immer besser verstand er, wie Julias Art, durchs Leben zu gehen, aus einer grauen Welt ein Wunderland machte. Man musste das Buch des Lebens nur zu lesen wissen.

Er stellte sich in die Schlange vor dem Wagen und wunderte sich, warum nur Bernadette und Laura die Gäste bedienten. Vielleicht schmierte Julia in der Küche weitere Brötchen, auf dem Tablett vor ihm lag nur noch eins.

»Hallo, Laura, einen Glühwein, bitte.«

Laura sah Robert verunsichert an. »Hi, Robert. Der Wagen ist ein Traum. Danke.«

Jetzt erkannte auch Bernadette Robert. »Ach, du hast ihn so ausgestattet. Echt sehr schön. Ich hoffe, es ist okay, dass ich erst mal wieder in mein Zimmer ziehe. Ich kann ja schlecht bei …«

Laura warf Bernadette einen vielsagenden Blick zu, während sie das heiße Getränk in einen Becher füllte. Bernadette beendete ihren Satz nicht.

»Bestellt ihr Julia einen schönen Gruß?«

»Machen wir«, antwortete Laura erleichtert, weil Robert nicht weiter nachfragte.

Robert drehte sich um. »Wo ist Julia denn? Ich weiß, dass sie sauer auf mich ist, aber ich würde sie gerne sprechen.«

»Wir richten es ihr aus.«

Es wurde stiller um sie herum – die Leute witterten eine interessante Geschichte. Robert wärmte sich die Hände an der heißen Tasse. Er sah Bernadette an. Wenn sie hier war, musste auch Jean vor Ort sein. Ob Julia bereits erkannt hatte, dass ihre Hoffnung nur eine billige Illusion gewesen war? Vielleicht wäre sie nun frei. Aber wo waren die beiden? Im besten Falle diskutierten sie über ihre Enttäuschung. Sollte er fragen? Sich lächerlich zu machen war doch nichts im Vergleich dazu, eine Gelegenheit zu verpassen.

»Wie ist es mit Jean gelaufen?«

Bernadette wollte antworten, doch Laura unterbrach sie bestimmt. »Robert, ich verspreche dir, dass sie sich bei dir meldet, aber ich glaube, jetzt muss ich mich weiter um die Gäste kümmern. Sonst wird der Glühwein noch kalt.«

»Auf der Kochplatte?«

Sie wollten es ihm nicht sagen.

»Na gut.« Robert holte Geld aus der Tasche und legte es auf die Theke. »Dann noch viel Erfolg.«

»Danke. Du kannst die Tasse gern ein andermal zurückbringen.«

Wollten sie ihn wegschicken? Er nahm seine Tasse und entfernte sich. Ob er einfach bei ihr klingeln sollte? Schließlich hatte er noch Sachen bei ihr. Er hob seinen Blick zu der Wohnung, in der er so viele schöne Stunden mit Julia geteilt hatte. Es brannte Licht, und die Vorhänge in der Küche waren zugezogen, jedoch nicht blickdicht. Ein Schatten erschien. Ein zweiter stellte sich daneben. Die eine Person musste Julia sein. Die zweite war eindeutig männlich. Robert starrte nach oben. Sah, wie die Gesichter der beiden sich einander näherten. Wie sie sich küssten. Und sie küssten sich lange. Als die Hand des Mannes von Julias Schulter zur Brust wanderte, hielt Robert es nicht mehr aus. Wie konnte Julia nur seinen Wagen benutzen, um damit Geld zu verdienen, während sie mit einem anderen herumknutschte?

Sie konnte nur ferngesteuert sein. Wie er, als er die halbvolle Tasse gegen die Fassade schleuderte. Für das Caféteam war es ein Glück, dass der Streifenwagen, der wegen öffentlicher Ruhestörung gerufen worden war, sich auf den Randalierer konzentrierte. Die Polizistin wollte gerade aussteigen, da schmiss sie die Autotür wieder zu und ordnete ihrem Kollegen an, dem Mann hinterherzufahren. Der bezog den Polizeieinsatz nämlich auf sich und rannte los. Er wollte nur noch weg, auch weil Julia und Jean sich durch den Lärm nicht davon abhalten ließen, sich weiter zu küssen.

Was war das?«

Julia wollte den Vorhang beiseiteziehen, doch Jean hielt sie zurück. »Nichts, was wichtig wäre.«

Julia verstand, dass es nichts Wichtigeres auf der Welt gab als sie beide. Also küsste sie weiter. Jean sah noch fast genauso aus wie damals. Und der Kuss schmeckte ebenso wie damals. Doch Julias Herz kam nicht so schnell mit. Sie hatte all die Jahre geglaubt, dass sie sich nur sehen müssten, und alles wäre klar. Nun hatte sie das Gefühl, dass sie etwas Zeit brauchten, um sich erst mal kennenzulernen. Wie ferngesteuert stellte sie eine Frage, die die meisten Männer in den Wahnsinn trieb. »Was denkst du gerade?«

»Wie bitte?«

Julia versuchte es auf Französisch, weil Jean sie nur fragend ansah.

»Du bist verrückt! Die verrückteste Frau, die ich je kennengelernt habe.«

Auch wenn Julia es nicht genau verstand, hörte es sich für sie eindeutig nach einem positiven Superlativ an.

Sie küssten sich wieder und durchwanderten den Raum. Er zog sie zum Bett. Allerdings ins falsche Zimmer. Es war Roberts altes Zimmer. Die Würfel vom Poster starrten sie an.

»Erkläre es mir auf Englisch.«

Er setzte sich aufs Bett und ließ die Hände von ihr. Sie setzte sich daneben.

»Es ist ein wahnsinniges Gefühl zu erfahren, dass da ein Mädchen jahrelang an dich gedacht hat und dich unbedingt wiedersehen will.«

Julia traute sich nicht zu fragen, ob er nicht auch an sie gedacht habe.

»Bernadette hat mir viel von dir, von euch, von eurem Café erzählt.«

»Auch von dem Geheimnis?«

»Welchem Geheimnis?«

»Also nicht.«

»Du musst Bernadette sehr viel bedeuten, sie hat mich ständig bequatscht, euch zu besuchen.« Er strahlte.

»Und bist du froh, dass sie es getan hat?«

»Na klar. Ich wollte sowieso eine Europatour machen, und ich liebe es, nicht nur Tourist, sondern wirklich Gast zu sein.«

Vielleicht war er nur wegen der Unterkunft mitgekommen, sie dagegen hatte alles auf eine Karte gesetzt.

»Ich habe dir übrigens etwas mitgebracht.«

Sie sah ihn fragend an, während er einen Umschlag aus seiner Hosentasche zog, der schon leicht verknittert war. »Das lag gut aufgehoben in meiner Erinnerungskiste. Natürlich habe ich dich nicht vergessen.«

In dem Umschlag war ein Foto. Julia und Jean auf einer Parkbank, kurz vor ihrem ersten Kuss. Bernadette hatte es mit Jeans Kamera aufgenommen. Was hätte Julia all die Jahre für dieses Foto gegeben. Jetzt hatte sie nicht nur das, sondern auch Jean. Es war doch gar nicht ihre Art, so kritisch zu sein. Alles würde so werden, wie sie es sich gewünscht hatte. Sie brauchte einfach etwas Zeit.

»Merci.«

Dann ergriff sie die Initiative und begann dort, wo sie gerade aufgehört hatten.

Sachbeschädigung, öffentliche Ruhestörung und keinen festen Wohnsitz.«

»Keinen festen Wohnsitz zu haben ist doch kein Verbrechen.« Robert saß auf dem Polizeirevier und füllte ein Papier aus.

»Sie hätten jemanden verletzen können.«

Robert brummte der Schädel, obwohl er den Glühwein gar nicht getrunken hatte. Der war größtenteils auf seiner Jeans gelandet, so dass er jetzt auch noch roch wie ein Penner. Super, dachte er, jetzt ende ich doch wie dieser Mann, der sich immer die Pfandflaschen bei uns abholt. Bei uns. Er wollte hier raus.

»Was hat Sie eigentlich so wütend gemacht?«, fragte die Polizistin mit einer »Wie fühlst du dich heute«- und »Lass uns drüber reden«-Stimme.

Wenn sie ihm wirklich helfen wollte, dann hätte sie ihn laufen lassen.

»Weil die Frau, die ich verdammt noch mal liebe, vor meinen Augen mit einem anderen rumgemacht hat!«

Die beiden Beamten sahen sich an, als lauere noch mehr kriminelle Energie in Robert.

»Beherrschen Sie sich. Sie sind ein erwachsener Mann und sollten mit Zurückweisung umgehen können. Keine Frau muss die eigenen Gefühle erwidern.«

Umfasste die Polizeiausbildung neuerdings einen Kurs in Psychologie? Robert war kurz davor, das Wasserglas, das vor ihm stand, auch noch an die Wand zu werfen. Aber er rief sich zur Ruhe. Morgen musste er wieder arbeiten. Er konnte nicht seinen Job riskieren.

»Es liegen keine Vorstrafen gegen ihn vor. Aber jemand müsste für ihn bürgen. Er hätte seinen Wohnsitz abmelden und sich neu anmelden müssen.«

»Dann soll er jemanden anrufen, der ihn abholt.«

Beide richteten ihren Blick wieder auf Robert. »Können Sie jemanden anrufen, der Sie abholt?«

Robert nickte, während er überlegte. Carsten? Der befand sich auf der Babywolke. Julia? Sie würde es nicht übers Herz bringen, ihn hier sitzen zu lassen, aber er wollte nicht so einen erbärmlichen Eindruck hinterlassen. Nick? Nick schuldete ihm mehr als einen Gefallen!

Wir sollten es ihr sagen.« Laura sammelte die letzten Tassen zusammen. Sie hatten ihr »Geschlossen«-Schild aus dem Café vor den Wagen gehängt.

»Warum? Um sie noch mehr zu verwirren? Eine Aussprache ist sowieso besser, wenn Robert sich beruhigt hat.« Bernadette wischte die Bistrotische ab.

Laura hatte Robert beobachtet. Als sie sah, wie er den Glühwein gegen die Wand warf, waren ihr die leeren Tassen vom Tablett gefallen. Sie wollte nicht, dass ihr Café mit Randalen in Verbindung gebracht wurde. Und sie wollte Robert schützen – warum auch immer. »Und wenn wir einen Fehler machen?«, antwortete Laura nachdenklich.

»Hey, was habe ich noch alles verpasst? Seit wann gehörst du dem Robert-Fanclub an? Ich dachte, er ist der faule Apfel, der die Würmer ins Café lockt!«

»Menschen sind halt kein Obst.«

Sie hörten Schritte. Und Lachen. Die Haustür öffnete sich, und Julia und Jean kamen heraus.

»Wir können euch doch nicht mit der Arbeit allein lassen«, sagte Julia. »Was war das denn gerade für ein Lärm?«

»Ach, nennen wir es nicht Missgeschick, sondern Scherben bringen Glück!« Bernadette zeigte auf die Kehrschaufel.

»Scherben bringen Glück?«

»Casser de la vaisselle porte bonheur«, übersetzte sie für Jean. »Und damit das Glück uns weiterhin hold ist, müssen wir drei Freundinnen gleich reden.«

Julia hörte wie immer fasziniert zu, wenn Bernadette französisch sprach, ohne nachzudenken.

»Jean, könntest du uns gleich mal ein Stündchen allein lassen?«

Jean nickte. »Kein Problem.«

Julia sah Bernadette fragend an.

»Wir brauchen dringend eine Erneuerung unseres Gelübdes, und wir müssen überlegen, wie es mit dem Café weitergeht. Deshalb habe ich Jean gefragt, ob er uns für ein Stündchen alleine lässt.«

Jean gab Julia einen Kuss auf die Stirn und schaute dabei Bernadette an, als wollte er sich bei ihr bedanken.

Was machst du auch für einen Mist! Ich habe gerade echt andere Sorgen!« Nick schlug die Tür der Polizeiwache hinter sich zu, sodass der Pförtner zusammenzuckte und für einen Moment überlegte, ob das ein Straftatbestand war.

»Ach, ja? Ist deine Schwester vielleicht sauer auf dich? Oder weißt du nicht, wohin mit dem ganzen Lob und Geld, das deine Café-Juliette-Kopie dir einbringt?«

»Robert, ihr habt doch alle keine Ahnung vom Geschäft. Man muss investieren, damit hinterher was rauskommt. Zeit, aber auch Geld. Ihr glaubt, es reicht, ein bisschen zu backen und Kaffee zu kochen. Ich habe Julias Buchhaltung gemacht. Ich sage dir, das Café hätte früher oder später zugemacht. Ich bin nicht schuld!«

»Es hat nicht zugemacht, es wird saniert.«

Nick schaltete auf freundlich um. »Ja, ja, saniert. Ich vergaß.«

»Nick, was ist wirklich los?«

»Keine Ahnung. Ich will mit dem ganzen Haus nichts mehr zu tun haben. Dieses Familienerbe hat mir bisher nichts als Ärger eingebracht. Nur damit ein Teil der Familie sich in seinem Idealismus suhlen kann, muss der Rest bluten. So funktioniert die Welt nun mal nicht. Der Kapitalismus ist die einzig gerechte Form. Gut ist, was dir Erfolg bringt. Auch für die anderen!«

»Und das kannst du dir nur leisten, indem du die zweite Wohnung auch noch verkaufst?«

Nick sah seinen Freund scharf an. »Woher weißt du das?«

»Tja, manche Gedanken liegen in der Luft. Das kennst du doch selbst am besten, oder?«

»Es ist meine Wohnung. Ich kann mit ihr machen, was ich will.«

»Du solltest Julia früh genug Bescheid sagen, damit sie reagieren kann. Sie hat schließlich einen Kredit für die Sanierung aufgenommen.«

»Bin ich das Sozialamt? Ihr Vater? Oder ihr Ehemann? Meine Güte, wenn sie selbstständig sein will, dann soll sie sich auch so verhalten! Es wäre für sie eh das Beste, wenn das Café dichtmacht. Damit sie mal was Vernünftiges macht. Ich wäre übrigens immer noch an einer Zusammenarbeit mit ihr interessiert. Mein Geschäftssinn und ihr Händchen für Gäste – wir wären unschlagbar.«

»Nick, kannst du einmal auch an andere denken?«

»Mann, ist das der Dank dafür, dass ich dich hier rausgeholt habe?«

»Danke«, antwortete Robert knapp und schluckte alles andere hinunter, was ihm auf der Zunge lag.

»Unter welche Brücke geht's jetzt? Oder pennst du wieder bei einem Freund auf dem Sofa?«

»Nein, ich versuche gerade endgültig, erwachsen zu werden. Ich habe mich in eine Pension eingemietet.«

»Dann schick Julia die Rechnung. Du hast einen Mietvertrag. Jeder Rechtsanwalt würde dir recht geben.«

Robert ersparte sich eine Antwort. Sie bogen um die Ecke und kamen vor der Pension an.

»Mach's gut. Danke noch mal.«

»Keine Ursache. Komm doch mal auf einen Latte bei uns vorbei und fülle eine Wunschkarte aus. Du könntest jede Frau haben, warum willst du meine Schwester?« Nick fügte in Gedanken hinzu, du könntest jede rumkriegen, allerdings nur, bis sie dich näher kennt. Frauen wollen keine Weicheier. Melancholiker ertragen sie nur, solange sie glauben, sie wären die Erste, die Sonne in deren Leben bringt.

»Ich weiß es nicht. Aber ich will sie.«

Es war das erste Mal, dass er nicht wusste, warum er eine Frau wollte. Es war weder ihr Aussehen (obwohl er sie wunderschön fand) noch ihre Begeisterung für ihn (die sie sich immer zu verstecken bemühte) noch ihr Humor (eigentlich nahm sie auch alles zu wörtlich). Sie hatte nichts von dem, was ihn sonst immer verrückt gemacht hatte. Vielleicht war das ein Teil des Geheimnisses. Er wollte sie. Sie als ganzen Menschen. Egal wie sie sich ihm gegenüber gerade verhielt, er konnte nicht wütend auf sie sein. Vielleicht machte sie gerade einen riesengroßen Fehler, aber er würde nicht den Fehler begehen, ihr diesen nicht zu verzeihen.

Sollen wir die Regeln erst aktualisieren?«

Laura hatte das Blatt hervorgeholt, das sie nach dem Jubiläumsfest feierlich zusammen verlesen hatten. Jetzt saßen sie nicht im Café, nicht einmal im improvisierten, sondern an Julias Küchentisch, während Jean in ihrem Zimmer am Laptop saß. Er hatte extra betont, dass er Kopfhörer aufsetze, damit keines der Mädchengeheimnisse in seine Ohren gelangte.

»Nein. Was geschrieben steht, lassen wir so stehen.«

Julia hatte den Kopf auf ihre Hände gestützt und starrte in die Kerzenflammen des Adventskranzes. Sie müsste der glücklichste Mensch der Welt sein. Das mobile Café war ein Zeichen dafür, dass das Café Juliette alle Stürme überstehen würde. Zudem war sie nicht nur mit ihren besten Freundinnen, sondern auch mit Jean vereint. Was machte sie dann so traurig? Oder war es ihr Shrimps-Syndrom – das schlechte Gewissen, weil ihr Glück nicht mit Roberts Glück vereinbar war? Wo war er jetzt? Ging es ihm gut? Jeder ist seines Glückes Schmied, sagte sie sich. Robert ist erwachsen. Er wird zurechtkommen.

»Wir sollten nur gleich noch ein paar Wünsche notieren. Zum Beispiel, dass wir bald eine fulminante Wiedereröffnung feiern«, holte Laura sie wieder in die Gegenwart zurück.

Julia überlegte, ob es die Erfüllung dieses Wunsches behindern würde, wenn sie einen bedrohlichen Gedanken aussprach. Die Bank würde ihr nur deshalb einen höheren

Kredit geben, weil sie das Haus als Sicherheit hatte. Durch den Schimmel, der nicht mit einkalkuliert gewesen war, würde der Kredit so hoch werden, dass sie keine Ahnung hatte, wie sie ihn abstottern sollte. Was wiederum bedeutete, dass sie im schlimmsten Fall nicht nur das Café, sondern auch die Wohnung verlor.

»Laura, Bernadette, wenn das Café wieder öffnet, müssen wir es wirtschaftlicher angehen. Es reicht nicht mehr, wenn das Café meine Lebenshaltungskosten deckt. Ich muss den Kredit für die Sanierung abbezahlen.«

Bernadette, die ein schlechtes Gewissen hatte, weil sie ihre Freundinnen im Stich gelassen hatte, legte ihre Hand auf Julias. »Wenn ich wieder hier bin, arbeite ich umsonst. Ich habe ja vor, mit Französischunterricht und Übersetzungen anzufangen, im Café zu arbeiten mache ich dann einfach aus Spaß. Es würde mir das Herz brechen, wenn das Café Juliette stirbt.«

»Es lag schon einmal jahrelang im Dornröschenschlaf«, sagte Julia.

»So negativ darfst du nicht denken. Warte ab, irgendjemand küsst es wieder wach. Erlaube dem Schicksal einen eigenen Plan. Es wird etwas passieren, damit es gerettet wird«, beschwichtigte Bernadette Julia.

»Und wenn wir wirklich anfangen, wirtschaftlicher zu denken? Tausende Leute leben von der Gastronomie«, begann Laura, Julias Sorgen ernster zu nehmen.

»Ihr habt recht, es wird sich ergeben«, antwortete Julia und nahm den Zettel an sich. »Lass uns loslegen.«

Zusammen lasen sie ihre Regeln des Glücks und schwankten zwischen Lippenbekenntnis und neu erwachender Euphorie.

Unsere Regeln des Glücks für das Café Juliette:

Wir glauben daran, dass sich jeder Gedanke in irgendeiner Form verwirklicht. Deshalb bemüht sich jede von uns, nur Dinge zu denken, die Wirklichkeit werden sollen.
Wir möchten, dass die Welt ein besserer Ort wird, und fangen mit unserem Café an.
Jeder Gast soll unser Café glücklicher, getröstet und gestärkt verlassen. Dafür schicken wir jedem Besucher einen guten Wunsch mit auf den Weg. Allerdings nur in Gedanken. Wir verlassen uns auf unsere Intuition, um zu wissen, was wir ihm wünschen sollen (im Zweifelsfalle alles Gute).
Niemand außer uns dreien erfährt davon. Nur wir kennen den wahren Namen unseres Cafés: Das Café der guten Wünsche.

Dann stießen sie mit Sekt darauf an, ohne auch nur zu erwähnen, dass sich ein anderes Café ganz offiziell mit diesem Namen schmückte. Sie mussten diese Prüfung nur meistern und fest daran glauben, dass alles wieder gut wurde.

Robert hatte die Nacht am Laptop verbracht. Was sollte schon passieren? Mehr als Nein konnte sein Chef nicht sagen, dachte er sich, während Ulli die Zeilen, die er geschrieben hatte, las und sich dabei am Kinn kratzte.

»Robert, wo warst du während deines Urlaubs? Bei Scientology?«

»Waren es nicht deine Worte, dass wir ab und zu auch einen Text brauchen, bei dem den Leuten warm ums Herz wird? Besonders kurz vor Weihnachten?«

Ulli stand auf. »Ich habe nicht gesagt, dass ich ihn schlecht finde. Er entspricht nur nicht deinem Stil.«

Robert ersparte sich eine Antwort und wartete ab. »Wie geht es dir denn?«

War sein Chef ehrlich daran interessiert? Und was wäre die ehrliche Antwort?

»Gemischt.«

»Du wurdest vermisst, schön, dass du wieder da bist. Ich werde den Artikel morgen veröffentlichen. Passt ganz gut zu den Adventsgeschichten.«

»Danke.«

»Ach, Robert. Wenn eine Frau so viel Aufwand braucht, um erobert zu werden, dann wird auch das nicht reichen«, rief er Robert noch hinterher. Der bemühte sich, die Worte seines Chefs zu ignorieren.

Anscheinend war Alkohol auch in der Lage, Entscheidungen hinauszuzögern. Die drei Freundinnen hatten sich so viel zu erzählen, dass sie bis tief in die Nacht am Küchentisch gesessen und dabei jede eine Flasche Wein vertilgt hatten. Die perfekte Unterwäsche, die Julia sich für die Nacht der Nächte besorgt und auch angezogen hatte, zwickte, sodass sie aufwachte. Sie hatte aber nicht nur die Unterwäsche, sondern auch noch Jeans und T-Shirt an. Ihre Schuhe lagen vor dem Bett, Jean lag neben ihr. Julia beobachtete ihn und wäre am liebsten mit den Fingern über seine geschlossenen Augenlider gefahren. Er sah schlafend noch besser aus als wach. Sie dagegen musste furchtbar aussehen, schließlich hatte sie sich mit zu viel Wein im Kopf und Make-up angezogen aufs Bett geworfen und war nach drei Stunden wieder aufgewacht.

Die Sonne kämpfte sich am Vorhang vorbei in ihr Schlafzimmer. Als sie nachts in ihr Zimmer gekommen war, hatte Jean schon geschlafen. Sie konnte es ihm nicht verübeln und hatte keine Anstalten gemacht, ihn zu wecken. Nun müsste sie erst duschen, um nicht jede Anziehungskraft im Keim zu ersticken. Auf dem Weg zum Bad ging sie an Bernadettes Zimmer vorbei, dessen Tür offen stand.

Laura und Bernadette lagen dort ebenfalls wie aufs Bett geworfen. Über ihnen das Poster mit den gefallenen Würfeln. War es zu spät, das Café zu retten? Ob sie von ihren Freundinnen erwarten könnte, dass sie sich an den Kosten beteiligten? War es nur die Sorge um das Café, die sie daran hinderte, sich angemessen über Jeans sehnsüchtig erwartete Anwesenheit zu freuen? Oder hatte sie sich von Roberts Traurigkeit anstecken lassen? Ein Miesepeter war er am Anfang gewesen, mit der Zeit war er jedoch offener geworden. Und glücklicher. Nur so konnte es ihn treffen, dass sie ihm den Verrat vorgeworfen hatte. Das Richtige zu tun war so einfach gewesen, als es vor allem im Warten bestand.

Es ist merkwürdig. Wir haben Lilli nie vermisst, weil sie nicht da war. Und jetzt ist sie da, und wir würden sterben, wenn sie nicht mehr existierte.«

Robert hatte sich in der Mittagspause mit Carsten im Park um die Ecke verabredet. Carsten hatte Elternzeit genommen und trug das Baby im Tragetuch, damit Sonja in Ruhe duschen konnte.

»So ähnlich geht es mir mit Julia.«

»Immer noch keine Nachricht von ihr?«

»Nein, ich fürchte, sie wartet auf eine Nachricht vom Schicksal. Im besten Fall. Im schlimmsten Fall liegt sie den ganzen Tag mit ihrer großen Liebe im Bett.«

Es war das erste Mal, dass Carsten mehr weibliche Blicke auf sich zog als Robert. Ein Mann, der sich um sein Baby kümmerte, war einfach unwiderstehlich.

»Dann spiel du doch einfach Schicksal.«

»Bin schon dabei. Ich habe ihr so etwas wie einen öffentlichen Liebesbrief geschrieben. In unserer Zeitung.«

»Hey, Robert, es ist das erste Mal, dass du riskierst, dich für eine Frau lächerlich zu machen. Ich glaube, diesmal ist es ernst!«

»Meinst du, das war ein Fehler?«

»Hat sie ein Abo? Sonst liest sie die Zeitung vielleicht gar nicht.«

»Na, dann muss ich dem Schicksal auf die Sprünge helfen.«

»Ich soll dir übrigens liebe Grüße von Sonja bestellen. Sie meinte, ich soll dich mal fragen, ob du Lillis Patenonkel werden willst.«

»Ich? Ich, der vor kurzem noch das schlechte Vorbild schlechthin war? Der euch das Liebesglück nicht gegönnt hat?«

»Hast du das nicht?«

Lilli wimmerte, bis Carsten ihr den Schnuller wieder in den Mund steckte.

»Na ja, ich dachte, die Frau tut dir nicht gut. Du bist so anders geworden durch sie. Ich meine, denke doch nur mal an euren Anstrich, das bist doch nicht du!«

»Wer ist man schon?«

»Auch wieder wahr.«

Sie gingen eine Weile schweigend nebeneinander her. Das war es doch eigentlich, was einen guten Freund ausmachte: dass er einen so nahm, wie man war, selbst wenn man nicht man selbst war. Oder dass er einem zugestand, dass man ein anderer werden konnte.

Schicksal und Zufall allein würden nicht ausreichen, um Robert und Julia zusammenzubringen. Das wurde klar, als Julia genau in dem Moment um die Ecke bog, als Robert den Park verlassen hatte. Vielleicht hatte das Schicksal auch die Nase voll von Menschen, die abwarteten, anstatt selbst tätig zu werden. Wie in dem Witz, in dem ein Mann auf göttliche Hilfe wartet, während er auf einem brennenden Turm sitzt. Die Feuerwehr, den Hubschrauber und das Sprungtuch schlägt er aus, weil er sich nur von Gott persönlich retten lassen will. Dann beschwert er sich auch noch, dass Gott ihn im Stich lässt. »Tja, rate mal, wer dir die Feuerwehr geschickt hat? Und den Hubschrauber? Und das Sprungtuch?«, fragt Gott am Ende.

»Den Lokalanzeiger eine Woche kostenlos testen?« Ein junger Mann mit einem Stapel Zeitungen in einem Bauchladen hielt Julia einen Zettel hin.

»Nein, danke«, antwortete sie ohne den Hauch eines schlechten Gewissens wie sonst immer.

»Es kostet Sie nichts.«

»Doch, ich muss das Abo kündigen, und wenn ich das vergesse, was gerade sehr wahrscheinlich ist, habe ich die Kosten am Hals.«

Warum rechtfertigte sie sich auch noch?

»Aber sie brauchen nur eine Mail ...«

»Nein, danke, ich wünsche Ihnen aber einen erfolgreichen Tag beim Zeitungverkaufen.«

»Verschenken.«

»Wie auch immer.«

Julia ging weiter, ohne zu ahnen, dass ihr in dieser Zeitung ein Artikel gewidmet war.

Sie dachte über die Zukunft des Cafés nach. Wenn sie sich einen Nebenjob suchte und sich jeden Luxus verkniff, würde es vielleicht gehen. Laura und Bernadette hatten ihre Unterstützung zugesagt. Bernadette durch Lohnverzicht, Laura hatte sogar ihr Erspartes angeboten. Vielleicht wäre eine Crowdfunding-Aktion auch eine Möglichkeit? Außerdem würden sie Lotto spielen. Irgendwie musste dem Wunder auf die Sprünge geholfen werden.

Als sie zum Friedhof einbog, kam ihr eine Gruppe schwarz gekleideter Menschen entgegen. Julia bemerkte verwundert, dass sie lachten. Das Grab neben ihrer Oma war frisch bezogen. Erde bedeckte den Weg, Kränze lagen auf der Grabstelle. Am Ende blieb man doch allein zurück. So wie sie heute Morgen. Halt, sagte sie sich, ich bin gegangen und habe alle anderen ihren Rausch ausschlafen lassen. Was sie wahrscheinlich jetzt noch taten. Trotz des Alkoholkonsums fühlte Julia sich ernüchtert. Irgendwie hatte sie sich den Beginn ihrer und Jeans Beziehung romantischer vorgestellt. Sie zündete das Grablicht an, das sie mitgebracht hatte, und stellte es in die Laterne, die auf dem Grab zwischen Immergrün stand. »Tja, Oma, wie es aussieht, verspiele ich gerade dein Erbe. Aber wenn du uns sehen kannst, dann weißt du, dass es nicht nur meine Schuld ist.«

Sie setzte sich auf die Bank gegenüber und wartete auf ein Zeichen. Aber hatte sie auf diesem Friedhof nicht bereits ein falsches Zeichen bekommen? Dass Robert der richtige Mitbewohner sei? Oder konnte der Richtige sich auch mal falsch verhalten? Oder hatte sie vielleicht sogar unrecht? Auf einer Bank nebenan las eine alte Frau Zeitung. Sie lächelte selig, was selten der Fall war, wenn jemand Zeitung las. Ein Grund für Julia, in ihrem Café keine Zeitungen auszulegen.

Der Gedanke an ihr Café gab ihr einen Stich. »Ich weiß nicht, was ich machen soll. Ich muss noch mehr Schulden machen, um das Café überhaupt wieder öffnen zu können. Und dann müsste es noch viel mehr einbringen als vorher, damit ich überhaupt alles abbezahlen und noch davon leben kann. Verrätst du mir die richtigen Lottozahlen?«

Die Frau von nebenan sah amüsiert herüber.

»Das war ein Witz«, rechtfertigte Julia sich schon wieder.

In diesem Moment erlosch die Flamme, obwohl sie durch vier Wände und ein Dach geschützt war. Julia fröstelte. Wenn das ein Zeichen war, dann konnte es nichts Gutes bedeuten.

M acht euch *keine Gedanken, ich muss ein paar Dinge klären*.

»Schwer, sich bei diesen Worten keine Gedanken zu machen«, sagte Laura und schob den Zettel, der auf dem Tisch lag, zur Seite.

Nur Jean trank gelassen seinen Kaffee, noch bevor er sich etwas über das Muskelshirt und die Boxershorts gezogen hatte. Er war wie Julia eine Frohnatur und begegnete dem Leben wie einer Wundertüte, die ihn diesmal in eine WG mit drei hübschen, aber auch verrückten Mädchen geführt hatte. Dass Julias Begeisterung für ihn nicht so groß war wie erwartet, erleichterte ihn.

»Geht sie ans Handy?«, fragte Bernadette.

»Nein. Und wenn was passiert ist?«

»Es ist bestimmt nichts passiert.«

»Vielleicht ist ja gerade das das Problem.« Laura warf Bernadette einen vielsagenden Blick zu, der Jean nicht entging.

»Was meinst du damit?«, fragte Jean auf Französisch, sodass Bernadette die Sprache wechselte.

»Ach, nichts. War irgendwas nicht in Ordnung letzte Nacht? Habt ihr euch gestritten?«

»Nein, wir waren beide einfach fertig. Ich habe nicht mal bemerkt, wie sie heute Morgen verschwunden ist.«

»Na, dann wundert es mich nicht, dass sie verschwunden ist«, richtete Bernadette sich auf Deutsch an Laura.

»Was meinst du damit?«, hakte Jean nach.

»Liebst du sie, Jean?«

Wenn er jetzt noch einmal »Was meinst du damit?« fragen würde, wäre klar, dass Julia berechtigten Liebeskummer hatte.

»Ja, natürlich! Sie ist eine tolle Frau!«

Laura fühlte sich ausgeschlossen, weil ihr Französisch genau wie Julias schlecht war. Noch bevor Bernadette zufrieden nicken konnte, ergänzte Jean: »Wie du, äh, wie ihr beide.«

Es klingelte an der Tür. Na endlich!

Es war aber nicht Julia, die den Schlüssel vergessen hatte, sondern Carsten mit Baby vor dem Bauch und Zeitung in der Hand.

»Kennen wir uns?«

»Ich bin ein Freund von Robert.« Er reichte Bernadette die Zeitung. »Sorgst du bitte dafür, dass Julia sie liest? Robert hat dort eine Nachricht für sie hinterlassen.«

»Mach ich.« Bevor Bernadette ihn wieder verabschieden konnte, kam Jean zur Tür.

Carsten musterte den leichtbekleideten Mann, der entweder auf dem Bau arbeitete oder ins Fitnessstudio ging.

»Ist das der geheimnisvolle Lover von Julia?«

Jean verstand »Lover« und »Julia«, was ihm ein bezauberndes Grinsen auf sein junges Gesicht zauberte. »Ja, also ...«

Carsten riss die Zeitung wieder an sich. »Dann ist das doch keine gute Idee.«

Bernadette riss an der anderen Seite. »Gib schon her, es ist nicht so, wie es aussieht.«

»Ich werde Robert sagen, dass er es vergessen soll. Er kommt schon drüber weg.«

»Jetzt gib die Zeitung her! Wir könnten sie sowieso an jedem Kiosk kaufen!«

Das Baby fing an zu weinen, als Carsten sich bückte, um die losen Blätter aufzusammeln. Jean stand tatenlos daneben. Bernadette zischte ihm auf Französisch zu, dass er Julia seine Liebe deutlicher zeigen müsste, wenn er eine Chance bei ihr haben wollte.

Nicks neueste Errungenschaft waren die Glückskekse. Nicht die billigen, bei denen die Kekse schmeckten wie vom letzten Weihnachtsfest und die Sprüche in der Mitte voller Rechtschreibfehler waren. Nein, seine Glückskekse versteckten unter knuspriger Schale verheißungsvolle Weisheiten. Er ließ zu jedem Heißgetränk einen Keks auf die Untertasse legen – ohne dass der Kaffee dadurch teurer wurde. Nick zögerte und brach schließlich selbst einen Glückskeks auf. *Persönlichkeiten, nicht Prinzipien bringen die Zeit in Bewegung. – Oscar Wilde*

Eine Persönlichkeit war er, sagte sich Nick, und deshalb musste er sich auch nicht von unnötigen Prinzipien bremsen lassen. Vor der Tür stand seine Kellnerin Annabelle, die anklopfte, obwohl die Tür offen stand.

»Herr Heller?«

»Kommen Sie herein!« Nick schob die Zeitung beiseite, die vor ihm auf dem Schreibtisch lag, um nicht den Eindruck zu erwecken, er vertrödle seine Zeit.

»Mich hat gerade eine Frau gefragt, ob es für die Wunscherfüllung eine Garantie gäbe.«

Nicks Lachen verstummte, als er ihren Blick sah. »Sagen Sie ihr, das Schicksal wird ihr den Wunsch erfüllen, wenn es gut für sie ist. Oder lächeln Sie einfach so bezaubernd, wie Sie das meistens tun.«

Sie sah ihn mit ihren Rehaugen an. »Aber Sie stehen doch hinter Ihrem Konzept, oder?«

»Natürlich tue ich das. Aber selbst in der Kirche gibt es keine Garantie auf Erhörung!«

Annabelle verschwand, und Nick widmete sich wieder der Zeitung. Schließlich hatte er heute Morgen schon einige SMS und E-Mails erhalten, die ihm den Tipp gaben, einen Blick in den Lokalanzeiger zu werfen. Als Nick Roberts Foto über dem Artikel entdeckte, holte er tief Luft und begann zu lesen.

Wie das Lächeln eines Engels

Es gibt Orte und Menschen, die einen trösten, wenn man nur an sie denkt. Allein das Wissen, sie aufsuchen zu können, schenkt Kraft. Der Partner, eine gute Freundin, jemand, der sich um unsere Seele kümmert … Manchmal sind es auch scheinbar unbedeutende Personen in unserem Leben, die wir fast übersehen, weil sie vordergründig nur eine Funktion erfüllen. Fällt Ihnen jemand ein, der Ihnen mehr gibt als das Rezept für den Hustensaft, der auch den aufrichtigen Wunsch hat, dass Sie gesund werden? Jemand, der Ihnen morgens hinter der Brottheke einen schönen Tag wünscht und dabei auch mit den Augen lächelt? Der Ihre Kinder oder Ihre Eltern betreut, und das manchmal mit mehr Liebe, als Sie selbst geben können? Es gibt so viele Menschen, die ihren Job mit Liebe tun und aus ihrer Dienstleistung ein Geschenk machen. Genau so einen Menschen habe ich zu einem Zeitpunkt kennengelernt, in dem ich selbst nichts mehr mit Liebe gemacht habe, am allerwenigsten meinen Job. Das Café, das sie mit ihren Freundinnen führte, machte aus einem Kaffee einen Wundertrank, in dem Wohlwollen und gute Wünsche steckten. Anfangs habe ich gedacht, was soll das schon gegen das Elend der Welt helfen? Selbstberuhigung, Augenwischerei, Gutmenschengefühlsduselei – all die Begriffe, die einem Zyniker und Misanthropen wie mir einfielen, hielt ich dagegen, bis mein Herz weich wurde. Ich glaube immer noch, dass die Welt nur mit viel Humor zu ertragen ist, aber ich habe gespürt, dass jedes Lächeln, jeder gute Gedanke, jeder ernstgemeinte Wunsch sie zu einem weniger trüben Ort werden lassen. Vielleicht reicht das nicht, um dieser Frau zu genügen. Aber ich möchte ihr danke sagen für all das, was sie bei mir und anderen bewirkt hat. Und ich möchte Sie, liebe Leser, auffordern, heute ebenfalls danke zu sagen. Sie werden wissen, wem. Pflastern Sie die Stadt mit guten Wünschen – meiner liegt schon lange an einem Ort, den sie allein kennt ...

Sollte Nick auch Dankeskarten einführen? Dankbarkeit machte noch glücklicher als Wunscherfüllung, hatte er gelesen. Als wenn es ihm nur um Kommerz gehen würde! Nicht Roberts Herz war weich geworden, eher seine Birne, dachte Nick. Ob er dafür sorgen sollte, dass die beiden Königskinder endlich zusammenkamen? Immerhin verzichtete Robert in seinem Artikel darauf, ein paar Spitzen gegen ihn zu verteilen, wie es früher seine Art gewesen wäre. Nick öffnete in seinem Smartphone den angegebenen Link, unter dem man seine guten Wünsche loswerden konnte. Anscheinend waren all die geheimen Helfer gar nicht so geheim, wie in dem Artikel behauptet wurde.

Loslassen, das war die Antwort! Wie konnte sie glauben, dass ihre Oma enttäuscht wäre, wenn sie das Café losließe, wenn sie das selbst getan hatte? Sie war mit ihrem Mann nach Frankreich gezogen, wo sie sich kennengelernt hatten. Dort war sie wenige Jahre später auch gestorben und hatte damit die größte Übung im Loslassen überhaupt absolviert.

Julia fühlte, dass ihre Großmutter frei war. Im Gegensatz zu ihr selbst. Die Schulden, das Café, all das hinderte sie daran, sich auf Jean einzulassen. Sie musste ihre Sorgen hinter sich lassen und ganz von vorne anfangen. Das würde ja nicht bedeuten, dass sie ihren Glauben aufgeben würde, ganz im Gegenteil. Sie würde sich dem Strom des Guten hingeben und schauen, wohin er sie führt. Zuerst dachte sie, es wäre ein böses Omen, dass die Flamme erlosch. Aber dann interpretierte sie es so, als habe ihre Oma ihr den Segen gegeben, das Licht im Café auszumachen. Ein anderes Licht würde erstrahlen. Alle gingen ihren Weg, nur sie hatte

Verpflichtungen, die sie einzwängten. Seit ein Teil des Hauses im Besitz dieses Immobilienhais war, lag ein Schatten auf ihm. Nicks zweite leere Wohnung hatte Herr Hansen sich schon reserviert. Er würde keine Ruhe geben, bis er nicht auch Julias Wohnung und das Café hatte. Das Café in gute Hände zu übergeben wäre besser, als es Herrn Hansen zu überlassen. Wie früher, wenn sie mit Nick Monopoly gespielt und im letzten Moment das Ruder herumgerissen hatte, bekam sie auf einmal Lust zu pokern. Was Nick konnte, konnte sie schon lange.

Robert saß an seinem Schreibtisch und verfolgte die Reaktionen auf seinen Artikel.

Sein Chef kam herein und setzte sich zu ihm. »Du hattest den richtigen Riecher. Die Geschichte lässt sich ja nur noch von der Weihnachtsgeschichte toppen.« Er klopfte ihm auf die Schulter. »Ich habe gerade die Leser dazu aufgerufen, ihre eigenen Geschichten an die Redaktion zu schicken. Die fünf besten werden veröffentlicht, und die Einsender bekommen ein Jahres-Abo geschenkt.«

Robert konnte sich über das Lob seines Chefs nicht freuen. Natürlich rührten ihn die Reaktionen, aber der Mensch, auf den es ankam, rührte sich nicht. Carsten hatte ihm eine SMS geschickt, in der von einem Adonis in Boxershorts die Rede war, und das im Dezember. Julia war wohl noch nicht einmal aus dem Zimmer gekommen. Vielleicht weil sie ganz nackt war? Oder ihn nicht sehen wollte? Vielleicht war sie einfach nicht da? Oder schon auf dem Weg zu ihm? Aber warum brauchte sie dafür Stunden? Solange Hoffnung bestand, würde er um sie kämpfen.

»Ach, noch was!« Ulli drehte sich in der Tür noch mal um. »Dass du deine Arbeit nicht geliebt hast, war hoffentlich nur eine Hyperbel. Das braucht man wohl leider, um bei den Leuten auf die Tränendrüse zu drücken.«

»Na ja, bei denen, die noch nicht völlig abgestumpft sind, dürfte eine sachliche Berichterstattung über das, was in der Welt los ist, reichen, um sie zum Heulen zu bringen.«

»Wo bleibt dein neu gewonnener Optimismus, den du aus dem Urlaub mitgebracht hast?« Er wartete die Antwort nicht ab. Vielleicht hatte sich Robert einer psychiatrischen Behandlung unterzogen? Wer machte schon so lange Urlaub, ohne wegzufahren? Und dann noch dieser Sturz auf den Kopf! Vermutlich ließen die Medikamente nach. Doch solange er vernünftig arbeitete, sah er keinen Anlass, Robert zu kündigen. Wer weiß, wenn diese geheimnisvolle Frau ihn erhörte, könnte man eine Story draus machen.

Als Robert wieder allein war, starrte er auf sein Handy, als würde er eine Reaktion herbeizaubern können. Doch so sehr er es sich auch wünschte, es blieb stumm. Die Vorstellung, Julia würde ihm gegenüber für immer verstummen, zog ihm den Boden unter den Füßen weg.

Julia spürte den Schmerz des Verlustes, auch wenn sie ihn nicht ganz einordnen konnte. Was hatte sie verloren? Was würde sie verlieren? Jean? Robert? Das Café? Die Wohnung? Und was genau schmerzte sie? Gab es so etwas wie einen Übersprungschmerz? Der Schmerz darüber, dass die Freundschaft zu Robert zerbrochen war, war vielleicht nur eine Flucht vor der Erkenntnis, dass sie bald ohne Besitz dastehen könnte. Julia war Trauer und Schmerz nicht gewohnt. Nicht mal Jeans Küsse konnte sie genießen, weil sie dabei an Robert denken musste. Wie er, auch wenn er selbst schuld war, allein herumsaß. Wo überhaupt? Sie fühlte sich, als säße sie vor einem französischen Drei-Sterne-Menü und könnte es nicht genießen, weil sie an all die Menschen dachte, die nichts zu essen hatten.

Der Weg vom Friedhof nach Hause ging an Roberts Redaktion vorbei. Ob sie reingehen sollte? Ihm verzeihen? Im Grunde hatte sie das schon. Sie musste nur an ihrer Wut festhalten, um die Liebe zu ihm zu verdecken, aber das begriff sie nicht. Anstatt zu Robert zu gehen, betrat sie die Bäckerei, in der sie immer die Brötchen und Croissants für das Café gekauft hatte.

Die Verkäuferin strahlte sie an. »Was darf es sein?«

Auf der Theke standen neben Milch und Zucker für den Kaffee und dem Stapel Tageszeitungen auch ein Blumenstrauß und eine Karte, die an die Vase gelehnt war. »Danke, dass Sie mir jeden Tag den Weg zur Arbeit versüßen« stand darauf.

»Das Gleiche wie immer. Aber nur für vier Personen.«

Die Frau steckte vier Croissants und vier Brötchen in eine Tüte. »Alles in Ordnung?«

»Doch, doch.«

»Es tut mir leid, dass das Café pausieren muss, aber danach wird es bestimmt noch schöner.«

Julia nickte nur und gab der Verkäuferin das Geld. Sie zeigte auf den Zeitungsstapel. »Heute auch mit Immobilienteil?«

Sie schüttelte den Kopf. »Der kommt erst morgen. Aber was in der Zeitung steht, ist sowieso sofort weg. Eine Tante von mir hat ein Haus in der Stadt. Ich meine, da wäre letztens jemand ausgezogen. Soll ich mal nachfragen? Tolles Haus. Altbau.«

Julia hielt die Brötchentüte, deren Wärme sie tröstete, in der Hand. »Vielleicht komme ich darauf zurück. Danke.«

»Gerne.«

Julia hätte schwören können, dass die Verkäuferin ihr in Gedanken wünschte, dass sich ihr Problem bald löste.

Herr Heller, Sie wissen, dass mein Angebot so gut sein wird, dass Sie keine Anzeige aufsetzen müssen, oder?«

In einer Woche hätte Nick hoffentlich den Kaufvertrag in der Hand, der ihm erlauben würde zu expandieren. Länger durfte er auch nicht warten, weil die Bank ihm schon im Nacken saß.

»Ich kann nicht garantieren, dass sich niemand mehr meldet. Das Schild hing zwei Tage im Fenster.«

Herr Hansen war versucht, Nick am Telefon zu beschwören, anderen Interessenten abzusagen, aber er wollte nicht bedürftig wirken. »Nein, natürlich nicht. Kommen Sie einfach auf mich zu, wenn es Schwierigkeiten gibt.«

Ah, er hat also noch Spielraum, dachte sich Nick. Vielleicht sollte er ein besseres Angebot aus dem Hut zaubern, um den Preis in die Höhe zu treiben. Nachdem er aufgelegt hatte, ging Nick durch das Café. Alle Tische waren besetzt. Zur Hälfte mit Touristen aus aller Welt. Die Nähe zum Hauptbahnhof und seine Präsenz in allen sozialen Netzwerken hatten ihn schnell zum Geheimtipp gemacht. In einer Ecke seines Büros stand eine große Kiste mit Wunschpostkarten. Die schönsten Wünsche hängte er an die Pinnwand (es gab nun ein Feld zum Ankreuzen, ob das erlaubt war – nicht dass ihm amerikanische Touristen hinterher mit einer Klage drohten). Oft standen die Gäste stundenlang davor, um die Sehnsüchte der anderen zu studieren.

»Wie süß«, sagte eine Amerikanerin und fotografierte die Pinnwand der Wünsche.

»Wie die Brücke mit den Liebesschlössern.«

Nick strahlte. Sein Café war das wirkliche, echte, große Café der geheimen oder eben nicht ganz so geheimen Wünsche. Aber wer hatte heute noch Geheimnisse?

Mit den Brötchen in der Hand betrat Julia die Redaktion. Vielleicht würde sie Robert treffen, wenn sie die Anzeige aufgab.

»Wie kann ich Ihnen weiterhelfen?«, fragte der gutgelaunte Pförtner, der eine Packung Pralinen vor sich stehen hatte. Sie war halbleer, und auf dem Deckel stand »Danke«.

»Ich möchte eine Anzeige aufgeben.«

»Dann bitte links hoch.«

Julias Hand zitterte, als sie die Tür aufdrückte. Fast war sie erleichtert, dass das nicht der Weg zu Roberts Büro war. Bei jedem Schritt, den sie im Flur hinter sich hörte, fragte sie sich dennoch, ob Robert gleich an ihr vorbeikommen würde. Aber als sie vor der richtigen Tür stand, war er ihr noch nicht begegnet.

»Ich möchte eine Immobilienanzeige aufgeben.«

»Gesuch oder Gebot?«, fragte die ältere Frau hinter dem Schreibtisch und zückte einen Stift.

»Gebot.«

»Na, Gott sei Dank. Es suchen hier schon genug Menschen eine Wohnung. Weiß auch nicht, was die alle in der

Stadt wollen. Ist doch langsam viel zu voll.« Sie reichte Julia ein Formular.

»Wann erscheint die Anzeige?«

»Nächste Woche Mittwoch.«

»Aber morgen erscheint doch auch der Immobilienteil.«

»Kindchen. Es wird ja wohl auf eine Woche nicht ankommen, oder?«

»Doch. Es ist wichtig!«

»Ich schaue mal, was sich machen lässt. Online ginge vielleicht schon morgen.«

Julia schluckte, als sie die Preisliste sah. Egal, es nützte nichts. Sie musste es tun und griff zu dem Kugelschreiber, den die Frau ihr gereicht hatte.

Wohnung in Altbau in bester Lage zu verkaufen. Café im Erdgeschoss zu vermieten. Option auf weitere Wohnungen im Haus. Nur an Liebhaber von Häusern mit Geschichte.

Die Frau las sich das ausgefüllte Formular durch und beäugte Julia skeptisch. »Preis? Größe? So haben Sie entweder hundert oder gar keinen Interessenten.«

»Ich brauche nur einen, und zwar den richtigen.«

Jetzt musste sie Nick nur noch vorschlagen, gleich ihre Verkaufstermine zusammenzulegen. Solange Herr Hansen die Hoffnung besaß, das ganze Haus zu kaufen, bestünde die Option, dass er auch wieder verkaufte.

Es konnte doch nicht sein, dass Julia der einzige Mensch in der Stadt war, der den Artikel nicht gelesen hatte, dachte Robert. Selbst Dörte hatte ihm geschrieben, dass im Schwesternzimmer frischer Kuchen und Blumen gestanden hätten, als sie von der Mittagspause wiederkam.

»War das nicht der Reporter, der Herrn Müller schon so feinfühlig interviewt hat?«, hatte die Oberschwester kichernd gefragt.

Dörte hatte stolz bejaht, obwohl sie keinen Anteil an der Geschichte hatte. Robert war für sie Geschichte, und dennoch dachte sie hin und wieder gern an ihn.

»Für dich.« Piet kam herein, setzte sich ungefragt an Roberts Schreibtisch und hielt ihm eine Tafel Schokolade hin. »Seelentrost.«

»Danke.«

Robert brach sich ein Stück ab und steckte es in den Mund.

»Deinem Gesichtsausdruck nach zu urteilen, hat dein Artikel noch nicht die gewünschte Wirkung gezeigt, oder?«

»Vielleicht hat sie ihn noch gar nicht gelesen.«

Ein paar Sekunden lang starrte Robert auf Piets Finger, die eine SMS tippten. Dabei grinste er.

»Piet, was machst du? Komm, lass es sein, mach nicht alles noch schlimmer!«

»Zu spät. Ich habe Laura geschrieben, sie soll dafür sorgen, dass Julia den Artikel endlich liest. Wenn sie sich danach nicht mal aus Höflichkeit meldet, dann ist sie eh die Falsche. Es ist doch sonst nicht deine Art, einer Frau nachzutrauern! Das hast du doch gar nicht nötig! Reisende soll man nicht aufhalten.«

»Doch, Piet, manchmal muss man Reisende aufhalten! Ich weiß, dass wir zusammengehören. Ich war glücklich in ihrer Gegenwart. Und sie auch in meiner.«

»Julia ist immer glücklich.«

Robert dachte an den Moment, als sie sich ihm anvertraut hatte, während er das Café putzte. Julia hatte sich entschlossen, immer glücklich zu sein. Das ließ sie anders mit Unglück umgehen.

»Ich halte es nicht mehr aus! Ich stelle mir die ganze Zeit vor, wie sie mit diesem Jean vögelt und mit ihm durch Europa tourt. Er ist, verdammt noch mal, nicht der Richtige für sie! Selbst dann nicht, wenn auch ich es nicht bin.«

»An der Europatour könnte was dran sein. Laura hat erzählt, dass Julia das Café vermieten und die Wohnung verkaufen möchte. Und Jean soll ganz nett sein.«

»Ganz nett? Er setzt sich nicht für sie ein. Er kämpft nicht um sie. Er legt ihr nicht die Welt zu Füßen. Für ihn ist das doch nur Spaß! Julia hat ständig von der großen Liebe geredet. Und er? Schreibt ihr 'ne Postkarte, dass er sich freut, sie zu sehen!«

»So warst du doch auch immer. Nur dass dieser Jean mehr Recht dazu hat, ein Arsch zu sein, weil er noch jung und unerfahren ist.«

»Gerade weil ich genauso war, weiß ich, dass er sie nicht liebt! Aber ich liebe sie, verdammt noch mal! Und ich werde dafür sorgen, dass sie ihre bescheuerten Pläne aufgibt!«

»Kauf du doch die Wohnung und übernimm das Café und warte dort auf sie, bis sie desillusioniert von ihrer Reise zurückkehrt.«

Robert sah aus, als wäre die Erleuchtung über ihn gekommen.

»Piet, du bist ein Genie. Genau das werde ich machen!«

Piet lachte. Robert verlor langsam den Sinn für die Realität. Er brauchte zwar eine neue Wohnung, aber für einen Kauf würde er erst einen Schatz heben müssen. Piet wusste jedoch auch nicht, dass Robert in einem seiner Umzugskartons einen Schatz stecken hatte, von dem er sich nur nie trennen wollte, weil es die einzige Verbindung zu seiner coolen Zeit war. Die Zeit, in der er dachte, er würde in die Schuhe der Stars schlüpfen. Da nun eine Zukunft vor ihm lag, brauchte er sich nicht mehr an die Vergangenheit zu klammern.

Als sie die Redaktion verließ, roch es nach Pommes, Döner und Pizza. Am Imbiss um die Ecke standen die Leute schon Schlange für das Mittagessen, während Julia immer noch die Brötchentüte in der Hand hielt. Ob die anderen schon aufgestanden waren?

Von den Bauarbeitern, die das Café sanierten, war nichts zu sehen. Julia blieb auf der anderen Straßenseite stehen und beobachtete, wie eine Frau, die öfter bei ihnen zu Gast gewesen war, ein Licht anzündete und es auf die Fensterbank stellte. Auf der Blumen standen. Und ein paar Zettel lagen. Julias Herz schlug schneller. So etwas machte man, wenn jemand an der Stelle verunglückt war. Aber das hätten sie doch mitbekommen?

Als die Frau sich umdrehte und Julia sah, strahlte sie. »Es ist schön, Sie endlich mal wieder zu sehen!«, rief sie ihr entgegen.

»Alles wird gut werden! Warten Sie nur ab, jetzt wünschen wir Ihnen etwas«, fügte eine andere Frau hinzu, die leicht verschämt einen Brief niederlegte. Wenn das ein Zeichen war, dann hieß es, dass es in Ordnung wäre, um das Café zu trauern. Es fehlte nur das Holzkreuz, auf dem *Café Juliette* stand.

»Alle Ihre Gäste wünschen Ihnen, dass Sie bald wieder aufmachen können. Wir vermissen Sie.«

Julias rutschte das Herz in die Hose. Wenn das Wunder, auf das sie bis zur letzten Sekunde warten würde, nicht eintrat, würde es kein Café Juliette mehr geben.

»Was ist hier eigentlich los?«, fragte sie.

Die Frau holte einen Zeitungsartikel aus ihrer Manteltasche und faltete ihn auseinander.

»Jetzt behaupten Sie nicht, dass ein anderes Café damit gemeint sei.«

Julia stand vor der Café-Juliette-Gedenkstätte und las endlich Roberts Artikel, der ihr schon dreimal unter die Nase gehalten, aber von ihr ignoriert worden war.

Nick steckte sein Handy wieder in die Hosentasche. Er wartete immer noch auf ein versöhnliches Zeichen von Julia, doch ihre SMS hatte ihn nur noch mehr beunruhigt: *Hallo, Nick, ich möchte bei dem Verkaufstermin mit Herrn Hansen dabei sein, vielleicht will er ja auch meine Wohnung kaufen oder das Café mieten. VG Julia*

Wenn Julia ihre Wohnung verkaufen würde, könnte sie das Café weiterführen. Wenn sie das Café vermietete, hätte sie wiederum ein Einkommen, um sich die sanierte Wohnung leisten zu können. Aber würde sie dafür wirklich einen Pakt mit Herrn Hansen eingehen? Nick betrachtete die Torten in der Glasvitrine und überlegte sich, welches Stück er sich gleich zum Kaffee gönnen würde. Die Arbeit in seinem Café saugte so viel Energie aus ihm heraus, dass er mindestens drei Stücke essen müsste.

»Darf ich?«

Annabelle öffnete die Glastür und entnahm das vorletzte Stück Punschtorte, um es zu servieren. Seine Gäste wirkten jedenfalls entspannt und glücklich.

Wahrscheinlich wäre es für Julia wirklich die beste Lösung, die Wohnung zu behalten und das Café zu vermieten. Dann hätte sie endlich Zeit und Geld, etwas Vernünftiges zu studieren. Das war überhaupt die Lösung! Bevor Annabelle ihm wieder zuvorkommen konnte, schob er sich das letzte Stück Punschtorte auf den Teller und verschwand damit in seinem Büro. Er würde das Café mieten! Er wäre auch so großzügig, es Julia nach ihrem Geschmack weiterführen zu lassen. Über die Beteiligung müsste man reden, aber es erschien ihm als klassische Win-win-Situation! Mit neuer Energie stach er die Gabel in die Torte.

Julia schloss die Wohnungstür auf. Aus der Küche war Geplauder zu hören. So musste es sich anfühlen, tot zu sein und vom Himmel aus zu beobachten, wie sich die neuen Bewohner der eigenen WG verhielten. Laura, Bernadette und Jean, mittlerweile angezogen, saßen am Tisch, leere Kaffeebecher standen darauf. Anscheinend war sie jedoch kein Geist, denn als sie hereinkam, sprangen alle drei auf.

»Julia, wir haben uns schon Sorgen gemacht!«, sagte Laura.

»Eher Gedanken«, verbesserte Bernadette sie.

Jean sagte erst mal gar nichts, küsste sie aber zärtlich auf den Mund, als sie die Tüte vom Bäcker auf den Tisch legte. »Danke, mein Schatz, wir sind am Verhungern.«

»Ich muss mit euch reden. Aber erst muss ich etwas erledigen. Guten Appetit.«

»Alles in Ordnung?« Laura folgte ihr in das Zimmer, in dem sie die Nacht mit Jean verbracht hatte. Eine Nacht, die weit unter den Versprechungen der jahrelangen Sehnsucht geblieben war. Julia nahm die Wunschdose vom Schrank und schüttete den Inhalt auf das zerwühlte Bett. Eigentlich musste sie die Botschaft gar nicht mehr suchen, aber sie wollte es schwarz auf weiß haben.

»Meinst du, Jean wird darüber hinwegkommen, dass es aus ist, bevor es angefangen hat – nachdem ich ihn selbst hierhergelockt habe?«

»Ganz ehrlich, ein wenig mehr Enthusiasmus hätte ich mir schon von ihm gewünscht.« Laura wusste, was Julia jetzt hören wollte, und es war noch nicht einmal gelogen.

Auf dem Bett lagen all die Wünsche nackt und schutzlos. Julia ließ ihre Augen über sie gleiten und suchte nach einer Handschrift, die weder ihr noch ihren Freundinnen gehörte, und fand sie neben dem Kissen, auf dem ihr Kopf heute Nacht gelegen hatte: *Julia liebt mich genauso, wie ich sie liebe.* Sie hielt den Zettel mit Roberts Handschrift in ihren Händen. Ob die Geschichte anders verlaufen wäre, wenn Jean mehr Begeisterung gezeigt hätte? Würde sie Jean eine Chance geben, wenn Robert nicht wäre? Julia überkam die Angst, am Ende beide zu verlieren. Diese Angst bedrückte sie genauso wie die Angst, sich überhaupt auf eine Beziehung einzulassen. Liebe bedeutete das Risiko, verletzt zu werden. Und andere zu verletzen. Sie steckte den Zettel in die Hosentasche und ging in die Küche, wo Jean und Bernadette sich auf Französisch unterhielten. So viel hatten Jean und sie sich bisher nicht zu sagen gehabt.

»Jean?«

»Oui?«

Er dreht sich zu ihr um.

»Es tut mir leid. Ich liebe dich nicht. Ich liebe einen anderen«, sagte sie in dem besten Französisch, das sie je gesprochen hatte.

Ausgerechnet jetzt zeigte er Betroffenheit. Während er irritiert zu ihr schaute, gestikulierte Bernadette in Julias Richtung, dass sie aufhören sollte zu reden.

»Sie meint das nicht so«, versuchte Bernadette Jean zu beruhigen.

Julia schob Bernadette zur Seite und sah Jean fest in die Augen. »Doch. Ich habe jahrelang von dir geträumt. Wenn wir es beide wirklich gewollt hätten, dann hätten wir uns damals nicht aus den Augen verloren. Anscheinend war der Wunsch auf beiden Seiten nicht groß genug. Bernadette, du darfst das gerne übersetzen!«

Bernadette schenkte ihr einen Blick, als wollte sie ihre Freundin davor warnen, in ihr Unglück zu rennen.

»Pas de problème«, beschwichtigte Jean.

Die ganze Stadt bereitete sich auf Weihnachten vor, und Roberts E-Mail-Fach war voller rührseliger Dankesgeschichten. Alle drückten ihm die Daumen für ein Happy End, besonders sein Chef. Beim Blick aus dem Fenster sah Robert zwei Männer mit Spendendose, die wohl einkalkulierten, dass die Menschen großzügiger waren, wenn sie schon drei Tüten voller Geschenke gekauft hatten. Ein Glück, dass mir mein Weihnachtswunder nicht erst im Alter von Herrn Müller widerfahren ist, dachte Robert, als die ersten Schneeflocken vor dem Fenster rieselten.

»Es schneit!« Er drehte sich zu Piet um. »Magst du Schnee?«

Piet sah ihn irritiert an. »Du?«

»Ich weiß es nicht. Er war mir eigentlich immer egal. Jedenfalls seit ich nicht mehr Schlittenfahren gehe.«

»Und jetzt?«

»Denke ich, dass es schön aussieht.«

Selbst wenn Julia nicht zurückkommen würde, wollte er die Zeit nicht zurückdrehen. Er war sich noch nicht sicher, was er mit dem Rest seines Lebens anfangen wollte, aber seit er Julia kennengelernt hatte, glaubte er, dass das Leben doch noch ein paar schöne Überraschungen für ihn hatte.

»Piet, ich muss was erledigen.« Er nahm seine Jacke vom Stuhl und zog sie an.

»Du machst jetzt aber keinen Blödsinn, oder?«

»Vielleicht schon. Aber ich glaube, die Sache ist es wert.«

Ist Robert hier?«

Julia stand Sonja gegenüber, die ihr Baby auf dem Arm trug.

»Nein, aber ich kann dir sagen, wo du ihn findest.« Mit der freien Hand nahm sie einen Zettel vom Regal im Flur und reichte ihn Julia. »Da wohnt er, bis er was Richtiges gefunden hat. Wir haben gesagt, dass unsere Couch immer für ihn bereit steht, vor allem nachdem er … na ja … du kennst die Geburtsgeschichte bestimmt schon.«

Sie streichelte Lilli über den Kopf. Julia schluckte. Das hieß, er rechnete nicht damit, wieder bei ihr einzuziehen.

»Weißt du, ob er wieder arbeiten geht?«

Sonja sah Julia an, als wäre das selbstverständlich. »Was soll er denn sonst machen?«, antwortete sie schnippisch. Sie dachte an das Bild eines Adonis in Boxershorts, das Carsten ihr geschildert hatte.

In der Redaktion vorbeizugehen war keine gute Idee.

Also würde Julia erst etwas anderes erledigen, was sie ebenfalls vor sich herschob.

Nick stand vor seinem Café der guten Wünsche, das streng genommen Restaurant der guten Wünsche hätte heißen müssen, da die Speisekarte mehr als Kuchen und Snacks bot. Sonst müsste er jetzt nicht den Lieferwagen in die Parklücke winken, der mitten in der Rushhour kam, um Kisten voller Obst, Gemüse und Fleisch zu bringen. Den Fisch holte er lieber im Fischladen um die Ecke, weil er in einer Feinschmeckerzeitschrift gelesen hatte, dass *Neptuns Schüssel* ein Geheimtipp sei. Natürlich durfte er dort auch Flyer auslegen, nachdem die Fischverkäuferin von seiner Location geschwärmt hatte. Das ging runter wie das feine Olivenöl, das sein Koch verwendete. Nick konnte von Bestätigung nicht genug bekommen – vor allem seit er gespürt hatte, wie schwer es trotz des Erfolgs war, den Laden am Laufen zu halten.

»In die Küche?« Der Mann mit dem weißen Kittel stapelte zwei Kisten auf dem Arm und trug sie an Nick vorbei. Nick zögerte einen Moment, schnappte sich die nächste Kiste und folgte ihm. Auf der Straße hupte jemand, weil der Weg versperrt war.

Sein Café, in dem vor allem Frauen saßen, um mit ihren Freundinnen, Müttern oder Schwestern einen Kaffee zu trinken und Wunschpostkarten auszufüllen, war voll besetzt. Nur eine Frau saß ganz allein am Tisch: seine Schwester. Hätte Nick den Kaffee selbst verteilt, wäre ihm das Tablett aus den Händen gefallen, als er von der Küche in den Speiseraum kam. Da sie ihn schon gesehen hatte, gab es keinen Weg zurück.

»Hallo Nick. Darf man die Wunschpostkarten auch dem Chef in die Hände drücken?«

Nick schaute sich um, da er befürchtete, die Situation könnte peinlich werden. Dann setzte er sich zu Julia an den Tisch. »Möchtest du über deine Verkaufspläne reden?«

»Nicht heute. Ich möchte nur einen Kaffee trinken. Und einen Wunsch abgeben.«

»Gut, dann will ich dich dabei nicht stören.«

»Tust du nicht.« Sie drückte ihm die Karte in die Hand und wartete darauf, dass er sie las.

Ich wünsche meinem Bruder genug Selbstbewusstsein, um seine Pläne nicht hinter meinem Rücken umzusetzen und mir endlich zu erzählen, woher er die Informationen über das Café hat.

P.S.: Ich weiß, dass es nicht Robert war!

Nick setzte sich wieder und winkte Annabelle heran. »Einen Whiskey, bitte.«

Ihr irritierter Blick nervte ihn. Er war schließlich der Chef, und es war das erste Mal, dass er während der Arbeitszeit Alkohol trank. Na gut, vielleicht auch das dritte Mal, wenn man die Eröffnung dazurechnete.

»Wenn du es unbedingt wissen willst: Ich war es. Selbst schuld, wenn ihr eure Zauberdose auf der Theke stehen lasst. Mit Naivität lässt sich der Weltfrieden eben nicht herbeizaubern.«

»Ich würde das eher Vertrauen nennen. Erkläre mir also, warum du mich hintergangen hast.«

»Julia, du hast keine Ahnung, wie es ist, immer an zweiter Stelle zu stehen! Ich war zuerst da. Ich war alles für unsere Eltern. Bist du kamst. Ich konnte mich immer abrackern, aber der Sonnenschein warst du!«

»Meine Güte, kann ich denn was dafür?«

»Siehst du, du verstehst es nicht einmal.«

»Nick, wir sind erwachsen!«

»Ach, ja? Und wer von uns beiden benimmt sich erwachsen? Ich bin es doch wieder, der sich abrackert, während du die Lorbeeren absahnst.« Dann ließ Nick seine Stimme richtig gehässig werden. »Wenn du wirklich jeden Kaffee zu einem Zaubertrank werden lässt, dann trinke ihn doch selber, um deine Probleme zu lösen, Miss Sonnenschein!«

»Ach, weißt du was? Es ist auch nicht immer toll, der Liebling zu sein! Und deswegen werde ich mich jetzt von einigem trennen.«

»Wie meinst du das?«

Annabelle stellte den Whiskey genau im richtigen Moment ab. Nick schwante Böses.

»Wie ich dir geschrieben habe, vielleicht finde ich ja jemanden, der das Café oder die Wohnung will. Da wäre ich ein paar Probleme ganz plötzlich los.«

Nick hatte es geliebt, mit Julia Monopoly zu spielen, doch jetzt hatte er das Gefühl, sie spielte ganz gegen ihre Art mit falschen Karten.

»Julia, überstürze nichts, ich habe eine Idee, wie wir dich aus deiner Schieflage retten könnten!«

»Ich komme auf dich zu, falls ich deinen Rat brauche.«

Woher nahm sie nur diese Gelassenheit in ihrer Situation?

»Julia, was willst du überhaupt von mir?«

»Frieden. Ich habe gemerkt, dass ich mein eigenes Glück, mein eigenes Leben immer mit Vorbehalt gelebt habe. Ich glaube an das Gute. Und an das Glück. Aber ich habe immer gedacht, ich habe zu viel davon. Weißt du noch, der Krabbenkutter? Und überhaupt, wie darf ich glücklich sein, wenn so viele Menschen auf der Welt hoffen, überhaupt durchzukommen? Aber eins habe ich kapiert: Du warst es, der mich veranlasst hat, mein Licht unter den Scheffel zu stellen.«

»In welchem Psycho-Ratgeber hast du denn den Quatsch gelesen? Soll ich jetzt schuld sein, dass meine Schwester eine frigide Kellnerin ist?«

Niemand konnte so gemein sein wie Geschwister.

»Nein, Nick, ich bin eine pausierende Cafébesitzerin, die einfach nur lange genug auf den Richtigen gewartet hat!«

Die Gäste schauten belustigt zu den beiden hinüber, aber selbst Nick war seine Außenwirkung in dem Moment egal.

»Ach, war der Typ aus Frankreich wirklich der Prinz auf dem Schimmel?«

»Nein, der Prinz ist Robert! Er hatte sich aber als Frosch verkleidet.«

»Siehst du! Du solltest mir dankbar sein! Ich wusste, dass ihr beide davon profitieren würdet.« Nick schluckte den restlichen Whiskey hinunter.

»Kannst du mal nicht reden wie ein BWLer?«

»Kannst du mal nicht reden wie eine Märchentante?«

»Können wir es einfach dabei belassen, dass wir verschieden sind – ganz ohne Wertung?«

»Ich weiß doch, dass du dich für den besseren Menschen von uns beiden hältst.«

»Und du dich für den schlaueren.«

»Also gibst du es zu?«

»Ach, vergiss es, anscheinend gibt es Konflikte, die wir mit ins Grab nehmen werden.«

Robert schritt durch das Foyer der Pension, wo ein paar Geschäftsleute saßen. Es war eine billige Pension, wer hier aus beruflichen Gründen unterkam, wurde für die einsamen Nächte also noch nicht einmal besonders fürstlich entlohnt.

Die Rezeptionistin zwinkerte Robert zu. »Erschrecken Sie sich nicht, wenn Sie nach oben gehen.«

Roberts Herz machte einen Sprung. Das konnte nur Julia sein. Anstatt auf den Aufzug zu warten, lief er die Treppe hoch. Er rannte über den hässlichen gelbgrünen Teppich in dem düsteren Flur und sah Julia mit angewinkelten Beinen vor seiner Tür hocken. Vor ihr lag ein kleines Geschenk. Ihr Gesichtsausdruck war schwer zu deuten. Sie blieb sitzen, als er vor ihr stand.

»Julia, was machst du denn hier?« Er ärgerte sich über seine dämliche Frage, während sie sich darüber ärgerte, dass er überhaupt fragte. Es war doch alles klar! Konnten sie die nächsten Sätze nicht einfach überspringen? Warum hatte sie Angst, sich lächerlich zu machen? Den Sprung zu wagen?

Sie hielt ihm das Geschenk hin, das die Form einer Tasse ohne Henkel hatte. »Ich wollte dir auch etwas Selbstgemachtes schenken.«

Als er das Päckchen entgegennahm, rappelte es darin. »Würfel?«

»Pack es doch erst mal aus. Alles ist mehr als das, wonach es aussieht.«

Sie biss sich auf die Lippen. Dieser Moment hatte nichts

mit den romantischen Fantasien zu tun, die sie sich für ein Liebesgeständnis ausgemalt hatte. Sie konnte ihm nicht in die Augen sehen, als er das Papier abriss und den Becher in der Hand hielt, den sie in den Farben des mobilen Cafés angemalt hatte. Allerdings stand nur »Robert« darauf. Etwas enttäuscht schaute Robert in den Becher, in dem ein runder Zettel mit der Aufforderung »Bitte würfeln« lag.

Julia erhob sich und stand nun vor Robert. »Vielleicht machst du das doch besser allein.«

Etwas in seinen Augen hatte ihr das Gefühl gegeben, es übertrieben zu haben. Was war, wenn sie sich genau wie bei Jean getäuscht hatte? Was war, wenn sie durch ihr Misstrauen alles kaputt gemacht hatte? Wie sollte sie es aushalten, so große Gefühle zuzulassen? Sie wollte wegrennen. Und zugleich wollte sie nie wieder von seiner Seite weichen. Liebe konnte doch nicht so kompliziert sein!

»Robert, kannst du nicht einfach machen, was da steht?«
»Würfeln?«

Sie nickte, und beide mussten grinsen. Er hielt die Hand über den Becher, schüttelte ihn und drehte ihn um. Die Würfel landeten zusammen mit einem kleinen Zettel auf dem Boden. Von oben war nicht zu erkennen, was draufstand. Julia zwang sich, diesmal nicht wegzusehen, als Robert ihn aufhob und ihre Botschaft las. Eine eindeutige Botschaft, die nicht auf ein Zeichen warten, sondern selbst eins setzen wollte. *Wir sind keine Würfel. Wenn wir fallen, stehen wir wieder auf. Und wenn ich doch ein Würfel wäre, dann stünde auf jeder Seite »Ich liebe dich«.*

Nicht eine einzige Sekunde in seinem Leben hatte Robert sich so angenommen gefühlt. Es war fast so, als bräuchte es für die endgültige Verwandlung vom – zugegebenermaßen äußerst attraktiven – Frosch zum Prinzen nicht einmal mehr einen Kuss. Einen winzigen Moment lang wäre Julia am liebsten doch noch davongerannt, als sie sah, wie zwei Tränen Roberts Wangen hinunterliefen. Dann hätte sie aber nicht gehört, was er ihr geantwortet hatte. »Ich liebe dich auch. Und zwar schon ganz schön lange.«

»Nicht so lange wie ich dich. Ich liebe dich von dem Moment an, in dem ich dich das erste Mal gesehen habe. Meinst du, ich hätte dich sonst in meine Wohnung gelassen? Ich habe mich nur selbst nicht durchschaut.«

»Und ich dachte immer, du wärst die einzige Frau, die mich ansieht, als wäre ich kein Mann.«

»Wenn du wüsstest ... Robert, ich liebe dich so sehr, dass ich mir sogar vorstellen kann, mit dir unglücklich zu sein.«

»Hey, jetzt wirf nicht alle Prinzipien über Bord!«

Die Würfel, auf denen sie die Punkte auf jeder Seite durch ein »Ich liebe dich« ersetzt hatte, noch fest in der Hand, küsste sie ihn. Er zog sie fester an sich, und die Welt um sie herum verschwand. Mitsamt der Rezeptionistin, die gerade mit einem Staubsauger die Treppe hochkam. Das war also der Grund, warum der hübsche Mann mit den traurigen Augen auf keinen der Annäherungsversuche der Damen eingegangen war, die sie von ihrem Arbeitsplatz beobachtet hatte. Aber große Gefühle hin oder her, sie musste den Teppich saugen. »Entschuldigen Sie, bitte!«

Erschrocken ließen Julia und Robert voneinander ab. »Ja?«

Die Frau zeigte auf die Tür zu Roberts Zimmer. »Sie

haben doch einen Schlüssel. Oder etwa nicht? Dann schließen Sie doch auf, ich erwarte gleich eine Reisegruppe aus Frankreich.«

Robert kramte nach seinem Schlüssel, während Julia ein Lachen unterdrücken musste.

»Dann nichts wie rein!«

Manchmal stand man ewig vor einer Tür, obwohl man den Schlüssel in der Hand hatte. Wenn das kein Zeichen war. Die Rezeptionistin warf den Staubsauger an, noch bevor Robert aufgeschlossen hatte.

»Danke«, sprach Julia in Gedanken und schickte einen Blick zum Himmel, der durch eine äußerst hässliche Styropordecke verdeckt war. Doch in jenem Moment konnte sie bis zur Sonne und zum Mond zugleich sehen und stand dennoch so fest auf der Erde wie lange nicht mehr.

Epilog

Als Laura, Bernadette, Piet und Carsten sich untereinander erkundigten, wo Julia oder Robert waren, wurde ihnen klar, dass sie nur zusammen sein konnten. Jean, der immer gedacht hatte, die Melodramatik sei seinen Landsleuten und das kitschige Happy End Hollywood vorbehalten, machte sich in seinem Notizbuch Stichpunkte zu einer Komödie. Vielleicht würde er sie auf der Rückfahrt nach Paris schreiben. Doch zunächst würde er die Zeit in Deutschland genießen, auch wenn es seine Eitelkeit verletzte, dass er in dieser Liebesgeschichte nur eine Nebenrolle gespielt hatte. Wenn er sich Bernadette so ansah, könnte es vielleicht noch eine überraschende Wendung geben.

Die größte Überraschung erlebte Julia, als sie mit Nick, Herrn Hansen und Frau Schilling am Küchentisch saß. Frau Schilling war genau die potentielle Käuferin gewesen, die sie sich vorgestellt hatte, und zwar nicht für ihre, sondern für Nicks zweite Wohnung. Herr Hansen wurde von der eloquenten Millionärin in Grund und Boden geredet – und vor allem überboten. Da Nick jeden Cent gebrauchen konnte, war es mit der Loyalität Herrn Hansen gegenüber schnell vorbei. Auch wenn er es niemals zugeben würde: Er war fast stolz auf seine Schwester, dass sie ihn ausgetrickst hatte – letztendlich zu seinem Vorteil.

Auch daran, das Café zu mieten, war Frau Schilling interessiert. Robert hatte sich bis dahin nur um die Getränke gekümmert, daher verstand Julia nicht, was es in der

Situation zu grinsen gab. Auch wenn das Café bei Frau Schilling in guten Händen wäre, schmerzte sie der Gedanke, es abzugeben.

»Ich würde auch gern ein Gebot abgeben.«

Julia sah Robert verwundert an, Frau Schillings Augen weiteten sich bei der Vorstellung, ihre Traumwohnung doch nicht zu bekommen, Herr Hansen schüttelte den Kopf, als überlegte er, seine Wohnung in diesem Irrenhaus wieder zu verkaufen, und Nicks Augenlid zuckte nervös.

»Ich würde das Café gerne kaufen.«

»Hast du etwa im Lotto gewonnen?«

»So ähnlich. Jedenfalls möchte ich nur noch als freier Redakteur arbeiten, und zwar so wenig, dass ich noch Kapazitäten für meinen Traumjob habe.«

Frau Schilling seufzte vor Rührung, aber auch vor Erleichterung. Nick und Herr Hansen verdrehten die Augen und räusperten sich, wurden jedoch ignoriert.

»Was wäre denn dein Traumjob?«

»Unten im Café zu arbeiten, wenn es wieder eröffnet wird.«

»Ich werde mal mit der Chefin sprechen, ich glaube, sie überlegt sich gerade, doch nicht zu vermieten. Sie wäre unter diesen Umständen aber auch nicht an einem Verkauf, sondern an einer Teilhaberschaft interessiert, um ihren Traumjob zusammen mit ihrem Traummann auszuüben.«

Auch wenn Julia keine Ahnung hatte, woher Robert das Geld nahm, hegte sie keinen Zweifel, dass er es ernst meinte. Und er zweifelte keinen Moment daran, das Richtige getan zu haben. Was waren schon Glitzerpumps von Kylie Minogue gegen die Küchenschürze, die er mit Julia teilen würde?

Danke …

… an Marcelle Auclair für ihr wunderbares Buch »Auch Du kannst glücklich sein« und meiner Mutter dafür, dass sie dieses Büchlein auf dem Dachboden liegen gelassen hat, wo ich gerne in geheimnisvollen Kisten gestöbert habe.

… meiner Familie, besonders meinen Eltern, meinen Schwiegereltern, meinem Mann und unseren Kindern für tatkräftige Unterstützung und vieles mehr.

… Dir, Michael, neben dem Dank für die praktische Unterstützung noch mal einen Extra-Dank für jede Menge Inspiration und vor allem dafür, dass ich auch im echten Leben an ein Happy End glaube ❤

… an alle, die mir durch ihre guten Wünsche, ihre Antworten auf Recherchefragen und einen Blick vorab in die Geschichte geholfen haben, ganz besonders Alex, Eliza, Gunnar, Hanna, Judith und Michael.

… für die kollegiale Unterstützung durch die Autorenvereinigung DeLia, das Autorenforum Köln und den Kölner Autorenstammtisch.

… auch all denen vielen Dank, die meine Bücher unter die Leute bringen: besonders dem Team der Rather Bücherstube, Iris für die Knabenland-Kooperation (knabenland.com), Kristin Rosenhahn von Blanvalet und Hana Jantz (jantz-werbung.de) für die Homepage (marieadams.de).

… meinen Agenten Michaela und Klaus Gröner herzlichen Dank für die sehr gute und vertrauensvolle Zusammenarbeit!

… dem gesamten Blanvalet-Team, das für die Entstehung und Vermarktung des Romans verantwortlich war, ganz besonders Sarah Otter und Anna-Lisa Hollerbach für die wunderbare Zusammenarbeit!

Ich wünsche Euch und Ihnen und allen Leserinnen und Lesern alles Gute!